民國文化與文學 研究文叢

（蘇州大學特輯）

九　編

湯哲聲、李怡　主編

第 **8** 冊

中國偵探小說的敘事視角與媒介傳播

朱 全 定 著

國家圖書館出版品預行編目資料

中國偵探小說的敘事視角與媒介傳播／朱全定 著 — 初版 —
新北市：花木蘭文化事業有限公司，2017〔民 106〕
序 4+ 目 2+298 面；19×26 公分
（民國文化與文學研究文叢 九編：第 8 冊）
ISBN 978-986-485-030-3（精裝）
1. 中國文學 2. 偵探小說 3. 文學評論
820.9   106012780

特邀編委（以姓氏筆畫為序）：

ISBN-978-986-485-030-3

丁　帆	王德威	宋如珊
岩佐昌暲	奚　密	張中良
張堂錡	張福貴	須文蔚
馮　鐵	劉秀美	

9 789864 850303

民國文化與文學研究文叢
九 編 第八 冊   ISBN：978-986-485-030-3

中國偵探小說的敘事視角與媒介傳播

作　　者　朱全定
主　　編　湯哲聲、李怡
企　　劃　四川大學現代中國文化與文學研究中心
　　　　　北京師範大學民國歷史文化與文學研究中心
總 編 輯　杜潔祥
副總編輯　楊嘉樂
編　　輯　許郁翎、王　筑　美術編輯　陳逸婷
出　　版　花木蘭文化事業有限公司
社　　長　高小娟
聯絡地址　235 新北市中和區中安街七二號十三樓
　　　　　電話：02-2923-1455 ／傳眞：02-2923-1452
網　　址　http://www.huamulan.tw 信箱 hml810518@gmail.com
印　　刷　普羅文化出版廣告事業
初　　版　2017 年 9 月
全書字數　276508 字
定　　價　九編 8 冊（精裝）新台幣 15,000 元

中國偵探小說的敘事視角與媒介傳播

朱全定　著

作者簡介

朱全定，河南洛陽人，2011 年入蘇州大學湯哲聲教授門下，攻讀通俗文學與大眾文化專業，2015 年授予文學博士學位。現為太原理工大學外國語學院講師。曾在《中國現代文學研究叢刊》、《文藝爭鳴》、《教學與管理》、《山西高等學校社會科學學報》等省級及以上期刊發表學術論文。合著有《普通語言學》，參與編寫《大學英語學習指南》、《出租車駕駛員文明禮貌用語（英漢對照）》，主持完成江蘇省教育廳《中國偵探小說研究》科研項目。目前主要從事大學英語教學工作，主講《大眾文化》。

提　　要

　　本書主要以中國偵探小說為研究對象，以偵探小說文本及其文化衍生品為基礎，將其置入世界偵探小說創作的大背景下，首次運用原型理論、敘事學理論、故事形態學理論以及大眾文化相關理論及分析方法，擷取偵探小說中的幾個關鍵元素，通過橫向研究的方法，把中國偵探小說放進大眾文化視野中，發掘其接受創作中的深層次原因，探究偵探小說的敘事藝術的獨特性以及偵探小說向通俗文化轉變的進程中對我國文化生產的啟示，拓展國內對中國偵探小說文化研究層面，力圖成為對中國偵探小說研究的有益補充。本書運用比較的視角，考察中國偵探小說的發展歷程，與國外的偵探小說進行對比研究。採取橫向研究的方法，旨在對偵探小說的幾個關鍵元素進行考察，拓展現有的研究視角；本書首次整理了中國偵探小說的創作模式類型，嘗試歸納其創作內容的顯著特徵，從而為當代偵探小說的創作避免雷同，另闢蹊徑提供有益的借鑒；隨著互聯網的迅猛發展，偵探小說又有了懸疑小說這種新的變體形式，本書針對這一新的發展形式，探索了懸疑小說在我國的發展現狀，對懸疑小說的經典化進行了思考。

《民國文化與文學研究文叢》
蘇州大學特輯序

湯哲聲

　　2015 年，「蘇州大學中國現代通俗文學研究中心」成立，標誌著蘇州大學中國現當代通俗文學研究團隊建設進入了新的階段。爲了總結和展示蘇州大學中國現當代通俗文學研究近 40 年來的科研成果，應李怡教授和臺灣花木蘭文化事業有限公司之約，策劃了《民國文化與文學研究文叢·蘇州大學特輯》。

　　蘇州大學中國現當代通俗文學研究團隊是中國現當代通俗文學研究隊伍最整齊、成果最豐富的研究團體，是中國現當代通俗文學研究的排頭兵。蘇州大學中國現當代通俗文學團隊多年來的研究對學科最重要的貢獻和意義在於：改變了中國現當代文學研究的價值觀念，完善了中國現當代文學史的格局，增添了中國現當代文學教學的新內容，被國內外學界認爲是近 40 年中國文學研究的重大成果之一。

　　20 世紀八十年代初，中國文學研究進入了新時期。1981 年開始，由中國社會科學院文學所牽頭，文學史料在全國範圍內的大規模整理得到開展。大概是考慮到「鴛鴦蝴蝶派」作家作品主要誕生於上海、蘇州、揚州地區，《鴛鴦蝴蝶派文學資料》就由蘇州大學（當時稱之爲「江蘇師範學院」）承擔。經過數年的努力工作，70 多萬字的《鴛鴦蝴蝶派文學資料》於 1984 年出版。署名：芮和師、范伯群、鄭學弢、徐斯年、袁滄洲。這五位學者也成爲蘇州大學中國現當代通俗文學研究的第一個學術團隊。

　　1984 年蘇州大學中文系開始招收現當代文學碩士研究生，中國現當代通俗文學專業被列入招生方向，1990 年蘇州大學現當代文學專業被國務院學位

委員會評爲博士學位授權專業，開始招收中國現當代通俗文學方向博士研究生。特別是 1986 年，以范伯群教授爲主持人的「中國近現代通俗文學史」被評爲國家哲學社會科學首批 15 個重點項目之一。明確了研究方向和研究目標之後，蘇州大學中國現當代通俗文學研究團隊進行了重新組合。該團隊由范伯群教授爲學術帶頭人，主要成員有芮和師教授、徐斯年教授、吳培華教授以及湯哲聲、劉祥安、陳龍、陳子平。學術團隊在資料整理的基礎上，開始了作家作品的整理和研究。經過數年努力，1994 年出版了《中國近現代通俗文學作家評傳》一套 12 本，共收 46 位近現代通俗文學作家小傳及其代表作。在整理和研究作家作品的基礎上，經過團隊成員的相互協作和努力工作，《中國近現代通俗文學史（上、下）》於 2000 年由江蘇教育出版社正式出版。這部著作是中國第一部近現代通俗文學史，共分八卷，分別是「社會文學卷」「武俠文學卷」「偵探文學卷」「歷史文學卷」「滑稽文學卷」「通俗戲劇卷」「通俗期刊卷」「通俗文學大事記」。這部著作的出版對現當代文學研究產生了極大影響，引發了國內外學者的密切關注。

在完成《中國近現代通俗文學史（上、下）》的基礎上，2000 年以後，學術團隊成員根據各自的研究方向進行了學術拓展，出版了一批學術專著，發表了一批學術論文，且精彩紛呈。這些成果進一步奠定了蘇州大學中國現當代通俗文學研究的學術地位，使蘇州大學成爲中國現當代通俗文學的研究重鎭。

2013 年，以湯哲聲教授爲首席專家的「百年中國通俗文學價值評估、閱讀調查及資料庫建設」被評爲國家社科重大項目。該項目側重於現當代通俗文學的理論研究、市場研究和資料數據庫的收集、整理與建設。

2015 年，「蘇州大學中國現代通俗文學研究中心」成立。該中心以范伯群教授爲名譽主任，以湯哲聲教授爲主任。學術團隊有了新的組合。

2014 年，范伯群教授被蘇州市人才辦公室授予「姑蘇文化名家」稱號。在蘇州大學和蘇州市的支持下，以范伯群教授爲主持人的「中國現代通俗文化研究」課題組成立，開始了中國現代大眾文化與通俗文學的研究。該研究從過去的中國現當代通俗文學研究拓展到中國現當代大眾文化研究。

蘇州大學現當代通俗文學研究的發展軌跡主要有三個特點：（1）以項目爲中心形成團隊。其優勢在於有明確的研究方向和研究成果，容易形成凝聚力。

（2）研究紮實地推進，軌跡是：「資料整理──作家作品研究──文學

史研究——理論的研究——文化研究」。每一個階段都是新的拓展，每一次拓展都有新的成果。認準目標，潛心研究，踏踏實實，用成果說話，是該團隊最為突出的特點，受到學界認可。

（3）注意學術新人的培養，保證了學術團隊的健康更新。蘇州大學中國現當代通俗文學研究團隊已完成了老中交接，第三代學人也正在培養之中。經過近40年傳承，學術團隊歷久彌新，在全國學術界並不多見，有很好的口碑。

經過近40年的潛心研究，蘇州大學中國現當代通俗文學研究團隊成果豐碩，這些成果對中國現當代文學研究格局產生了深刻的影響，體現在：

（一）中國現當代通俗文學的認識觀念發生了根本性的變化。中國現當代通俗文學過去被認為是中國現當代文學中的「逆流」，現在成為中國現當代文學的重要組成部分，得到了學界較為普遍的認可。2008年，國內總結黨的十一屆三中全會以來文學史研究界取得的成績時，學界均肯定了通俗文學研究取得的良好成績。例如《文學評論》上的兩篇總結三十年來近代文學和現當代文學研究的文章都提到了蘇州大學通俗文學的研究成果及其影響。現當代文學研究專家朱德發教授評價《中國近現代通俗文學史》時說：此書的出版「隨之帶動起一場通俗文學『研究熱』」。他指出了這場「研究熱」的時代與社會背景：「自改革開放以來，隨著思想解放運動的深入和新市民通俗文學的崛起，研究者主體突破了雅俗文學二元對立認知模式的羈絆與局限，而且以現代性的視野對以鴛蝴派為代表的通俗文學從宏觀與微觀的結合上重新解讀重新評價，既為現代中國文學梳理一條雅俗並舉互補的貫通線索，又把張恨水、金庸等通俗文學納入現代文學史大家的地位……」（朱德發，現代中國文學研究三十年〔J〕，文學評論，2008（4）：9-10）而近代文學研究專家關愛和、朱秀梅在合撰的文章中也充分肯定了《中國近現代通俗文學史》推出後取得的學術影響，認為這部專著已「由論及史，既意味著論題的相對成熟，也為以鴛鴦蝴蝶派為代表的通俗文學進入文學『正史』做了充分的鋪墊……」（關愛和，朱秀梅，中國近代文學研究三十年〔J〕，文學評論，2008（4）：14）

（二）中國現當代文學史的格局得到了更為合理的調整。自1950年代以來，中國現當代文學史均為新文學史，是「一元獨生」的現當代文學史，承認了通俗文學的文學價值之後，文學史的格局自然就有了很大調整。(1)中國現當代文學將產生「多元共生」的格局。文學史中通俗文學顯然佔有很大

比重。（2）中國現當代文學史的起點需要「向前位移」，直接影響了中國文學古今演變與文學史重新分期的思考。（3）中國大眾文化將成爲中國現當代文學產生、發展中的重要文化源泉。不僅僅是精英文化或者意識形態文化，市民文化也成爲中國現當代文化的組成部分。（4）中國現當代文學有著魯迅、茅盾等精英文學優秀作家及其作品，也有張恨水、金庸等通俗文學優秀作家及其作品。（5）中國現當代文學的批評標準不再是單純的新文學標準，而是包含著多元指標的現代文學標準。中國現當代文學史成爲眞正意義上的「現當代文學」。

（三）對中國現當代文學的教學和學科建設產生了影響。20 世紀九十年代以後，中國現當代通俗文學已作爲文學史教學的重要的部分，進入了大學課堂，無論是史學研究還是作家作品，通俗文學都成爲教學中的重要環節。在本科生、碩士研究生、博士研究生的學位論文答辯中，以通俗文學某一問題爲學位論文題目的數量也在逐年增加，逐步成爲了學科的「顯學」。

范伯群教授主編的《中國近現代通俗文學史》是學科團隊成果的重要標誌，獲得了多項大獎。

序號	成 果	獎 項	頒獎單位	年 度
1	《中國近現代通俗文學史》（上、下）	第三屆全國高等院校人文社會科學優秀成果獎中國文學一等獎	教育部	2003 年
2	《中國近現代通俗文學史》（上、下）	第二屆「王瑤學術獎」優秀著作一等獎	中國現代文學研究會	2006 年
3	《中國現代通俗文學史（插圖本）》	第二屆「三個一百」原創圖書出版工程	國家新聞出版總署	2008 年
4	《中國近現代通俗文學史（新版）》（上、下）	第三屆「三個一百」原創圖書出版工程	國家新聞出版總署	2011 年
5	《中國近現代通俗文學史（新版）》（上、下）	第四屆中華優秀出版物獎	國家新聞出版總署	2013 年
6	《中國近現代通俗文學史（新版）》（上、下）	第三屆中國出版政府獎	國家新聞出版總署	2014 年

2015 年《中國近現代通俗文學史（新版）》（上、下）又被國家社科外譯基金辦公室審定列爲中國學術原創代表作五十本之一，譯爲英文，向海外推薦。

蘇州大學中國現當代通俗文學學科研究團隊得到了海內外學術界好評。臺灣《國文天地》雜誌在 1997 年第 5 期的《編者報告》中就注意到蘇州大學學術團隊的學術貢獻：「長期被學者否定與批判的鴛鴦蝴蝶派小說，在近年來逐漸受到學界的重視。」當蘇州大學的一批學者開始將現代文學研究的重心轉移到近現代通俗文學中時，當時鄙視通俗小說的學界一片「譁然」，可是經十餘年努力，當他們整理資料並進行理論建設之後，「終於取得豐碩的成果，引起學界的興趣與重視，重新評價通俗小說。」（《編輯部報告》，載臺灣《國文天地》第 12 卷第 12 期（總第 144 期），首頁（無頁碼），1995 年 5 月 1 日出版。）

華東師範大學陳子善教授評價蘇州大學通俗文學學術研究成果時說：「上世紀 80 年代以降，蘇州大學理所當然地成了中國現代文學研究界探索通俗文學的大本營，一部又一部鴛鴦蝴蝶派作品精選和研究專著在這裡問世，迄今為止最為完備的長達百萬字的《中國近現代通俗文學史》（范伯群主編）也在這裡誕生。這部由蘇州大學教授湯哲聲所著的《流行百年——中國流行小說經典》則是最新的令人欣喜的研究成果。」（2004 年香港《明報》開卷版）中國社科院楊義研究員認為蘇州大學學術團隊是新時期的「蘇州學派」：「如果從現代文學研究的學者（術？）格局來看，我覺得它是一個蘇州學派……它從一個獨特的角度切入到我們現代文學整體工程中去，做了我們過去沒有做的東西。」（2000 年 9 月 20 日《中華讀書報》）韓穎琦教授認為蘇州大學學術團隊有著承繼和發展：「在中國通俗文學研究領域，范伯群教授是拓荒者，湯哲聲教授則是繼承者，他把研究的目光拓展和延伸到當代，填補了當代通俗小說沒有史論的空白，進一步完整了中國大陸通俗文學史的構建。」（2009 年《蘇州大學學報》第 4 期）

2007 年《中國近現代通俗文學史》榮獲第二屆王瑤學術優秀著作獎一等獎時，該獎項評委會的評語是：「范伯群教授領導的蘇州大學文學研究群體，十幾年如一日，打破成見，以非凡的熱情來關注、專研中國近現代通俗文學，顯示出開拓文學史空間的學術勇氣和科學精神。此書即其集大成者。皇皇百多萬字，資料工程浩大，涉及的作家、作品、社團、報刊多至百千條，大部皆初次入史。所界定之現代通俗文學的概念清晰，論證新見迭出，尤以對通俗文學類型（小說、戲劇為主）的認識、典型文學現象的公允評價、源流與演變規律的初步勾勒為特色。而通俗文學期刊及通俗文學大事記的史料價值也十分顯著。這部極大填補了學術空白的著作，實際已構成對所謂『殘缺不

全的文學史』的挑戰，無論學界的意見是否一致，都勢必引發人們對中國現代文學史的整體性結構性的重新思考。」

　　這些評價從一定程度上對蘇州大學中國現當代通俗文學研究學術團隊的學術成績作出了肯定。

　　蘇州大學中國現當代通俗文學研究正在發展中。這套專輯展示的成果將保持一貫的團隊精神，老中專家引領，青年學者爲主。在這裡出版的青年學者的著作都曾是受到過答辯委員會高度評價的博士論文。這些青年學者的科研成果特別關注中國現當代通俗文學和大眾文化的發展趨勢，將中國現當代通俗文學與大眾文化發展中的新狀態、新動態納入了研究視野，其成果選題具有相當強的學術敏感性；成果的論證和辨析注意到中西文化的融合，既保持了團隊的中國化研究的風格，也體現出新一代學者的學理修養；成果的語言風格有著嚴格地科研訓練的嚴謹的作風，也展示了充滿個性的青春氣息。任何一個有貢獻的學者都是一步一步地前行者，但願這套叢書成爲這些年輕學者們前行中的一個紮實的腳印。

2015 年 12 月於蘇州市蘇州大學教工宿舍北小區

序

收到朱全定發來的出版稿，發現書稿幾乎還是保持著博士論文的格式，曾想建議他做些修改。再一轉念，他保持學位論文的模樣大概是想要留住那番記憶吧，尊重他。

將偵探小說作爲博士論文的研究領域，是我與朱全定商議的結果。偵探小說是清末民初自西方引進的「舶來品」。對偵探小說進行研究不僅僅是對翻譯文本的閱讀和分析，還應該對西方文化有所瞭解，對原版本有所涉獵。朱全定的本科和碩士階段的學習均爲外語和外國文學，博士階段轉爲中國現當代通俗文學與大衆文化的學習，再加之他對偵探小說的愛好，有著不少閱讀的經驗，他應該是研究偵探小說的最佳人選。從現在看到的這部博士論文來看，當初的選題和選人都頗有水準。

偵探小說是通俗文學中的「小衆文學」，與武俠、言情等類型小說比較起來，創作量和讀者群都不大，但是無論是作者還是讀者，對偵探小說的創作和閱讀都很「鐵」。「鐵」的創作隊伍和閱讀人群，形成了規模不大卻很穩定的偵探小說的發展路徑。偵探小說也是通俗文學中的「程序文學」，雖然在不同階段、不同國家有著不同的變化，但是，總體而言，它是最講究創作程序，並有著相對穩定的美學特徵。偵探小說的特別之處，對偵探小說的研究者來說，是一個挑戰。要想對偵探小說進行透徹地研究，必須要進入偵探小說的「場域」之中，具有偵探小說的思維，必須相當熟悉於偵探小說的「程序」，並能夠融化之。既是偵探小說的「鐵粉」，又要有科學冷靜的研究態度。做不到這兩點，偵探小說的研究只能是在外圍進行。這也就是現有的偵探小說研究的現狀與問題。現有的偵探小說研究基本上是偵探小說的史論形式，一邊是史的線索梳理，一邊是重點作家作品的分析，嚴格地說，這樣的研究還只

是偵探小說的「隔牆相望」，並沒有真正呈現出偵探小說的精髓。而偵探小說的研究真正價值也就在於它的特別的形式和特別的程序。造成中國偵探小說研究這樣狀態的根本原因，是研究者對偵探小說並沒有做到真正的熟悉，邊瞭解、邊總結、邊研究、邊感想，其結果只能是史論呈現。

朱全定這部論著的最重要的貢獻，就是打破了現有的偵探小說的史論式研究模式，進入到偵探小說的「場域」和「程序」之中，分析出了偵探小說的「偵探特徵」。著作抓住了三大問題，一是偵探小說的模式，二是偵探小說敘事視角，三是偵探小說的傳播途徑。模式研究也就是偵探小說的情節結構研究，作者總結了中國偵探小說的七大模式，基本上囊括和分析了中國偵探小說的基本類型。敘事視角是偵探小說最為核心的特徵，這部論著從人物（罪犯、私人偵探、官方偵探）、說故事的人、空間、語言四個維度對偵探小說的敘事特點作了多方位的分析。與其他類型小說不同，偵探小說是一種空間藝術，對偵探小說的把握，敘事空間的研究方能真正顯示出精髓所在。作者認識到了這一點，並對此進行了深入的探討。偵探小說引進到中國來，媒介起到了相當大的作用，而且不同時期，不同媒介發揮著不同作用，形成了中國偵探小說發展過程中的特有的現象，論著注意到了這個問題。紙質媒介、影視藝術和互聯網絡是中國清末民初、現當代時期和新世紀三個時期偵探小說的傳播方式；「愛倫‧坡」和「福爾摩斯」的傳播是中國偵探小說傳播的典型性案例，中國偵探迷的分析更是進入閱讀市場探尋偵探小說得以生存和傳播的原因和理由。全新的論述思維帶來了這部論著的學術閃光點頻現。五十年代「肅反法特小說」模式、文革時期「手抄本」模式、蔡駿的「知識懸疑」模式、那多的「靈異懸疑」模式、偵探小說中的罪犯、私人偵探與官方偵探構成的空間結構、偵探小說的語言分析、「愛倫‧坡」「福爾摩斯」在中國的傳播路徑、「偵探迷」的分析等等，對這些中國偵探小說研究中薄弱環節，論著作了深入分析，很多資料是第一次學術披露，很多論點讀之給人啓發。在中國偵探小說的園圃中徜徉，沉浸之中而樂之，愉悅之中而析之，這是這部論著與眾不同的根本原因。

來自山西的朱全定剛到蘇州攻博的時候，遇到兩個問題，一是家庭負擔，二是生活習慣。兒子從出生之後，朱全定一直精心呵護，一下子離開兒子，使得他很不適應。記得他剛來蘇州時，幾乎天天都要與兒子電話交談，以至於我見到他第一句話總是問他，今天與兒子通電話了嗎？他總是羞澀地笑

笑。山西的麵食全國首冠，他剛到蘇州時，飲食很不適應，按照他的話說，蘇州菜品甜點倒無所謂，主要是麵條實在是太軟，沒有力道。這些問題他很快就克服了。由於是非中文專業背景，他在校 4 年，主動地從本科的課程補起，然後再跟讀碩士課程。只要有專家來講學，他幾乎每期不落。他將學校典藏部的有關史料和學科資料庫中的期刊都查閱了數次。勤奮的學習帶來了豐碩的成果。在校期間完成了學位的科研要求，還參加數個科研項目的工作。這部論著以及論著後面的附錄的完成，是他 4 年學習的結晶。

值得一說的是，由於年齡較大，在學期間，他被那些學弟學妹們稱為大師兄，成為碩博士們的中心。維護團結，加強同學們的學術交流，他都做了很多工作，成為了我在學術和工作方面的得力助手。應該在此記上一筆。

這部論著是在學位論文上修改完成，是他學術道路上的一個逗號。但願朱全定以此作為起點在工作崗位上譜寫新的篇章。

湯哲聲

2016 年 4 月於蘇州大學北小區教工宿舍

目
次

緒　論

一、研究現狀及選題緣起

　　偵探小說自愛倫・坡開創以來，已經成爲通俗文學重要的組成部分。它不僅是都市工業社會發展的必然產物，而且也是通過印刷媒介、影視媒介、互聯網絡等大眾媒介所承載、傳播的文化產品。在發展的過程中，偵探小說始終凸顯著自身獨有的美學特徵向前發展，擁有著頑強的生命力。偵探小說具有滿足大眾讀者消遣、娛樂、宣泄的功能，作品中撲朔迷離的情節、驚險刺激的場景、神秘莫測的懸念以及料事如神的偵探，構成了偵探小說的審美特性。神秘、驚恐、懸疑等審美元素爲讀者的「暴力」本能宣泄找到了一個出口，爲讀者平淡乏味的日常生活提供了新的體驗。偵探小說就是作者和讀者之間不斷地圍繞案件進行設謎、解謎的遊戲。作者通過故事中的偵探，在未知的空間中，尋找破案線索，不斷地爲讀者設置謎面，讀者積極參與重構犯罪現場、去僞存眞，在蛛絲馬蹟中判斷眞凶，從出人意料的結局裏體驗解謎的快樂。

　　我國論述有關偵探小說最早的理論專著是阿英的《晚清小說史》，他在「翻譯小說」這章中敘述了晚清偵探小說翻譯的盛況及興起的原因。程小青是我國第一個撰寫《偵探小說史》的作家，在這篇短文中，涉及到了偵探小說的起源和發展概況，並對我國偵探小說的創作給予了中肯準確的評價。程小青不但親自創作了偵探作品《霍桑探案集》，還通過發表文章爲偵探小說爭取地位呼籲吶喊，如：《偵探小說雜話》、《談偵探小說》（上、下）、《從「視而不見」說到偵探小說》、《偵探小說的多方面》、《論偵探小說》、《讀偵探小說》、

《偵探小說的結構》等多篇理論文章，在偵探小說理論方面進行了有意義的探索，從而被譽為「溝通中西文化的橋梁」、「中國偵探小說家之第一人」。

八十年代後，一批學者在研究「鴛鴦蝴蝶派」時開始涉及到偵探小說，如魏紹昌的《鴛鴦蝴蝶派研究資料》（上海文藝出版社，1984 年）、范伯群的《禮拜六的蝴蝶夢》（人民文學出版社，1989 年）等。九十年代以降，我國偵探小說進入科學系統研究層面。蘇州大學作為通俗文學和大眾文化研究的重鎮，在范伯群教授的主持下對這一領域進行了總體規劃，取得了一系列豐碩的成果，其中出版有中國近現代通俗作家評傳叢書，有作品選、作家評傳，涉及《中國偵探小說宗匠—程小青》（南京出版社，1994 年）。范老「七五」社會科學重點項目的終期成果《中國近現代通俗文學史》（江蘇教育出版社，1999 年），賈植芳老先生對此給予了很高評價，認為此成果較為全面和真實地反映了我國近現代通俗文學的基本面貌，填補了文學史上的空白，完善了文學史科學研究體系，打破了思維定勢，更新了文學史的研究觀念，改變了文學史的編寫格局，為我國現代文學史找回了另一隻翅膀。此書第三編就是湯哲聲教授撰寫的偵探推理編，這一部分讓讀者對偵探小說的歷史有了一個較為全面的體認和思考。此外，有關偵探小說歷史、流派、名家名作較全面的介紹還有曹正文的《世界偵探小說史略》（上海譯文出版社，1998），盧潤祥著的《神秘的偵探世界——程小青、孫了紅小說藝術談》（學林出版社，1996），湯哲聲著的《中國現代通俗小說思辨錄》（北京大學出版社，2008），常大利著的《世界偵探小說漫談》（知識產權出版社，2014）等，這些著作描述了偵探小說的歷史發展軌跡，有助於讀者開闊視野，增加知識，從整體宏觀的角度把握偵探小說的概貌。晚清時期譯介入我國的偵探小說對我國傳統小說的敘事模式的改變，譯者隊伍的成熟與壯大有著直接影響。主要論述的專著有陳平原的《中國小說敘事模式的轉變》（上海人民出版社，1988），郭延禮著的《中國近代翻譯文學概論》（湖北教育出版社，1998），湯哲聲著的《中國現代通俗小說流變史》（重慶出版社，1999），孔慧怡著的《翻譯・文學・文化》（北京大學出版社，1999），武潤婷著的《中國近代小說演變史》（山東人民出版社，2000），楊聯芬著的《晚清至五四：中國文學現代性的發生》（北京大學出版社，2006），王宏志《重釋「信、達、雅」——20 世紀中國翻譯研究》（清華大學出版社，2007）以及禹玲 2011 年的博士論文《現代通俗作家譯群五大代表人物研究》等。還有學者把偵探小說作為一種小說文類進行多角

度、多層次專題研究。出版的專著有高潤平、張子宏、于奎潮三人合著的《中國當代公安文學史稿》（群眾出版社，1993），杜元明主編的《中國公安文學作品選講》（警官教育出版社，1996），黃澤新、宋安娜著的《偵探小說學》（百花文藝出版社，1997），任翔著的《文學的另一道風景——偵探小說史論》（中國青年出版社，2001），于洪笙的《重新審視偵探小說》（群眾出版社，2008），劉臻《真實的幻境》（百花文藝出版社，2011），劉偉民的《偵探小說評析》（東南大學出版社，2011），褚盟的《謀殺的魅影》（古吳軒出版社，2011），詹宏志的《偵探研究》（復旦大學出版社，2012），謝彩的《中國偵探小說類型論》（上海大學出版社，2012）以及張友文著的《回望公安文學——21 世紀公安文學核心價值觀之研究》（中國社會科學出版社，2015）等。

　　1999～2012 年，經中國知網檢索有李世新的《中國偵探小說及其比較研究》博士論文一篇。該論文從比較視角來研究中國偵探小說，把中國偵探小說的發生發展置於中國文學、文化的民族傳承和世界文學、世界偵探小說影響的二元互動的大背景下，論文梳理了中國偵探小說的發展歷程，並依據中國社會變動及偵探小說翻譯、創作的實際狀況，明確提出把中國偵探小說的發展歷程劃分為四個階段，即近代的發生、現代的發展、50～70 年代的特殊表現形態和改革開放後的全面繁榮。碩士論文主要側重以下幾個方面：1、作家作品類研究：《〈霍桑探案〉中的現代傳媒符碼》、《東野圭吾作品影視改編研究》、《阿加莎·克里斯蒂偵探小說的敘述研究》、《保羅·奧斯特〈神諭之夜〉的反偵探小說敘事藝術》、《程小青偵探小說創作心理初探》、《從愛倫·坡杜賓偵探小說的浪漫主義觀看其後現代傾向》、《丹·布朗懸疑小說的敘事與後現代技巧研究》、《論〈福爾摩斯探案全集〉對中國近代偵探小說創作的影響》、《論納博科夫小說中的偵探文學因素》、《論孫了紅及其反偵探小說創作》、《從語境框架理論視角解讀〈陽光下的罪惡〉》、《論〈福爾摩斯探案全集〉對中國近代偵探小說創作的影響》、《論阿加莎·克里斯蒂〈馬普爾系列〉中的罪與罰》2、偵探小說譯介類：《清末民初偵探小說的翻譯》、《清末民初的偵探小說翻譯及其對中國原創偵探小說的影響》、《清末民初域外偵探小說譯作研究》、《從多元系統論看清末民初偵探小說翻譯（1896～1919）》、《從福爾摩斯的翻譯看西方敘事技巧在清末民初的移植與影響》、《從哲學闡釋學角度看清末民初偵探小說的翻譯》、《福爾摩斯走進中國——多元系統視角下的晚清偵探小說翻譯》、《改寫理論視角下清末民初〈福爾摩斯探案全集〉的翻譯

及其對〈霍桑探案集〉創作的影響》、《清末民初對〈福爾摩斯探案集〉的譯介》3、對偵探小說變體研究：《當代大陸懸疑小說研究》、《當代公安題材小說中的警察形象研究》、《當前中國諜戰小說熱潮研究》、《麥家特情小說研究》、《肅反反特小說：「紅色經典」的另類文本》、《新時期公安題材小說創作研究》等。

此外，日本清末小說研究專家樽本照雄編著的《新編清末民初小說目錄》和《增補新編清末民初小說目錄》收錄了不少清末民初的偵探小說，為進一步研究中國近代偵探小說奠定了基礎。日本學者中村忠行有三篇研究中國近代偵探小說的專稿《清末偵探小說史稿》分別發表於《清末小說研究》年刊第二期（1978 年 10 月）、第三期（1979 年 12 月）、第四期（1980 年 12 月）上。香港中文大學孔慧怡的《以通俗小說為教化工具－福爾摩斯在中國（1896～1916）》（載《清末小說研究》第十九期，1996 年 10 月）主要論及了中國近代偵探小說所體現的民主、科學的精神及其在近代中國的獨特教化作為。她的另一篇論文《還以背景、還以公道－論清末民初英語偵探小說中譯》（見王宏志編《翻譯與創作－中國近代翻譯小說論》，北京大學出版社 2000 年）論述了清末民初英語偵探小說的中譯及其客觀價值。本書強調中國偵探小說的比較研究，探討外國偵探小說及文化思潮對中國偵探小說的影響。英國理論家弗雷曼的《偵探小說藝術論》系統研究偵探小說藝術特點。美國的沃倫、馬丁合著的《偵探小說藝術談》以及傑歲姆和露斯的《古典偵探小說的理論與實踐》，探討了偵探小說獨特的藝術技巧，如開頭、結尾、伏筆設計、懸念設置等。托多洛夫的《偵探小說類型學》從敘事學理論出發，闡述了偵探作品中人物的角色功能、偵探作品的敘事模式等。羅納德的《偵探小說與法醫學的興起》探討了偵探小說和現代破案技術發展的互動。阿達莫夫的《我喜愛的寫作體裁－偵探小說》、《偵探文學與我》全面論述了西歐偵探小說的特點和蘇聯偵探小說的發展歷史，並分析了蘇聯反特小說的獨特藝術品質和歷史價值，為蘇聯在世界偵探小說理論史上爭得了地位。

以上研究大多力圖從文學史的角度，在宏觀上全面、深入地對偵探小說進行闡述，而且還對偵探小說作家及其作品進行了細緻梳理。由於客觀條件和對通俗小說存有的偏見，偵探小說的研究始終處於邊緣地位，這與其驚人的銷售業績、擁有眾多偵探迷的地位極不相稱。所以，可以看到在微觀層面上，對於偵探小說的敘事模式，敘事藝術中的視角、空間以及語言，人物角

色分析，以及偵探迷在其中所發揮的關鍵性的作用，缺少足夠的關注，鮮有論及。這也就成爲了本書選題的緣由。

二、研究方法

本書主要以中國偵探小說爲研究對象，以偵探小說文本及其文化衍生品爲基礎，將其置入世界偵探小說創作的大背景下，首次運用原型理論、敘事學理論、故事形態學理論以及大眾文化相關理論及分析方法，擷取偵探小說中的幾個關鍵元素，通過橫向研究的方法，把中國偵探小說放進大眾文化視野中，發掘其接受創作中的深層次原因，探究偵探小說的敘事藝術的獨特性以及偵探小說向通俗文化轉變的進程中對我國文化生產的啓示，拓展國內對中國偵探小說文化研究層面，力圖成爲對中國偵探小說研究的有益補充。

第一章以神話、宗教、傳說爲切入點，運用原型理論，探索偵探小說中的文學淵源。在古代神話和宗教傳說中，謎、罪、懲惡揚善、法的觀念、偵探等偵探小說中的核心元素，作爲一種文化和心理的積澱，潛伏在原始初民的集體無意識中。愛倫・坡的人生經歷、歐洲傳統文學以及他的創作理念爲他開創偵探小說提供了契機，本節著重分析了他的五篇偵探小說確定的偵探小說模式類型。柯南・道爾把偵探小說推向了一個新的高度。他所確立的「福爾摩斯——華生」模式對中國作家的創作產生了深遠影響。中國公案小說以破案故事爲主要內容，其中蘊含的我國傳統文化、傳統法律觀念、傳統思維方式，是我國偵探小說創作的重要源泉，對中國偵探小說創作者起到了潛移默化的作用。

第二章探討了中國偵探小說的創作模式類型，將普羅普的故事形態分析模式運用到偵探小說上，嘗試歸納其創作的具體規律，概括出七種中國偵探小說創作的基本模式，從而爲當代偵探小說的創作避免雷同，另闢蹊徑提供有益的借鑒。

第三章從敘事學角度，選取中外案例，分析了中國偵探小說的四個維度，探究了偵探小說中的罪犯、私人偵探、官方偵探類型以及他們之間的互動關係。進而通過對說故事的人、敘事空間、敘事語言的研究，分析了偵探小說的敘事藝術及其顯著特點。

第四章論述了大眾傳播媒介對中國偵探小說的發生、發展、傳播的影響。揭示了兩者之間存在有密切的關係，大眾傳媒爲偵探小說提供了存在的物質

基礎。譯者在譯介過程中，報紙期刊等紙質媒介發揮了重要作用，這直接促成了我國現代偵探小說的發生；並且探討了在互聯網背景下，我國懸疑小說的現狀及其經典化問題。最後，運用約翰・菲斯克的大眾文化理論探討了西方偵探小說文化產業對我國文化生產的啓示以及對我國偵探迷現狀進行了分析。

三、創新意義

1、首次運用原型理論、敘事學理論、故事形態學理論以及大眾文化相關理論對偵探小說進行微觀層面的探索研究，探究其敘事藝術的獨特性以及偵探小說向通俗文化轉變的進程中對我國文化生產的啓示。

2、研究視角不同：大多數論文從歷史的層面，運用比較的視角，考察中國偵探小說的發展歷程，與國外的偵探小說進行對比研究。本書採取橫向研究的方法，旨在對偵探小說的幾個關鍵元素進行考察，拓展現有的研究視角。

3、本書首次整理了中國偵探小說的創作模式類型，嘗試歸納其創作內容的顯著特徵，從而爲當代偵探小說的創作避免雷同，另闢蹊徑提供有益的借鑒。

4、隨著互聯網的發展，借助網絡，偵探小說又有了懸疑小說這種新的變體形式，本書針對這一新的發展形式，探索了懸疑小說在我國的發展現狀，對懸疑小說的經典化進行了思考。

四、偵探小說的界定

本書以偵探小說爲研究對象，那麼首先就要對其中的偵探小說概念加以釐清，以利於確定下一步的研究範圍。

前蘇聯學者阿・阿達莫夫從保護私有財產的角度，闡述了偵探文學所關注的主要內容，他認爲「偵探體裁是文學體裁中唯一在資本主義社會內部形成，並被這個社會帶進文學中來的。對於私有財產的保護者，即密探的崇拜，在這裡達到了無以復加的程度；不是別的，正是私有財產使雙方展開較量。從而不可避免的是，法律戰勝違法行爲，秩序戰勝混亂，保護人戰勝違法者，以及私有財產的擁有者戰勝其剝奪者，等等。偵探體裁就其內容來看，完完全全是資產階級的。」〔註1〕

黃澤新、宋安娜通過文本分析領悟到：「偵探小說都是以案件爲核心、爲

〔註1〕 〔蘇〕阿・阿達莫夫：《偵探文學與我》〔M〕，北京：群眾出版社，1988：3。

主幹展開對社會生活的描述。兇犯秘密作案，刑偵人員則到現場進行勘察，尋找罪證，然後進行分析推理，揭開犯罪的秘密」〔註2〕。那麼，「揭開秘密」就要回答是「誰」在作案？「如何」作案？「爲什麼」作案？揭開這些秘密的過程，就構成了偵探小說情節全面展開的過程。

　　隨著新中國的建立、改革開放步伐的加快、互聯網絡新型媒體的出現，偵探小說在我國先後出現了肅反反特小說、公安法制小說、懸疑小說等變體形式。這些偵探小說的變體形式有著共同特徵，在內容上，它們基本上含納有刑事案件的發生；在結構上，通過抽絲剝繭般地縝密推理，緊緊圍繞破解生死之謎，去發展線索營造小說結構。因此，在本書中偵探小說的概念是廣義的，它不僅涵蓋了傳統意義上的偵探小說，而且還囊括了我國當代所創作的肅反反特小說、公安法制小說以及懸疑小說。

〔註2〕黃澤新、宋安娜：《偵探小說學》〔M〕，天津：百花文藝出版社，1996：10。

第一章　原型與發軔
——中國偵探小說的文學淵源

　　任何一種小說類型我們都可以從人類智慧的起點——神話中看到眾多人類心理活動的原型現象。原型（archetype）是在文學中極為經常復現的一種象徵，通常是一種意象，足以被看成是人們的整體文學經驗的一個因素〔註1〕。而最基本的文學原型就是神話，神話是一種形式結構的模型，各種文學類型均可以說是神話的延續和演變。古希臘羅馬神話和《聖經》是歐洲文學的兩個重要源頭。因為西歐的各種重要思想、觀念、想像都可以在古希臘的文化典籍和文獻中找到淵源。〔註2〕而《聖經》不僅僅是宗教聖典，它內容獨特、意蘊深邃、形式多樣，隨著虔誠的基督徒的傳播，已經潛移默化地影響了歐洲中世紀和近現代文學。美國學者勒蘭德·萊肯斷言：「如果說聖經文學具有特殊的重要性，就是因為它包含了文學的所有原型模式」。〔註3〕可以說，如果沒有聖經，一部西方文學史要重寫，歐美各國幾乎所有重要詩人、作家都與聖經中的觀念和意象緊密相關。〔註4〕偵探小說是從西方引入我國的一種獨特的文學類型。它以其嚴密的推理，合理的邏輯，科學的偵破手段區別於其他的小說類型。那麼，偵探小說中的謎團和偵探兩個基本元素，我們是否也

〔註1〕〔加〕諾斯洛普·弗萊：《批評的剖析》〔M〕，陳慧等譯，天津：百花文藝出版社，2002：469。

〔註2〕李勇《西歐的中國形象》〔M〕，北京：人民出版社，2010：57

〔註3〕〔美〕勒蘭德·萊肯：《聖經文學》〔M〕，徐鍾等譯，瀋陽：春風文藝出版社，1988：13。

〔註4〕梁工：《聖經與歐美作家作品》〔M〕，北京：宗教文化出版社，2000：1。

在西方產生怎樣的影響？又會對中國公案小說產生怎樣的影響？

第一節　神話、宗教、傳說與偵探小說

　　謎的設置在偵探小說寫作過程中至關重要，在設謎、解謎的過程中，作者與讀者在智力上不斷進行博弈。弗萊認爲謎語的思想是一種描述性內涵，其對象不是被直接描述而是用種種條件加以限制，用一系列的詞語來講述其周圍的種種。在簡單的謎語中，其中心對象爲某一意象，讀者感到必須去猜測，也就是要努力把這一形象與其名字或代號聯繫起來。〔註 5〕在偵探小說中，解謎的難易程度會直接影響到作品的精彩程度。作者會竭力引導讀者進入一個隱秘的世界，精心構置出一個個看似離奇古怪的謎題供充滿好奇心的讀者解答。

　　在文字還沒有出現之前，古希臘羅馬神話中有關謎的故事就依靠口口相傳的形式留存於世。經過數千年歲月的錘鍊，這些神話故事閃耀出古希臘人民迷人的智慧光芒，成爲人類寶貴的精神財富，它們膾炙人口，令讀者暢遊其中，流連忘返。在古希臘流傳著俄狄甫斯弒父娶母的悲劇故事。俄狄甫斯弒父後不久，底比斯城外出現了一個帶翼的怪物斯芬克斯。她有美女的頭，獅子的身子。她是巨人堤豐和蛇怪厄喀德娜所生的女兒之一。斯芬克斯盤坐在一塊巨石上，對底比斯的居民提出各種各樣的謎語，猜不中謎語的人就被她撕碎吃掉。斯芬克斯危害十分嚴重，連國王克瑞翁的兒子因爲未能猜中謎底也給生吞活剝了。克瑞翁出於無奈，只好公開張貼告示，宣佈誰能除掉城外的那個怪物，誰就可以獲得王位，並可以娶他的姐姐伊俄卡斯特爲妻。正在這時，俄狄甫斯來到底比斯。他看到危險和機遇都在向他挑戰，不禁躍躍欲試。另外，他還承受著那個不祥的神諭的壓力，所以他也不怕冒風險。於是他爬上山崖，見到斯芬克斯盤坐在上面，便自願解答謎語。斯芬克斯異常狡猾，她決定給他出一個難解之謎。她說：「早晨四條腿，中午兩條腿，晚上三條腿。在一切生物中，只有他是用不同數目的腿走路。可是用腿最多的時候，正是力量和速度最小的時候。」俄狄甫斯聽到這謎語，不禁微微一笑，覺得很容易。「你的謎底是人啊，」他回答說，「人在幼年，即生命的早晨，

〔註 5〕　〔加〕諾斯洛普・弗萊：《批評的剖析》〔M〕，陳慧等譯，天津：百花文藝出版社，2002：393。

是個軟弱無力的孩子，他用兩條腿和兩隻手在地上爬行；他到了壯年，正是生命的中午，當然只用兩條腿走路；但到了老年，他年老體弱，已是生命的遲暮，只好拄著拐杖，好像三條腿走路。」他猜中了，斯芬克斯羞愧難當，她絕望地從山崖上跳了下去。克瑞翁兌現了他的諾言，把王國給了俄狄甫斯，並把伊俄卡斯特，國王的遺孀，許配給他。俄狄甫斯當然不知道這正是自己的生母。通過這則悲劇故事，羅伊·富勒發現了偵探小說和俄狄浦斯神話存在驚人的相似之處，它們都具有「顯赫的受害者、初步的謎團、偶然的愛情因素、逐漸被揭露的過去、最不可能的兇手」。

偵探小說總是以事實為依據，法律為準繩，法律觀念是衡量一切的標準。懲惡揚善，正義必將戰勝邪惡是偵探小說所弘揚的主題。而這種主題也恰恰吻合了大眾讀者的閱讀心理。在古希臘羅馬神話中，普羅米修斯在賦予人生命之時，他選取動物靈魂中溫馴與兇猛兩種特性裝進了人的胸膛，由此，善惡的種子便蘊藏在了人們的心裏。而《聖經》也提供了上帝——魔鬼這一基本的善惡二元對立的美學原則。對此，榮格〔註6〕也認為：「善惡本身是一些原則，我們必須隨時記住，一種原則總是早在我們之前便已經存在，而且必然遠遠地延續到我們之後」。〔註7〕「原則」（principle）這個詞來自 prius，即那「最初的」、「處在開端的」東西。所以，我們能夠設想的終極原則便是歐洲文學的源頭：古希臘羅馬神話及《聖經》。

神話以自身特有的方式記載了法的起源。宙斯不僅是奧林匹斯山眾神之王，而且還是人類之王。無論貧富，人們在宙斯面前都是平等的。宙斯是神界、人界以及冥界律法的制定者，他會依據人的善惡，審慎地、正確無誤地對其進行獎懲。除了宙斯維護律法而外，忒彌斯這位正義女神經常坐在宙斯的寶座旁邊。她鐵面無私，執法如山。她以自己的智慧給宙斯提出各種正確的建議。她也是掌管奧林匹斯山各殿堂以及整個宇宙的治安女神。

當人們在世間行善時，到了豐收季節，黑色的土地上就會長滿小麥和大麥，枝頭掛滿豐碩的果實，大地上牛羊成群，糧食滿倉。當人們做了惡事，辦事不公、缺乏正義、失去理智時，颶風和洪水就會鋪天蓋地而來，江河泛濫，雷雨交加，山崩地裂，冰雹使作物顆粒無收。青銅時代的人們性格殘忍、

〔註6〕　卡爾·格式塔夫·榮格：（Carl Gustav Jung，1875～1961）：瑞士精神病學家，分析心理學的創始人，精神分析學派代表之一。主要著作：《文集》20 卷，《書信集》兩大卷。

〔註7〕　馮川、馮克編譯：《榮格文集》〔M〕，北京：改革出版社，1997：415。

粗暴，只知道互相厮殺。他們每個人都要千方百計地侮辱他人。他們專吃動物的肉，而不願採摘田野上的各種果實。作爲世界主宰的宙斯不斷地聞聽到這代人的惡行，決定懲罰這些惡人，讓這類人墜入陰森可怕的冥府之中。呂卡翁儘管作爲阿耳卡狄亞國王，也因爲多行不義，宙斯把他變成了一匹餓狼。〔註8〕古希臘羅馬神話對提修斯深明大義，挺身而出要去克里特島，把自己作爲貢品送給米諾陶的義舉進行了贊揚，但是當提修斯違背諾言，把阿里阿德涅拋棄在了納克索斯島，天上諸神決定對提修斯的自私行爲進行懲罰。諸神故意讓所有船員忘記與埃勾斯國王的約定，勝利返回雅典時依然高高掛著黑帆。當老國王看見船上懸掛的不是白帆時，絕望至極，起身向懸崖走去，跳入了大海深淵。

　　赫拉克勒斯是希臘神話中的一位力大無比的英雄，受到赫拉謊言的欺騙，鑄下大錯。諸神對其暴力行徑感到憤慨的同時，又覺得他也做了些偉大的事情。最後決定讓他趕赴阿爾戈斯城爲他的尤里西斯堂兄辦成十二件事。完成了這些任務，他將得到諸神的饒恕，結束他的悲慘處境。於是，才會有了世人爲之稱頌的赫拉克勒斯的十二大豐功偉績。由此可見，偵探小說中「懲頑惡、彰俠義」的故事情節，我們是可以在古希臘羅馬神話中找到其悠久的文學傳統。

　　從這些古希臘羅馬神話中，我們還可以看到律法的威嚴，執法的嚴明，要維護法律和正義，判決的執行至關重要。普羅米修斯爲人類盜取了天火，但是違反了天規。普羅米修斯被判遭受永久的懲罰，至少也得三萬年，被用牢固的鐵鏈鎖在高加索山高高的懸崖上。直到有一天，英雄赫拉克勒斯從山崖上解救了普羅米修斯。可是爲了使宙斯的判決徹底的執行，普羅米修斯必

〔註8〕宙斯喬裝改扮，扮作世人的模樣降臨人間。他來到地面上後，發現事實比傳說還要嚴重。一天傍晚，他走進阿耳卡狄亞國王呂卡翁的大廳，呂卡翁不僅待客冷淡，而且兇惡成性。宙斯以奇跡表明自己是位神。人們看得目瞪口呆，都跪下來向宙斯膜拜。呂卡翁對此卻不以爲然，嘲笑那些虔誠的人說：「讓我們考證一下，看看他到底是人還是神！」於是，他暗自決定，趁著客人半夜酣睡之際將他殺死。在這之前，他先悄悄地殺了一名人質，這是摩羅西亞人送來的一個可憐人。呂卡翁讓人剁下可憐人的四肢，然後扔在沸騰的水裏煮，其餘部分放在火上煎烤，把這作爲晚餐端給陌生的客人。宙斯把這一切都看在眼裏，他惱怒了，從餐桌旁跳起來，喚來一團復仇的火焰，擲在這個多行不義的國王的大院裏。國王萬分驚恐，想逃到野外去。可是，他發出的第一聲慘叫卻變成了淒厲的嗥叫，他身上的皮膚變成粗糙的皮毛，兩手支到地上，竟變成了兩條前腿。從這以後，呂卡翁變成了一隻惡狼。

須永遠戴一隻鐵環，環上還鑲嵌著一粒高加索山上的石子。宙斯這樣做暗示著：普羅米修斯還被鎖在高加索山上，律法的執行是嚴格的。

　　弗萊認爲在文學發展的每一個時期都有某種朝向中心百科全書型的傾向，這通常都是在神話模式中的經書或聖書，或者是在其他模式中我們所謂的某些「類似啓示錄」（analogy of revelation）的東西。〔註9〕他還認爲原型是文學中可交際的意義單位，可能是「一個人物、一個意象、一種敘事定勢」。《聖經》應該看作是一種特定的神話，一種從創世紀到啓示錄都是獨一無二的原型結構。這個結構顯示了一個偉大週期，其中還包含著其他三種週期運動：個體從降生到得救，從亞當、夏娃的結合到啓示錄婚禮中的性問題，從法的出現到法制王國建立的社會，《舊約》中錫安山的重建和《新約》的至福一千年。〔註10〕它對文學中的象徵體系起著主要影響，用神話的方式說明了法的起源。

　　《聖經》作爲古代文化典籍，是古希伯來人優秀文化的結晶，在其中蘊含了豐富的文化價值。隨著基督教的興起傳入歐洲各國，《聖經》中除了記載有「純文學」作品，如詩歌、短篇故事、小說、戲劇、小品文等，還包括律法條文、王室法令、宗教教條和戒規等。在這些作品當中，《創世紀》記錄了古希伯來人對於天地和人類社會中罪惡起源的一種樸素理解，開篇就爲我們講訴了兩椿罪案——伊甸園金蘋果案和該隱殺弟案。人類的始祖亞當、夏娃忤逆了上帝的旨意——「不可以偷吃智慧之果」，因此陷入罪中，被趕出了伊甸園，〔註11〕以致終身勞作以求溫飽。始祖的罪性進入第二代，發生了人類

〔註9〕〔加〕諾斯洛普・弗萊：《批評的剖析》〔M〕，陳慧等譯，天津：百花文藝出版社，2002：416。

〔註10〕〔加〕諾斯洛普・弗萊：《批評的剖析》〔M〕，陳慧等譯，天津：百花文藝出版社，2002：418。

〔註11〕上帝創造出人類的始祖亞當和夏娃後，讓他們負責看守伊甸園，吩咐他們說：「園中各樣樹上的果子，你可以隨意吃。只是分別善惡樹上的果子，你不可吃，因爲你吃的日子必定死。」（創世紀2：15～17）但是，夏娃受到蛇的引誘，不僅自己吃了禁果，也給亞當吃了。他們二人的眼睛就明亮了，才知道自己是赤身裸體，便拿無花果的葉子，爲自己編作裙子。天起了涼風，耶和華神在園中行走，那人和他妻子聽見神的聲音，就藏在園子裏的樹木中，躲避耶和華神的面。耶和華神知道亞當、夏娃偷吃了分別善惡樹的果子，明白了是非羞辱，便將二人趕出了伊甸園，並咒詛他們受苦。（創世紀3：1～24）。「禁果」（Forbidden fruit）是「原罪說」中重要的組成部分，對西方文學文化有巨大影響。

歷史上第一件謀殺案，該隱殘忍地殺害了自己的弟弟亞伯。〔註12〕據梁工先生論述，該隱在基督教象徵體系中一直都被視作邪惡的化身。〔註13〕他公然破壞上帝建立的宇宙秩序，犯下了殺弟的罪行，成為人類歷史上第一個殺人犯。因此，上帝讓他在土地上辛苦勞作，大地不再向他豐產，甚至讓他失去家園到處流浪，以示懲戒。從這兩起案件中，我們可以看出，上帝是律法的制定者，萬物和人是由上帝的「話語」創造出來的，上帝的旨意是不可抗拒的，上帝掌握著人類的生死大權，他嫉惡如仇，希望人性完美，甚至有時會除惡務盡。

西方偵探小說常見的經典模式是「案發──勘案──破案──說案」。這樣的破案故事，我們可以在《舊約次經》「蘇撒納和長老的故事」、「貝爾神殿的司祭們」這兩則故事裏，看到類似破案的情節。可是，聖經中的破案故事還是與偵探小說中的破案故事有區別的。聖經中的主人公是憑藉其善於觀察的本性，發現線索，使得惡人繩之以法，並不是依靠科學技術去分析所獲得的證據線索，解釋案件中的疑難問題。

所羅門是古代以色列王國的第三代國王，以聰慧、睿智著稱。他明事理，善思考，通機變，曉獸語。在其統治下國運強盛，子民多得不可勝數，這樣難免就會出現大量的案件要其定奪。一日夢中，他請求耶和華神賜予他智慧可以聽訟，可以明辨是非，神應允了他的要求。所羅門智斷爭子案〔註14〕講

〔註12〕 夏娃生下該隱。後來，她又生了一個孩子，就是該隱的弟弟亞伯。亞伯是個牧人，該隱則是個耕田人。到了向上帝供奉的日子，該隱拿了些土地的產品獻給天主；亞伯則獻出一些精選的乳羊。天主看中了亞伯和他的供品，而沒看中該隱和他的禮物。該隱很生氣。他的臉沉了下來。該隱對弟弟亞伯說：「我們到野外去吧。」當他們到了那裏，該隱就動手把他弟弟殺死。後來，天主問該隱：「你的弟弟亞伯在哪裏？」該隱回答說：「我不知道。我又不是看守著他的。」天主說：「你做了什麼事？聽著！你弟弟流出的血從地上向我哭訴。你受到控訴，你要被流放，逐離這塊吞噬被你殘殺的兄弟的鮮血的土地。你要耕種，那地也不會再長出佳禾。你會成為流浪漢，到處漂泊。」該隱對天主說：「我受不了這個懲罰。今天你把我從這裡趕走，不讓我再出現在你面前，我將成為一個流浪漢，到處漂泊，遇見我的人都可能殺死我。」天主回答他說：「不，如果有人殺死該隱，他就會遭到七倍的報應。」上帝給該隱做了個標記，這樣遇見他的人就不會殺死他。該隱就離開了天主到伊甸園東邊叫挪得的地方住下來。（創世紀4：15）。

〔註13〕 梁工、盧龍光編選：《聖經與文學闡釋》〔M〕，北京：人民文學出版社，2003年。

〔註14〕 一天，兩個妓女前來申訴，其一說：「我們兩人同住一房，都生了孩子，夜間那女人睡著時壓死自己的孩子，趁我正在睡覺，用死孩子換走我的活孩子。」

述了所羅門王通過親生母親對孩子的憐愛，機智地判決了這一樁爭子疑案。在這起案件中，無證人、無證據，不能像現代社會我們可以採用 DNA 親子鑒定技術，去鑒定孩子的真正母親，所羅門王之所以能斷了這個案子，正如《聖經》中所說：所羅門王因爲心裏有神的所賦予的可以聽訟的智慧。

而在我國，神話的出現與「昔者初民，見天地萬物，變異不常，其諸現象，又出於人力所能以上，則自造眾說以解釋之」〔註15〕有關。在「大同世界」裏，初民之間、部落之間發生紛爭是常見的現象。有了紛爭，這就需要找到一個管理權威，來裁決他們之間的是非曲直。從而初民「信仰敬畏之，於是歌頌其威靈，至美於壇廟，久而愈近，文物遂繁。故神話不特爲宗教之萌芽，美術所由起，且實爲文章之淵源。」因此我們可以說小說起源於神話傳說故事，神話傳說與小說是一脈相承的。而在那些反映權威解決初民之間是非曲直的神話傳說中，國家司法職能的早期樣態便初露端倪。

世界各民族在原始蒙昧時期無不採用過「神判」〔註16〕。在我國的大量古代文獻中，就有解廌司法的記載。《說文》載：「廌，解廌，獸也，似山牛，一角；古者決訟，令觸不直。古者，神人以廌遺黃帝。」《蘇氏演義》記載：「毛青，四足，似熊，性忠直。見鬥則觸不直，聞論則咋不正，古之神人以獻聖帝。」又《神異經》中記載：「獬豸性忠，見邪則觸之，困則未止，東荒之獸，故立獄階東北，依所在也。」從以上文獻資料中可以看出，在初民的神話傳說中，廌，是一種動物，也寫作解廌，獬豸等。它性情忠直，「神人」敬獻給黃帝「令觸不直」，「見邪則觸之」，用以解決決訟時的疑難案件，久而久之，初民就把解廌抬到了一個「神」的高度，成爲了「司法之神」，開啓了「神判」的時代。

而臯陶則是作爲法律的執行者出現的。《說苑‧君道》記有：「當堯之時，臯陶爲大理」。《春秋元命苞》中載：「堯爲天子，夢馬啄子，得臯陶，聘爲大理。」《管子‧法法》又載「臯陶爲李。」李通理，意思是古時的治獄之官，

其二說：「活孩子是我的，死孩子才是她的。」兩人爭執不休，互不相讓。所羅門令人拿刀來，把活孩子劈開，兩人各一半。活孩子的母親聞言忙說：「求我主將孩子給那婦人吧！萬不可殺他。」另一個女人則說：「這孩子也不歸我，也不歸你，把他劈了吧！」所羅門判斷出不讓殺孩子的才是眞正母親，便把活孩子斷給她。《聖經‧列王紀上 3：16～28》。

〔註15〕魯迅：《魯迅全集‧中國小說史略》〔M〕，上海：作家書屋，1948：158。

〔註16〕黃巖柏：《中國公案小說史》〔M〕，瀋陽：遼寧人民出版社，1991：21。

也就是說皋陶是當時法律活動的執行者，是尚未進入奴隸社會時期的大法官。那麼，皋陶作爲執法官員在當時是用何斷案、如何處置罪犯的呢？《論衡》載：「皋陶之時，有解廌者如羊而一角，青色，四足，性知曲直，識有罪，能觸不直。皋陶跪事之，治獄，罪疑者令羊觸之，故天下無冤。」在堯舜時期刑法制度已相當完備，《尚書‧堯典》載：「帝曰：皋陶，蠻夷猾夏，寇賊奸宄。汝作士，五刑有服，五流有宅，五宅三居。惟明克允。」「象以典刑，流宥五刑，鞭作官刑，撲作教刑，金作贖刑，眚災肆赦，怙終賊刑。」又《皋陶謨》中記載：「皋陶方祗厥敘，方施象刑惟明」，「天討有罪，五刑五用哉」。可以發現，皋陶時期，皋陶儘管是主持司法事務的世襲部落酋長，但是依然是在使用解廌來決訟，並且能針對不同的罪犯採用不同的刑罰，這些刑罰包括五刑、五流、象刑、贖刑、鞭撲〔註17〕，這就需要法官在量刑上仔細斟酌；如果刑罰單一的話，法律條文將形同虛設，法官存在的意義也將蕩然無存。

　　至此，我們可以看出，古希臘羅馬神話、宗教聖典《聖經》以及我國各民族的傳說中，在原始初民的集體無意識中潛伏著大量的原始意象，作爲一種文化和心理的積澱，容納了初民豐富的人生體驗、眞摯的情感和敏銳的洞察力。謎、罪犯、案件、律法的雛形、懲惡揚善的主題等等，這些現代偵探小說所需要的元素都可以在神話故事傳說和宗教經典中覓得它們的蹤影。儘管如此，它們依然僅僅是一根根五彩絲線，要把它們織成一幅幅壯麗的五彩斑斕的圖景，需要一位具有廣博科技知識和豐富想像力的能工巧匠來完成。歷史在靜靜地等待那一刻的出現。直到一八四一年，《莫格街謀殺案》的出版，這位大師才把偵探小說的帷幕緩緩拉開。

第二節　西方偵探小說

一、愛倫‧坡與偵探小說〔註18〕

　　埃德加‧愛倫‧坡〔註19〕僅創作了《莫格街謀殺案》、《瑪麗‧羅熱疑案》、

〔註17〕武樹臣：《中國傳統法律文化》〔M〕，北京：北京大學出版社，1994：103。

〔註18〕愛倫‧坡撰寫史上第一篇偵探小說時，蘇格蘭場偵查科尚未成立。並且，美國那時還未設立警察機構。因此，他未把這五篇故事稱爲「偵探小說」（detective stories）而是稱之爲「推理小說」（tales of ratiocination）。參見 J.G.Kennedy, Poe, Death and the Life of Writing, Michigan: Yale University Press, 1987: 156。

〔註19〕Edgar Allan Poe（1809～1849），十九世紀最偉大的詩人、作家、文藝評論家。

《金甲蟲》、《就是你》和《竊信案》這五篇偵探小說，卻開創了「這種文學類型無與倫比而又完善的模式」〔註20〕。隨後的偵探小說創作者們盡力嘗試著去打破這五個短篇小說的桎梏，可是也只能是在細節上略微有所改變。可以說這五篇小說為偵探小說的創作框定了一定的模式。

然而，愛倫‧坡的偵探小說創作並非無源之水、無本之木，橫空出世的，他的作品與其坎坷的人生經歷、歐洲傳統文學及他堅守的創作理念息息相關。

1、愛倫‧坡的坎坷人生

1809 年 1 月 19 日，愛倫‧坡誕生在美國波士頓一個流浪藝人的家庭裏。他繼承了母親伊麗莎白‧阿諾德（Elizabeth Arnold）的容貌，天生儀表端正、高貴。父親大衛‧坡（David Poe）祖籍愛爾蘭，生性靦腆、憂鬱，甚至還有幾分怯懦，自幼接受過良好的教育，喜歡研讀劇本，但天資不足，演藝事業受挫，郁郁寡歡，染上酗酒的陋習。一日與妻爭吵，負氣出走，從此便銷聲匿跡。就這樣，愛倫‧坡過早地失去了父愛。次年，母親也因積勞成疾，撒手人寰。當時愛倫‧坡僅三歲，他父親的好友一位煙草商領養了他。養母對其憐愛有加，但養父是講究實用的商人，對他的管教一向嚴厲和苛刻。以致多年後愛倫‧坡離家出走，在給養父的信中寫道：「我終於下了決心──離開你的家，在這廣闊的世界上爭取找塊立足之地，這樣就沒人像你這樣對待我了」。〔註21〕養父子二人的關係可見一斑。

1815 年，他隨養父母一家乘船遷居英國。愛倫‧坡在這裡度過了五年快樂時光。英倫三島迷霧繚繞、海岸崎嶇、尖形的窗戶、古老的建築，在愛倫‧坡的記憶中這是一處充滿神秘色彩的樂園。愛倫‧坡日後憑藉驚人的記憶，激發出他愛爾蘭血統中對神秘、超自然事物的想像力，「用細緻而科學的、具有駭人效果的方式描寫漂浮在神經質的人周圍的、并將他引向惡的想像物」。〔註22〕這些兒時的記憶，為他創作偵探小說奠定了一定的生活基礎。

他一生創作甚豐，可是命運多舛。波德萊爾稱他是「激情與冒險的產兒」。他自 1832 年開始，在《星期六信使報》上陸續刊登了《梅岑格施泰因》、《耶路撒冷的故事》等小說之後，累計發表短篇小說六十五篇。被譽為是偵探小說之父。

〔註20〕Fleischmann, Wolfgang Bernard. Encyclopedia of World Literature [M], New York: Frederick Ungar Publishing Co.,1967: 280.
〔註21〕彭貴菊、熊榮斌、余非編著：《愛德加‧愛倫‧坡作品賞析》〔M〕，武漢：武漢測繪科技大學，1999：224。
〔註22〕波德萊爾著：《波德萊爾美學論文選》〔M〕，郭宏安譯，北京：人民文學出版

　　1827 年，愛倫・坡虛報年齡應徵入伍，被派往南卡羅來納州的沙利文島（Sullivan's Island）。軍營的生活儘管單調乏味、令人窒息，但是也提供給了愛倫・坡深入邊疆，體驗生活的寶貴經歷。十五年之後，他利用這些儲藏在記憶裏的素材，創作了《金甲蟲》（The Gold-Bug，1843）。在這篇小說中，寶藏埋藏的地點就是以渺無人煙的沙利文島作爲背景。

　　1829 年 2 月 28 日，養母病逝。養母一直對待愛倫・坡視如己出。愛倫・坡爲盡孝告假還鄉，但養母這位他生活中唯一可依賴傾訴的親人已經離他而去，這使得孤苦無依的愛倫・坡倍感困苦。1836 年，愛倫・坡娶表妹弗吉尼亞爲妻。這段幸福溫暖的家庭生活，一直持續到 1847 年弗吉尼亞因病去世。這一打擊使得愛倫・坡心力交瘁。家庭成員的相繼離世，對敏感、脆弱的愛倫・坡造成極大的心靈創傷，使他對親情愈加渴望，對死亡有了更深刻的認識，他在創作中對死亡的主題情有獨鍾，他始終相信美麗女人的死亡是人世間最大的悲劇。

　　弗吉尼亞去世後，爲尋求心靈上的慰藉，1847 年，愛倫・坡創作了《尤娜路姆──一首詩歌》和《我發現了》，並重新修改了《阿恩海姆的領地》。1848 年，創造完成《鐘》，這是他實踐審美統一性、音樂性、效果統一理論的優秀代表作。

　　1849 年 10 月 3 日，再一次酗酒的愛倫・坡被送往華盛頓大學醫院。10 月 7 日凌晨說了聲「上帝祐我」，便永遠閉上了眼睛，一顆耀眼的文壇巨星就這樣告別了人世，享年 40 歲。

2、歐洲文化對愛倫・坡的影響

　　歐洲的法制文學有著悠久的傳統歷史。意大利作家薄伽丘創作的《十日談》中，一百篇故事裏幾乎一半是關於各種各樣的案件。英國作家莎士比亞在悲劇《哈姆雷特》和《麥克白》中，對人性進行了深入的探索，進一步發展了「罪與罰」的主題，作品中對犯罪的描寫以及智力比拼的橋段給讀者留下了深刻的印象。菲爾丁是十八世紀英國傑出的作家，精通法律，曾被任命爲倫敦首任警察廳廳長，可以算是世界作家中第一個最有資格從事法制小說創作的大作家〔註 23〕。他創作的《大偉人江奈生・魏爾德傳》全面深刻地抨擊了英國資產階級政府的虛僞性、殘酷性，並對當時的法制生活進行了揭露

社，1987：188。

〔註23〕于洪笙：《重新審視偵探小說》〔M〕，北京：群眾出版社，2008：5。

與諷刺。

　　有兩部法國文學作品對偵探小說的產生有著直接的影響。一部是法國文豪伏爾泰（Voltaire）所著的中篇哲理小說《查第格》（Zadig，1747），另一部是法國人尤金——弗朗索瓦・維多克（Eugéne-François Vidocq，1775～1857）所著的自傳《回憶錄》（Mémoires，1829）。

　　《查第格》共有十八章，當中有一章講述了主人公查第格如何推理出王后丟失的狗和國王逃跑的馬的外貌特徵。〔註24〕伏爾泰的初衷並不是想說明如何運用縝密的推理破獲案件。但是，這篇小說對推理的演繹，可以說是偵探小說萌芽期的成功典範。

　　19世紀初，資本主義制度已經在歐洲許多國家建立。物欲橫流的社會使犯罪分子日益猖獗，歐洲警察制度、司法制度逐步走向完善，法學、偵查學、犯罪學應運而生。工業革命的成果在科學技術領域的發展，為偵探們的邏輯推理提供了有效的實體證據。歐洲都市文化的興起使法國巴黎成為了歐洲和全世界的文化藝術中心，資本主義生產力得到空前的發展，個人財富有了一定的積累。世界各地的犯罪分子也湧向了這裡，財權吞併、盜竊、凶案案件層次不窮，社會治安問題變得日益嚴重，公眾要求當局遏制犯罪現象、保護個人私有財產的呼聲日益高漲。於是，巴黎警察局長找來曾經是罪犯的弗朗索瓦・維多克，幫他成立了世界上第一個偵探小組「Brigade de la surete」。1834年1月，他正式成立了世界上第一家名為「包打聽」（Le Bureau des Renseignments）的私人偵探所，這家偵探所主要服務於商人，擁有四千多名長期客戶。這樣，十九世紀偵探小說存在的客觀條件逐步建立，也就出現了偵探這一文化現象。

　　維多克在偵探領域和文學領域都產生了巨大影響。他首創罪犯卡片索引系統，通過採集腳印進行足跡鑒定。他在《回憶錄》中還寫道：「我時常光顧那些臭名昭著的房屋和街道，採用不同的喬裝方式。的確，迅速改變的衣著和方式都說明了一個人迫切希望隱藏起來，不想被警察發現，直到我每天遇到的流浪漢和小偷都相信我和他們是一夥的」。通過這種方式，維多克開創了法國偵探機構喬裝傳統的先河。由此，維多克為許多作家所關注，並作為創

〔註24〕王后的狗和國王的馬不見了，侍從們在尋找的路上碰見查第格，他說那條小母狗剛生過小狗，左前腳是瘸的，耳朵很長；說馬奔馳的步伐好極了，身高五尺，蹄子極小，尾巴長三尺半。可他堅持說沒看見，就在判他先吃鞭子，再流放至西伯利亞之時。狗和馬都找到了。查第格的推理證明是正確的。

作原型進入到了他們的文學作品中。其中，英國作家狄更斯的名著《霧都孤兒》就是以維多克生活經歷為素材創作出來男主人公奧利弗。文壇巨匠巴爾扎克、雨果以維多克為原型塑造出《高老頭》中的沃特林和《悲慘世界》中的冉·阿讓。加博里奧創作的《勒魯菊案件》中，偵探勒考克也是一位改過自新的罪犯，個人經歷與維多克十分相似。而美國作家愛倫·坡更是深受其影響。著名偵探小說家和評論家朱利安·西蒙斯認為：「他讀過維多克的書，也就是說如果《回憶錄》不出版，坡就不可能塑造出他筆下的那位業餘偵探」。〔註25〕誠如斯言，愛倫·坡在其偵探小說的開篇之作《莫格街謀殺案》中，借用主人公杜賓之口對維多克有這麼一段評價：「比方說，維多克善於推測，做起事來總是百折不撓。不過，思想沒有受過薰陶，偵查時往往過於專心，反而一錯再錯。他看東西隔得太近，反而歪曲事物真相。說不定，有一兩點他看得特別清楚，可是這樣，勢必看不清問題的全面」。〔註26〕

這段話說明愛倫·坡對維多克是進行了一定深入研究的。此外，愛倫·坡還把杜賓偵破故事的所有敘事空間設置在了法國巴黎，不言而喻，他相信他筆下的私人偵探杜賓，是能夠與維多克相媲美的，杜賓一定會運用超人的智慧、縝密的推理去破解巴黎的形形色色的案件。

哥特小說散發著浪漫主義的氣息，又竭力書寫著死亡的話語。疑謎、險象和死亡的場景是哥特小說的顯著特徵，這些場景很容易捕捉到讀者微妙的心理變化，能極大地激起讀者的閱讀興趣和緊張心理。它所強調的神秘離奇的情節和駭人恐怖的場景，也同樣深刻地折射到了偵探小說的文本當中，為愛倫·坡創作小說時提供了可資借鑒的經驗。

正如菲德勒所說：「在美國第一流作家手上，哥特藝術形式結出了豐收的果實；在象徵意義上理解，哥特藝術之虛構與裝飾都被轉化為恐怖的隱喻，具有了心理學、社會學以及形而上學的意味」。〔註27〕在愛倫·坡所創作的偵探小說中融入了哥特小說的特點，陰沉昏暗冷寂的日子、漫長而隱晦的地道、充滿死亡氣息的密室空間、無比蕭索的曠野、孤單破敗凋零的府邸、空洞眼

〔註25〕 Symons, Julian. *Bloody Murder, From the Detective Story to the Crime Novel:* A History [M], Hong Kong: Papermac, 1992: 34.

〔註26〕 〔美〕愛倫·坡著，愛倫·坡：《短篇小說集》〔M〕，陳良廷、徐汝椿、馬愛農譯，北京：人民文學出版社，2006：97。

〔註27〕 〔美〕萊斯利·菲德勒：《美國小說裏的愛與死》，參見常耀信主編《美國文學研究評論選（上）》〔M〕，天津：南開大學出版社，1992：264。

睛一樣的窗子、古舊的堤道等，這些帶有怪誕恐怖因子的哥特小說審美元素常常用於營造小說駭人的氛圍，細節的生活化和魔幻色彩的敘事情節巧妙地融合在一起，但是又不失敘事的現實感。「愛倫・坡把哥特故事同偵探推測故事結合起來的嘗試對後代作家影響極大」。〔註28〕他巧妙運用著懸念、言情、兇殺、恐怖、血腥等通俗元素，日後，威廉・福克納、弗蘭納里・奧康納、斯蒂芬・金、蔡駿等作家都從愛倫・坡的作品中汲取了充分的營養。

3、愛倫・坡的創作理念

愛倫・坡一向推崇「為藝術而藝術」。他的創作相關理論大多集中在詩歌理論方面，小說創作理論基本上採納詩歌理論的一套規則。他的主要獨創性論述集中在《致 B 先生的一封信》（*Letter to B*——，1836）、《評霍桑的〈故事重述〉》（*Twice-Told Tales*，*by Nathaniel Hawthorne：A Review*，1842）、《詩學原則》（*The Rationale of Verse*，1843）、《創作哲學》（*The Philosophy of Composition*，1846）、以及《詩歌原理》（*The Poetic Principle*，1850）中。

《致 B 先生的一封信》是愛倫・坡發表的第一篇關於詩歌方面的專論。他本人不主張「文以載道」，認為詩歌就是要讓讀者讀後擁有愉悅的心情。《詩學原則》是愛倫・坡關於詩學和詩論篇表述最完整的一篇文章。他在文中提出詩人要注重使用排比、疊句和重複的表現手法以達到統一的效果。詩人如果想要達到悅人的功效，詩中的各種基調都應該使用。愛倫・坡在《評霍桑的〈故事重述〉》、《創作哲學》、《詩歌原理》中，反覆強調的是關鍵詞是「效果」。這就是說，詩歌是能使人情感發生變化的工具。詩歌的最終目的是「能使人情感激蕩」，即他所謂的「整體效果」。詩歌是「簡單因素的結合」，詩歌中的題材、意象、語氣、節奏、遣詞、韻律等結合後，可以「使詩人迸發出真正的詩意情感」。

在《創作哲學》中，他提出了創作的統一效果論（the Unity of Effect）。他認為詩歌要達到理想的效果，篇幅既不能太長也不能太短，太長使人讀之生厭，太短則又不能充分調動各元素。

> 在限度之內可使詩的長度與詩的價值——換言之與興奮或激昂
> ——再換言之與詩能誘發出的真正詩意效果的大小——呈數學關
> 係；因為很清楚，長度適可與預定效果的強度一定是成正比——就

〔註28〕朱振武：《在心理美學的平面上——威廉・福克納小說創作論》〔M〕，上海：學林出版社，2004：180。

是如此，但附有條件——要產生任何效果，一定程度的持續時間是
絕對必要的。……既不高於大眾水平也不低於評論家的品味，所以
詩的恰當長度——百行左右。〔註29〕

可以看出，愛倫・坡最認可詩的長度在百行左右，這樣的詩歌最能夠產生「整
體效果」。那麼，技巧嫻熟的文學藝術家應該如何從「效果」入手進行小說創
作呢？愛倫・坡是經過精心策劃、巧妙鋪陳，力圖「在短篇小說這種文藝形
式裏，每一事件，每一描寫細節，甚至一字一句都應當收到一定的統一效果，
一個預想中的效果，印象主義的效果。」〔註30〕在《創作哲學》中，他承認
自己喜歡從考慮效果入手。「在眾多能感化心智或曰（更寬泛些說）靈魂的效
果或印象中，我應該為眼前的這篇選用哪種？」〔註31〕愛倫・坡創作偵探小
說時，認為藝術家不妨力圖製造驚險、恐怖和強烈情感的效果。而且每篇作
品都應該收到一種效果。他事先會選定要製造的效果，精心打造每一個細節，
以此烘託出他喜歡演繹的主題：美的幻滅與死亡的恐怖。

愛倫・坡坎坷的人生經歷塑造出他敏感怯懦的性格。親人的相繼離世，
給他的心靈造成了難以彌補的創傷。他在《詩歌原理》中就明確指出在所有
的情調中，悲鬱是最合適的情調。而在所有悲鬱的主題中，死亡最為悲鬱。
他很自然地就會更多關注生與死這些沉重的話題，深入探索恐怖又神秘的死
亡問題。這就與當時的美國文壇積極向上的主流趨勢格格不入，致使長期以
來他的作品被許多人所誤讀，成為美國文學史上最具爭議的作家。受哥特文
學的影響，在他創作的作品中，死亡用於渲染一種恐怖的氣氛，死亡情節隨
處可見，處處彌漫著死亡的氣息。這和愛倫・坡的創作理念息息相關。他一
貫堅持整體效果對讀者產生的影響力，而死亡就是最能激起讀者心理反應，
可以達到最佳效果的主題。死亡的殘酷性展示了生活的另一面，會給讀者帶
來一種異樣的閱讀快感。

愛倫・坡的「整體第一」的效果論，以及「作品的結構細節應該為整體
目的服務」的理念，可以說，「十九世紀末的美國主要作家儘管不傾向於贊揚

〔註29〕 G.R. Thompson, ed., *The Selected Writings of Edgar Allan Poe*, New York: WW.
Norton & Company, Inc., 2004: 677.

〔註30〕 George Perkins. & Barbara Perkins, *The American Tradition in Literature (Vol. 1)*,
Boston: McGraw-Hill Companies, Inc.,1999: 1308.

〔註31〕 G.R. Thompson, ed., *The Selected Writings of Edgar Allan Poe*, New York: WW.
Norton & Company, Inc., 2004: 676.

坡，但是都受到了他的影響」。〔註32〕他的短篇小說觸摸到了人類心靈的最深處，尤其是他創作的《莫格街謀殺案》、《瑪麗‧羅熱疑案》、《金甲蟲》、《就是你》和《竊信案》這五篇偵探小說，開創了「這種文學類型無與倫比而又完善的模式」，對後世的偵探小說創作產生了深遠的影響〔註33〕。

4、愛倫‧坡的五篇經典偵探小說

「愛倫‧坡是現代文學中最偉大的技巧創新家之一」，〔註34〕而偵探小說的創作是其成就中最重要的部分。他所確立的偵探小說模式，歷經一百七十餘年，世界各國的偵探小說作家依然難以擺脫他所設定的框架。

1841 年 4 月，愛倫‧坡在新創刊的《格雷姆雜誌》上發表其第一篇推理名作《莫格街謀殺案》（*The Murders in the Rue Morgue*，1841），這篇短篇小說首創了「密室謀殺」（locked-room murder）模式，這種模式構成了一種在理論上講不可能實施的犯罪（impossible crime）。小說講述的是一對母女慘死在家中，在一個外人無法出入的密閉空間中發現了萊斯巴尼小姐的屍體，現場血腥恐怖，慘不忍睹。杜賓通過對現場的仔細勘查，推理出兇手是從看似釘牢的窗戶進入到房間裏的。他略施小計，以一則尋物啓事找出了「兇手」的主人，從而證明了自己推理的正確性。

在這篇小說中，敘述者、偵探和罪犯共同構成了這篇作品的遊戲空間。偵探與敘述者助手這一搭檔模式為偵探小說人物設置了經典模板，設置敘述者助手這一角色解決了偵探小說敘述難的問題。如果讓偵探來敘述故事，故事的可信度、可讀性將大打折扣；通過一個對偵探無限欽佩、相形見絀的助手，去襯托偵探的超人智力與料事如神，這樣，既可以及時跟蹤案件進展，又可以很好地保持故事的懸疑性。這篇作品就是借助助手之口，首次把杜賓介紹給了讀者，讓讀者對他有了基本瞭解〔註35〕。兩人為了找尋同一部珍貴

〔註32〕 Robert Regan, ed., *Poe: A Collection of Critical Essays*, New Jersey: Prentice-Hall, Inc., Englewood Cliffs, 1967: 8.

〔註33〕 英國著名偵探小說家柯南‧道爾感慨地說：「一個偵探小說家只能沿著這條狹窄的小路步行，而他總會看到前面有愛倫‧坡的腳印。如果能設法偶而偏離主道，有所發掘，那他就會感到心滿意足了」。參看：朱利安‧西蒙斯《文壇怪傑——愛倫‧坡傳》〔M〕，文剛、吳樾譯，西安：陝西人民出版社，1986：247。

〔註34〕 〔德〕本雅明：《發達資本主義時代的抒情詩人》〔M〕，張旭東譯，北京：生活‧讀書‧新知三聯書店，1992：61。

〔註35〕 「一八××年春夏期間，我寓居巴黎，在當地結識了一位名叫西‧奧古斯特‧

的奇書而相識，交往就此逐漸密切起來。這位助手智力平平，對杜賓無限崇拜。在與杜賓的討論中，助手覺察到杜賓所獨具的分析能力，並幻想有一個雙重杜賓——有想像力的杜賓和有分析能力的杜賓。可以看出，杜賓就是愛倫·坡的自我理想的化身，他聰穎異常又具有嚴密的推理能力，沒有任何情感，彷彿就是一臺推理機器。解謎、邏輯推演始終圍繞密閉的案發現場，兇手是誰，如何出入，為什麼這麼做而展開。日本推理作家島田莊司對此有著深刻體會：「如果愛倫·坡把故事解答成『惡魔的遊戲』，那麼《莫格街謀殺案》充其量只是一篇很好的哥特小說，不會取得什麼突破。但是，他很科學地解釋了一切，這樣世界上才有了『偵探小說』」。

《瑪麗·羅熱疑案》（*The Mystery of Marie Rogêt*，1842）建構了偵探小說「邏輯推理」模式。這篇作品比《莫格街謀殺案》材料更加充實，並且把新聞體裁運用於破案。此次破案，杜賓並未親臨案發現場調查取證，聽取證人證詞，而只是完全坐在安樂椅中，借助新聞報導和助手所收集的二手材料，運用物理學、生理學相關知識分析、論證推理。最終將目標鎖定在兩年前與死者一同私奔的那位海軍軍官身上。據他推理，兇手是為了洗脫罪名故意在案發現場製造假象，誤導警方，只要找到那條用於拋屍的小船，案情自然會大白於天下。但是小說結尾卻加了一段編者按：

> 本刊把作者交來原稿擅自刪去一部分，刪節原因不擬加以說明，多數讀者一看便知。那一部分詳細敘述了杜賓根據手邊一點明明是蛛絲馬蹟的東西往下偵查的經過。本刊覺得只消簡短交代一下就行了，預期的結果終於實現了；警察廳長雖然心裏老大不高興，但也總算如期履行了他和杜賓爵士講定的條件。下文就是坡先生這篇小說的結尾。〔註36〕

愛倫·坡通過這種奇特的結尾方式，彌補了真實事件與虛構情節的縫隙，目的是讓讀者相信以附注形式寫的冗長的開場白是真實可信的，從而使得整個

杜賓的法國少爺。這位公子哥兒出身高貴——確實是名門子弟，不料命途多舛，就此淪為貧困，以致意志消沉，不思發憤圖強，也無意重整家業。多虧債主留情，他才照舊承襲祖上一點薄產；靠此出息，他精打細算，好容易才維持溫飽，倒也別無奢求。說真的，看書是他唯一的享受，何況在巴黎，要看書是再方便也沒有了」。參看：陳良廷、徐汝椿、馬愛農譯《愛倫·坡短篇小說集》〔M〕，北京：人民文學出版社，2006：87～88。

〔註36〕陳良廷、徐汝椿、馬愛農譯：《愛倫·坡短篇小說集》〔M〕，北京：人民文學出版社，2006：200～201。

虛構的故事讀起來令人信服。小船依舊沒有蹤影，兇手未被逮捕歸案，但是「無須曝光整個事實」這樣開放式的結尾，起到了使得讀者產生無限遐想，對整個事件保持關注、繼續思考的作用。這篇作品所提倡的在探尋真相的過程中，運用科學的邏輯推理，在虛幻與真實之間利用新聞尋找縫合點的寫作模式，在我國當代懸疑小說作家那多的作品中依然得到運用。

　　愛倫・坡的《竊信案》（The Purloined Letter，1844）講述了一樁奇特的偷竊案，一封關乎王室貴婦信譽的密信落入陰險狡詐的 D 大臣手中。走投無路之下，貴婦暗中委託巴黎警察廳長辦理此案。三個月來，廳長把 D 大臣可以藏信的角落都搜遍了，但是毫無斬獲，於是登門求助偵探杜賓，並答應給他五萬法郎的鉅額酬金。那麼，杜賓是如何取回密信的呢？杜賓破案靈感來自於孩子們玩的「猜單雙」遊戲。他認為要想戰勝對手，推理者的智力要能和嫌疑人相抗衡，要能對嫌疑人的行為做出正確判斷。他非常熟悉這位大臣。這位大臣不但是詩人，是數學家，還精通推論。

　　杜賓通過對大臣的心理仔細揣摩，運用視覺盲點的特點，巧妙利用了「看上去最不可能的答案才是正確的，最危險的地方最安全」這樣的反式思維方法，以其人之道還治其人之身，杜賓再次去找大臣，趁亂以一封偽造的信換回了那封被竊走的信。這篇作品是詭計與智謀的對抗，小說著力刻畫了反面人物 D 大臣，通過與這種等量級對手的鬥智鬥勇，凸顯出偵探杜賓的存在價值，成為對人類心理進行剖析與邏輯演繹的絕好教材。

　　《金甲蟲》（The Gold-Bug，1843）首次採用「密碼推理」的方式挑戰人類的智商。《金甲蟲》是愛倫・坡對《莫格街謀殺案》、《瑪麗・羅熱疑案》偵探小說創作模式的一種顛覆，這篇小說沒有血腥場面的描寫，只有引人入勝的懸念設置、環環相扣的縝密的密碼解密過程。這是一篇破譯密碼找尋寶藏的故事，故事情節曲折，懸念迭起，環環相扣，展現了愛倫・坡破解密碼方面的才能 〔註 37〕。威廉・勒格朗先生出身胡格諾教徒世家，原本家道富裕，不料後來連遭橫禍，只落得一貧如洗。一日偶然得到一張藏寶圖。他首先破解了密碼使用的語言問題，然後展開大膽合理的推測，利用自己豐富的博物學知識，還有對密碼學、語言學的精通，從而得出了 aoidhnrstuycfglmwbkpqxz 這一字母順序表，最終不費吹灰之力就破解了密碼全文，並按照密碼的暗示

〔註37〕 1839 年 12 月，《亞歷山大每週信使》上刊登了愛倫・坡的挑戰，他宣稱可以破解讀者提交的任何字母替代法密碼。

找到了一大筆寶藏。愛倫・坡在這篇小說中結合了自己在蘇利文島服役的親身經歷，早年看過的有關海盜和藏寶的故事也為他創作《金甲蟲》提供了素材，並對基德船長的傳說故事展開豐富的想像，給這篇作品塗抹上了神秘的色彩。費城的《星期六博物館報》評論《金甲蟲》這篇作品是「近十五年來美國出版的最著名的小說，該書將一連串不協調而又不可思議的相關聯的事物完美地融合在這樣一部集想像、事實和虛構的作品中，對諸多神秘的材料進行如此機智的處理，這完全是出自一位天才之手。」〔註38〕《金甲蟲》模式也是後世許多作家紛紛傚仿的對象，英國作家斯蒂文森的《金銀島》、柯南・道爾的《跳舞的人》，當代作家丹・布朗的《達・芬奇密碼》，中國懸疑作家蔡駿的《地獄的第十九層》等都從中汲取了創作的靈感。

　　《就是你》（*Thou Are the Man*，1844）是把哥特小說的神秘性與犯罪小說的罪惡感巧妙融合在一起，並且帶有喜劇色彩的一篇作品。作品中偵探與罪犯打起了「心理戰」，出其不意地將殺人兇手暴露在世人面前。故事以第一人稱講述了發生在喧囂城的一樁神秘謀殺案。富紳沙特爾沃西神秘失蹤，所有證據均不利於其遺產繼承人彭尼費瑟，地方法庭判處其死刑。但是「我」早就覺察到古德費羅行動可疑，經過一番巧妙安排，當古德費羅面對傷痕累累、血跡斑斑、幾近腐敗的沙特爾沃西，聽著老人緩慢地、而又是非常清晰、振聾發聵地吐出三個字——「就是你」時，心理防線徹底崩潰，只好交待出自己的犯罪行徑和栽贓手段，然後倒地身亡。從偵探小說的角度審視這篇作品，其獨特之處在於製造虛假線索誤導大眾、最終情節逆轉，真凶恰恰正是最不可能的人。

　　愛倫・坡的這五篇偵探小說是「一種新的文學，是用甲和乙講故事的形式出現的合乎科學的神奇文學，是既狂熱又精確的文學。」〔註39〕並且，這五篇經典寫作範式為十九世紀興起的通俗大眾文化拓展了想像的空間，獨特的表現手法吸引了大眾的閱讀興趣，誘惑著大眾的心智，讀者在這五篇「遊戲之作」中，領略著作者精心設置的懸念，在破迷、解謎過程中與作者鬥智鬥勇，激發出讀者無窮的想像力，滿足了讀者的閱讀期待，讀者從中獲得了最佳的閱讀體驗和審美效果。

〔註38〕 Graham Clark, *Edgar Allan Poe: Critical Assessments (Volume II)*, Mountfield: Helm Information Ltd, 1991: 132.

〔註39〕 朱利安・西蒙斯：《文壇怪傑——愛倫・坡傳》〔M〕，文剛、吳越譯，西安：陝西人民出版社，1986：245。

二、柯南・道爾與偵探小說

　　自 1841 年，愛倫・坡發表《《莫格街謀殺案》，開創偵探小說範式以來，由於這種類型小說文體過於超前，是一種智者間的遊戲，對作者的知識水平要求較高，使得其在美國和歐洲難以快速發展起來。在這段時期，只有很少的幾位作家追隨愛倫・坡的寫作模式。英國作家阿瑟・柯南・道爾爵士（Sir Arthur Conan Doyle，1859～1930）可以說是「愛倫・坡模式」的衣缽傳人。他創作了約六十篇福爾摩斯系列故事，把偵探小說這一文類帶入了「黃金時代」。一百多年來，福爾摩斯的故事不僅被翻譯成五十多種語言文字，而且還被改編拍攝成了影視劇。據統計，在世界電影史上，1900 年至 1984 年，先後有六十七位演員在一百八十六部影片中飾演過福爾摩斯。至今，各類關於福爾摩斯的影視作品超過三千集。各種福爾摩斯迷俱樂部等組織，數量可觀，遍及世界每個角落。那麼，柯南・道爾刻畫的業餘偵探福爾摩斯與愛倫・坡筆下的杜賓有何不同？柯南・道爾創作的福爾摩斯系列偵探小說有何鮮明的特點呢？為什麼福爾摩斯這麼受大眾的歡迎？

1、福爾摩斯神話的締造者──柯南・道爾爵士

　　柯南・道爾 1859 年出生於蘇格蘭愛丁堡的一戶藝術世家。家族長輩對藝術孜孜不倦地追求，使得柯南・道爾對文學產生了濃厚的興趣，從小大量閱讀，涉獵頗豐。

　　1868 年送入以管理嚴格著稱的斯通尼赫斯特天主教會學校讀書，但他在這所學校並未成為一名虔誠的天主教徒。學習期間，他熱衷閱讀梅恩・里德的冒險小說、華爾特・司各特的歷史小說，還有托馬斯・巴賓頓・麥考利的作品。結束這裡的學習，家人接受了學校的建議，送他去了奧地利福爾德克希教會公學。在這裡，他接觸到了愛倫・坡的《莫格街謀殺案》、《金甲蟲》。

　　1885 年，柯南・道爾獲得愛丁堡大學醫學博士學位。他的行醫生涯並不順利，於是他開始創作小說貼補家用。他對愛倫・坡、柯林斯和加博里奧的偵探作品非常熟悉。他曾經說過偵探小說的創作深受愛倫・坡的影響，如果能夠有所突破，另闢蹊徑就很感欣慰了。在他的筆記中，他寫道：「我讀了加博里奧的偵探小說《勒考克偵探》，還有一個殺死老太太的故事，老太太的名字我忘了，都寫得很好，就像威爾基・柯林斯的作品，比柯林斯的還要好。」筆記中還有一些零星片段：「大衣的袖子、褲管的膝蓋部分、拇指與食指的皮膚硬化、靴子──其中，任何一項都能給予我們線索。如果所有這些加起來，

不可能描繪不出眞實而又完整的圖畫。」看來柯南·道爾開始著手勾畫自己的偵探世界，他想到了也做到了，在世界偵探小說史上，他創作出了一位家喻戶曉的成功的文學形象——大偵探福爾摩斯。

2、柯南·道爾筆下的福爾摩斯

文學作品中的文學形象都是以生活爲原型，再加以提煉概括而成。福爾摩斯形象的原型，來自於他在愛丁堡大學醫學院時敬重的恩師約瑟夫·貝爾（Joseph Bell）。1892 年，《海濱雜誌》八月號刊登了哈里·豪的文章《與柯南·道爾博士的一日》。文章中，柯南·道爾回憶了教授精湛的醫術和敏銳的觀察力：

> 我在愛丁堡遇見了那位激發我構擬福爾摩斯的人……他的直覺能力簡直不可思議。第一位患者出現。貝爾先生說：「我看你患的是酗酒病，你竟然在外衣內兜裏藏著一瓶酒。」另一個病人進來，「皮匠先生，對不起。」然後他轉向學生，並向他們指出那個人的褲子膝蓋內側破了，那正是此人跪在墊上的地方，因此這是只有在皮匠身上才能顯現的特點。

貝爾教授通過這種獨特的教學方式，引導學生重視對於細節的觀察，這樣才能準確、迅速地對病人的病情做出正確評估。柯南·道爾創作時，很顯然借鑒了教授善於觀察、精於邏輯推理的方法，這樣，讀者今天才能看到一位具有高度科學頭腦、嚴密邏輯思維的神探福爾摩斯。下面一段來自《波西米亞醜聞》，讓我們看看福爾摩斯是如何進行推理的：

> 「眞的！我想是七磅多。華生，我想是七磅多一點。據我的觀察，你又開始行醫了吧。可是你沒告訴過我，你打算再工作。」
>
> 「哎？你怎麼知道的呢？」
>
> 「是我看出來的，推斷出來的。要不我怎麼知道你近來常挨雨淋，而且有一位十分笨手笨腳和粗心大意的女傭的呢？」
>
> 「親愛的福爾摩斯，」我說，「你太厲害了。你要是活在幾世紀以前，一定會被火刑燒死的。確實，星期四我步行到鄉下去過一趟，回家時被雨淋得一塌糊塗。可是，我已經換了衣服，眞想像不出你是如何推斷出來的。至於瑪麗·珍，她簡直是不可救藥，我的妻子已經打發她走了。但是這件事我也看不出你是怎樣推斷出來的。」

　　他咯咯地笑了起來，搓著他那雙細長而強健有力的手。

　　「很簡單，」他說，「我的眼睛告訴我，在你左腳鞋子的裏側，就是爐火剛好照到的地方，皮面上有六道幾乎平行的裂痕。很明顯，這些裂痕是由於有人爲了去掉黏在鞋跟的泥塊，粗心大意地順著鞋底邊刮泥時造成的。因此，你就明白了我得出的雙重推斷，你曾經在惡劣的天氣中出去過，以及你穿的皮靴上出現的特別難看的裂痕是倫敦女傭人幹的。至於你開業行醫，那是因爲如果一位先生走進我的屋子，身上帶有碘的氣味，他的右手食指上有硝酸銀的黑色斑點，他的大禮帽右側面鼓起一塊，說明那曾藏過他的聽診器，我要不說他是醫療界業務繁忙的醫務人員，那我就眞夠愚蠢的了。」

不僅如此，柯南・道爾還把貝爾教授的體貌特徵、性格特點、思維習慣等加以借用，從而塑造出福爾摩斯這位經典偵探形象。柯南・道爾在 1892 年 5 月 4 日致信貝爾教授提到：

　　您將完全相信福爾摩斯是以您爲原型的，顯然在小說裏，我可以將這位偵探任意地置於各種戲劇性的情境之中，我不認爲他的分析工作造成的某些效果，比我在門診室親眼見過的您的診斷病例來得驚奇。我曾經聆聽過您所教導的演繹、推論和觀察的方法，據此我嘗試著塑造這樣一個人物，盡可能讓事物向前發展——越遠越好——而且我很高興，結果竟然能令您滿意，您是最有權力予以嚴格評判的批評者。

《血字的研究》（*A Study in Scarlet*，1887）是柯南・道爾的第一部偵探小說，首次發表在《比頓聖誕年刊》（*Beeton's Christmas Annual*）。這部作品談不上具有創新性，情節的設置也並不巧妙，所以當時未能引起多大社會反響。但是，在這部作品中，柯南・道爾推出了日後的偵探神話——歇洛克・福爾摩斯。首先，福爾摩斯正式出場前，華生偶遇小斯坦弗，小斯坦弗就對福爾摩斯作了一個簡潔的概述式的描寫：

　　「你還不認識歇洛克・福爾摩斯吧，」他說道，「要不你也不會樂意和他做一個常年相處的朋友。」

　　「爲什麼，難道說他有什麼不好之處嗎？」

　　「哦，我沒說他有什麼不好的地方。他只是想法上有點古怪——在一些科學項目上過於熱衷。就我所知，他是一位很正派的人。」

「我想他是個醫科生吧？」我說。

「不是，我也不清楚他要從事什麼。我相信他精於解剖學，還是位一流的化學家。但是，據我瞭解，他從來沒有系統學過醫學。他的研究非常不系統，也很離奇，但是他積累了許多令教授都感到驚訝的奇特知識。」

「你從來沒有問過他在做什麼嗎？」

「沒有，他從不輕易和人暢聊，要是他有了奇思妙想，他也樂意與人交流。」

在這段概括性的敘述中，讀者大體上瞭解了福爾摩斯的個性、興趣以及人品。在愛倫·坡筆下，杜賓的形象是隱形的，而柯南·道爾塑造的福爾摩斯則是顯性的，形象是清晰的：

他的相貌和外表，不經意看上一眼就足以吸引人的注意。他身高六英尺多，異常瘦削，顯得格外頎長。除了悵然若失外，他目光銳利；細長的鷹鈎鼻使他顯得格外機警、果斷；下頦方正而突出也說明他是個果斷的人。他的雙手沾滿墨水和化學藥品，然而動作卻異常地靈敏，因爲他操作那些易碎的化驗儀器時，我常常在一旁觀察他。

愛倫·坡筆下的杜賓生於一戶沒落的法國貴族之家，和朋友瓊斯租住在陰暗的別墅裏。平時兩人互不往來，過著與世隔絕的生活。看書閱報始終是他的嗜好，除了難解的謎題和書籍，沒有什麼事情可以引起他的興趣，冷酷得就像一架推理機器。而福爾摩斯不僅僅是一位神探，他已然褪去了神秘的光環，他並非是一個完美無瑕的人，而成爲了一個食人間煙火的人。在現實生活中，他會乘坐馬車或火車尋找破案線索；他時常鍛鍊身體，通過拳擊、跑步、劍術以及柔道來保持體形；他可以連續工作，不吃東西，大量吸煙，在《四簽名》中甚至出現了注射毒品的描寫：

歇洛克·福爾摩斯從壁爐臺的角上拿下一瓶藥水，又從一隻整潔的山羊皮皮匣裏取出皮下注射器。用他白而強健的長手指調整好精細的針頭，卷起了襯衫的左袖口。他若有所思地注視著自己肌肉發達、留有很多針眼的胳膊一會兒。終於，他把針尖刺入肉中，壓下細小的活塞，然後躺在絨面的安樂椅中，滿足地長舒了一口氣。

福爾摩斯對破案工作始終持有科學嚴謹的態度。他非常重視對犯罪現場的實地考察，連蛛絲馬蹟都不會輕易放過，總是能撥開重重迷霧，找到充分證據進行推理，充分體現了現代偵探科學務實的破案態度。在《銀色馬》中，福爾摩斯勘察完現場後，說出了別人忽略的現象：

「你認為那很重要嗎？」格雷戈里問道。

「非常重要。」

「你還要我注意其他一些問題嗎？」

「在那天夜裏，狗的反應是奇怪的。」

「那天夜裏，狗沒什麼異常反應呀。」

「這正是奇怪的地方。」歇洛克·福爾摩斯提醒道。

很顯然，這種解釋非常耐人尋味。為什麼有人進入狗看守的馬廄，能悄無聲息地牽走一匹馬呢？狗只有對熟悉的人才能有此反應。在《魔鬼之足》中，福爾摩斯在花園裏漫步沉思，又沿著小路巡視，他是那麼專心，以致被澆花的水壺絆了一跤。福爾摩斯來到起居室，在室內輕捷地來回走動。他在那三把椅子上都坐一坐，把椅子拖動一下又放回原處。他試了一下能看見花園多大的範圍，然後檢查地板、天花板和壁爐。依舊毫無線索，他笑著說道，「讓我們一起沿著懸崖去走走，尋找火石箭頭。比起尋找這個問題的線索來，我們寧願去尋找火石箭頭。開動腦筋而沒有足夠的材料，就好像讓一部引擎空轉，會轉成碎片的。有了大海的空氣，陽光，還有耐心，華生——就會有別的一切了。」當來到莫梯墨·特里根尼斯先生的房中時，就會看到福爾摩斯冷靜外表裏面的熱烈活力了。他變得緊張而警惕，眼睛炯炯有神，板起了面孔，四肢由於過份激動而發抖。他一會兒走到外面的草地上，一會兒從窗口鑽進屋裏，一會兒在房間四周巡視，一會兒又回到樓上的臥室，真像一隻獵狗從隱蔽處一躍而出。他迅速地在臥室裏環顧一周，然後推開窗子。這似乎又使他感到某種新的興奮，因為他把身體探出窗外，大聲歡叫。然後，他衝到樓下，從開著的窗口鑽出去，躺下去把臉貼在草地上，又站起來，再一次進到屋裏。精力之充沛，好似獵人尋到了獵物的蹤跡。那盞燈只是普通的燈。他仔細做了檢查，量了燈盤的尺寸。他用放大鏡徹底查看蓋在煙囪頂上的雲母罩；他把附著在煙囪頂端外殼上的灰層刮下來，裝進信封，夾在他的筆記本裏。為了獲得科學的推理結果，他買了一盞燈，和發生悲劇的早晨在莫梯墨·特里根尼斯房間的那盞一模一樣。他在燈裏裝滿了牧師住宅所用的那種

油，並且仔細記錄燈火燃盡的時間。不僅如此，福爾摩斯和華生還冒著生命危險做起了科學實驗：

> 「華生，現在讓我們把燈點上，不過，預先得打開窗戶，以免兩個有價值的公民過早送掉性命。你就坐在靠近窗戶的那把扶手椅上，除非你像一個明智的人那樣不摻乎這件事。哦，你會參加到底的，對吧？我想我是瞭解我的華生的。我把這把椅子放在你的對面，讓我們離毒藥相同的距離，面對面坐著。房門半開著，你我能互相看到對方，要是危險症狀出現，就結束實驗。明白了吧？好，那麼，我把藥粉──或者說剩下的藥粉──從信封裏取出來，放在點燃的燈上。好了！現在，華生，讓我們坐下來靜觀其變吧。」

> 不久就發生事情了。我剛坐下就聞到一股濃濃的麝香味，微妙而令人作嘔。頭一陣氣味襲來，我的大腦和想像力就無法控制了。一片濃黑的煙雲在我眼前打漩，我的頭腦告訴我，在這種儘管看不到、卻向我受驚的理性撲來的煙雲裏，潛伏著宇宙間一切及其恐怖的、一切怪異而不可思議的邪惡東西。模糊的幽靈在濃黑的煙雲中遊蕩，每一個幽靈都是一種威脅，預示著有什麼東西要出現。一個不知道是誰的人影來到門前，幾乎要把我的心靈炸裂。一種冰冷的恐怖感控制了我。我感到頭髮豎立起來了，眼睛鼓了出來，張著嘴，舌頭已經發硬，腦子裏一陣翻騰，一定有什麼折斷了。我試圖喊叫，彷彿聽見自己的聲音是一陣嘶啞的呼喊，離我很遠，不屬於我自己。此時，我想到了逃離，衝出那令人絕望的煙雲。我一眼看到福爾摩斯的臉由於恐怖而蒼白、僵硬和扭曲──這是我看到過的死人模樣啊。正是這一景象使我瞬間清醒，給了我力量。我衝出椅子，抱住福爾摩斯，我們一起跟跟蹌蹌地奔出了房門。過了一會兒，我倆一起躺在了草地上，感覺到了耀眼的陽光刺穿了圍困住我們的地獄般的恐怖煙雲。煙雲慢慢地從我們的心靈中消散，就像薄霧從山水間消失一樣，直到安寧與理智再次回到我們身邊。我們坐在草地上，擦了擦我們濕冷的前額。兩人滿懷憂慮地互相看著，端詳著這次恐怖經歷留下的最後痕跡。

可以看出，福爾摩斯的推理思維方式有別於杜賓的推理方法。福爾摩斯更加注重現場實地勘察，甚至甘冒生命危險去搜集大量的證據，調動前期儲備的

知識，通過篩選、分析、綜合、抽象、概括和聯想，進行大量的實證研究，把有內在聯繫的證據形成證據鏈，從而得出科學的正確推斷。這種聚合式的思維方式就有別於杜賓的直接定向強〔註40〕的思維方式，在《莫格街謀殺案》中，杜賓是把在現場痕跡中發現的新證據與已知的信息直接聯繫，幫助他直接找到了破解案件的答案——招領廣告。這種思維方法具有明確的指向性，有助於偵探杜賓快速有效地偵破案件。

　　柯南・道爾筆下的福爾摩斯「豪放不羈，厭惡社會上一切繁縟的禮儀」，甚至有時還藐視法律，具有叛逆精神，但是對待弱小者總是抱有同情的態度。《馬斯格雷夫禮典》一開篇，華生就說歇洛克・福爾摩斯的性格有一點與眾不同的地方，經常使他煩惱。雖然福爾摩斯的思想方法敏鋭過人，有條有理，著裝樸素而整潔，可是他的生活習慣卻雜亂無章，使同住的人感到心煩。華生說他自己在這方面也並不是無可指責的。他在阿富汗時那種亂糟糟的工作，還有放蕩不羈的性情，已使他相當馬虎，不是一個醫生應有的樣子。但對他來說總是有個限度。當他看到一個人把煙捲放在煤斗裏，把煙葉放在波斯拖鞋頂部，而一些尚未答覆的信件卻被福爾摩斯用一把大折刀插在木製壁爐臺正中時，他便開始覺得自己還怪不錯的呢。手槍練習顯然應當是一種戶外消遣，而福爾摩斯一時興之所至，便坐在一把扶手椅中，用他那手槍和一百匣子彈，以維多利亞女王的愛國主義精神，用彈痕把對面牆上裝飾得星羅棋佈。他們的房裏經常塞滿了化學藥品和罪犯的遺物，而這些東西經常放在意料不到的地方，有時突然在黃油盤裏，或甚至在更不令人注意的地方出現，可是福爾摩斯的文件卻是華生最大的難題。福爾摩斯最不喜歡銷毀文件，特別是那些與他過去辦案有關的文件，他每一兩年只有一次集中精力去歸納處理它們。這樣月復一月，他的文件越積越多，屋裏每個角落都堆放著一捆捆的手稿，他決不肯燒毀，而且除了他本人外，誰也不准把它們挪動一寸。從華生的敘述中可以看出，福爾摩斯在生活上確實不拘小節，豪放不羈的個性成為了他鮮明的個性特徵。

　　福爾摩斯作為私家偵探，他的功能在於偵破案件上，只要破了案，找到罪犯，他就算完成了雇主所交給的任務，他不一定親自去緝拿罪犯。在處置罪犯的問題上，有時還會流露出私人偵探感性的特點。在《格蘭其莊園》中，

〔註40〕這種方法就是根據以往的知識和經驗或某一指導原則，已判斷出解決某一問題的方法所在方向，於是直接選擇這一方向進行思考和分析。

福爾摩斯和華生最終一致決定不向警察透露兇手身份〔註41〕。

在《米爾沃頓》中，米爾沃頓可以說是倫敦首屈一指的詐騙犯。他帶著一副微笑的面孔和一顆鐵石般的心腸，進行勒索，再勒索，直到把那些名譽和秘密受到米爾沃頓控制的女人的血吸乾。所以，當那位委託人一槍又一槍地打在米爾沃頓蜷縮的身上時，華生剛想跳出來阻止她，福爾摩斯冰冷的手使勁地抓住了華生的手腕。華生理解福爾摩斯的意思：「這不是我們的事，是正義打倒一個惡棍，不應忘記我們有我們的責任和目的。」當警方尋求福爾摩斯的建議時，福爾摩斯說：「我怕我無法幫助你。我知道米爾沃頓這個傢夥，我認為他是倫敦最危險的人物之一，並且我認為有些犯罪是法律無法干涉的，所以在一定程度上，私人報復是正當的。不，不必再說了。我已經決定了。我的同情是在犯人的一面，而不是在被害者的一面，所以我不會去辦理這個案件。」可以看出，當法律不能主持正義的時候，福爾摩斯便挺身而出充當了弱小者的保護傘。

福爾摩斯不僅有過人的推理能力，還有著善解人意的偉大心靈。在《紅圈會》中，房東太太害怕得神經受不了，福爾摩斯俯身向前，用他細長的手指撫著房東太太的肩膀。只要他需要，他幾乎有催眠術般的安慰人的力量，她那恐懼的目光鎮定了，緊張的表情也緩和下來，恢復了常態。《三個同姓人》中，華生被伊萬斯開槍擊中，福爾摩斯結實的胳臂伸過來摟住華生，扶他坐到椅上說：「沒傷著吧，華生？我的上帝，你沒傷著吧？」他那明亮堅強的眼睛有點濕潤了，那堅定的嘴唇有點顫抖。華生覺得在那表面冷冰的臉後面是有著多麼深的忠實和友愛時，他覺得受一次傷，甚至受多次傷也是值得的。

私人偵探是現代西方工業時代商業文明發達的產兒，私人偵探與委託人之間構成了雇傭關係，私人偵探為雇主辦案，獲取傭金，以商業利潤為目標，他的服務是有償服務。福爾摩斯遵循著這套商業遊戲規則，在《波希米亞醜聞》中，福爾摩斯提出了預付費用的問題，收了國王三百鎊金幣和七百鎊鈔

〔註41〕「克洛克船長，是這樣，我們將按照法律的適當形式予以解決。克洛克船長，你是犯人。華生，你是一位英國陪審員，你當陪審員最合適了。我是法官。陪審員先生們，你們已經聽取了證詞。你們認為這個犯人有罪還是無罪？」我說：「無罪，法官大人。」「人民的呼聲便是上帝的呼聲。克洛克船長，你可以退堂了。只要法律不能找出其他受害者，我保證你的安全。過一年後你再回到這位婦女身邊，但願她的未來和你的未來都能證明我們今夜作出的判決是正確的。」參看〔英〕阿・柯南道爾著《福爾摩斯探案全集（中）》〔M〕，丁鍾華等譯，北京：群眾出版社，2001：507～508。

票後，還在一張紙上寫了收條遞給國王。〔註42〕福爾摩斯遵循著等價交換的原則，有時候案情複雜，破案難度較大，他完全可以自行提高收費標準，但他從不唯利是圖，他是一位嚴格遵守職業操守、嚴守商業道德、維護自己商業信譽的偵探。在《雷神橋之謎》中，奈爾・吉布森先生這位名噪一時的百萬富翁一見福爾摩斯張口便說，「辦這個案子我絕不計較費用。你可以用鈔票當火把去燒，如你需要照亮真理的話。這個女子是無辜的，這個女子必須得到洗刷，這是你的責任。你提費用吧！」「我的業務報酬有固定數額，」福爾摩斯冷冷地說，「我絕不加以變更，除了有時免費。」「那麼，如果金錢對你是無所謂的，請你考慮成名之望吧。如你辦成這個案子，全英國和全美國的報紙都會把你捧上天。你會成為兩大洲的新聞人物。」「多謝，吉布森先生，但我不需要捧。你也許感到奇怪，我寧願不露姓名地工作。我感興趣的是問題本身。談這些浪費時間。講事實經過吧。」華生認為福爾摩斯破案與其說是為了獲得酬金，還不如說是出於對他那門技藝的愛好。在《斑點帶子案》中，海倫・斯托納小姐陷於黑暗深淵，無依無靠，求助無門，無力酬勞福爾摩斯對她的幫助。福爾摩斯卻說很樂於為她這個案子效勞，就像曾經為她的朋友那椿案子效勞一樣。「至於酬勞，我的職業本身就是它的酬勞；但是，你可以在你感到最合適的時候，隨意支付我在這件事上可能付出的費用。」在這裡，福爾摩斯作為私家偵探，不是慈善機構，辦案不是免費的，收取委託人合理的費用，是理所當然的，可以理解的，委託人一時無力付費，他也表示諒解，體現了福爾摩斯具有君子風範，同情弱小者，充滿了人道主義精神。

3、柯南・道爾偵探小說的顯著特色

　　柯南・道爾塑造出一位世界聞名、不朽的偵探藝術形象福爾摩斯，開創了一個時代的文學傳奇，福爾摩斯形象至今依然保持著頑強的生命力。愛倫・坡創作偵探小說的很多理念都是直接取材於他的詩歌理論：一字一句都應當收到一定的統一效果，一個預想中的效果，印象主義的效果。因此，他的作品多選用簡潔、凝練的語言，描寫上多注重營造恐怖緊張的氣氛。柯南・道爾在繼承中有發展，他的語言功力深厚，長於構思，巧於安排，文筆流暢，人物對話簡潔明晰、不拖沓，場景描寫凸顯了他寫作歷史小說的功底，描寫犯罪現場方位準確，讓人身臨其境，因此恐怖氣氛的營造非常成功。他擅長

〔註42〕〔英〕阿・柯南道爾著：《福爾摩斯探案全集（上）》〔M〕，丁鍾華等譯，北京：群眾出版社，2001：245。

於講故事，敘事結構複雜，使得情節愈發曲折，引人入勝。一些情節的鋪陳看似荒誕，但是經過福爾摩斯的細心分析、縝密推理、小心求證，案情往往在山窮水盡之時，撥雲見日，柳暗花明；有時，幾條線索交互發展，出現不止一個謎團，在懸念中不斷掀起高潮，這就在佈局構思上對作者提出了更高要求。

偵探小說受題材局限，必須以情節為主，作者往往注意到了構思巧妙的情節，卻忽略了人物形象的塑造。柯南・道爾以「人」為本進行創作，福爾摩斯這一鮮明的文學形象的成功塑造得益於他獨特的個人魅力，他的個人英雄主義觀、聰明睿智、甚至缺點，都對後來的偵探小說創作產生著巨大影響。在《血字的研究》中，從華生所列舉的「歇洛克・福爾摩斯的學識範圍」〔註43〕中，我們就可以看出，福爾摩斯在人文社會科學知識方面明顯缺失，柯南・道爾把福爾摩斯看作只是一架思考機器，但是隨著一部部福爾摩斯系列小說的出版，讀者發現福爾摩斯的形象愈加豐滿，柯南・道爾把他逐漸塑造成一個受過教育的人。在《四簽名》中，福爾摩斯隨口引用歌德簡潔有力的話：「我們已經習慣，有些人對於他們所不瞭解的事物偏要挖苦。」福爾摩斯閱讀瑞奇特〔註44〕的著作頗有心得，他記得瑞奇特曾經說過一句奇異而有深意的話「一個人的真正偉大之處就在於他能夠認識到自己的渺小」，他認為在瑞奇特的作品裏，能找到許多精神食糧，作品裏有比較和鑒別的力量，這種力量本身就是一個崇高的證明。在《紅髮會》中，華生說他的這位朋友是個熱情奔

〔註43〕 1、文學知識——無。

2、哲學知識——無。

3、天文學知識——無。

4、政治學知識——淺薄。

5、植物學知識——不定，但對於顛茄、鴉片及毒物知識卻知之甚詳，而對於實用園藝學卻一無所知。

6、地質學知識——偏於實用，但也有限。但他一眼就能分辨出不同的土質。他在散步回來後，曾把濺在他的褲子上的泥點給我看，並且能根據泥點的顏色和堅實程度說明是在倫敦什麼地方濺上的。

7、化學知識——精深。

8、解剖學知識——準確，但無系統。

9、犯罪文獻——很廣博，他似乎對本世紀發生的所有刑案都深知底細。

10、小提琴拉得很好。

11、善使棍棒，也精於刀劍拳術。

12、關於英國法律方面，他具有充分實用的知識。

〔註44〕 瑞奇特（Richter，1763～1825）：德國作家，筆名約翰・保羅（Jean Paul）。

放的音樂家，他不但是個技藝精湛的演奏家，而且還是一個才藝超群的作曲家。整個下午他坐在觀眾席裏，顯得十分喜悅，他隨著音樂的節拍輕輕地揮動他瘦長的手指；他面帶微笑，而眼睛卻略帶傷感，如入夢鄉。這時的福爾摩斯與那個鐵面無私、多謀善斷、果敢敏捷的刑事案件偵探福爾摩斯大不相同，幾乎判若兩人。他有把至少值五百個畿尼的斯特拉迪瓦里小提琴〔註45〕，還能談及帕格尼尼〔註46〕的椿椿軼事；在《紅圈會》中，他還建議華生一起去考汶花園欣賞瓦格納的歌劇。柯南‧道爾憑藉福爾摩斯出神入化的破案效率，把維多利亞時代眾多的科學技術成果信息，傳遞給了讀者，例如：數學、心理學、醫學、化學、解剖學、地質學、刑事偵查學等，福爾摩斯懂法文、意大利文、德文和拉丁文，並且還擅長拳擊和西洋劍術，這些使得福爾摩斯系列作品中承載的知識量極其豐富。通過這些具體的事例，讀者看到的是一位形象化、具體化的福爾摩斯，他具有了凡人的品格，讓讀者感受到福爾摩斯是真正生活在大千世界中的人。

　　福爾摩斯的助手華生塑造的也是栩栩如生，可圈可點。雖然他缺少福爾摩斯超人般的推理能力，但是他的智力水平還是在常人之上。他在作品中「not only acting as a bond between Holmes and readers but also functioning as a veil to cover the thoughts of the most incisive reasoner, thus creating great suspense」〔註47〕。可見，他在作品中並不是可有可無的，作用不可小覷。華生和福爾摩斯有著深厚的友誼，在《巴斯克維爾的獵犬》中，福爾摩斯認為華生大有長進，在為福爾摩斯那些成就所作的一切記載裏面，他已經習慣於低估自己的能力了。福爾摩斯充滿感激地對華生說：「也許你本身並不能發光，但是，你是光的傳導者。有些人本身沒有天才，可是有著可觀的激發天才的力量。」華生在《爬行人》中，對他們共事多年，自謙地認為他已經成了福爾摩斯的習慣之一〔註48〕。福爾摩斯一直將「老朋友和傳記作者華生」視為他的同伴，認

〔註45〕　意大利名牌提琴。

〔註46〕　十八至十九世紀意大利著名小提琴手。

〔註47〕　黃祿善：《英國通俗小說菁華（18～19世紀卷）》〔M〕，上海：上海大學出版社，2007：306。

〔註48〕　「在他晚年我們的關係是特別的。他是一個受習慣支配的人，他有一些狹隘而根深蒂固的習慣，而我已經成了他的習慣之一。做為一種習慣，我好比他的提琴，板煙絲，陳年老煙斗，舊案索引，以及其他一些不那麼體面的習慣。每當他遇到吃力的案子，需要一個在勇氣方面他多少可以依靠的同伴時，我的用處就顯出來了。但除此以外我還有別的用途。對於他的腦子，我好比是

爲華生對他工作的過高評價，使他忽略了自己的特色。

　　而罪犯形象的設計，柯南·道爾獨到的創作手法也給讀者留下了深刻印象。在《斑點帶子案》中，塑造了一位極具危險性的人物——羅伊洛特醫生。羅伊洛特醫生給讀者的第一印象來自於海倫·斯托納小姐的描述：

　　　　「但是，大約在這段時間裏，我們的繼父發生了可怕的變化。起初，鄰居們看到斯托克莫蘭的羅伊洛特的後裔回到這古老家族的邸宅，都十分高興。可是他一反與鄰居們交朋友或互相往來的常態，把自己關在房子裏，深居簡出，不管碰到什麼人，都一味窮兇極惡地與之爭吵。這種近乎癲狂的暴戾脾氣，在這個家族中，是有遺傳性的。我相信我的繼父是由於長期旅居於熱帶地方，致使這種脾氣變本加厲。一系列使人丟臉的爭吵發生了。其中兩次，一直吵到違警罪法庭才算罷休。結果，他成了村裏人人望而生畏的人。人們一看到他，無不敬而遠之，趕緊躲開，因爲他是一個力大無窮的人，當他發怒的時候，簡直是什麼人也控制不了他。」〔註49〕

海倫·斯托納小姐認爲繼父脾氣暴戾是由於長期旅居於熱帶地方造成的，當福爾摩斯問起她白皙的手腕上，印有的五小塊烏青的傷痕，她輕描淡寫地說：「他是一個身體強健的人，他也許不知道自己的力氣有多大。」這裡用海倫·斯托納小姐的善良襯托出其繼父的兇殘。緊接著，送走海倫·斯托納小姐後，羅伊洛特突然來訪：

　　　　我們的門突然被人撞開了。一個彪形大漢堵在房門口。他的裝束很古怪，既象一個專家，又像一個莊稼漢。他頭戴黑色大禮帽，身穿一件長禮服，腳上卻穿著一雙有綁腿的高統靴，手裏還揮動著一根獵鞭。他長得如此高大，他的帽子實際上都擦到房門上的橫楣了。他塊頭之大，幾乎把門的兩邊堵得嚴嚴實實。他那張布滿皺紋、

一塊磨刀石。我可以刺激他的思維。他願意在我面前大聲整理他的思想。他的話也很難說就是對我講的，大抵對牆壁講也是同樣可行的，但不管怎麼說，一旦養成了對我講話的習慣，我的表情以及我發出的感歎詞之類對他的思考還是有些幫助的。如果說，我頭腦的那種一貫的遲鈍有時會使他不耐煩，這種煩躁反倒使他的靈感更歡快地迸發出來。在我們的友誼中，這就是我的微不足道的用處。」參看：〔英〕阿·柯南道爾著《福爾摩斯探案全集（下）》〔M〕，丁鍾華等譯，北京：群眾出版社，2001：500～501。

〔註49〕　〔英〕阿·柯南道爾著《福爾摩斯探案全集（上）》〔M〕，丁鍾華等譯，北京：群眾出版社，2001：408～409，415～417。

被太陽炙曬得發黃、充滿邪惡神情的寬臉，一會兒朝我瞧瞧，一會兒朝福爾摩斯瞧瞧。他那一雙凶光畢露的深陷的眼睛和那細長的高鷹鈎的鼻子，使他看起來活像一頭老朽、殘忍的猛禽。

「你們倆誰是福爾摩斯？」這個怪物問道。

「先生，我就是，可是失敬得很，你是哪一位？」我的夥伴平靜地說。

「我是斯托克莫蘭的格里姆斯比・羅伊洛特醫生。」

「哦，醫生」，福爾摩斯和藹地說，「請坐。」

「不用來這一套，我知道我的繼女到你這裡來過，因為我在跟蹤她。她對你都說了些什麼？」

「今年這個時候天氣還這麼冷，」福爾摩斯說。

「她都對你說了些什麼？」老頭暴跳如雷地叫喊起來。

「但是我聽說番紅花將開得很不錯，」我的夥伴談笑自如地接著說。

「哈！你想搪塞我，是不是？」我們這位新客人向前跨上一步，揮動著手中的獵鞭說，「我認識你，你這個無賴！我早就聽說過你。你是福爾摩斯，一個愛管閒事的人。」

我的朋友微微一笑。

「福爾摩斯，好管閒事的傢夥！」

他更加笑容可掬。

「福爾摩斯，你這個蘇格蘭場的自命不凡的芝麻官！」

福爾摩斯格格地笑了起來。「你的話真夠風趣的，」他說。

「你出去的時候把門關上，因為明明有一股穿堂風。」

「我把話說完就走。你竟敢來干預我的事。我知道斯托納小姐來過這裡，我跟蹤了她。我可是一個不好惹的危險人物！你瞧這個。」他迅速地向前走了幾步，抓起火鉗，用他那雙褐色的大手把它拗彎。

「小心點別讓我抓住你，」他咆哮著說，順手把扭彎的火鉗扔到壁爐裏，大踏步地走出了房間。

作品對於羅伊洛特的描述占的篇幅不多，讀者卻從海倫‧斯托納小姐的敘述、羅伊洛特突然來訪、粗魯的談吐、弄彎火鉗事件，以及後來福爾摩斯與華生前往斯托克莫蘭發現的假鈴繩、牛奶托盤、通氣孔、沼地蝮蛇、印度獵豹、狒狒這些事實中，感受到了恐怖、詭異的氣氛，對羅伊洛特的兇殘本性有了深刻認識，這個人物形象由此也更加令人信服。

柯南‧道爾的偵探小說主題更加多樣，含納有濃厚的時代氣息。福爾摩斯系列作品從多角度多側面反映了維多利亞時代英國社會的一系列問題：圖財害命、通姦謀殺、為非作歹、巧取豪奪、背信棄義等。維多利亞盛世掩蓋下的這些嚴重的犯罪現象，都與當時的政治制度、經濟制度、法律制度以及道德觀念息息相關，作品在一定程度上反映出了這些制度存在的漏洞和不合理性。作品還宣揚了人道主義、善惡有報的觀念，顯示了福爾摩斯系列作品的社會意義。例如：《血字的研究》展示的是由於不合理的政教、婚姻制度所造成的悲劇。而《巴斯克維爾的獵犬》揭示了人對財富的貪念、為了佔有他人財產而圖財害命，從而使文本具有了社會學意義。福爾摩斯與華生住在倫敦貝克街，這是他們的主要活動場所，讀者通過文本可以瞭解到他們的生活作息、飲食習慣、房間陳設等，展示了福爾摩斯所處時代的真實畫面。在《紅髮會》中，讀者會瞭解到，那個時代「開當鋪的人的買賣多半在晚上，特別是在星期四、星期五晚上。」在《綠玉皇冠案》中，可以知道那時還在使用煤氣燈。《身份案》中，薩瑟蘭小姐打字所賺的年薪可以達到四十鎊，可以過上生活安定、衣食無憂的生活了。在《斑點帶子案》中，海倫‧斯托納小姐從家裏乘坐一種有背對背兩個座位的雙輪單馬車，然後乘火車找到了福爾摩斯。可見，讀者可以從柯南‧道爾筆下虛構的這個偵探世界中，感受到維多利亞時代獨具特色的時代氣息。

4、福爾摩斯與理性和科學

讀者喜歡福爾摩斯不僅僅因為他具有獨特的個人魅力，他還是一個時代繁榮、富足、安定、理想主義的象徵。

十九世紀末，大英帝國迎來了維多利亞女王統治的「黃金時期」，這段時期是英國工業革命的鼎盛時期，也是經濟文化最為輝煌的時期。此時，工業革命帶來的各種發明創造，汽船的使用促進了水上貿易快速發展，達到了前所未有的繁榮興旺，而便捷的鐵路網為帝國經濟帶來了新的增長點，囤積了大量財富；通過殖民手段，大英帝國掠奪了大片的殖民地，除本島之外，還

控制著海外大量領土〔註50〕，面積約有三千萬平方公里，占世界陸地總面積的百分之二十，因此也被稱為「日不落帝國」。由於社會相對穩定、工業革命、貿易的增長，大量人群湧入，形成了大片的維多利亞時期的市郊，城市人口激增，從 1851 年的 270 萬膨脹至 1901 年的 660 萬。充足的勞動力資源，使得生產力的發展突飛猛進。1848 年，英國鐵的生產量超過了世界上所有國家鐵產量的總和，煤占世界總產量的三分之二，棉布占二分之一以上。1851 年，英國國民生產總值為 5.23 億英鎊，而到了 1870 年，國民生產總值則達到 9.16 億英鎊。在國民人均收入上，十九世紀中葉，英國為 32.6 鎊，法國為 21.2 鎊，德國是 13.3 鎊。從這些數據指標上看，英國率先成為世界上第一個完成工業化的國家。

維多利亞時代文化繁榮，各種哲學思潮湧動，理性主義和科學精神是這個時代的顯著特徵。理性主義要求大眾從實際情況出發，不以信仰作為判斷事物是非曲直的標準。實證主義的倡導者法國哲學家、社會學始祖孔德（Auguste Comte，1798～1857）強調以注重經驗的科學方法觀察、研究事物探求事物的本原和變化。實證主義的目的是希望建立知識的客觀性，反對神秘玄想，從而建立起一個「觀察科學體系」。1859 年，達爾文出版《物種起源》，這為理性主義提供了有力證據，這些大量證據證明，生物是自然界優勝劣汰的結果，理性主義在於宗教的博弈中勝出。在這個時代，自然科學方面也有許多重大發現。1830 年，地質學家萊爾指出地殼的目前狀態是長期緩慢變化的結果，變化仍在繼續。1843 年，朱爾發現「熱功當量」說明能量不滅。到了十九世紀末，維多利亞時代的臣民已經習慣用理性和科學的方法來處理問題了。而這些科學思想無一不在柯南‧道爾的作品中得到體現。在作品中，理性和科學是福爾摩斯手中的兩把利刃，有了它們，任何困難都能迎刃而解。華生初識福爾摩斯是在醫院的化驗室，看到當他發現一種新試劑時，興奮神情溢於言表〔註51〕，福爾摩斯做實驗總是一絲不苟、聚精會神，即使華生向

〔註50〕 包括：直布羅陀、馬耳他、埃及、兩河流域、也門、岡比亞、尼日爾、南非、印度次大陸、緬甸、澳大利亞、新西蘭、加拿大等等。

〔註51〕 化驗室是一間高大的屋子，四面雜亂地擺著無數的瓶子。幾張又矮又大的桌子縱橫排列著，上邊放著許多蒸餾器、試管和一些閃動著藍色火焰的小小的本生燈。屋子裏只有一個人，他坐在較遠的一張桌子前邊，伏在桌上聚精會神地工作著。他聽到我們的腳步聲，回過頭來瞧了一眼，接著就跳了起來，高興地歡呼著：「我發現了！我發現了！」他對我的同伴大聲說著，一面手裏拿著一個試管向我們跑來，「我發現了一種試劑，只能用血色蛋白質來沉澱，

他問話也淡然不理。「福爾摩斯一聲不響地坐了好幾個鐘頭了。他彎著瘦長的身子，埋頭盯住他面前的一隻化學試管，試管裏正煮著一種特別惡臭的化合物。他腦袋垂在胸前的樣子，從我這裡望去，就像一隻瘦長的怪鳥，全身披著深灰的羽毛，頭上的冠毛卻是黑的。」(《跳舞的人》)福爾摩斯所經辦的案件中，無論大小，他不是憑主觀臆想推理出結論的，而是透過複雜的表象，以一種科學嚴謹的態度，通過實證性地科學實驗來進行推理演繹。在《血字的研究》中，福爾摩斯在雜誌上發表了《生活寶鑒》一文，在此，他提出了看似荒謬絕倫，其實卻是句句在理的實用理論：

> 「一個邏輯學家不需親眼見到或者聽說過大西洋或尼加拉契布，他能從一滴水上推測出它有可能存在，所以整個生活就是一條巨大的鏈條，只要見到其中的一環，整個鏈條的情況就可推想出來了。推斷和分析的科學也像其他技藝一樣，只有經過長期和耐心的鑽研才能掌握；人們雖然盡其畢生精力，也未必能夠達到登峰造極的地步。初學的人，在著手研究極其困難的有關事物的精神和心理方面的問題以前，不妨先從掌握較淺顯的問題入手。比如遇到了一個人，一起之間就要辨識出這人的歷史和職業。這樣的鍛鍊，看起來好像幼稚無聊，但是，它卻能夠使一個人的觀察能力變得敏銳起來，並且教導人們：應該從哪裏觀察，應該觀察些什麼。一個人的手指甲、衣袖、靴子和褲子的膝蓋部分，大拇指與食指之間的繭子、表情、襯衣袖口等等，不論從以上所說的哪一點，都能明白地顯露出他的職業來。如果把這些情形聯繫起來，還不能使案件的調查人恍然領悟，那幾乎是難以想像的事了。」〔註52〕

柯南‧道爾隨後創作的福爾摩斯系列作品為這段話做出了很好的詮釋。柯南‧道爾和刑事偵查學家漢斯‧格羅斯幾乎同時提出了收集和研究衣服或犯罪兇器的塵土的主張。1932 年，犯罪學家阿瑟頓——沃爾夫在《插圖倫敦新聞》中認可福爾摩斯對法庭科學發展的貢獻：柯南‧道爾發明的許多方法今天都在科學實驗室中得到運用。歇洛克‧福爾摩斯將研究煙灰作為業餘愛好。這

別的都不行。」即使他發現了金礦，也不見得會比現在顯得更高興。參看：〔英〕阿‧柯南道爾著《福爾摩斯探案全集（上）》〔M〕，丁鍾華等譯，北京：群眾出版社，2001：7。

〔註52〕 〔英〕阿‧柯南道爾著：《福爾摩斯探案全集（上）》〔M〕，丁鍾華等譯，北京：群眾出版社，2001：16～17。

是一個新的想法，但是警察立刻認識到諸如此類的專業知識是多麼重要，如今每一個實驗室都有這麼一個工作臺盛放多種煙灰；不同的泥漿、土壤也按照福爾摩斯所描述的方式分類；毒藥、筆記、血跡、塵土、腳印、車轍、傷口形狀和位置、密碼理論等如今在刑事偵查中都扮演了重要角色。

　　總之，柯南‧道爾塑造出了一個時代的傳奇，福爾摩斯擁有那個時代所賦予他的理性與科學的精神，持有實證科學無堅不摧的樂觀主義態度，他成為了維多利亞時代科學文本的典型例證，成為了一個時代的文化縮影。

第三節　中國公案小說

　　中國的偵探小說是一種舶來品，是從西方引進的一種小說體裁形式。但是，在中華民族漫長的文明史中，在浩如煙海的史書記載中，卻也不乏精彩的執法斷案的故事。伏爾泰〔註 53〕就非常推崇中國文化，對於中國的法律道德認識，他在《論各民族的精神與風俗》〔註 54〕中就寫道：「中國人最深刻瞭解、最精心培育、最致力完善的東西是道德和法律。兒女孝敬父親是國家的基礎。在中國，父權從來沒有削弱。兒子要取得所有親屬、朋友和官府的同意才能控告父親。一省一縣的文官被稱為父母官，而帝王則是一國的君父。這種思想在人們心中根深蒂固，把這個幅員廣大的國家組成一個大家庭。」並且他還發現：「在別的國家，法律用以治罪，而在中國，其作用更大，用以褒獎善行。若是出現一椿罕見的高尚行為，那便會有口皆碑，傳及全省。官員必須奏報皇帝，皇帝便給應受褒獎者立牌掛匾。」〔註 55〕

　　我國古代公案小說就是以破案故事為主要內容的文學體裁形式。南宋灌圃耐得翁《都城紀勝‧瓦舍眾伎》所載：「說話有四家一者小說謂之銀子兒如

〔註 53〕伏爾泰（Voltaire，本名 Franois-Marie Arouet，1694～1778）：法國著名詩人、文學家、哲學家和歷史學家。他對中國文化非常感興趣，他根據元代雜劇《趙氏孤兒》改編成劇本《中國孤兒》，1755 年 8 月 20 日在巴黎上演，作品頌揚了中國傳統道德和儒家文化，產生了很大反響。

〔註 54〕1740 年，伏爾泰開始撰寫《論各民族的精神與風俗》（簡稱《風俗論》），這是《路易十四時代》的姊妹篇。1756 年完成，歷時 16 年，於日內瓦出版，初版印刷 6000 冊。書中在介紹中國時表現了極大熱情，認為中國在政治、法律、文化、倫理、道德、宗教各方面均優於西方國家，並以此來批判西方的封建制度。

〔註 55〕〔法〕伏爾泰：《論各民族的精神與風俗》〔M〕，梁守鏘譯，北京：商務印書館，2000：249，250。

煙粉靈怪傳奇說公案皆是搏刀趕棒（樸刀杆棒）發跡變泰之事」，可見，「說公案」早在我國宋朝時期就是小說創作中一個獨立的分類了。在宋元典籍中，「公案」還有多種含義：一是指官府的案牘。如宋蘇軾《東坡集・奏議集十三》：「今來公案，見在戶部，可以取索按驗」。二是指案件。宋人話本小說《錯斬崔寧》：「府尹也巴不得了結這段公案」。宋吳曾《能改齋漫錄・卷八》：「乃知范公所言者，楊嗣復等公案耳」。三是指官吏審案時所用的桌子。如《元曲選・陳州糶米》：「快把公案打掃的乾淨，大人敢待來也」。四是指禪宗用教理解決疑難問題。〔註56〕南懷瑾認為：「公案者，亦如儒家所稱學案。非徒為講述典故記事之學，實為前賢力學心得之敘述，使後世學者，得以觀摩奮發，印證心得也」。〔註57〕很明顯，「公案」的一些含義在宋元時期是圍繞「案件」而衍義的。公案小說在宋元話本中就是一些關涉各種民事糾紛和刑事案件的故事。

中國公案小說有著悠久的文化歷史，它的發展脈絡是清晰的、有跡可循的。我們大致可以把它分為：傳說起源期、萌芽生長期、形成發展期及鼎盛轉型期。在不同時期，中國公案小說呈現出了不同的美學特徵。這些特徵的出現與中國傳統文化、傳統法律觀念、傳統思維方式等有著密切關係。

一、傳說起源期

從「神判」到「人判」經歷了漫長的歷史認識過程。我國古代刑法體系和獄訟制度形成於先秦兩漢時期。春秋以降，「重民」的思想興起，《左傳》載：「國將興，聽於民，將亡，聽於神」，《論語》中記有：「未能事人，焉能事鬼」，「務民之義，敬鬼神而遠之」。在先秦兩漢諸子書中，就存有與司法相關的案列故事。春秋時期的執法者已能利用嫌疑人的心理活動，進行審案。他們總結出「五聽」之法：「一曰辭聽；二曰色聽；三曰氣聽；四曰耳聽；五曰目聽」〔註58〕，即觀察嫌疑人的語音、臉色、氣息、聽覺、眼神，來判斷嫌疑人供詞的真偽。鄭國大夫子產就曾經「聽聲辨奸」。《韓非子・難三》載：「鄭子產晨出，過東匠之閭，聞婦人之哭，撫其御之手而聽之。有間，遣吏執而問之，則手絞其夫者也。異日，其御問曰：夫子何以知之？子產曰：其

〔註56〕張國風：《公案小說漫話》〔M〕，南京：江蘇古籍出版社，1992：1～2。
〔註57〕南懷瑾：《禪海蠡測》〔M〕，上海：復旦大學出版社，1997：26。
〔註58〕班固：《漢書・冊4・卷23・刑法志》〔M〕，北京：中華書局，1962：1105。

聲懼。凡人於其所親愛也，知病而憂，臨死而懼，既死而哀。今哭夫已死，不哀而懼，是以知其有奸也」。這種利用犯罪嫌疑人的心理變化、生理變化進行決案的方式，在我國司法文獻中屢見不鮮，至今仍然具有重要價值。可是，單憑嫌疑人的心理、生理變化決案，缺少足夠的物證，還是有缺憾。在《三國志・吳書》中記有「孫登比丸」的典故：「吳太子孫登，嘗騎馬出，有彈圓過。左右求之，適見一人，操彈佩圓，咸以爲是。辭對不服。從者欲捶之，登不聽。使求過圓，比之非類，乃見釋。」南宋鄭克在《折獄龜鑒》中認爲「孫登比丸」：此事雖小，可以喻大，若聽者不能審謹，忿然作威，遂至枉濫。孫登能重視證據，進行比對，不是採用暴力手段對嫌疑人進行逼供，這就是一大進步。

　　運用推理手段破案的故事，在我國春秋時期已有記載。《韓非子・內儲說下・六微第三十一》就利用一種「利害有反」的推理方式破獲犯罪之人：「韓昭侯之時，黍種嘗貴甚。昭侯令人覆廩。吏果竊黍種而糶之甚多」。裏面還有一則故事，是關於昭奚恤瞭解到只有販茅者爲了打開銷路有可能放火燒倉：「昭奚恤之用荊也，有燒倉廥陰者而不知其人，昭奚恤令執販茅者而問之，果燒也。」

　　在先秦兩漢諸子散文中，還塑造了一批栩栩如生的執法者形象。《史記・卷 102・張釋之馮唐列傳・第 42》記載了張釋之不會因爲當事人位高權重，權傾朝野，受其影響就會加重對嫌疑人的懲罰，即使當事人是當朝皇帝，他依然秉公依律判罰〔註 59〕。在《史記・循吏列傳・李離》中記載了奉法循理盡職的官吏李離〔註 60〕。李離因過殺而伏劍，司馬遷還把他列入循吏列傳中，就是因爲李離勇於承擔過失，用寶貴的生命捍衛了法的尊嚴。張釋之、李離

〔註59〕其後有人盜高廟坐前玉環，捕得，文帝怒，下廷尉治。釋之案律盜宗廟服御物者爲奏，奏當棄市。上大怒曰：「人之無道，乃盜先帝廟器！吾屬廷尉者，欲致之族，而君以法奏之，非吾所以共承宗廟意也。」釋之免冠頓首謝曰：「法如是足也。且罪等，然以逆順爲差。今盜宗廟器而族之，有如萬分之一，假令愚民取長陵一抔土，陛下何以加其法乎？」久之，文帝與太后言之，乃許廷尉當。

〔註60〕李離者，晉文公之理也。過聽殺人，自拘當死。文公曰：「官有貴賤，法有輕重，下吏有過，非子之罪也。」李離曰：「臣居官爲長，不與吏讓位；受祿爲多，不與下分利。今過聽殺人，傳其罪下吏，非所聞也。」辭不受令。文公曰：「子則以爲有罪，寡人亦有罪邪？」李離曰：「理有法：失刑者刑，失死者死。公以臣能聽微決疑，故使爲理。今過聽殺人，罪當死。」遂不受令，伏劍而死。

等執法者不僅為執法者樹立了守法的典型，也為公案小說中執法者的形象提供了可資借鑒的素材。

從以上史料中我們可以發現古人已經在使用「五聽」，利用嫌疑人的心理、生理變化進行決案，合乎邏輯的推理避免了冤假錯案的發生，執法者的形象也是刻畫的栩栩如生，史料當中的這些涉案內容，為公案小說的創作提供大量的素材，而且這些內容為公案小說的創作者提供了諸多成熟的寫作技巧，諸如故事的敘述、人物的描寫等。並且，這段時期的涉案內容為公案小說更是提供了公平正義的主題思想。

二、萌芽生長期

魏晉南北朝時期初顯萌芽形態的小說形式。這段時期的志人、志怪小說無論是在內容上、還是寫法上，明顯區別於先前的司法故事。志人小說以玄韻為宗，講究意蘊和神韻，與詩接近；志怪小說則以敘事為本，講究故事奇特，與小說接近〔註61〕。先秦兩漢時期的涉案作品中的主人公基本是判官，內容多為側重判官的言行記錄。魏晉南北朝時期的志人、志怪小說淡化判官形象，開始以案情為主線，主人公的身份也開始趨於多樣化。其中，代表作有干寶的《搜神記》，劉義慶的《幽明錄》，顏之推的《冤魂志》等。

《搜神記》中的《蘇娥》有五百餘字，已經初具公案小說的完整結構。小說講述的是一則圖財害命、鬼魂顯靈、真相大白、兇手償命的故事。文本不僅提供了雙方當事人，詳細敘述了案件的發案、結案過程，而且還開後世戲曲、小說中鬼魂訴冤、清官斷案的先河〔註62〕。

〔註61〕石昌渝：《中國小說源流論》〔M〕，北京：三聯書店，1995：116。

〔註62〕漢九江何敞，為交州刺史，行部到蒼梧郡高安縣，暮宿鵠奔亭。夜猶未半，有一女從樓下出，呼曰：「妾姓蘇，名娥，字始珠，本居廣信縣，修里人。早失父母，又無兄弟，嫁與同縣施氏。薄命夫死，有雜繒帛百二十疋，及婢一人，名致富。妾孤窮羸弱，不能自振，欲之旁縣賣繒，從同縣男子王伯，賃車牛一乘，值錢萬二千，載妾並繒，令致富執轡，乃以前年四月十日，到此亭外。於時日已向暮，行人斷絕，不敢復進，因即留止。致富暴得腹痛，妾之亭長舍，乞漿取火。亭長龔壽，操戈持戟，來至車旁，問妾曰：『夫人從何所來？車上所載何物？丈夫安在？何故獨行？』妾應曰：『何勞問之。』壽因持妾臂曰：「少年愛有色，冀可樂也。」妾懼怖不從。壽即持刀刺肋下，一創立死。又刺致富，亦死。壽掘樓下，合埋妾在下，婢在上，取財物去。殺牛燒車，車釭及牛骨，貯亭東空井中。妾既冤死，痛感皇天，無所告訴，故來自歸於明使君。」敞曰：「今欲發出汝屍，以何為驗？」女曰：「妾上下著白

　　《東海孝婦》是一則官府錯判冤案的故事。主人公是孝婦周青，全文兩百餘字，故事雖短，卻是昏官草菅人命，錯判冤案的典型案例。元代戲曲家關漢卿以此為題材創作了《感天動地竇娥冤》，于公也成為清官的最早藝術形象〔註63〕。

　　《嚴遵》是一篇此時極其少見的依靠人的智慧進行破案的故事。故事全文一百多字，側重描寫了斷案過程。嚴遵作為揚州刺史，明察秋毫，因女子「哭聲不哀」起了疑心。而「死人自道不燒死」，是與女子打心理戰。終於，發現蒼蠅聚在頭部，經查驗死者是被鐵錐貫頂致死，找到鐵證，女子供認以淫殺夫。〔註64〕

　　據黃岩柏統計，今存六種志怪書中涉案的共有五十六則，其中《搜神記》（14則）、《搜神后記》（7則）、《神異經》（1則）、《博物志》（1則）、《冤魂志》（28則）、《異苑》（2則）。輯遺殘存的志怪書中，有五十九則公案故事：《列異傳》（2則）、《甄異傳》（2則）、《宣驗記》（4則）、《幽明錄》（12則）、《齊諧記》（3則）、《感應傳》（1則）、《冥祥記》（28則）、《述異記》（2則）、《續異記》（1則）、《錄異傳》（1則）、《祥異記》（1則）、《旌異記》（2則）。而今存、輯遺殘存的志人書中，涉案的共計三十七則。〔註65〕很顯然，志怪

衣，青絲履，猶未朽也。願訪鄉里，以骸骨歸死夫。」掘之果然。敞乃馳還，遣吏捕捉，拷問具服。下廣信縣驗問，與娥語合。壽父母兄弟，悉補繫獄。敞表壽：「常律殺人，不至族誅。然壽為惡首，隱密數年，王法所不免。令鬼神訴者，千載無一。請皆斬之，以明鬼神，以助陰誅。」上報聽之。參看：〔晉〕干寶《搜神記》〔M〕，北京：中華書局，1985：194。

〔註63〕漢時，東海孝婦養姑甚謹。姑曰：「婦養我勤苦。我已老，何惜餘年，久累年少。」遂自縊死。其女告官云：「婦殺我母。」官收繫之，拷掠毒治。孝婦不堪苦楚，自誣服之。時于公為獄吏，曰：「此婦養姑十餘年，以孝聞徹，必不殺也。」太守不聽。于公爭不得理，抱其獄詞，哭于府而去。自後郡中枯旱，三年不雨。後太守至，于公曰：「孝婦不當死，前太守枉殺之，咎當在此。」太守即時身祭孝婦冢，因表其墓。天立雨，歲大熟。長老傳云：「孝婦名周青。青將死，車載十丈竹竿，以懸五幡。立誓於眾曰：『青若有罪，願殺，血當順下；青若枉死，血當逆流。』既行刑已，其血青黃，緣幡竹而上標，又緣幡而下云。」參看：〔晉〕干寶《搜神記》〔M〕，北京：中華書局，1985：139。

〔註64〕嚴遵為揚州刺史，行部，聞道傍女子哭聲不哀。問所哭者誰。對云：「夫遭燒死。」遵敕吏昇屍到，與語訖，語吏云：「死人自道不燒死。」乃攝女，令人守屍，云：「當有枉。」吏曰：「有蠅聚頭所。」遵令披視，得鐵錐貫頂。考問，以淫殺夫。參看：〔晉〕干寶《搜神記》〔M〕，北京：中華書局，1985：144。

〔註65〕參看黃岩柏：《中國公案小說史》〔M〕，瀋陽：遼寧人民出版社，1991：48～76。

書中的公案故事要多於志人小說。為什麼會出現志怪小說興盛的狀況呢？這是因為「中國本信巫，秦漢以來，神仙之說盛行，漢末又大暢巫風，而鬼道愈熾；會小乘佛教亦入中土，漸見流傳。凡此，皆張皇鬼神，稱道靈異，故自晉訖隋，特多鬼神志怪之書。其書有出於文人者，有出於教徒者。文人之作，雖非如釋道二家，意在自神其教，然亦非有意為小說，蓋當時以為幽明雖殊途，而人鬼乃皆實有，故其敘述異事，與記載人間常事，自視固無誠妄之別矣。」〔註66〕志怪小說的張皇鬼怪、稱道靈異的內容描寫起到了震懾世俗，使人生敬信之心的作用，成為涉案內容的主要載體，這與公案小說宣揚懲惡揚善的精神相一致。儘管此時大多數作品的故事情節簡單、細節缺乏，多為梗概式的故事，但是，它已帶有公案小說雛形的一般特點。

三、形成發展期

唐朝、宋朝是自秦以來，社會相對穩定，封建經濟相對發達的朝代，農業、印刷業、造紙業、製瓷業等都有顯著發展。由於社會穩定，人口也有顯著的增長。據《宋史·地理志》記載，宋徽宗崇寧元年（1102年），全國有戶1730萬；至大觀四年（1110年），戶數達到20，882，258戶，人口約為1億1275萬。十萬戶以上的城市約有50個，到1125年，汴梁人口超過了180萬。

人口的增加帶來了諸多社會問題，法律體系隨之也逐步完備起來。唐朝為了維護其封建宗法統治，制定了《永徽律》，這是現存最完備的一部封建法典；宋朝在此基礎上，又制定了我國歷史上第一部刻板印行的法典《宋刑統》。唐宋時期，科舉考試中出現了「試律斷案」的內容，因為封建統治階級需要通曉事情、熟諳法律的人才來管理國家。而科舉考試是步入仕途的一種途徑，這就對於普及法律知識起到了推動作用。

由於封建統治者提倡學習律令，大量有關訟獄案例的著作問世，如《熙寧法寺斷例》、《元符刑名斷例》、《元豐斷例》、《崇寧斷例》、《熙寧紹聖斷例》、《疑獄集》、《折獄龜鑒》、《棠陰比事》、《洗冤集錄》、《讞獄集》等。這些案例著作不僅為公案小說的創作提供了豐富的創作素材，勘案手段也突破了先前斷案大多採用「神怪」、「五聽」的方法。宋時的公案文本中，除了「神怪幫助」、「五聽法」外，還使用了諸如刑偵追蹤、用謊法、俠客幫助、據證法、推理和法醫手段進行破案。

〔註66〕魯迅：《魯迅全集·中國小說史略》〔M〕，上海：作家書屋，1948：183。

　　在這些因素的推動下，公案作品大量湧現，無論是數量上，還是作品的思想內容、藝術表現手法上，公案小說都呈現出了一種成熟樣態。從袁行霈、侯忠義的《中國文言小說書目》上看，唐五代書目現存的 130 部書中，有 82 部書含有公案內容，總計公案小說 471 篇。其中傳奇小說 57 篇，筆記小說 414 則。從數量上看，魏晉時期就難以望其項背。〔註 67〕魏晉時期的志人志怪小說是史傳性質，採用寫實的筆法，基本上不虛構情節。唐傳奇公案小說突破了史傳的束縛，在前人「粗陳梗概」的基礎上，有意進行虛構，融入了細節描寫，情節變得生動曲折，內容上也日漸豐富，主要內容有：謀財害命、姦情公案、復仇殺人、財產糾紛、盜竊、忠奸鬥爭、欺男霸女、詐騙等，這些類型在這個時期開始定型，為後世的公案小說拓展了創作空間。這個時期的公案文本，基本上具有了從發案、勘斷到結案的完整的公案結構。《紀聞·蘇無名》（761 字）、《大唐新語·崔思競》（500 字）、《唐闕史·趙和》（640 字）、《玉堂閒話·劉崇龜》（480 字）、《玉堂閒話·殺妻者》（410 字）是這個時期最早的一批優秀作品，這些作品雖然不及千字，但是情節曲折、人物性格鮮明、細節生動，公案敘事技巧嫻熟，公案結構基本定型。《蘇無名》是其中的代表作，它文字簡潔，結構清晰，人物刻畫生動，細節精彩，懸念的設置及其推理合情合理，案件最終憑藉人的智慧破解〔註 68〕。

〔註 67〕黃岩柏：《中國公案小說史》〔M〕，瀋陽：遼寧人民出版社，1991：80。

〔註 68〕天后時，嘗賜太平公主細器寶物兩食盒，所直黃金千鎰，公主納之藏中。歲餘取之，盡為盜所將矣。公主言之，天后大怒，召洛州長史謂曰：「三日不得盜，罪！」長史懼，謂兩縣主盜官曰：「兩日不得賊，死！」尉謂吏卒游徼曰：「一日必擒之，擒不得，先死！」吏卒游徼懼，計無所出。衢中遇湖州別駕蘇無名，相與請之至縣。游徼白尉：「得盜物者來矣。」無名遽進至階，尉迎問故。無名曰：「吾湖州別駕也，入計在茲。」尉呼吏卒：「何誣辱別駕？」無名笑曰：「君無怒吏卒，抑有由也。無名歷官所在，擒奸摘伏有名，每偷至無名前，無得過者。此輩應先聞，故將來，庶解圍耳。」尉喜請其方。無名曰：「與君至府，君可先入白之。」尉白其故，長史大悅，降階執其手曰：「今日遇公，卻賜吾命，請遽其由。」無名曰：「請與君求見對玉階，乃言之。」於是天后召之，謂曰：「卿得賊乎？」無名曰：「若委臣取賊，無拘日月，且寬府縣，令不追求，仍以兩縣擒盜吏卒，盡以付臣，臣為陛下取之，亦不出數十日耳。」天后許之。月餘，值寒食，無名盡召吏卒，約曰：「十人五人為侶，於東門北門伺之，見有胡人與黨十餘，皆衣縗絰，相隨出赴北邙者：可躡之而報。」吏卒伺之，果得，馳白無名，往視之。問伺者，諸胡何若。伺者曰：「胡至一新冢，設奠，哭而不哀，亦撤奠，即巡行冢旁，相視而笑。」無名喜曰：「得之矣。」因使吏卒盡執諸胡，而發其冢。冢開，割棺視之，棺中盡寶物也。奏之。天后問無名：「卿何才智過人，而得此盜？」對曰：「臣非有他

　　到宋時，隨著生產力的高速發展，商品經濟更趨繁榮，城市經濟的大發展不僅影響到人們的衣食住行，而且還影響到人們的文化需求，新興市民階層有追求娛樂的要求，比較關注世俗生活中離奇的故事，從中尋求快感。「說話」是當時在勾欄瓦舍中大眾娛樂的主要方式，是當時十分受歡迎的一種表演藝術。說話人靠表演為生，他們意識到只有充分展示市井生活，突出市民氣息，內容上迎合大眾的欣賞情趣，巧妙設置一個個「膽」，喚醒聽眾耳目，才能讓社會各階層普遍接受。因此，宋時的話本小說，在說話藝人的表演帶動下，文學性不斷加強，社會生活內容愈加受到關注，描寫更加細膩，篇幅無形中就會拉長。出現了像《錯斬崔寧》、《簡帖和尚》、《勘皮靴單證二郎神》等優秀公案作品。在已認定的十六篇宋元公案話本中〔註69〕，篇幅上都要比唐傳奇公案小說長，二至七千字的有四篇，七千至一萬五千字的就有十二篇。在唐傳奇公案案件類型的基礎上，出現了關注家庭生活的案件類型：婚姻糾紛案。一些表現複雜案例的宋元文言小說中，還出現了像《鬼董·金燭》這樣的有多種公案類型交錯發展的小說文本，這些作品反映了更加廣闊的社會背景，和更加深刻的思想主題。包公作為文學形象開始出現在一些作品中，例如：《夢溪筆談》中的「包孝肅」，《續夷堅志》中的「包女得嫁」，《醉翁談錄》壬集卷之一《紅綃密約張生負李氏娘》，《合同文字記》，《三現身包龍圖斷案》等，開始有了「一斷鬼神驚」、「日間斷人，夜間斷鬼」的神化傾向特點，為後世增添了塑造清官的文學典型。至此，公案小說已成為一種成熟的文學類型。

　　元雜劇現存劇本162種，其中公案雜劇27種〔註70〕，反映了元代黑暗的社會現實。其中關漢卿創作了《錢大尹智勘緋衣夢》、《感天動地竇娥冤》、《包待制三勘蝴蝶夢》、《包待制智斬魯齋郎》和《望江亭中秋切鱠》，這些劇作反映了元代黑暗的社會現實，對元代司法體制進行了嚴厲的譴責、無情的鞭撻。在這27個劇本，有11本斷案官是包拯，說明大眾企盼清官整頓吏治、消除司

　　　　計，但識盜耳。當臣到都之日，即此胡出葬之時，臣亦見，即知是偷，但不知其葬物處。今寒節拜掃，計必出城，尋其所之，足知其墓。賊既設奠，而哭不哀，明所葬非人也。奠而哭畢，巡冢相視而笑，喜墓無損傷也。向若陛下迫促府縣捕賊，計急必取之而逃。今者更不追求，自然意緩，故未將出。」天后曰：「善。」賜金帛、加秩二等。

〔註69〕黃岩柏：《中國公案小說史》〔M〕，瀋陽：遼寧人民出版社，1991：118。
〔註70〕黃岩柏：《中國公案小說史》〔M〕，瀋陽：遼寧人民出版社，1991：128。

法腐敗的美好願望，這些觀念對我國民族文化心理的形成有著重要影響。

四、鼎盛轉型期

明朝時期，「農士商工，各安其業」，長期生產經驗的積累，使得社會生產力大幅提高，農業生產從單一經濟轉向多種經營經濟，商品種類繁多，流通廣泛，全國性的市場逐步形成。城市文化消費能力的增長，促使出版印刷業空前發展，除了原先像成都、蘇州、杭州、南京、北京等老的印製中心外，還出現了以福建建陽爲中心的小說戲曲印製中心。此時，市民的組成成份複雜〔註71〕，使得社會上存在許多不穩定因素，各種案件層出不窮，爲公案小說的創作提供了眾多豐富的素材，造成晚明時期大批「公案小說」湧現，出現了十二本公案短篇小說專集〔註72〕，專集中有近千則故事。

明萬曆以來，文人士大夫參與創作公案小說，這種趨勢在中國文學史上具有開拓意義。明代末期著名作家馮夢龍畢生致力於搜集、整理、創作民間文學和通俗文學。他把通俗文學提到了應有的地位，他認識到了通俗文學的重要性，認爲即使每日念誦《孝經》、《論語》，也不足以「觸里耳而振恆心」，所以，在他的小說中出現了大量市民大眾形象，以此來貼近中下層市民大眾，表現當時的市民意識。爲了更好地服務新興市民階層，他創作時使用白話，他有兩句名言：「話須通俗方傳遠，語必關風始動人」。這就是說，話語只有通俗易懂才能流傳久遠，必須關涉風俗人情才能感動人。話通俗了以後就傳的遠了，看的人就多了。牽涉到移風易俗，人家看了以後會有一種覺醒。《三言》是馮夢龍編撰的話本集子，由《喻世明言》、《警世通言》、《醒世恒言》三個擬話本小說集構成，每集四十篇，共一百二十篇，大部分原作和材料來自宋元舊本，還有一些是他的擬作，編撰過程中，他進行了不同程度的整理加工，在展開故事時，運用誤會、巧合、意外、偶然的寫作手法使情節愈加曲折生動，提高了話本小說的藝術水準。范伯群先生認爲，「三言」的題材相當廣泛，反映了農業文明下的古代都市社會情況和生活面貌以及市民意識增

〔註71〕包括了手工業工人、獨立手工業者、小商小販、船夫苦力遊民、工場作坊主、商人、士兵、隸役、下級官吏、城市知識分子等。參看：胡士瑩著《話本小說概論》〔M〕，北京：中華書局，1980：363。

〔註72〕即：《百家公案》、《廉明公案》、《新刻皇明諸司公案傳》、《新民公案》、《海剛峰先生居官公案傳》、《詳刑公案》、《律條公案》、《合刻名公案斷法林灼見》、《明鏡公案》、《詳情公案》、《神明公案》以及《龍圖公案》。

強的圖景，有較濃厚的市民色彩，標誌著我國古代白話短篇小說趨於成熟。

　　凌蒙初（1580～1644）也致力於短篇白話小說的創作，撰寫了《初刻拍案驚奇》和《二刻拍案驚奇》，各爲四十卷四十篇，每篇篇目採用章回小說的駢句形式，少數作品是改寫舊本或抄襲原文，大部分是其創作，反映了比較廣泛的社會生活〔註73〕。「二拍」中的小說佈局嚴謹，情節曲折，結局往往出人意料。《初刻拍案驚奇·序》云：「凡耳目前怪怪奇奇，當亦無所不有，總以言之者無罪，聞之者足以爲戒」，而這些令「聞之者足以爲戒」的勸世之言，帶有明顯教化民風的目的〔註74〕，這些「道學心腸」使小說中的公案情節得以擺脫「清官斷獄」的模式，注入更多的教化功能。「三言兩拍」中涉案作品六十一件，既有側重案情進展的作品，也有側重勘斷內容的公案，案件類型豐富，囊括了：家庭糾紛、謀財害命、欺男霸女、忠奸鬥爭、復仇殺人案、詐騙案、盜竊案、拐賣人口案等，但是作品中有四分之一是關於姦情、私情的案件。如此集中地出現這類作品，是因爲明代市民階層壯大，興起市民文藝，爲了迎合市民階層的欣賞趣味，滿足其獵奇、消遣心理，作品中融入對姦情、私情的極爲細緻的描寫，反映出當時作家開始注重作品消閒遣愁的娛樂功能。

　　《龍圖公案》是這個時期十二本公案短篇小說專集中成功的典型。北宋官員包拯（999～1062），破案、判案的記錄，只在《宋史》裏有「割牛舌」一件事，藝術形象十分單薄，經過宋元時期說話藝人的長期藝術加工，在明代公案小說中，包公形象得以完善定型，胡適稱之爲「中國的歇洛克·福爾摩斯」、「箭垛式的人物」〔註75〕。全集共十卷，約二十萬字，有包公斷案的故事近百則。故事來源於史傳雜記、元曲和民間故事傳說。故事情節曲折生動，語言文白相間、通俗流暢，敘述詳略得當，人物性格鮮明，是著重凸顯包公智慧，剛正不阿破案、斷案的公案小說集。包公是千百年來老百姓心目中的清官形象，民間已經賦予了他「日間斷人，夜間斷鬼」的神化傾向。但是，在《龍圖公案》中，有三十八個故事是包公運用了智慧破案，他善於觀察，精於分析，常常微服私訪，秉公執法，體恤民情。他運用智慧，維護法

〔註73〕胡士瑩：《話本小說概論》〔M〕，北京：中華書局，1980：462。

〔註74〕從來說的書不過談些風月，述些異聞，圖個好聽。最有益的，論些世情，說些因果，等聽了的觸著心裏，把平日邪路念頭化將過來，這個就是說書的一片道學心腸。參看：《二刻》·卷12·《硬勘案大儒爭閒氣　甘受刑俠女著芳名》。

〔註75〕胡適：《中國章回小說考證·三俠五義序》〔M〕，大連：實業印書館，1942：393。

的尊嚴，所保護的主要是老百姓的利益，因此至今依然活躍在藝術舞臺上，保持著頑強的生命力。

《聊齋誌異》代表了文言短篇公案小說的繁榮。蒲松齡（1640～1715）被譽爲是「東方短篇小說之聖」，他創作了數量可觀的公案文言短篇小說，以「三會本」《聊齋》爲準，含有公案因素的小說就占近五分之一。這些題材幾乎囊括了所有公案類型，小說立意高遠，故事情節迂迴曲折，採用了倒敍、插敍等多種敍述方式，詳略得當，主次分明，情節與性格發展密切結合，出現了像席方平這樣的「立體發展型」的人物形象。

元末明初，《水滸傳》、《三國志演義》、《三遂平妖傳》、《殘唐五代史演義傳》、《隋唐兩朝志傳》等章回體長篇小說的出現，標誌著章回小說的正式產生。〔註76〕到了清代時，公案小說完成了從宋以來的短篇向章回體長篇的飛躍，至清中期時創作數量蔚爲壯觀，出現了像《施公案》、《彭公案》、《于公案》、《李公案》、《殺子報》、《善惡圖》、《清風閘》等一大批長篇巨製，可見當時章回體的公案小說創作之繁榮。出現了俠客義士輔佐清官破案的情節內容，形成了「俠義公案小說」新類型，《三俠五義》是長篇俠義公案章回體小說的傑出代表。清晚期，公案小說由盛而衰，這與封建社會走向衰亡有著密切關係。公案小說失去了存在的現實基礎，失去了創作的源泉，後來出現的作品大多是仿寫續寫之作，粗製濫造，了無生氣，市民大眾漸漸失去了閱讀的興趣。這時，西方偵探小說的大量譯介，滿足了市民大眾的審美需求，從而促成了晚清偵探小說譯介的繁榮。

五、中國公案小說與中國傳統文化、傳統法律觀念、傳統思維方式

我國的公案小說在小說史上，有過輝煌時期，也有衰敗時期，是中華文明孕育出的獨特文類形式。它的源起可以追溯到遙遠的解廌、皋陶神話時期，歷經演變，它的發展脈絡是清晰的、有跡可循的。它在不同時期所呈遞出來的美學特徵與中國傳統文化、傳統法律觀念、傳統思維方式等有著密切關係。

農業生產活動需要有相對穩定的生存環境，人們只有定居下來才能慢慢總結出當地時令變化的規律，更好地指導來年的農業生產活動。在我國歷史上，自給自足的小農經濟以家庭爲單位進行生產，農業生產的主要目的是供

〔註76〕程美林、馮保善、李忠明：《章回小說史》〔M〕，杭州：浙江古籍出版社，1998：55。

自己消費，並且基本能滿足生存需要，而不是將農產品進行交易，使之社會化、商品化。這種以供自己消費爲目的生產方式必然是內向型、封閉型的。這就養成了人們滿足現狀、不思進取的心態，從而滋養出一種主張和平、保守的農耕文化。在下面孟子所描繪的理想社會中，我們可以體會到自給自足的小農經濟帶給古代農民的美好期望：

> 五畝之宅，樹之以桑，五十者可以衣帛矣。雞豚狗彘之畜，無失其時，七十者可以食肉矣；百畝之田，勿奪其時，數口之家可以無饑矣；謹庠序之教，申之以孝悌之義，頒白者不負戴於道路矣。
>
> 七十者衣帛食肉，黎民不饑不寒，然而不王者，未之有也。〔註77〕

但是，在相當長的歷史時期，這種自給自足的小農經濟，使用的是石製和木製的農用工具，勞動生產率極其低下〔註78〕。當面對嚴寒酷暑、洪澇等自然災害時，由於金屬工具缺乏，就需要依靠大規模的群體勞動搶耕搶種，血緣關係的力量在此發揮著巨大作用。在這種農耕文化的培育下，宗法家族觀念逐步發展起來，到周朝時趨於完備，「周代的宗法國家把血緣序列和政治序列的合一性發展到了頂點。在此，中國古代早期國家的宗法性質全面地凸現出來」〔註79〕。這種宗法制的特點就是用自然血緣關係來確定人們的社會關係。每一個人對於其四面八方的倫理關係，各負有其相當義務；同時，其四面八方與他有倫理關係的人，亦各對他負有義務，全社會之人，不期而輾轉互相連鎖起來，無形中成爲一種組織〔註80〕。這種因倫理而產生的組織，不僅是保障物質生產的基本單位，還在家族對外復仇、對內撫育、贍養等方面發揮著重要作用。因此，家族的安定就成爲了社會安定的前提，家族首領就有著維護社會安定的責任，他所制定的宗法家族規範就是要維護宗法制度和父系家長特權。這種宗法家族規範的是嚴格的宗法等級秩序，「夫祭有十倫焉：見事鬼神之道焉，見君臣之義焉，見父子之倫焉，見貴賤之等焉，見親疏之殺焉，見爵賞之施焉，見夫婦之別焉，見政事之均焉，見長幼之序焉，見上下之際焉。此之謂十倫。」〔註81〕，而「出禮則入於刑」〔註82〕，任何危及君

〔註77〕 《孟子·梁惠王》。
〔註78〕 劉廣民：《宗法中國》〔M〕，上海：三聯書店，1993：5。
〔註79〕 劉廣民：《宗法中國》〔M〕，上海：三聯書店，1993：10。
〔註80〕 梁漱溟：《中國文化要義》〔M〕，上海：上海人民出版社，2005：73。
〔註81〕 《禮記·祭統》。
〔註82〕 《後漢書·陳寵傳》。

臣父子、長幼上下的行為，都會被施以嚴屬的制裁。

那麼，如何維持這種規範秩序？儒家認為社會應該有分工，應該有貴賤、上下的差別，「君子勞心，小人勞力」〔註83〕，「庶人工商各守其業以共上」〔註84〕。在儒家的心目中，「仁者人也，親親為大；義者宜也，尊賢為大」〔註85〕。貴賤、尊卑、長幼，親疏有序的社會，是儒家所追求的理想社會狀態。「禮」是儒家倫理道德的重要範疇之一，在個人修身養性以及人際交往中，有著重要意義。儒家認為「有禮則安，無禮則危」〔註86〕，「禮」是維持這種社會差別的工具，以「禮」為行為規範，是達到「有別」的手段。在儒家看來，「上賢使之為三公，次賢使之為諸侯，下賢使之為士大夫」〔註87〕，「大德必得其位，必得其祿，必得其名，必得其壽」〔註88〕，「名位不同，禮亦異數」〔註89〕。根據行使「禮」的規格，可以區分人的名位，從而顯示出人的貴賤、尊卑、長幼、親疏的差異性，「故人道莫不有辨，辨莫大於分，分莫大於禮」〔註90〕，而「為人君止於仁，為人臣止於敬，為人子止於孝，為人父止於慈」，要達到仁、敬、慈、孝，自然非「禮」不可。如果沒有禮的話，「有別」的社會秩序便不能很好地維持、體現，會造成「禮不行則上下昏」〔註91〕，「人無禮則不生，事無禮則不成，國家無禮則不寧」〔註92〕，「非禮無以節事天地之神也，非禮無以辨君臣、上下、長幼之位也，非禮無以別男女、父子、兄弟之親，婚姻疏數之交也」〔註93〕。

儒家一貫主張「禮」是治國的基礎。孔子曰：「安上治民莫善於禮」〔註94〕。荀子云：「國之命在禮」，又云：「禮者，治辨之極也，強國之本也，威行之道也，功名之總也。王公由之所以得天下也，不由所以隕社稷也」〔註95〕。

〔註83〕　《左傳・襄公九年知武子語》。
〔註84〕　《國語・周語・內史過語》。
〔註85〕　《中庸》。
〔註86〕　《禮記・曲禮上》。
〔註87〕　《荀子・卷八・君道篇》。
〔註88〕　《中庸》。
〔註89〕　《左傳・莊公十八年》。
〔註90〕　《荀子・非相篇》。
〔註91〕　《左傳・僖公十一年》。
〔註92〕　《荀子・卷一・修身篇》。
〔註93〕　《禮記・哀公問》。
〔註94〕　《孝經・廣要道章》。
〔註95〕　《荀子・卷十・議兵篇》。

荀子還在「禮」與「政」的關係上做了一個形象的比喻：「禮者政之挽也，爲政不以禮，政不行矣」〔註96〕。「隆禮貴義者其國治，簡禮賤義者其國亂」〔註97〕，「禮之所興，眾之所治也；禮之所廢，眾之所亂也」〔註98〕。由此可見，「禮」有利於維護社會安定，「禮」的興廢關乎國家的興亡存敗，所以，儒家重禮隆禮，以「禮」爲行爲規範，把「禮」作爲維持社會秩序、治理國家的工具。

法家也以維持社會秩序爲己任，他們認爲如果治理國家，「有功而不能賞，有罪而不能誅，若是而能治民者，未之有也」〔註99〕。《韓非子・二柄》又載：「明主之所導制其臣者二柄而已矣。二柄者刑德也。何謂刑德？曰殺戮之謂刑，慶賞之謂德，爲人臣者畏誅罰而利慶賞，故人主自用其刑德，則群臣畏其威而歸其利矣」。所以，治理國家一定要賞罰分明，要制定同一的客觀標準，有功則賞，有過必罰，這樣才能使人遵法守法，法律面前人人平等。犯同一種罪，量刑不能有差別。商君云：「所謂一刑者，刑無等級，自卿相、將軍以至大夫、庶人有不從王令犯國禁亂上制者，罪死不赦」。他還說：「有功於前，有敗於後，不爲損刑。有善於前，有過於後，不爲虧法。忠臣孝子有過，必以其數斷，守法守職之吏有不行王法者，罪死不赦，刑及三族」〔註100〕。這種「王子犯法與民同罪」的客觀判案原則，與儒家的所謂刑不上大夫，所謂議親、議故、議賢、議能、議貴、議勤、議賓，尊親賢，敦故舊，尊賓貴，尚功能，及議事以制的訴求背道而馳。儒家主張：「人道親親也」〔註101〕，以親親爲人之本，勸勉世人要「人人親其親，長其長，而天下平」〔註102〕。而法家堅決反對「親親」這種主張，《商君書》認爲：「君臣釋法任私必亂，故立法明分，而不以私害法，則治」，《愼子・內篇》甚至認爲：「今立法而行私，是與法爭，其亂甚於無法」。

儒家與法家雖然主張不同，儒家以「禮」爲治世的工具，法家希望以同一的法律來治理國家，但是，都是以維護社會的正常秩序爲己任。儒家希望人人

〔註96〕《荀子・大略篇》。
〔註97〕《荀子・卷十・議兵篇》。
〔註98〕《禮記・仲尼燕居》。
〔註99〕《韓非子・卷二・七法》。
〔註100〕《商君書・賞刑》。
〔註101〕《禮記・大傳》。
〔註102〕《孟子・離婁上》。

守禮，以道德感化的力量讓人知恥而無姦邪之心，這是法家依靠嚴刑峻法難以辦到的，他們認爲「民親愛則無相害傷之意，動思義則無姦邪之心。夫若此者非法律之所使也，非威刑之所彊也，此乃教化之所致也」〔註 103〕，「夫法令者所以誅惡，非所以勸善」〔註 104〕，「法能刑人而不能使人廉，能殺人而不能使人仁」〔註 105〕。但是，二者又具有互補的特點，「禮者禁於將然之前，而法者禁於已然之後」，「禮」能「止邪」卻「也無形」，它能「使人日從善遠罪而不自知也」〔註 106〕。「禮」預防犯罪功能的重要性可見一斑。「禮」在我國以血緣關係爲本體的傳統倫理文化中，成爲規範、調整人際關係的主要工具。由於血緣倫理文化強調的是「和爲貴」，因而「無訟」成爲社會和諧、國泰民安的主要標誌。孔子曰：「聽訟，吾猶人也。必也使無訟乎」〔註 107〕。「無訟」成爲地方官所追求的基本目標之一。《荀子‧宥坐》中記載了這樣一則故事：

> 孔子爲魯司寇，有父子訟者，孔子拘之，三月不別。其父請止，孔子捨之。季孫聞之不說，曰：「是老也欺予，語予曰：爲國家必以孝。今殺一人以戮不孝，又捨之。」冉子以告。孔子慨然歎曰：「嗚呼！上失之，下殺之，其可乎！不教其民而聽其獄，殺不辜也。三軍大敗，不可斬也；獄犴不治，不可刑也。罪不在民故也。嫚令謹誅，賊也；今生也有時，斂也無時，暴也；不教而責成功，虐也。已此三者，然後刑可即也。《書》曰：『義刑義殺，勿庸以即，予維曰未有順事。』言先教也。」

可以看出，孔子十分痛恨父子相訟的行徑，因爲這違背了「親親」、「尊尊」的禮教原則。就連父子間發現了犯罪，也必須相互容隱。儒家推崇以德治國，認爲人有過失，罪不在民，還是禮教不徹底的緣故。

以德化民的賢吏以教化不行爲恥，引咎自責的故事在史書中均有記載。東漢時期，魯恭任中牟令時，感歎教化不行，「欲解印綬去」，他是以德治國的典範，他政績顯著，任期之內，中牟境內出現了「三異」：蟲不犯境、化及鳥獸、豎子有仁心〔註 108〕。《後漢書‧循吏列傳‧許荊傳》中也記載了太守許

〔註 103〕王符：《潛夫論‧卷八‧德化》。
〔註 104〕陸賈：《新語‧卷上‧無爲》。
〔註 105〕桓寬：《鹽鐵論‧卷十‧申韓》。
〔註 106〕《禮記》。
〔註 107〕《論語‧顏淵》。
〔註 108〕恭專以德化爲理，不任刑罰，訟人許伯等爭田，累守令不能決，恭爲平理曲

荊因兄弟爭財相訟，甚至於要解印去官請罪：「有兄弟爭財相訟，太守許荊歎曰：『吾荷國重任而教化不行，咎在太守。』乃顧使史上書陳狀，乞詣廷尉。兄弟感悔，各求受罪。郡中多有不養父母，兄弟分析者，因此皆還供養者千餘人」。明朝馮夢龍編撰的《增廣智囊補》中，還記載了一位喜歡以拖延之術來息訟的太守：趙豫爲松江府太守，每見訟者非急事，則諭之曰：「明日來」。始皆笑之，故有「松江太守明日來」之謠。不知訟者來，一時之忿，經宿氣平，或眾爲譬解，因而息者多矣，比之鈎鉅致人而自爲名者，其所存何啻霄壤？

　　法家因個體的差異，對德能化人，能維持社會正常秩序，使社會長治久安，存有疑問。這就是「仁者能仁於人而不能使人仁，義者能愛於人而不能使人愛」〔註109〕。所以，法家堅持「任法而不任智」〔註110〕，「聖王者不貴義而貴法」。法家排斥禮治、德治，反對施行仁政，認爲這樣無異於姑息養奸、縱民爲惡。他們認爲「夫民貪行躁而誅罰輕，罪過不發，則是長淫亂而便僻邪也，有愛人之心，而實合於傷民」，「有過不赦，有善不遺」〔註111〕。董關于認爲所立之法應該絕無寬容、迴旋的餘地，這樣就沒人敢以身試法，國家就一定能治理好〔註112〕；韓非子爲宣傳法家思想，在《韓非子・外儲說》中通過一些簡潔明瞭的涉案故事，說明要嚴格執法，執法要無私的道理。

　　因此，法家提出輕罪重刑的想法，主張使用重刑來止奸制惡，強調國家施行嚴刑峻法有「以刑去刑」的功效，能使人產生畏懼的心理，「故善爲主者，

直，皆退而自責，輟耕相讓。亭長從人借牛而不肯還之，牛主訟於恭。恭召亭長，敕令歸牛者再三，猶不從。恭歎曰：「是教化不行也。」欲解印綬去。掾史涕泣共留之，亭長乃慚悔，還牛，詣獄受罪，恭貰不問。於是吏人信服。建初七年，郡國螟傷稼，犬牙緣界，不入中牟。河南尹袁安聞之，疑其不實，使仁恕掾肥親往廉之。恭隨行阡陌，俱坐桑下，有雉過，止其傍。傍有童兒，親曰：「兒何不捕之？」兒言：「雉方將雛。」親瞿然而起，與恭訣曰：「所以來者，欲察君之政蹟耳。今蟲不犯境，此一異也；化及鳥獸，此二異也；豎子有仁心，此三異也。久留，徒擾賢者耳。」還府，具以狀白安。（《後漢書・魯恭傳》）。

〔註109〕《商君書・畫策》。
〔註110〕《慎子・內篇》。
〔註111〕《管子》。
〔註112〕董關于爲趙上地守。行石邑山中，見深澗，峭如牆，深百仞。因問其旁鄉左右曰：「人嘗有入此者乎？」對曰：「無有。」曰：「嬰兒、盲、聾、狂悖之人，嘗有入此者乎？」對曰：「無有。」「牛馬犬彘，嘗有入此者乎？」對曰：「無有。」董關于喟然太息曰：「吾能治矣。使吾法之無赦，猶入澗之必死也，則人莫知敢犯也，何爲不治？」。

明賞設利以勸之，使民以功賞而不以仁義賜，嚴刑重罰以禁之，使民以罪誅而不以愛惠免，是以無功者不望，而有罪者不幸矣」〔註113〕。

儒家提倡禮治、德治，但是也不排斥法治的觀念。荀子就認為「殺人者不死，而傷人者不刑，是謂惠暴而寬賊也」。他還提出禮刑分治的想法，認為「由士以上，則必以禮樂節之，眾庶百姓，則必以法數制之」，「以善至者待之以禮；以不善至者待之以刑」。在儒家經典著作《禮記》中，把禮、樂、政、刑並提，含有禮法合治的意味：「君子禮以坊德，刑以坊淫，命以坊欲」，「禮、樂、政、刑四達而不悖，則王道備矣」。

自漢以後，唯儒獨尊。董仲舒提出「罷黜百家，獨尊儒術」，他以《春秋》決獄，把儒家思想應用於法律實踐，闡發他以刑輔教的態度。儒家思想以倫理本位為出發點，主張以禮、德為量刑的依據，這就為主觀斷案開啟了方便之門。董仲舒提出一條重要的治獄原則便是「論心定罪」，執法者審案、斷案全仰仗其對經義的理解，使「禮」凌駕於法之上，成為法的主要表現形式。

儒家重視人倫秩序，漢代以孝治天下，提出以孝道為基礎的「三綱五常」，孝必然在於「報」，就是要兒女報父母的養育之恩，若父母為他人所害，兒女就要想盡一切辦法為其復仇。漢時，以「禮」行法的觀念，必然導致「報」的原則會凌駕於法之上，這就賦予了復仇者一個合法復仇的藉口。在《魏書‧列女傳》中記載了這樣一則故事：南齊朱謙之父昭之為族人朱幼方燈火所焚死。謙之時尚幼，其姊密語之，後遂殺幼方，詣獄自繫。別駕孔稚珪，兼記室劉璉，司徒左西掾張融與刺史豫章王曰：「禮開報仇之典，以申孝義之情；法斷相殺之條，以表權時之制。謙之揮刀酬冤，既申私禮；繫頸就死，又明公法。今仍殺之，則成為當世罪人；宥而活之，即為聖廟孝子。殺一罪人，未足引憲；活一孝子，實廣風德。」豫章王言之世祖，世祖嘉其義，赦其死罪，又恐兩相報復，遣謙之隨曹虎西行。臨行，幼方子惲於津陽門伺殺謙之。謙之兄選之又刺殺惲。有司以聞，武帝曰：「此皆是義事，不可問。」悉赦之。在這裡，執法者都認為復仇行為是義事，均認為不給謙之定罪，可以使其成為「聖廟孝子」，「實廣風德」，「報」的倫理價值重於法。這種觀念也影響到了近現代偵探小說的創作，程小青把中國傳統的倫理價值觀運用於偵探小說的創作，在《白衣怪》中，裘海峰是為父雪冤，所以，最終因霍桑的出庭，得到了緩刑的准許。而程小青創作的其他作品中，霍桑也常以「在正義的範

〔註113〕《韓非子》。

圍之下，我們並不受呆板的法律的拘束」爲由，自由處置犯罪嫌疑人，使得法律服從於道德，創建了中國偵探小說的「道德模式」。

中國傳統思維方式，是中國古代文化的特質和基本精神的集中體現。〔註114〕它對中國傳統法律文化的形成具有決定性的制約作用。農耕文明使我國的先民們，非常重視在農業實踐活動所觀察到的複雜自然現象，以及農耕勞作時的豐富生產經驗。《周易》這樣記錄了八卦的起源：「古者伏羲氏之王天下也，仰則觀象於天，俯則觀法於地。觀鳥獸之文與地之宜，近取諸身，遠取諸物，於是始作八卦」，「以通神明之德，以類萬物之情」。

通過「仰觀俯察」，先民們從北極居中、群星拱衛的天象中得到了哲學上的啓示。他們發現，滿天的星辰圍繞北斗做規律運動，呈現出一種理想的秩序。先民們通過直觀感受，認爲這種天象是在昭示主次尊卑的等級秩序，悟出了這就是倫理社會所需要的規範與行爲的準則。在我國古代，皇權庇佑家族，家族拱衛皇權，以期達到皇權的穩固。周朝通過分封制，把全國的土地、百姓以及國家權力分割給諸侯，諸侯又分割給卿大夫，上行下效，層層分割，建立起「三十輻共一轂，二十八宿環北辰」〔註115〕等級分明的政治結構。這樣，一個以血緣親族關係爲紐帶，等級有序、輻輳向心的宗法制國家構建而成。宗法家族制度與集權專制政體，就如同「群星」與「北極」的關係，無數個孤立的宗法家族需要超社會的皇權實體的庇護，而集權專制的皇權更需要無數個宗法家族的效忠和拱衛。從而這就使得主張提倡「禮治、德治」維護宗法家族秩序的儒家，與提倡「法治」維護封建皇權專制政體的法家得以共謀，形成「國家」與「家族」的協調統一，以禮統法、以禮入法、禮法合治，並進而實現「法家法律的儒家化」和「儒家思想的法典化」。

先民通過上觀天文，下察地理，遠悟萬物之理，近取身心感受，形成了我國傳統思維方式重了悟、重直覺、重整體把握的特點。這就使得中國先民解決問題時採用的是一種經驗性、直覺式的思維方式，人們往往通過自身經歷，經驗教訓，憑直覺對事件進行判斷推理，針對的對象總是具體的、個別的。先民們注重觀察日常生活中的一些現象，敏感於這些現象的複雜多樣性〔註116〕，透

〔註114〕陳江風：《觀念與中國傳統文化》〔M〕，桂林：廣西師範大學出版社，2006：293。

〔註115〕司馬遷：《報任安書》。

〔註116〕他們信賴感覺和依賴感覺的立場，使他們對現象的複雜多樣性尤爲敏感，從而替代了對事物法則的把握，替代了對事物抽象地孕育著的統一性的把握。

過這些現象，他們了悟到了大自然中所蘊藏的樸素的運行規律本質。我國的先民們從觀察：日出而作日入而息、嚴寒酷暑、男女婚嫁、太陽月亮、清濁、雌雄、動靜等現象中，覺察出了世間萬物普遍存在的對立統一的矛盾現象，諸如形而上、形而下；道、器；理、氣；太極、陰陽；體、用；天、人；理、欲；禮、法等。他們認為這些矛盾對立的現象，相互補充構成了和諧的整體，如果片面強調一方否定另一方，就會出現嚴重的偏差與失誤。老子用陰陽為哲學範疇，來解釋天地萬物的性質。他認為陰陽普遍存在於自然、社會的一切事物之中，《道德經》提出：「道生一，一生二，二生三，三生萬物。萬物負陰而抱陽，沖氣以為和」。老子的陰陽學說對後世產生了極其深遠的影響。儒家就是用陽尊陰卑來說明社會等級秩序的合理性。先民通過觀察天地陰陽之氣的運行，道出了五行與天文時令的關係。《春秋繁露》中記載有：「天地之氣，合而為一，分為陰陽，判為四時，列為五行。行者，行也。其行不同，故謂之五行」。《管子‧五行篇》中有：「作立五行以正天時」。陰陽五行成為了我國傳統哲學的基礎，集中展示了我國古代先民對宇宙天體自然蘊含道理的了悟。

　　陰陽五行觀是一套博大精深的思想體系，先民們也從中找到了血族復仇正當的依據，認為血族復仇是自然、社會法則的一部分：「子復仇何法？土勝水，水勝火也」〔註117〕。這種觀點使得古代復仇之風盛行。「殺人之父者亦殺其父，殺人之兄者人亦殺其兄」〔註118〕，這種以牙還牙的方法，目的就是要讓仇人感到同樣的痛苦和損失，而不是去尋求法律的支持，得到公正的裁決和賠償。儒家以「禮」為治國規範，講究親親為人之本，自然會把為家人復仇看作是義不容辭的責任，而儒家也充分肯定其倫理價值。《禮記‧曲禮上》載：「父之仇弗與戴天。兄弟之仇不反兵。交遊之仇不同國」。《大戴禮記‧曾子制言》認為：「父母之仇，不與共生；兄弟之仇，不與聚國；朋友之仇，不與聚鄉；族人之仇，不與聚鄰」。依法「殺人者死」，而基於宗法倫理觀念，「君弒，臣不討賊，非臣也；不復仇，非子也。」在這種情況下，統治者依據儒

　　事物現象的特徵是千差萬別的而不是千篇一律的。因此，信賴知覺表象和重視個別性的中國民族，自然對事物的多樣性特別敏感，並很少去考慮有關規制事物多樣性的普遍妥當的法則。參看：〔日〕中村元《東方民族的思維方法》〔M〕，林太、馬小鶴譯，杭州：浙江人民出版社，1989：141。

〔註117〕《古今圖書集成‧五行類》。

〔註118〕《孟子‧盡心上》。

家經義，依據「情理」，即「禮」的習慣與先例，不採取明文規定，在司法審判中對血族復仇案件靈活判決。所以，讀者會在古代公案小說中看到這樣的情節。例如，在《謝小娥傳》中，謝小娥的父兄被申蘭、申春劫殺，冤魂託夢謂「車中猴，門東草；田中走，一日夫」，李公佐解出字謎，謝小娥女扮男裝，手刃仇人後自首。官府不但赦免了她，還對其忠孝行為加以頌揚，根本原因就在於她的復仇行為符合儒家的禮教經義。自然，這些公案小說中的復仇情節也會影響到我國近現代傳統文人的偵探小說創作。

儒家認為禮高於法律，在司法審判中，不讚同執法者簡單、粗暴地使用刑罰手段決案，而是希望通過教化，以德治國。因而，儒家主張「德主刑輔」的審判原則。董仲舒以刑德與陰陽相比，他說：「王者欲有所為，宜求其端於天，天道之大者在陰陽，陽為德，陰為刑」，「陽出布施於上而主歲功，陰入伏藏於下而時出佐陽，陽不得陰之助，亦不能獨成歲功」〔註119〕，可以看出，陽不得陰，也不會有一年的收穫，所以他認為君王要想成就大業，刑德均不可偏廢，他以天道任陽不任陰，來闡發其德主刑輔的主張：

> 天道之大者在陰陽，陽為德，陰為刑，刑主殺而德主生。是故陽常居大夏，而以生育養長為事，陰當居大冬，而積於空虛不用之處，以此見天之任德不任刑也。……終陽以成歲為名，此天意也。
>
> 王者承天意以從事，故任德教而不任刑，刑者不可任以治世，猶陰之不可任以成歲也。為政而任刑，不順於天，故先王莫之肯為也。
>
> 今廢先王德教之官，而獨任執法之吏治民，毋乃任刑之意歟？

直覺和體悟是我國先民認知世界的主要方式。直覺是主體自身通過潛意識的活動，對知識經驗進行加工，並躍過嚴格邏輯證明而產生的突發式直接把握客體對象的思維過程。它具有潛意識性、非邏輯性和突發躍進性的特點〔註120〕。中國傳統思維中，天、地、人三者合一就是一種無意識、自然而然的過程，憑直覺直觀感知的。而體悟是建立在人們對以往知識和經驗積累之上的認知方式，它總是與感性現象、日用經驗不可分割地聯繫在一起。它們以經驗為基礎，總體上把握認知對象，它將思考方法橫向推移，對直觀思維、聯想思維的發展，領會普遍聯繫，特別是領會那些溢於言表的玄機妙理十分有

〔註119〕班固：《漢書‧董仲舒傳》。

〔註120〕陳江風：《觀念與中國傳統文化》〔M〕，桂林：廣西師範大學出版社，2006：297。

益。但是這種經驗性思維不注重歸納、演繹、綜合、抽象等縱向思維方法，這就阻礙了科學思想的引進。如果把思維活動局限於經驗範圍之內，一旦認知客體超出了認知主體的經驗範圍，人們往往會做出一些非理性的判斷。我國古代公案小說中，執法者經常會運用「五聽」之法進行決案，這是執法者通過觀察嫌疑人的語音、臉色、氣息、聽覺、眼神等心理變化、生理變化，得出直覺印象，來判斷嫌疑人供詞的眞僞。這種斷案方式有時候會發現眞凶，但是，一旦案情變得撲朔迷離，超出了執法者的認知水平，而執法者又往往堅信自己的直覺之時，就會通過拷問等殘酷刑罰使嫌疑人屈打成招，最終就會導致冤假錯案的大量出現。這樣的事例在公案小說中，比比皆是。

因此，可以看出，我國古代公案小說深受我國傳統文化、傳統法律觀念、傳統思維方式的影響。和平、保守的農耕文化孕育出的宗法家族制度，以倫理組織社會，這種倫理觀影響了我國上千年的法律文化，在公案小說中就處處體現「以禮統法、以禮入法、禮法合治、引經決獄」的思想，在小說中，遇到禮法衝突時，讀者常常會看到執法者以禮廢法，輕法重禮的情節；而先民們重了悟、重直覺、重整體把握的經驗性、直覺式的思維方式，產生了我國古代的哲學基礎「陰陽五行觀」，它爲血族復仇提供了正當的理由，而血族復仇也成爲公案小說中常見的題材形式，並且直覺和體悟這些經驗性思維方式，也提供給執法者運用經驗，進行斷案的方式。

第二章　模式與創新
——中國偵探小說創作模式解析

　　俄羅斯著名民間文藝學家普羅普（Vladimir Propp，1895～1970），對阿法納西耶夫故事集裏一百個俄羅斯神奇故事，進行了仔細分析，揭示了故事形態的基本規律，發現了這些故事的結構要素（31 個功能項），以及這些功能項的組合規律、它們之間的相互關係以及它們與整體的關係。從普羅普的分析中，我們可以看出，「所引材料的所有故事中的行動一律在這些功能項的範圍內展開，形形色色民族極其多樣的其他故事中的行動亦然」。從普羅普列舉的故事形態中，我們可以看到一個故事的組成部分可以原封不動地搬入另一個故事，變換的是角色的名稱（以及他們的物品），不變的是他們的行動或功能〔註1〕，可以說故事中的人物無論如何變化，人物功能在故事中呈現比較穩定的狀態，常常做著同樣的事情，它們在抽象的結構層面所採取的行動是相同的。

　　模式是偵探小說重要的顯性美學特徵。偵探小說自從埃德加・愛倫・坡筆下誕生以來，已有一百七十餘年，湧現出了眾多的偵探小說創作者。將普羅普的故事形態分析模式運用到偵探小說上，會發現愛倫・坡所確立的「案發——偵查——破案」的經典情節結構設置，世界各國的偵探小說作家依然難以擺脫他所設定的框架，沿用至今。在《莫格街謀殺案》中，杜賓通過《法庭公報》的晚間版瞭解到一則離奇謀殺案：一對母女慘死家中，現場血腥恐怖，慘不忍睹。列士巴奈小姐的屍體被塞進了煙囪，列士巴奈太太橫臥血泊之中。案情的進展引起杜賓特別的興趣，決定好好調查一下。杜賓通過在現

〔註1〕普羅普：《故事形態學》〔M〕，賈放譯，北京：中華書局，2006：58，17。

場細心觀察，推理出兇手是從看似釘牢的窗戶進入到房間裏的。他略施小計，以一則尋物啓事找出了「兇手」的主人，從而證明了自己推理的正確性。《血字的研究》是柯南·道爾的第一部偵探小說，其中，福爾摩斯也是通過一位退伍的海軍陸戰隊的軍曹，送來的倫敦警察廳警官葛萊森的一封信中，瞭解到在布瑞克斯頓路的盡頭、無人居住的勞瑞斯頓花園街 3 號發生了一件兇殺案，由此開始了福爾摩斯的神奇探案之旅，福爾摩斯在現場尋找蛛絲馬蹟，展開調查偵破，最後揭開謎底。在程小青創作的《青春之火》中，清晨顏擷英女士就來到霍桑的住處，報告說她的丈夫張有剛被人謀殺致死了！霍桑與助手包朗趕赴現場對案情偵破，排除嫌疑，撥開迷霧，眞相終於大白於天下。

通過對上面三個文本的考察比較，發現中外偵探小說的敘事結構基本上是相同的，均沿襲了「案發——偵查——破案」這樣的敘述模式。這樣的模式被有些創作者模仿得「漏洞百出，成爲了一種濫調，但是它總是受到很多讀者的歡迎，原因就在於故事的表述思維與讀者的接受思維相一致，與讀者的審美期待相一致」。儘管它的故事情節的合理性常常受到讀者的質疑，但是人們慣常的思維總是在因果關係中展開，逢因必問果，逢果必求因，「總是使得讀者將其讀下去，閱讀過程一般都能得以完整地完成，法寶就在於它的情節思維與讀者的閱讀思維的一致性上」〔註2〕。

可是，如果偵探小說以上述敘事模式簡單地反覆進行案件記錄的話，就難以書寫出「足以左右讀者的情緒」的情節——「驚駭的境界，懷疑的情勢和恐怖憤怒等的心理」，難以「使讀的人忽而喘息，忽而駭呼，忽而怒皆欲裂，忽而鼓掌稱快，甚且能使讀者的精神，會整個兒跳進書本裏去，至於廢寢忘食」〔註3〕。所以，程小青認爲偵探小說的優劣並不在題材方面，而是在結構和描寫手段上分出高下，「同是一件盜案或命案，在發案的經過，偵查的步驟，和破案的技巧上，盡可以各不相同，此外還有意無意的伏線，和若即若離的變化，緊湊而有暗示力的談話，驚險疑惑的局勢」〔註4〕。這些變化給予了偵探小說創新的可能，可以說偵探小說就是在一種既定的模式之中的改革和創

〔註2〕 湯哲聲：《流行百年——中國流行小說經典》〔M〕，北京：文化藝術出版社，2004：11。

〔註3〕 程小青：《論偵探小說》載 1929 年 5 月 11 日、21 日《紅玫瑰》5 卷 11、12 期。

〔註4〕 程小青：《偵探小說的多方面》，載 1933 年上海文華美術圖書公司版《霍桑探案·2 集》。

新，是戴著鐐銬去跳舞！〔註5〕西方偵探小說傳入我國之後，中國偵探小說的創作者們「戴著鐐銬」，在繼承中國傳統文化的基礎上，巧妙運用各種敘事策略，使得故事情節風生水起，險象環生，不斷湧現出的懸念，誘使讀者解謎，極力營造出一種逼眞的中國偵探世界；他們所創作出的帶有明顯中國特色的偵探小說深深地打上了時代的烙印，作者與讀者在其中進行一次次特殊的智力博弈，最終才水落石出，披露眞相，讓讀者有種醍醐灌頂的感覺，體會到公平正義來之不易，從而滿足了讀者的閱讀期待，契合了讀者的心理需求。

第一節　程小青的「道德模式」偵探小說

柯南‧道爾爲了塑造私人偵探福爾摩斯的形象，設計出了「福爾摩斯──華生」模式，成爲偵探小說的一個經典美學特徵。這種一主一輔、一高明一平庸、一正一誤的「偵探──助手」協同辦案模式，成功演繹出「超人、怪人」的結合體福爾摩斯。在中國偵探小說作家中，程小青成功借鑒這種模式，塑造出深受中國讀者喜愛的霍桑、包朗藝術形象。但是，墨守陳規、簡單複製「福爾摩斯──華生」模式的創作方式是沒有生命力的。程小青出身城市貧民，是在中國傳統文化的薰陶下成長的，因此，中國傳統的倫理道德觀念在他的創作中留下了很深的烙印。

《逃犯》描寫的是霍桑針對沈瑞卿被槍殺於西醫吳小帆的寓所而展開的調查。在揭示誰是殺人兇手之前，程小青使用了多線索障眼法，設置了多條近似線索，迷惑讀者，讓讀者與霍桑及包朗共同破解謎底。最終偵探霍桑憑藉理智的活動和運用科學的技巧，踏著倫理的軌道，採用演繹和歸納的方式，逐步地綜合分析理解，終於破解了謎底，科學地解釋了整個案情，推理過程令讀者心服口服。那麼，是誰犯下了這起罪案？借助包朗的視角，讀者會看到：就在這個門口，有一個穿白色長衫的男子側身橫在地上，頭部向著書桌，兩足卻橫在門口。旁邊另有一個穿西裝而卸去短褂的男子，正俯著身子，在瞧視那躺臥的人。當包朗的眼光瞧到這診室的時候，那穿西裝的男子突然站了起來。他立直了以後，出於本能他回頭來向長窗上瞧一瞧，包朗急急把身子蹲下了，不使他瞧見。幸虧他還沒有疑心到窗外有人偷窺，故而並不曾開窗出來。包朗又湊近窗簾縫，看見這穿西裝白襯衫的男子轉到書桌後面去。

〔註5〕　湯哲聲：《中國現代通俗小說流變史》〔M〕，重慶：重慶出版社，1999：249。

他站一站，像在用耳朵傾聽；接著他從灰色法蘭絨褲袋中摸出一支黑鋼的手槍，輕輕地開了抽屜，將手槍放入層中；又摸出鑰匙來鎖抽屜。那麼，從包朗的視角所觀察到的情形來判斷，此人神氣慌亂無措，行動有些詭秘，一望而知他已幹下了一件恐怖的罪案。因爲包朗的眼光再度接觸那個躺臥在地上的男子時，又發見那件白綢長衫的胸口上還留著一大堆鮮紅的血漬！並且，在現場，警方從抽屜中繳獲了兇器手槍，嫌疑人吳小帆也親口承認：「我打死了一個人！」。在這種情況下，不致於再有什麼疑問。可以斷定這是一起偶然事件，不是什麼疑案，案件照理應該可以迅速了結。可是事實的轉變竟出乎所料。包朗的最初的觀念是錯誤的。這件事還是一件疑案，它的內幕並不像包朗所料想的那樣簡單。

因爲警方四處檢尋，槍彈沒有著落。這是一個重大的疑點。吳小帆開槍打進了沈瑞卿的胸口，穿背而出，射在壁上，就留下了一個痕跡。可是槍彈從壁上落下或反射開來，勢必仍留在室中，不料竟找不到，這就失去了有力的佐證上的材料。如果不是吳小帆射殺了沈瑞卿，誰會是兇手呢？吳小帆推測那個捺門鈴的人是開槍打死沈瑞卿的兇手。從時間上推測，他按鈴以後，就推門進來，發了一槍，又急急地退出。包朗記得發案時，他和警士倆確曾看見一個人從屋中奔逃出外。按鈴的人是誰？會是車夫楊三？可是從王姓家裏到吳小帆的寓所，步行至少須十分鐘。楊三拿了藥丸出去，不過十多分鐘光景，就發生這幕慘劇，計算路程，楊三那時候必定才到王家，一定來不及回來。霍桑猜測會是熟識的人？譬如有什麼好的鄰居，發覺了他的朋友正遭著危難，便抱著任俠的意念，暗中解救。不過事後他恐怕被累，沒有勇氣自首。亦或是張康民所認爲的沈瑞卿另有一個仇人，暗中跟隨著他，企圖乘機報復。夜裏那人跟了沈瑞卿到吳小帆的寓所，乘此機會，就從暗中行兇，發泄他的宿仇。這些線索似乎都有合理性，但是，又被一一排除，霍桑經過現場認眞地勘察之後，推理出一位令大家難以置信的嫌疑人——吳小帆的夫人譚娟英。

霍桑憑了什麼根據，知道開槍的是娟英呢？霍桑的解釋是很簡單的。他告訴包朗起初因著證跡的牽引，繞了一個圈子。後來因著殷廳長提供的驗屍結果的報告，槍彈是從背部打入的，才突轉了案情。案中唯一的關鍵，就在那子彈的搜獲。子彈是在書架上的報紙堆裏發現的。這報紙堆接近窗口，從那裏循一條直線，恰指著候診室中的樓梯。因此，可見那發槍的人，不是從

外面進去而是屋子裏面的人。霍桑初步的假定，本來把所有的注意力放在了那個按門鈴的人身上，或者另有一個從外面進去的人。因著這直線的證明，霍桑才覺得那理解的錯誤。因爲外來的人若使開槍，一定在門口就近下手，決不會走到了扶梯腳邊去，方才開槍。他進一步推想屋中的人，那時候只有娟英和女僕夏媽兩個。女僕是個年老龍鍾的老婆子，又缺乏動機，論情是應當除外的，於是那娟英本身就處於可疑的地位。她起初既然知道丈夫的隱事，又曾想設法解救，可知她對於沈瑞卿復仇的事情一定也息息關心，而且必早有準備。霍桑又從包朗向許署長報告的時候曾描寫娟英當時的衣飾容態上發現了疑點。她的耳朵上戴一副垂掛的月環形細鑽石的耳環。這是一種新式耳環，裏線很長。想一想，女子的耳朵上戴了這樣的環子，臨睡時大概總得卸去吧？從這一點推想，譚娟英那時不但沒有睡，而且還戒備著。她一聽得吳小帆高呼的聲音，立即拿了槍趕下樓來。她一看見他們的仇人，便直覺地發了一槍，接著仍悄悄地回上樓去，希望卸罪給那個按門鈴進來的人。

　　既然譚娟英也承認了犯罪事實，只需要緝拿歸案，按法律辦事即可。可是，譚娟英的作案動機是有著迫不得已的緣由。原來，沈瑞卿是位陰毒異常、睚眥必報、卑鄙浮滑的拜金主義者，他唯利是圖、缺乏醫德幹著墮胎的勾當，第三監獄越獄的事，主謀的實在就是沈瑞卿；而沈瑞卿對於譚娟英本來就是一廂情願，可是譚娟英覺得他是個拜金主義者，行爲卑鄙，所以慢慢地疏遠他。他知道娟英和小帆的感情比較密切，便捏造種種的謊言，又施用種種離間挑撥的手段，希望達到他的目的，甚至還用金錢來引誘娟英。娟英越發覺得他可憎，反而越發和他遠離。此後，娟英又發覺了他的不合理的業務和他的墮胎生涯的秘密，便覺這個人不但卑鄙浮滑，還是法律道德上的罪人，因此就決意斷絕和他來往。他還不甘心，改變了手段，曾一再恐嚇脅迫娟英。有一次在一條小街上兩人狹路相逢。他竟強暴了娟英。娟英自然更加痛恨他。娟英一等小帆從美國回來以後，兩人便立即結婚，藉此打斷這無賴的妄想。沈瑞卿對於他們的婚事自然是十二分失望和嫉妒的。從此他便和小帆不往來，而且是勢不兩立。在局外人瞧起來，還以爲是同業生妒，其實內幕中有著這樣一種隱秘。婚後半年，小帆的診務逐漸忙碌起來。沈瑞卿的秘密終於破露了，受到了法律的制裁。他入獄以後，不但不悔悟。還以爲他被逮捕入獄是小帆告發他的。所以他越獄出來尋仇。娟英覺得這個人已經喪失了人性。像是一頭害人的瘋狗，留在世界上，只有害人，所以娟英就決心把他打死！

可見他的死也是罪有應得。在正義的立場上看，是死不足惜的。那麼，霍桑如何看待處理娟英的行為呢？他說：「我是不受公家的拘束的。我的職分在乎維持正義和公道，只要不越出正義和公道的範圍，我一切都是自由的。你幹這一回事，我覺得也在我所說的範圍以內，我當然不願意違反我的素志。」他在處理此類案件時，中國傳統的道德觀念、「善惡有報」的思想影響了他的處理結果，此時往往中國傳統的道德觀念戰勝法律條文，遇到那些因公義而犯罪的人，往往自由處置，他會本著良心權宜辦事，或者隱瞞真相，或者私放真凶。這些行為儘管與法律相悖，但是中國老百姓卻認為情有可原，符合中國傳統的「善有善報、惡有惡報」的道德觀念，是能夠得到中國老百姓的認同。

《逃犯》是程小青創作的偵探小說「道德模式」中的一篇成功的作品，偵探霍桑具有強烈的社會正義感，推理縝密，對於弱勢群體富有同情心，充滿了人情味。私放嫌犯，隱瞞真相儘管得到了廣大讀者的認可，但是，卻是以違背法律精神為代價的，從某種程度上也是損害了偵探小說的美學原則。

第二節　孫了紅的「文化心理模式」偵探小說

孫了紅（1897～1958）〔註6〕，原名詠雪，小名雪官，祖籍浙江寧波。二十世紀二十年代開始涉足文壇，參與翻譯大東書局出版的《亞森羅蘋案全集》，1922 年在《偵探世界》第六期上發表《傀儡劇》。在這部作品中，孫了紅模仿法國作家勒布朗《亞森羅蘋奇案》的創作模式，為中國讀者塑造了一位「東方亞森羅蘋」——俠盜魯平。他的創作時間跨度較大，早期作品集中在二三十年代，多發表於《偵探世界》、《紅玫瑰》、《春秋》等通俗期刊。早期作品主要是對勒布朗的模仿之作，重點多描述魯平的作案，情節較簡單，人工雕琢的痕跡較濃。四十年代初，他是《萬象》通俗期刊的主要撰稿人，這是他創作的黃金時期。1945 年，他在北平創辦《大偵探》，也是該刊的主筆，更是積極創作扶持該刊物。這段時期他創作的作品時代感強，作品內容充實，開始把偵破案件與中國傳統的是非觀、善惡觀、因果觀結合起來，創造了中國偵探小說的「文化心理模式」。主要作品有：《竊齒記》、《劫心記》、《血紙人》、《鬼手》、《藍色響尾蛇》、《三十三號屋》等。那麼，孫了紅塑造的俠盜

〔註6〕 湯哲聲：《流行百年》〔M〕，北京：文化藝術出版社，2004：159，234～237。

魯平有何特色呢？

孫了紅模仿法國作家勒布朗《亞森羅蘋奇案》的模式，創作出《東方俠盜魯平》系列反偵探小説，爲中國讀者塑造了一位「東方亞森羅蘋」——俠盜魯平。他通過把刑事案件的偵破與中國傳統文化中的是非觀、善惡觀、因果觀結合起來，展示了深厚的文化底蘊，揭露分析了罪犯的陰暗犯罪心理，讓罪犯在因果報應中受到懲治，創造出中國偵探小説的「文化心理模式」。他創作時擺脫了抽象邏輯推理的模式，讓俠盜魯平直接參與到事件中，在案件的發展偵破中對案情進行評判；他還善於通過營造神秘的場景，推動案情的發展，避免了簡單的邏輯推理説教，符合中國讀者的閲讀習慣。《血紙人》情節曲折、懸念迭起，語言靈詭生動，通篇籠罩在撲朔迷離的氛圍中，是一部頗具震撼力的代表性作品。

《血紙人》是俠盜魯平偵破的一起復仇謀殺案，講訴了上海灘靠「囤積民食」發財的「米蛀蟲」王俊熙，謀財害命血腥的發跡史。作品開篇描寫王俊熙穿著體面，看上去頗是一位知書達理，有涵養的商人。一日，他參加了雪性法師的講經會，會上，雪性法師給信眾進行了「因果報應」的法布施：「一切眾生，造了善因，決定會獲善果；造了惡因，決定難逃惡果……殺害了人家的，結果也難逃被人殺害的慘報！」「因果間的關係，如同形影一樣，世間覺沒有離形獨立的影，也絕沒有遠離影子的形。」「果報思想」深深影響著信眾的日常行爲。王俊熙回來後，就變得憂心忡忡，他究竟是爲何起煩惱，產生不快呢？爲解抑鬱，他去看電影《再生復仇記》。誰料想，電影中那雙冤死的眼睛令他不寒而慄，電影字幕「他從墳墓裏走出來，將誣陷他的仇人，生生地扼死」，給他造成了更大的刺激與不安，從此，積鬱成疾。在病床上，他目光所及常常看到剪裁十分生動的血紙人，這使得他的病情日益加重。俠盜魯平知道了他的病況，化身余化影醫師，設法進入了王家。經過調查得知，想置王俊熙於死地的是他的妻子陶佩瑩和她的情人邱仲英。他二人爲什麼要用血紙人加害於王俊熙呢？

原來，王俊熙十二年前名叫王阿靈，生活在浙江一個偏遠的小鎮上，在一家「春華客店」中充當雜役。一日，一個叫陶阿九的來客，身背包袱，行色匆匆，看似鄉間苦役而手卻異常白淨，前來投宿。安頓好之後，客人在房中清點包袱中的財物，藏於床下一個隱蔽的地方。這一切被王阿靈窺視到，「這床下的東西，除了我，沒有人知道，假使這傢夥在今夜，突然得了疾病，死

了，那時，自己，哈哈……但是，閻羅王並不是自己的妹夫，絕不會那樣馴良聽話的。」他有了想把財物據爲己有的想法。他向當地紳董告發了陶阿九，說他就是白蓮教的餘孽，前來用法術攫取小孩子的心肝，以祭煉法寶或用來合藥，這就激起了小鎮居民的憤慨。他被剖心處死，行刑之時，他用怨毒的眼睛掃視周圍的看客，切齒地喊著：「誰是害死我的，誰要遭更慘的報應！」那個貼在陶阿九胸前的小紙人也就成了「血紙人」。這個陶阿九原名沉錫春，是個安分守己、略有資產的小戶，在家鄉受到土匪勒索，棄家逃亡。爲避耳目，他先行一步，本打算和家人約定會齊在小客店，再一同逃往紹興或杭州，誰知剛跳出火坑又落入虎口，當他的家人陸續趕到約定的地點，可是卻「只見到了低低的一個土堆，那是在一方淒涼的義地上，豎著一片驚心刺目的木片，做著傷心的記識！」爲此而落得個家破人亡的慘景。

王阿靈侵吞了陶阿九的鉅額財產暴富，不久便潛往上海，娶了一位剛墜入青樓的美麗女子爲妻，而這位女子正是陶阿九的女兒。他在參加講經會前碰到的中年男子酷肖陶阿九，以爲陶阿九復活了，其實那人是陶阿九的兒子，但是，王阿靈害怕報應來臨，就此產生了心病。日有所思夜有所夢，當他的妻子得知他就是十二年前的殺父仇人，就夥同其先前戀人邱仲英採用血紙人的方法，不斷刺激有心臟病的王阿靈。余化影得知眞相，進行了心理戰術，使患有心臟病的王阿靈活活被嚇死，拿走了王阿靈的大部分財產。可見，王阿靈通過製造觸目驚心的血案而獲得的鉅額財產，他卻落得人財兩空、難逃一死的悲慘下場；而陶阿九的女兒爲報父仇，手段過於陰毒，也未落得多少好處。

果報觀念不僅規約束縛著廣大民眾的日常行爲，還傳達了信眾要時刻具有懺悔罪業的意識。相由心生，正如文中雪性大師所講：「罪性本空，不著體相，罪從心起，還從心滅，因此，造了罪惡的人，如能發出猛烈的懺悔心，也能收到移因換果的後果的」。可是，王阿靈在恐怖的氣氛中，雖然口口聲聲懺悔自己所犯的罪業，一旦得知眞相，就又兇相畢露，最終落得不得善終，活活被嚇死。十二年前所發的毒誓十二年後終於得到了驗證，眞是善有善報惡有惡報，不是不報時候未到。

俠盜魯平的整體形象是模糊的、跳躍的，面部的顯著特徵是耳輪上的一顆紅痣，不呆板，有幾分圓滑，又有幾分可敬。他辦案幾乎是不請自來，他信奉的教條是「一切歸一切，生意歸生意」。他熱情幫助受到欺凌的弱者，能

使奸惡之徒最終受到嚴懲。魯平擅長精闢的心理分析，他誘導王阿靈說出了心裏話，看其毫無懺悔之心，讓其在極度恐慌之中心力交瘁而亡；而分析那對耍陰謀男女的陰暗心理，更是鞭闢入裏，十分透徹。

小說敘述的語言十分流暢，情節絲絲入扣，十分緊湊，心理描寫貫穿全篇，讀者的情緒會被小說中人物的心理狀態變化感染，隨之而調動起來。孫了紅在作品中很注重營造神秘恐怖的氛圍，引出離奇古怪的事件，以此增強作品的可讀性與趣味性。如《鬼手》中，那隻冰冷僵硬的帶著鋒利指甲的鬼手；《竊齒記》停屍房中四下幽悄、燈光暗淡，一團漆黑的鬼影，撬開死人的牙關；《藍色響尾蛇》的雨夜中，昏黃的手電筒燈光下面帶笑容的屍體；《燕尾須》裏楊小楓像患了離魂病做出一連串詭異失常的舉動；《三十三號屋》中奇詭神秘的阿拉伯數字。這些逼真的場面描寫，極度渲染了人物的恐怖心理，充分調動了讀者的感覺器官，滿足了讀者尋求感官刺激的閱讀期待。孫了紅在《血紙人》中運用「定格」畫面，凸顯恐怖場面，陶阿九被綁赴刑場時，他無奈地向四周搜尋，一把尖刀將其剜心剖肚，隨之出現一張浸滿鮮血的血紙人，這些繪聲繪色的逼真場面，給讀者心理投下了陰森可怕的感覺。

不僅如此，孫了紅的作品中還運用中國傳統文化觀念因果報應，進一步加強作品心理震懾的效應。在《血紙人》中，十二年前的毒誓：「誰是害死我的，誰要遭更慘的報應！」十二年後，準確地應驗了。這種把中國傳統觀念因果報應運用於小說創作，為今後西方偵探小說紮根中國提供了可資借鑒的創作模式。《血紙人》這部作品，通過利用「果報觀念」對惡人的懲治，弘揚了正氣，為中下層小人物提供了一劑精神撫慰劑，起到情感宣泄的作用，從而引起廣大讀者的強烈共鳴。可以說，《血紙人》是一部中國文化心理偵探小說的成功代表之作。

第三節　建國五十年代「肅反反特小說」模式

建國以後，我國的經濟基礎、社會制度發生了翻天覆地的變化。偵探小說中以保護私人財產為目的的主角──私人偵探消失了，取而代之的是體現國家意志和維護國家利益的公安法制人員。新中國建立初期，國內外各種敵對勢力對新政權依然虎視眈眈，伺機反撲，我國的外交工作開展積極艱難，於是外交工作採取向社會主義陣營「一邊倒」的政策。在這種主導思想影響

下，一批來自部隊、公安戰線的作家借鑒蘇聯偵探小說的敘事手法，以「剿匪」、「反特」爲主要敘事內容，融入自己的親身戰鬥經歷和感受，眞實地反映了敵我之間進行的艱難曲折的鬥爭過程，深深地烙上了時代的印記。其中陸石、文達創作的《雙鈴馬蹄錶》就是這一類作品中的傑出代表。

《雙鈴馬蹄錶》講訴了我國公安人員在五一節來臨前夕，破獲了一起特務製造的恐怖案件，保護了國家以及人民群眾的生命財產安全，成功塑造了以顧群爲代表的公安幹警形象。案件的線索是從一位「紅領巾」在馬路上撿到的一封信中發現的。時間緊迫，把吃飯、睡覺的時間算進去，一共只剩下三十五個鐘頭。所以，對於偵查人員來講，要從這封信上推理出更多有價值的線索，就是一件迫在眉睫的任務。這封信透露特務們要在五一節搞恐怖活動，涉案人員有三人。信紙是從 32 開的橫格筆記本撕下來的，信上的字寫得工整，可又顯得很幼稚。從字跡上看，這信是個文化水平不高的成年人寫的；但是，從信的通順的文詞，標點符號正確的使用，簡體字「平」的正確使用上看，公安幹警顧群推理出：這封信是一個人先寫好了草稿，另一個人照著抄下來的，參與這事的人起碼是兩個。情況也許完全是事實，也有可能是挾嫌陷害。接著，顧群實地走訪了交際處，可是他對這三個受信人的瞭解，無論從材料中看，或者認識他們的群眾的口頭反應，得到的都是互相矛盾的信息。那麼，這三個受信人是特務組織派來搞恐怖活動的？還是狡猾的特務故意施放的迷惑警方的煙霧彈呢？顧群通過細心分析，縝密推理，循著特務分子留下的蛛絲馬蹟，終於「打開了那間隱藏著敵人的黑屋子」。

原來，特務分子何占彪經過在機關任行政處長的親戚，謀得一份在機關當司機的職位。他接受了特務組織的一項密令，叫他除了收集情報之外，更重要的是要使新中國剛培養起來的幹部遭到重創。目的就是讓群眾感到共產黨的社會不安寧、政權不鞏固。在五一節那天，他預備要在少數民族代表團住的交際處製造恐怖活動，在國際上，給人民政府造成惡劣影響，使新中國的幹部人員、物質以及國際形象都要受到嚴重打擊。不久，他又發現了白松亭這個理想的可利用對象，白松亭生活腐化，容易上鉤，還欠了何占彪一筆不小的債，通過經濟利誘，白松亭成爲了何占彪手下一枚言聽計從的棋子。於是，何占彪想安排白松亭重回交際處當司機，實施行動。可是，始終沒有機會。有天，在解放餐廳與交際處來的幾個司機閒處中得知，交際處「五一」節時要來少數民族代表團；又聽到這幾個司機積極地商量要在節前修好汽

車，還知道了姓趙的司機就住在「五一」節會場旁的交際處職工宿舍等信息。於是，他就謀算著能一箭雙雕的計策：要造成一件有影響的恐怖事件，讓那三個工作積極的司機背上犯罪嫌疑，等到警方有所察覺，已經為時已晚；同時還能為白松亭再次混進交際處，再次實施恐怖活動提供便利。因此，他設計先把小淘氣的雙鈴馬蹄錶騙走，然後寫了那封信，讓白松亭抄好，故意丟到路上讓人拾去交給公安機關，以此來迷惑警方，轉移警方的注意力，如果在趙家實施的爆炸成功，就會使警方疲於調查那三位司機嫌疑人，使他們能有充裕的時間準備恐怖活動。但是，再狡猾的狐狸也逃不出獵人的眼睛。

我國建國初期所創作的肅反反特小說，受國內外複雜、嚴峻的政治形勢影響，政治色彩濃厚，創作模式單一化，基本情節簡單化，大多數作品講訴的是「抓特務、剿匪、除內奸」的故事：一般是特務組織預謀犯罪，公安機關通過群眾舉報，獲知案情，尋找蛛絲馬蹟，走訪群眾，經過縝密細緻的推理，克服重重困難，識破特務組織設置的重重迷障，最後不管狡猾的狐狸偽裝多好、隱藏有多深，公安幹警總能設法將其逮捕歸案，繩之以法。《雙鈴馬蹄錶》這部作品短小精幹，情節緊湊、跌宕起伏，懸念迭起，讀者自始至終會被這些懸念牽引：雙鈴馬蹄錶在作品中起什麼作用，作品開頭提到的三位司機真的是特務組織派來搞恐怖活動的麼？真正的特務會隱藏在哪裏呢？作品突出描寫了公安幹警顧群在處理整個恐怖事件中，雖然時間緊、任務重，但是他臨危不亂，膽大心細，判斷準確，足智多謀。他不被特務組織所施放的煙霧彈所迷惑，能夠在紛繁複雜的線索面前，保持清醒的頭腦，他在對信中提到的三位司機進行外圍調查時，得到了互相矛盾的信息，於是，他做了幾種正面可能性的設想，又都被另外幾種反面的事實推翻，在他腦子裏有幾條錯綜交織的線，逐漸把他引導向最初的設想，他決心去從寫信人身上找到突破口。找準了方向進而走出困境，獲得了偵破的線索，撥開了重重迷霧。

肅反反特小說的敘事角度以全知全能為主，採用線性敘事，階級鬥爭貫穿始終，最終總是革命陣營取得全面勝利。這種敘事模式契合了當時「勝利屬於中國，革命的果實最終屬於人民的」輿論導向，人們依然還沉浸在翻身得解放、當家做主人的喜悅氛圍之中，因此這類作品受到了當時讀者的普遍歡迎。在文本中，敘事者操控故事進展的欲望極強，幾乎能夠主導所有突發事件，對事件的發生、發展、結局能夠進行整體把握，對敵人的秘密計劃也瞭如指掌。在敘述過程當中，又加上大段的抽象思想分析等評論性干預，使

讀者感同身受，有利於強化讀者相信故事的真實性，小說從而充分發揮「教化」的作用。

因此，肅反反特小說中，敵我陣營中的人物形象也呈現出兩極對立的臉譜化、概念化的傾向。革命陣營中的正面人物形象都是高、大、全，儀表堂堂，大智大勇。《雙鈴馬蹄錶》中對顧群的形象描寫著墨不多，但是讀者依然可以從作品中，看出他是一位陽光、聰敏幹練的公安幹警：他是一位細長身材的年輕人，「一雙黑亮黑亮的大眼睛不停地眨巴著，那張絳紅絳紅的臉，被射在玻璃板上的陽光反照著，露出一種沉靜且愉快的表情」。但是，顧群這個人物形象又與以往公安人員形象不同，他還帶有一些個性化的色彩。他在與局長討論案情，走訪相關人員以及與小朋友親切交談，讓人感覺到他與以往公安人員辦案嚴肅，不苟言笑，令人敬而遠之的辦案風格不同，他與人交流會讓人感覺到輕鬆愉悅、平易近人，展現了其獨特的個人魅力。

而敵對陣營中的反面人物總是相貌猥瑣、可憎，言語粗魯不堪。在《雙鈴馬蹄錶》中，在司機平小海眼中，潛伏特務何占彪給人的印象是：一對耗子眉毛，三角眼，說話陰裏陰氣的。何占彪被帶進審訊室，「老鼠眉毛」底下的「三角眼」，露出狐疑、狡猾和畏懼的眼光，迅速地把屋裏的兩個人看了一眼。他坐在屋子當中的小凳子上，又帶著討好的臉色望著顧群。這時，金主任都奇怪自己，爲什麼過去沒有從這個奸細的臉上看出這些使人噁心的表情。可見，何占彪平時是一個多麼善於隱藏僞裝自己，訓練有素的特務。而白松亭有口吃的毛病，對家人說話總是頤指氣使，有著封建家長的做派。他向摀著嘴站在旁邊的小女孩叫道：「快拿開。」向他的女人嚷道：「爲什麼不沏茶？」在顧群眼裏白松亭有著一張歪嘴，兩道掃帚眉，右手上還纏著一層已髒得發灰的繃帶。但是，這些特務分子往往是外強中乾，一旦被揭穿，就會「像死豬一樣軟癱在座位上。」

蘇聯反特作品對我國肅反反特小說的影響不容小覷。1949 年 10 月，《人民文學》發刊詞指出：「我們的最大的要求是蘇聯和新民主主義國家的文藝理論，群眾性文藝運動的寶貴經驗，以及卓越的短篇作品。」〔註7〕於是，廣大翻譯工作者翻譯了大量蘇聯先進的文學理論及作品，隨後幾年「在蘇聯文學作品中，幾乎沒有一種重要著作不曾被我國翻譯家譯介過來，許多重要作家的多卷集也開始出現」，「僅人民文學出版社（包括作家出版社）就翻譯出

〔註7〕 人民文學發刊詞〔J〕，人民文學，1949.（1）。

版了 196 種俄蘇文學作品」。〔註 8〕五十年代，蘇聯文藝理論，尤其是「日丹諾夫」極「左」文論，爲我國社會主義現實主義的文學創作奠定了理論基礎。而對蘇聯文學的譯介，國內文藝界基本上「全盤介紹、接受、缺乏必要的批判意識，以至於新中國文學一度重蹈了蘇聯文學的某些覆轍，教訓是深刻的。」〔註 9〕但是，在五十年代翻譯的大量蘇聯文藝作品當中，阿達莫夫的《形形色色的案件》、斯‧阿列菲耶夫的《深雪》、別列耶夫的《水陸兩栖人》、沃斯托柯夫和施美列夫的《追蹤記》等擁有廣大的讀者群，深受讀者的歡迎。這些蘇聯偵探小說記述了，具有高尚的思想境界、熾烈的愛國主義激情的偵察員，同國內外狡猾殘忍的間諜分子所做的英勇鬥爭，起到了維護蘇維埃政權的國家利益、「宣傳和捍衛崇高的思想情操」〔註 10〕作用。這些題材充分體現了社會主義文學的特色，從某種程度上也規範了我國公安法制文學創作的主要框架和基本走向。〔註 11〕

　　肅反反特小說是我國特定歷史時期的產物，從敘事模式、敘事內容上看都有別於歐美傳統偵探小說模式。我國肅反反特小說的政治化傾向嚴重，作品中的主人公都被塑造成「高、大、全」的無產階級英雄形象，造成人物臉譜化，敘事模式簡單化，缺乏對人性深邃的思考，作品成爲了意識形態的留聲機，作品的政治教育意義遠遠大於文學的審美性。但是，這段時期以「邊疆反特」爲題材的小說，把作品的背景放置於深山密林之中，大大增強了作品的神秘感，爲肅反反特小說帶來了一抹亮色。並且，這段時期成長起來的，來自公安系統和軍隊系統的群眾作家，創作了大量反映剿匪、肅反、反特的小說，儘管作品質量參差不齊，但他們大膽摸索，積累了豐富的創作經驗，爲公安法制文學的發展儲備了大量創作型人才，爲這一文類的繁榮奠定了堅實的基礎。

　　1977 年 8 月，中國共產黨第十一次全國代表大會正式宣佈「文化大革命」結束。1978 年 12 月，中國共產黨十一屆三中全會的召開，重新確立了解放思想、實事求是的思想路線，做出了實行改革開放的偉大決策。1979 年 10 月，中國文學藝術工作者第四次代表大會，第一次全面總結了建國三十年來文藝

〔註 8〕　陳玉剛主編：《中國翻譯文學史稿》〔M〕，北京：中國對外翻譯出版公司，1989：347。
〔註 9〕　方長安：《論外國文學譯介在十七年語境中的嬗變》〔J〕，文學評論，2002，（6）。
〔註 10〕　〔蘇〕阿‧阿達莫夫：《偵探文學與我》〔M〕，北京：群眾出版社，1988：99。
〔註 11〕　湯哲聲：《中國當代通俗小說史論》〔M〕，北京：北京大學出版社，2007：246。

工作所獲得的經驗教訓，明確強調了「二為」和「雙百」是新時期黨的文藝指導方針，概括了文藝的當代使命，賦予了當代作家神聖責任，標誌著文藝界統一認識，正以全新的創作姿態迎接新時代的來臨。在這樣的大環境下，七十年代末八十年代初，公安法制小說進入了全面發展的新階段，駛入了創作發表的快車道。主要作家作品有張昆華的《在猛巴納森林中》、林子烈的《歸僑女兒》、李迪的《野蜂出沒的山谷》、鄒尚庸、朱美倫的《罕達犴的足跡》、徐本夫的《降龍灣》、應澤民的《AP 案件》、王嶺群的《南疆擒敵》，雖然在這些作品中依然可以捕捉到極左文藝思潮的影子，人物形象臉譜化現象依然明顯。但是，一些作家已經注意到了小說的藝術性、娛樂性，開始逐步著手去「政治化」，擺脫政治性主題，對文化大革命進行深刻反思，並對文學中的人性、人情問題進行了深入的思考。王亞平創作的《神聖的使命》、《刑警隊長》，叢維熙的《大牆下的紅玉蘭》，文蘭的《幸存者》、馮苓植的《神秘的松布爾》等作品，在塑造警察形象時，突破了以往人物塑造「高大全」的形象模式，呈現出這些公安幹警普通人的一面，賦予了他們普通人所具有的七情六欲，過上了充滿酸甜苦辣的生活。作品對「文革」中人性的缺失和黨內殘酷鬥爭進行了真實記錄。此時，由於新時期我國實行了改革開放政策，譯介了歐美及日本大量的偵探小說，隨著各種偵探小說流派的引入，我國公安法制小說創作者們的創作視野也隨之被拓寬。在他們的作品中，出現了反映改革開放以後，我國公安幹警走出國門，聯手國際刑警組織成員破獲案件的，與販賣毒品、打擊走私行為作鬥爭的，關注現實生活，密切聯繫社會新情況、新動態的作品。

肅反反特小說儘管存在情節模式化，人物形象臉譜化等不足，但作為我國建國初期的藝術作品的創作嘗試，它真實反映了當時的現實鬥爭的殘酷，敵我矛盾的尖銳對立，提高了人民群眾保家衛國的自覺性和警惕性，產生了具有積極意義的影響。

第四節　文革時期手抄本模式

「手抄本」是指一些由於特殊歷史時期，受政治環境的限制與影響，一些不能通過正常發行渠道公開發行的，僅在讀者之間通過手抄的形式得以傳播的文學作品。可以說，「手抄本」模式是我國特殊歷史時期的文化產物。文

化大革命時期，由於「四人幫」推行極左路線，意識形態領域的激烈鬥爭，許多不符合主流意識形態的文藝作品遭到扼殺，允許出版的文學作品很少，文壇一片蕭條，很難滿足廣大讀者的閱讀需求，出現了「八億人只看八個樣板戲」的狀況，人們的精神生活匱乏，人們迫切希望能夠閱讀到類型多樣、內容新穎的文學作品。人們逐漸向「地下」尋找精神食糧，那些遠離意識形態、追求休閒娛樂、愉悅身心的通俗小說就會深受讀者的追捧。由此造成「手抄本文學」在地下廣泛流行，由於是群眾參與寫作，作品語言較淺顯，政治意識強烈，成為我國文學史上一種特殊的文化現象。手抄本小說的傳抄者主要以當時生活在社會底層的「知識青年」和青年工人為主。由於知青們過著到處奔波流浪、大串聯的生活，使得地下文學手抄本在當時流行的速度非常快。手抄本流行快，反映出當時人們的精神生活十分貧乏，對人性的訴求、情感的渴望是如此的迫切。另一方面手抄本生動、忠實地呈現出當時的歷史狀況，可以說是研究當代文學史的活化石，是構成完整當代文學史的寶貴資料。二十世紀七十年代中期，反特偵探小說的手抄本，因為遠離政治、講述懸疑驚險故事被瘋狂傳抄，代表作有《一雙繡花鞋》、《地下堡壘的覆滅》、《金三角的秘密》、《三條人命案》、《別墅魔影》、《綠色屍體》、《梅花黨》、《葉飛三下江南》、《第十三張美人皮》、《火葬場的秘密》等，這些作品成為「在文化沙漠中煎熬的人們精神生活中的一株綠草」〔註12〕，用以「填充那一段書籍遭禁燬、作家被歧視和冷藏的匪夷所思的文化專制時期」〔註13〕。

在這段時期，僅 1974～1976 年的三年裏，據不完全統計，社會上廣泛流傳的各種小說的手抄本有三百多種。這些手抄本小說深受下鄉知識青年、中學生等青年讀者的歡迎，他們把小說抄在筆記本上或白紙上，暗地裏只在熟悉的人之間流傳，因為擔心受到追查、舉報，常常作者不署名。那些有著驚險恐怖情節的手抄本，會一再傳抄，原本簡單的故事情節，在手抄流傳的過程中，不同的讀者按照自己的理解和喜好，把不同的版本融合起來，在情節上添枝加葉，使得原本短小的故事內容越來越豐富，越傳越離奇，從而也就造就了一個擁有共同情節的故事，有了多種精彩版本的情形，「手抄本」可以

〔註12〕 趙曉玲：《艱難的言說》〔A〕，況浩文《一雙繡花鞋·序言》〔M〕，重慶：重慶出版社，2002：1。

〔註13〕 白士弘編：《暗流：「文革」手抄本文存》〔M〕，北京：文化藝術出版社，2001：16。

看做是一種群體性自由文學創作形式。而反映案件偵破和抓特務的手抄本小說佔了絕大部分，它們是以反特題材的小說和電影為基本敘事結構，內容引人入勝，情節曲折、恐怖、驚險，表現了公安幹警的智慧和膽識。其中，張寶瑞創作的《一隻繡花鞋》是「文革」期間廣為流傳的手抄本小說，其版本達到了十幾種之多，基本情節相似，但是內容細節上又有所不同。

　　《一隻繡花鞋》講述的是解放前後我公安幹警與敵特進行了鬥智鬥勇的故事。1963 年 5 月 17 日，熟睡中的大連市公安局偵查處長龍飛和妻子南雲，被急促的電話鈴聲催醒，報告稱在老虎灘公園假山前發現了一具女屍。從案發現場分析，可能是兇手將女子姦污之後又用石塊打死了她。可是帶血的石塊在現場並未找到。於是命令將女屍拉回去，又派人迅速打聽死者的身份。調查表明死者名叫莊美美，是大連市二中的音樂教師，父母是新加坡的僑商。現正與一位在東風號輪船上工作的海員門傑熱戀。但是此前，一位叫柳文亭的外科大夫也在追求她。正當龍飛對莊美美的住所搜尋線索時，助手肖克報告說柳文亭自殺了。並且還留有一份絕命書。經過對柳文亭住所的檢查，發現地上只有柳文亭一人的腳印，這腳印和老虎灘兇手的腳印相同，也是 42 號皮鞋鞋印。龍飛經過認真思考，細緻推理，分析認為案情存有疑點：既然莊美美是一個極不檢點的女人，想必是與柳文亭相識後就已發生了性關係，柳文亭何必在殺害莊美美後又姦屍呢？大夫一般都用圓珠筆，可是這一紙絕命書卻是用鋼筆寫的，如果柳文亭生前喜歡用鋼筆寫字，那麼屋內怎麼沒有墨水瓶呢？此時，公安人員又截獲殯儀場一帶發現有特務向海外發報，內容是：禮物將送婆家。禮物是什麼？婆家又是何方呢？又據老虎灘的一個看園老人說，他看見兩個年輕女人在山丘下的假山石前爭吵，好像在爭執一件東西。這個陌生的女人又是何人呢？究竟殺害莊美美的兇手是誰呢？警方試圖從殯儀場獲取線索。大連市殯儀場的地下停屍間冷氣森森。看門老人向永富，是一個禿腦殼、酒糟鼻子的老頭，這老頭骨瘦如柴，一雙尖刻的小眼睛，發出陰森森的凶光，左眼歪斜，右腿一瘸一拐。他與偵查員南雲在停屍房進行了殊死搏鬥，幸虧，肖克等人及時趕到，可惜，向永富服毒自盡，線索中斷。肖克在其家中的夾壁牆中發現了一疊密碼紙，並且還從鄰居那裏意外獲得了一張曾經看望過向永富的時髦女人的照片。龍飛接過照片一瞧，十四年前的往事浮現在他的腦際……

　　1948 年，國民黨在土崩瓦解前，秘密成立了一個梅花黨組織，目的是想打入我黨內部伺機反攻大陸。敵特組織梅花黨的每個成員都帶有「梅花」標誌，梅花黨黨魁白敬齋的三個女兒，和梅花黨第二號人物黃飛虎的兩個女兒，號稱「五朵梅花」，這五個女人長得是婀娜娉婷，辦事風格也是各有千秋。我黨地下工作者龍飛受黨組織委派，設法與白敬齋的二女兒白薇接觸，潛入紫金山梅花黨組織總部，欲盜取有梅花黨組織的成員名單「梅花圖」，但是最終事情敗露，並未得手，從此「梅花圖」杳無蹤跡，梅花黨組成人員也就成為了一個謎。莊美美死亡之謎又讓銷聲匿跡十幾年的梅花黨重新回到了人們的視野之中。就在大連市發生莊美美被殺案不久，重慶市也發生了一件兇殺案。一天清晨，大霧包圍了山城。清潔老工人王凱仍舊像往日一樣用大掃帚清掃附近的路面。正掃著街，忽然發現教堂的小樓上亮著燭光，那燭光忽閃不定。慌裏慌張來了一個人，一頭撞在他身上，他一抬頭，那人卻朝教堂裏走去了。為了探個究竟，他放下掃帚，也朝教堂走來。王凱走上樓梯，猛一抬頭，只見在樓梯口出現一個高大的身影，那身影愈來愈大，愈壓愈低……那個中國修女頭戴黑教巾，兩隻眼睛露出凶光，臉色慘白，身穿一件黑旗袍，赤著左腳，右腳穿著一隻精緻的繡花鞋……王凱驚叫著往後退著，他已明顯地發現那個身穿黑旗袍的女人不是那個修女，而是一個漂亮的陌生女人……那影子愈來愈大，王凱只覺頭上挨了重重一擊，軟綿綿倒下來。肖克接到命令赴渝協助重慶市公安局共同破案。在案發現場找到了一隻精緻的繡花鞋。那繡花鞋是舊的，鞋面是紅錦的，鞋頭鑲繡著一朵金色的梅花，鼓鼓的，非常逼真。那麼，這只繡花鞋有什麼名堂呢？種種跡象顯示，潛伏在大陸十餘年的「梅花黨」又要蠢蠢欲動了。我公安部門派出龍飛、肖克、南雲等優秀的幹警，針鋒相對、見招拆招、迎頭出擊，由此展開了懸念疊起、驚心動魄的偵破之旅。

　　可以說，在「極左」時期，手抄本的流傳，佔領了文化陣地，為城鄉青年帶去了新奇的閱讀體驗，離奇驚險恐怖的故事情節，為文化沙漠中的人們帶去了精神撫慰，人們在傳抄時，加入自己繪聲繪色的演繹，豐富了大眾的精神生活，為手抄本的流行提供了廣闊的舞臺，也為當下研究公安法制小說在文革時期的變體提供了新穎的研究角度和大量的原始文化資源。

第五節　海岩的「案情＋愛情」模式

　　二十世紀九十年代以來，大眾文化迅速佔領人們的日常生活，大眾的文化娛樂活動也越發變得豐富多彩，為大眾提供了多重娛樂的選擇。電影、電視等大眾娛樂媒體逐漸形成產業化、規模化，其作品迎合了大眾休閒消費的心理，從而佔據了大眾休閒娛樂的主導地位。而眾多的創作者們意識到要使文學與大眾傳媒進行聯姻，就能實現文學作品與影視劇「雙贏」的效果，因為影視媒介容易佔領讀者市場，而影視劇的熱播又會帶動圖書的銷售。作為成功商人，作家海岩頗有市場經濟意識，創作出「案情＋愛情」為題材的模式，他順應了改革開放的潮流，緊跟時代步伐，摸準了時代脈搏，他的作品帶有鮮明的時代特徵，成功引領了影視文學的潮流，根據他的小說改編的影視劇，頻頻創下收視新高。

　　《拿什麼拯救你，我的愛人》是海岩「生死之戀三部曲」中的第一部。小說在圍繞對男主人公龍小羽有罪與否案情調查的同時，又展現了羅晶晶、韓丁和龍小羽這三位主人公之間的感情糾葛，案情跌宕起伏，一波三折。青年律師韓丁接手了平嶺保春製藥廠的一個案子。有個名叫祝四萍的女孩在廠裏的擴建工地上被殺。女孩死的很慘。先被木棒重毆頭部，然後身中三刀而亡。韓丁在平嶺的一次髮型表演會，第一次遇到了保春製藥有限公司董事長羅保春的女兒羅晶晶。韓丁看著 T 型臺上款款走來的羅晶晶，每一根神經都被臺上迎面而來的少女牽住，看得韓丁頗有靈魂出竅的感覺。他對羅晶晶產生了好感，並暗戀於心。羅保春的去世，使得保春公司在各方面的夾攻之下，無路可走，只有自動破產。羅晶晶在遭受了一系列突發事件打擊之後，孤身一人來到了北京。韓丁偶遇在櫥窗裏做模特的羅晶晶，很快兩人墜入愛河。可是不久，羅晶晶被通緝的初戀男友龍小羽來到了京城，在羅晶晶與他見面時被警察帶走，接受訊問，羅晶晶認為龍小羽是冤枉的，他是一個非常好的人，所以她一直忘不了那段刻骨銘心的愛情，便委託韓丁為龍小羽辯護。在進行調查的過程中，韓丁發現了有利於龍小羽的證據，龍小羽使用的主要兇器尖刀沒有找到，公安機關在現場採集的龍小羽的鞋印和鐵鍬把上的指紋，這些認定他殺人的重要證據，顯然違反了證據的排除原則，應被認為不具有證據效力。強姦之說站不住腳，脫逃與殺人之間沒有必然的因果關係，不具有獨立的證明力，並且確定了有些證人做了偽證。但是血跡鑒定報告「噴濺」的結論，被法庭採用，龍小羽被認定為殺人犯。就在龍小羽被執行死刑的關

鍵時刻，情節發生了突轉，韓丁得知杭州錢塘看守所有一個在押犯人揭發祝四萍是被一個叫張雄的人殺死的！龍小羽重新獲得了自由。張雄沒有翻供，但是張雄只是用鐵鍬把打了一下祝四萍的腰部，未對其造成大的傷害，張雄是被踢急了才動了刀子。那三刀都不是致命傷，只傷了皮肉，並未危及器官，傷口的出血量也不是造成死亡的重要原因。祝四萍的致命傷在頭部，是頭部遭受重擊後導致顱骨破裂而死亡的。但是，張雄等人否認擊打過祝四萍的頭部。公安機關重新做了現場分析，明確認定刀傷在前，棒殺在後。從刀口的情況看，絕不是在祝四萍已經死亡之後才刺的。公安廳的專家再次做了現場實驗，認定龍小羽袖口上的噴濺血點，完全可以在他用鐵鍬把擊打被害人頭部時產生。再把龍小羽留在鐵鍬把上的掌紋的位置與張雄留在鐵鍬把上的掌紋位置進行對比分析和力量計算，結果也是肯定的。從而推斷出祝四萍頭部遭受的致命一擊肯定是龍小羽所為。最後，龍小羽割腕自盡。羅晶晶走後，蹤跡杳然。韓丁每天上下班，過著無精打采沒有激情的生活……

　　大眾的日常生活充滿了各種消費現象。為了迎合讀者的閱讀消費需求，海岩在文本中為讀者大眾提供了豐盛的消費產品：情感、身體、暴力、以及各類時尚元素等。韓丁一見鍾情羅晶晶，可是羅晶晶始終放不下對龍小羽的那份感情，他們三者之間的愛情故事構成了故事中的一條主要情感線索，而龍小羽、祝四萍和張雄之間剪不斷理還亂的三角孽緣是直接導致血案發生的關鍵原因。女性的身體是大眾樂此不疲消費的對象。羅晶晶款款從舞臺上走來，身材略顯嬌小，但那張眉目如畫的面孔，卻有著令人不敢相信的美豔。在聚光燈的照射下，眉宇間顧盼生煙，進退中的一動一靜不疾不徐，目光中閃現出一絲冷漠。模特職業本來就會讓普通大眾感到神秘，而羅晶晶又是董事長的千金，這樣的身份地位讓常人難以企及，就會令普通讀者好奇羅晶晶的命運結局。羅晶晶走投無路之時，韓丁把羅晶晶接到自己住處，清晨，韓丁故意半裸著身子跑進客廳打電話，跑到臥室拿衣服。而龍小羽在不足十米見方的小閣樓裏，在散發著黴味的空氣中，在經過反覆折射早已失去了本色的陽光下，他的臉和他的身軀依舊是那麼完美；他的聲音有些啞，啞得也那麼完美，他的五官和輪廓，幾乎像是一個被自然之手琢成的雕塑。可見，男性身體的展示同樣可以俘獲大眾獵奇審美的目光，他們已然成為功用性客體，向大眾傳遞著時尚信息和色情符碼。大眾在日常生活中很少經歷暴力行為，海岩竭力對暴力血腥場景的描寫，試圖滿足大眾讀者對暴力行為的好奇

心，消費著讀者脆弱的神經和對逝者深深的同情。龍小羽面對血泊中祝四萍的呻吟求救，竟是一臉的猶豫不決的神情，眼神中流露出靈魂的搏鬥，他放下祝四萍，重新撿起地上那根鐵鍬把，終於下決心把它舉過了頭頂，狠狠地劈下去……韓丁擠進屋子，心驚肉跳地看到了滿地的鮮血，鮮血在光線晦暗的屋裏呈現著濃厚的黑色，這些暴力語言都會衝擊著讀者的視覺神經。

海岩的這種「案情+愛情」模式，大多以悲劇收場，男女主人公歷經磨難，與命運進行了頑強的抗爭，可是，最終並未獲得幸福的結局，這種戲劇性的命運突轉為作品平添了一絲悲壯的氣氛。小說中的主人公大多會經歷過多的苦難，懂得生活的艱辛，知道工作機會的寶貴。飢餓和貧窮對龍小羽來說，是一種心理壓迫，是一種精神的屈辱。飢餓和貧窮讓他沒有任何快樂，讓他一天到晚只想找吃的，只想找地方睡，只想掙錢，只想怎麼活著，只想著第二天上哪兒去，能幹上活，有口飯吃，龍小羽生活壓力的人生獨白對韓丁產生了極大地震動。韓丁認為是羅晶晶讓龍小羽不再挨餓，是羅晶晶給了他體面的工作，讓他有了錢，像個上流社會的白領那樣生活，龍小羽殺死祝四萍，是因為她妨礙了他，她要破壞龍小羽得到的快樂。可是，龍小羽斷然否認了韓丁的推測，他認為祝四萍是在毀掉整個保春製藥公司，毀掉羅保春的事業，毀掉羅晶晶未來的生活，從這裡可以體會到他深愛著羅晶晶，他不會讓他人毀掉羅晶晶未來的幸福生活。

海岩小說模式的成功，表明九十年代以來，我國公安法制文學擺脫了雅俗之爭，走上了大眾化通俗化的道路。他的作品中不僅表現有國家主義話語立場，而且還能迎合大眾的閱讀欣賞心理，著力表現出了市場經濟條件下，大眾的都市生活，消費觀念，滿足了大眾在乏味的日常生活中，體驗前衛都市生活的閱讀心理，實現了文學與影視聯姻的雙贏局面。

第六節　蔡駿的「知識懸疑」模式

蔡駿被稱為「中國懸疑小說創作的第一人」。2001 年，蔡駿開始在互聯網上連載《病毒》。蔡駿的創作走的是一條富有個性化的道路。他的小說蘊含有充沛的歷史知識，他經常借用一個歷史事件作為小說的背景，讀者在閱讀的過程中就會感受到一種歷史的厚重感，從那個曾經發生的故事中體會出人性的醜惡。他的作品在充滿懸念與推理的故事中，對造成人性善惡的動因進行

了有益的探索、對社會的發展保持了強烈的關注、對人物情感細微變化的捕捉，儘量在增添作品內涵的同時，增強作品的娛樂可讀性，由此形成蔡駿小說「知識懸疑」的顯著特點。

《地獄的第十九層》講訴了大學女生寢室內流傳的神秘短信遊戲「地獄遊戲」，通過手機短信誘導「拇指一族」如癡如醉，反映了現代人類日益被物化的事實，高玄通過設計這款遊戲展現了人性的善惡美醜。春雨因為荒村的那件事情的刺激，在精神病醫院裏住了一段時間，但隨後奇跡般的康復出院了，又回到了大學繼續讀書。宿舍好友清幽的手機，半夜裏會響起幾十次，攪的春雨徹夜難眠。一日她收到個神秘短信，便把春雨帶到一棟被廢棄的教學樓，請春雨替她拍張照片。在電腦裏看數碼照片時，春雨覺得照片很詭異，在照片裏鬼樓的二樓，右側第四扇窗戶的後面，有一個黑色的人影。這讓她產生恐懼和不祥的預感。一天夜裏，春雨收到了清幽的短信：「救救我。」春雨想起了那棟廢棄的教學樓，拿著手電筒跑出了寢室，在校園路燈的指引下，來到那座被封閉了很多年的房子面前，她下意識的向二樓窗戶看了看，忽然發現其中一扇窗戶裏露出了微弱的燈光。在半夜裏亮起了一盞燈光，這是只有恐怖片裏才有的畫面，如今卻活生生的出現在了春雨的眼睛裏。看著二樓窗戶裏的微光，春雨自然而然的想起了那個神秘的人影，那個女人又是誰呢？猶豫了好一會兒，春雨還是向前走了幾步，在手電筒的光線裏，照出了一扇半掩的大門。真難以置信，鬼樓的大門居然開了一道縫，好像專門為迎接她而開似的。可春雨明明記得昨天下午，底樓這道大門是關著的，那會是誰打開的呢？她走到教室的最裏層，清幽就躺在教室的地板上，已嚼舌吐血而死……。翌日春雨整理清幽的遺物，發現她手機上有條最新的短信：GAME OVER。而她的舍友南小琴和許文雅也陷入了這個極度恐怖、令人無法擺脫的地獄遊戲之中，接連遭遇不幸。在好奇心驅使下，於是，春雨決定親自揭開來自地獄的秘密，希望能從遊戲當中得知好友清幽自殺真相，春雨便投入手機遊戲之中，在美術系年輕英俊的教師高玄的幫助下，春雨逐漸深入了「地獄」的秘密，她經歷了不同的恐怖事情，並且愛上了高玄！當春雨內心深處對繼父的仇恨快要將她的生命奪去時，高玄深沉熾熱的愛卻喚醒了她的真實的記憶。地獄遊戲背後的始作俑者卻遠遠不止這麼簡單，就是這個英俊不凡，又具有名畫家才氣的人是那瘋狂遊戲的幕後黑手。每個人的內心都隱藏著一個不為人知的秘密，或貪婪、或自私，一旦受到誘惑，就會做出常人難以想

像的舉動，墜入層層地獄就是對其貪婪人性的懲罰。第十九層地獄就是愛上魔鬼。

作者敘事時筆風靈秀生動、情節奇譎詭異，有一個結構性懸念貫穿始終，整書貫穿了像「你已通過地獄的第 1 層，進入了地獄的第 2 層。」「你已通過地獄的第 2 層，進入了地獄的第 3 層。」……通過地獄層數的不停暗示，讀者彷彿被一隻無形的手牽引著，充滿好奇地要瞭解一個名為「地獄」的短信遊戲，如何使一個叫春雨的女生經歷一系列恐怖故事。隨著一步一步的通關，每節末尾設置一個懸念，這樣的場景描述輕而易舉地把讀者的聽覺、視覺調動了起來，使人身臨其境。蔡駿的小說融合了多重知識元素。「解密」在《地獄的第十九層》中發揮著關鍵作用：葉蕭學過一些密碼學的知識，用二十六個英文字母與 0 到 25 的數字互相替換，最終，葉蕭不但立刻讀出了它的英語發音，而且明白了它的意思——地獄。神秘油畫暗藏地獄玄機，春雨通過油畫發現了線索，「這張巨幅油畫的最右端，一對男女正在深情地擁抱著。那男子是個三十多歲的歐洲人，有一雙深邃明亮的眼睛，穿著件歐洲中世紀貴族的長袍。春雨立刻就認出了他——馬佐里尼，畫中的這個男子就是馬佐里尼！畫中的女子是個中國人，只有二十歲左右的年紀，她穿著一襲白色的長裙，一頭瀑布般的烏髮垂在肩上。但更讓春雨感到吃驚的是，畫中的女孩長得非常像自己，尤其是那張白皙的臉龐，削瘦的脖子，憂鬱的雙眼。而春雨現在身上穿的白色長裙，恰好與畫中的女子一模一樣。」春雨意識到了地獄的第十九層會是什麼。「就是一個字——愛！」

蔡駿非常喜愛中國傳統文化，受《聊齋》的影響最大。在他的作品中，時常會顯露出《聊齋》的跡象。在那些遊戲名稱中，「春雨從來沒聽說過『德古拉城堡』，但她知道『蘭若寺』——在《聊齋》裏的經典故事《聶小倩》中，寧采臣和聶小倩就是在蘭若寺相愛的」。在我國傳統宗教觀念中，地獄是陰間地府的一部分，特指用於關押生前罪孽深重的亡魂。蔡駿通過古老的地獄傳說，讓讀者瞭解有關地獄的知識，製造驚悚的效果，反映了中國老百姓心中惡有惡報的觀念。「地獄的傳說東西方都有，現在我們要看的這些書，主要記載了中國民間的傳說。但在民間也有許多不同的說法，讓我寫下來吧。高玄在桌子上鋪了幾張紙，寫下幾行字——（一）八大地獄，又作八熱地獄、八大熱地獄。即等活、黑繩、眾合、號叫、大叫喚、炎熱、大焦熱、阿鼻等八大地獄。（二）八寒地獄，即額部陀、尼刺部陀、阿吒吒、阿波波、虎虎婆、

媼缽羅、缽特摩、摩訶缽特摩等八寒地獄。」在蔡駿的作品中，還有民俗知識的展現。清幽的媽媽來收拾女兒的遺物。春雨「看到她在樓下的空地用粉筆畫了一個圈，然後把箱子裏的東西一件件放到圈裏。」「清幽的媽媽用打火機點燃了一條白色的睡裙──這是清幽那晚中邪似的轉圈時穿的睡裙。這時春雨才明白了她在幹什麼，原來是在焚燒死者的遺物，將死者生前用過的東西化爲灰燼，寄給陰間的鬼魂使用。幾千年來，中國人一直都是這麼處理逝者的遺物的，春雨記得小時侯家裏也燒過死去的長者的衣服。粉筆畫出的圓圈旁邊還有一個小開口，大概是要把這些東西送到陰間去的通道吧。」《地獄的第十九層》中，一個女人告訴春雨她是典妻，一個被扔到井裏面而死去的女子。春雨知道什麼是典妻──這是舊中國農村古老的風俗，窮人把自己的妻子高價租給有錢人家做妾，租期結束後再還給原來的丈夫。

　　蔡駿的懸疑小說彰顯了個人鮮明的特色。作品有一定的歷史厚重感。故事曲折，語言生動簡潔，能注重文學性與唯美主義的結合。對於人性心理刻畫到位。西方懸疑作品通過小說、電影等傳播媒介影響到了蔡駿的創作。中國傳統文化中的神秘元素在其作品中也有充分地反映。但是有些故事的結尾給讀者感覺比較倉促，這也是蔡駿在寫作的過程中有意識借鑒電影表現手法的結果。後期作品中使用以前作品中出現過的情節和場景，這使得整部作品遜色不少。

第七節　那多的「靈異懸疑」模式

　　那多曾經從事過的記者工作對他的寫作模式產生了影響。他認爲自己「是一個懷疑論者，每當接觸一個新聞事件，總覺得它不應該只有展現在世人面前的 A 面，而應該有不爲人知的 B 面、C 面。」〔註14〕而記者報導新聞稿件時要力求客觀眞實，不能摻雜有自己的主觀臆想，不能夠進行隨意發揮，必須實事求是，客觀眞實地把所發生的新聞事件呈現到讀者面前。但是，這種新聞寫作方式滿足不了他豐富的想像力。那多開始有意識地寫他覺得有意思的新聞事件，加上其豐富的想像力，激發出一幕幕眞實的幻境，《那多靈異手記》由此寫成，他也找到了自己擅長的寫作題材：「靈異懸疑」。他認爲靈異小說能充分激發人們對於世界神秘事件的興趣，知道一切皆有可能；並且靈

〔註14〕http://www.cbi.gov.cn/wisework/content/93863.html。

異小說對人類、對世界的探索和思考有著積極意義。那多在其作品中不斷對已知世界提出質疑：《幽靈旗》中的暗示、《神的密碼》中一環套一環的世界模式、《過年》中年獸的奇異生存狀態、《凶心人》中的幻術、《壞種子》中的母體、《鐵牛重現》中的蟲洞、《變形人》中的海底人，這些充滿神秘氣氛、閃現詭異內容的作品，顯示了那多有能力創造出具有現實感的虛構世界。

那多認為寫作時，「首先追求眞實性，我會追求細節上的眞實，另外我會用比較理性的態度去寫這些東西。當我創造出一個比較玄的命題以後，開始搭建、完成，等我要把這個小說創作推進下去時候，我會用比較理性的精神，把看起來不可思議的一個謎題歸結出一個比較理性的答案。」〔註15〕在靈異手記系列中，主人公是上海《晨星報》的機動記者那多。每一篇手記的開始，那多都會把新聞放在最前面，爲了說明這篇新聞是眞實的，他會標示出這篇新聞的來源，讀者可以根據提示找到這樣的新聞。每個新聞背後都隱藏著一個故事，故事奇妙，推理絲絲入扣，引領讀者一步一步逼近眞相，基本上他所創作的小說都是這樣一個架構。

《凶心人》講訴的是關於一個古老的幻術的故事。據人民網報導，有關人士在神農架新華鄉南部貓兒觀村鮑家山的一處絕壁山洞裏，發現了一百多年前留下的層層疊疊的屍骨，讓人觸目驚心。數百人爲何同居一洞？是什麼原因導致他們命喪黃泉？《晨星報》記者那多的好朋友兼老同學梁應物，不僅是大學講師，而且還是X機構的研究員。X機構是存在於普通人感知之外，是一個半軍事化的部門，級別相當高，觸角龐大而敏銳，在這個世界上，常常會發生一些一般人無法接受，甚至完全脫離現有科學準則的事件，這樣的特異事件，就由X機構全權負責。梁應物作爲帶隊老師在暑假裏要組織一次神農架地區的野外考察，要通過在原始森林裏的遠距離跋涉，鍛鍊大學生的意志力和生存能力。於是，那多也向單位申請出差，準備和這支大學生考察隊一起去神農架。在這場旅行中，他們一步步地走進一個已經設置好的圈套中。十二名學生，五女七男。在三里屯村，隊員們對「人洞」充滿了好奇心，但是，村長說那個洞是個凶地，誰進去都會有災禍降臨，所以誰都不敢去。大學生們並未被這樣的理由所阻止。第二天，探險隊進入洞中，還是驚駭於眼前白森森的白骨。大家在返回洞外時，卻發現來路已經令人無法理解地消失了，那未知黑暗的另一頭，毫無疑問隱藏著危險。大家被困到了洞中，「人

〔註15〕http://book.qq.com/a/20050520/000061.html。

洞」這樣的名字，莫非是因為，這是個人進去了就再也出不來的洞，是個吃人洞？隨著時間的推移，食物的短缺，人性的險惡都被充分暴露了出來。白骨上刻著的字說明，一百多年前在這裡發生過一件慘案，這件慘案中出現了大量吃人的事件。白骨上記錄了整個事件每一天的進程。始作俑者的兇狠、殘酷、變態、及其神秘莫測的能力，使關在洞中的人們進行了血淋淋的互相殘殺。刻下這些字的是一個女人，叫蕭秀雲。她的天才表現在對一種古老而神秘力量的傳承上。她想出一個用全村人性命，來驗證阿勇和阿月的感情是否真實的方法。如果彼此感情至死不渝，那麼蕭秀雲就死心塌地地讓這兩人在一起生活下去；如果不是，那麼這個負心漢就沒有繼續生存的必要。而全村其餘幾百人，只是這場試驗的道具而已。而路雲則是現代版的蕭秀雲。她是蕭秀雲的第四代傳人。當年，蕭秀雲收徒弟時，就在徒弟的腦子裏留了一些東西，如果她可以找到她心愛的那個人，就這樣生活下去，而蕭秀雲留下的東西，會在她 50 歲時，自動傳給她的徒兒。路雲曾向梁應物表述了愛慕之情，但是被他以師生戀不合適為由直接拒絕。路雲是個極為內向的女孩，表白遭拒後，就再也沒有提起來。而劉文穎也對梁應物十分仰慕，雖然梁應物也是一樣的不動聲色，但劉文穎性格外向，始終黏在梁應物身邊。路雲一直沒有放棄對梁應物的情意，又把劉文穎始終纏著梁應物，看作是梁應物對其的認可，所謂的「師生戀」純粹是一種欺騙性的藉口。蕭秀雲這個時候就開始復蘇了，所以才有了這次神農架之行。梁應物和這次來的學生，早已在不知不覺中被路雲所影響。梁應物考慮到路雲的背景和舉動，立刻有了九分把握，實施「美男計」，把路雲引了出來，並且降服了這個神秘的幻術高手。

作品在一定程度上對人性惡進行了揭露。當朱自力、何運開為保命爭搶食物時，那多「看著朱自力手裏的那根白骨，百年前這裡曾經發生過的事，剛剛開始的時候，是不是，也是這樣……最高等的教育，再昌明的社會，人骨子裏的醜惡，還是一樣抹不去。或許，那並不能叫醜惡，只是動物的生存的本能吧。」那多認為蕭秀雲一定是利用幻術，傳遞信息給幸存者。他絲毫不懷疑蕭秀雲有假扮鬼神的能力，令他心驚的，「是她對人性負面情緒拿捏把握得竟然這樣精準」。目前大多數年輕懸疑作家不缺乏想像力，但缺乏對社會的認識，對人性的把握不夠。尤其在中國這個傳統的人情社會，充滿人情味的文學作品始終擁有強大的生命力。

那多致力於創作「東方懸疑小說」，通過他所熟稔的新聞寫作方式，融入

科幻、懸疑、靈異等因素，激發讀者的閱讀興趣和緊張心理，引領讀者踏上
亦真亦幻的閱讀之旅，使當今讀者在輕鬆閱讀的審美愉悅中緩解壓力、獲取
獨特審美感受並且汲取到豐富知識。但是，我們也看到作品中的人物形象刻
畫還是略顯單薄。就像《凶心人》中的那多，在梁應物機智和勇敢的光芒籠
罩下，顯得有些蒼白無力。總之，那多不囿於陳規的個性，加上其豐富的想
像力，和廣大「納米」粉絲的支持，今後一定能為讀者創作出更多「好看」
的作品。

第三章　人物與敘事
——中國偵探小說四個維度

　　文學是人學的集中反映，是人性的一種表現形式，是文化的一個重要構成部分，特定的文化土壤可以孕育出獨特的文學類型。周作人在《人的文學》裏用一句話回答了「人性是什麼」，即：人是從動物進化來的。在這裡他首先認爲人是動物，人的身上具有原始的獸性；其次，人還是進化了的動物。這就決定了人是一種複雜的高等動物，不僅具有生而有之的、本能的、原始的獸性欲望，同時又具有控制、超越這種獸性的能力，人比禽獸高尚的地方在於他有思想。人總幻想能最大限度地滿足自己的欲望，爲了實現自己的欲求，那種原始的、本能的獸性與人類追求和平、安寧的生活之間，可能就會發生激烈的衝突。因此，「必須使本能偏離其目標，抑制其目的的實現。人的首要目標是各種需要的完全滿足，而文明則是以徹底拋棄這個目標爲出發點的。本能的變遷也是文明的心理機制的變遷。在外部現實的影響下，動物的內驅力變成了人的本能。雖然它們在有機體中的原有『位置』及其基本方向保持不變，但其目標和表現卻發生變化。所有精神分析概念（昇華、自居作用、投射、壓抑、心力內投）都表達了本能的可變性。但規定著本能、本能需要及其滿足的現實卻是一個社會——歷史的世界，動物性的人成爲人類的唯一途徑就是其本性的根本轉變」。〔註1〕所以，在現實生活中，「正常人與犯罪者都存在著侵犯他人利益以滿足自己欲望的犯罪傾向。只要情境誘惑力達到一

〔註1〕 赫伯特‧馬爾庫塞：《愛欲與文明》〔M〕，黃勇、薛民譯，上海：上海譯文出版社，1987：3。

定的強度，『好人』也會犯罪。」〔註2〕人類的本能若不加以控制，任其自由滿足發展，就會對他人、社會造成危害，人類的非正常行為的出現則不可避免。

　　對於人的這種認識，自然影響到了文學的創作。文學的對象，文學的題材，應該是複雜社會關係中行動中的人。而對於人的描寫「在文學中不僅是作為一種工具，一種手段，同時也是文學的目的所在，任務所在」〔註3〕。偵探小說的內容總是「彰俠義，明正氣，懲頑惡，揭黑幕，正義之氣必將戰勝邪惡之氣，這是人心所嚮」〔註4〕。偵探小說偏重曲折緊張的故事情節，但是它也是以行動中的人為中心進行創作，代表正義的偵探與代表邪惡的罪犯，通過說故事的人對他們的不同視角的觀察，在有限的敘事空間中，運用富有個性的敘事語言，對人性的「是與非、善與惡」進行了最精彩的演繹，從而構成了偵探小說中的四個重要維度：「人物（罪犯、私人偵探、官方偵探）、說故事的人、敘事空間以及敘事語言」。作者對這四個維度的拿捏掌控直接關係到文本的精彩程度，同時在很大程度上也決定了其日後能否為廣大讀者所接受。

　　偵探小說作家創作了大量的作品，他們所著力塑造的那些具有超人智慧的偵探、狡猾兇殘的罪犯，為通俗小說文類的人物畫廊，添加了眾多性格迥異、栩栩如生的人物形象，使得偵探小說在通俗文學史上擁有了無限的生命力。總的來看，偵探小說中罪犯、私人偵探、官方警探形成了三個極點，狡猾兇殘的罪犯是被捕捉的對象，私人偵探具有超人的智慧，總能通過縝密的邏輯推理，尋找到隱藏罪犯的蛛絲馬蹟，但是他不具有公權力，因而不能逮捕罪犯，這就使得偵探小說的結局充滿了變數，而頭腦愚鈍的官方警探，有時動機雖然好，從他的視角出發總要把讀者引向歧途，通過他的錯誤判斷，襯托出私人偵探觀察入微、料事如神，這就構成了閱讀偵探小說的趣味性。我國1949年以後的肅反反特小說，把原先文本中的三個極點的互動便成了公安幹警與罪犯的兩極對抗，造成小說的政治性加強了，無形中卻降低了小說的趣味性，由此作品呈現出了人物臉譜化，情節公式化等難以突破的「套路」。

〔註2〕 羅大華：《犯罪心理學》〔M〕，北京：中國政法大學出版社，1999：94。
〔註3〕 錢穀融：《論「文學是人學」》〔M〕，北京：人民文學出版社，1981：10。
〔註4〕 湯哲聲：《中國現代通俗小說流變史》〔M〕，重慶：重慶出版社，1999：213。

第一節 罪犯

動機（motive）是一種心理狀態，是在情感、心理、物質需要的驅動下，通過某種行為方式得到滿足的心理活動，是一種意志活動的誘因。正常的心理狀態不會導致犯罪行為的發生，而不正當的訴求卻是使人產生犯罪動機的一種內驅力，也是具有原動力性質的犯罪心理。在國家暴力機器的約束與威懾之下，常常處於隱匿的狀態，但是當其迫切實現訴求遇到阻礙，難以滿足自己的私欲時，侵犯性本性就會爆發，就會打破和諧的社會秩序，產生危害社會的犯罪行為。犯罪動機在日常生活中會令一些優秀的人物走上犯罪的道路，成為警方捕捉的對象。警方如果能迅速準確地判斷出罪犯作案的動機，就會為警方搜集證據指明方向，為警方早日破案提供充足的動力，否則就會阻礙破案進程。程小青認為犯罪動機通常逃不出「財、色」兩個字，因為「世界就靠著這兩個字的力量而存在的，芸芸眾生的一切動作，追根究源，都是受了這兩個字的驅策和指揮，因此才演出種種姦佞聖善，悲歡離合的事實」。在偵探小說中，罪犯常常是因為金錢的利誘、情色的作祟、權欲的膨脹而導致犯罪。在文本中，物欲型罪犯、情慾型罪犯以及權欲型罪犯就會成為偵探、警方偵破案件時重點考量的對象。

一、物欲型罪犯

黃岩柏先生對《龍圖公案》中的一百則故事的案情進行了全面分析，把其分為五種類型：姦情類、錢財類、挾嫌殺人報復誣告案、雜案和非案。其中，涉及非法侵佔他人財物的故事有三十八則，以「搶、偷、騙或並殺人、傷人案，遺產案及家庭兇殺案，小偷、小騙案」〔註5〕等形式出現。就是在當代社會，非法侵佔他人財物的刑事案件，在主要罪種刑事案件中也是佔據第一位。那麼，物欲型罪犯就是為了滿足私人的物質需要，在金錢利益的誘惑下，以侵佔他人財產為目的，不擇手段聚斂財富，不顧人倫道德，六親不認、手足相殘，甚至以剝奪他人的生命為代價。這樣的「物欲型犯罪」故事情節，同樣在偵探小說文本中佔據多數。

上世紀二三十年代的上海為程小青提供了豐富的創作素材。舞廳常常是黑白兩道混跡的場所，各種案件突發的是非之地，成為呈現當時社會百態的

〔註5〕 黃岩柏：《中國公案小說史》〔M〕，瀋陽：遼寧人民出版社，1991：153。

一個最佳縮影。舞廳中的舞女接觸的社會關係複雜，無疑會成為程小青所關注的對象。《舞后的歸宿》講訴的就是快樂舞廳的舞后王麗蘭被人謀殺的故事。案發現場赫然可見兩行很顯明的男子皮鞋的泥印，和一行女子的高跟鞋印。從交疊的男鞋印子尺寸不同上，霍桑初步判斷有兩個男人進來過。發現死者的傷痕在左乳下的一角，依著肋骨作橫斜形，約有一寸寬，傷口上有血液凝結著，看起來是刀傷，可是在現場發現了槍彈的痕跡。屍體檢驗的結果，證實王麗蘭是被刀尖刺破了心房致命的，並不是被槍彈打死的。並且在這樣一個奢侈的墮落女性身上，卻沒有佩戴任何一件首飾。可是霍桑卻發現她的左手腕上明顯有一條印痕，不像是手錶，或許是手鐲。還有她的左手的無名指上和耳朵上，都有戴過指環耳環的痕跡。右耳朵孔上的血印，是取耳環時所留下的。確認兇手行兇以後還劫取過首飾。

舞后王麗蘭的社會關係比較複雜，家裏人不多，有死者的姑丈李芝範，一個女僕叫金梅，一個老媽子和一個看門的老毛。李芝範給人的印象是個端謹的君子人。金梅伶俐中似乎帶些狡猾，從她鎮靜的神態判斷，料知她決不是初出茅廬的女僕。王麗蘭自從退出舞場之後，每月的生活費用要千把塊錢，這些費用從哪裏來的？據李芝範講，是華大銀行的經理陸健笙每月供給她若干，此人還是婦孺救濟院的院董，銀行聯誼會的執行委員，又是平民工場的創辦人，在社會上有相當地位。除了這陸健笙以外，李芝範到上海的那天，還看見有兩個穿西裝的少年跟王麗蘭吵嘴。其中一位是余甘棠。王麗蘭的好友姜安娜就懷疑血案是余甘棠幹的。看門人老毛說案發那晚，余甘棠到過現場，並且還說過威脅王麗蘭的話。他那幾天缺課很多，行蹤也很飄忽，嫌疑似乎又加重了一層。另外一個叫趙伯雄，與王麗蘭也是交往密切，死者被害那晚，他也到過案發現場，好像要找她為難的樣子，模樣兒很可疑。

王麗蘭被殺一案的確複雜，隨著調查一步步的展開，錯綜複雜的案情越發顯得撲朔迷離，案子的主角是一位盛名赫赫的紅舞星，受了環境的影響，私生活極端放浪，自然裏面夾雜有男女之情的牽纏。本案出現了四位男性嫌疑人——余甘棠，趙伯雄，陸健笙，王麗蘭的表兄李守琦，他們彼此又有相互的矛盾。余甘棠跟趙伯雄爭風吃醋有過衝突；陸健笙知道王麗蘭與趙伯雄之間的曖昧關係，趙伯雄跟陸健笙之間又有了間接的瓜葛；李守琦是王麗蘭的未婚夫，他與王麗蘭有婚約糾紛，王麗蘭與表兄談話被趙伯雄撞到，王麗蘭不讓趙伯雄與表兄見面，姓趙的吃了沒趣。這四個人的糾紛的主因，都集

中在這個迷人的舞后身上。這幾個人都有作案動機。但是，經過霍桑偵訊，余甘棠自己的供述，假使不是虛構，顯見他不是主凶。據包朗觀察，他的聲容態度和他的話，的確不像出於虛構。那麼，他應當從嫌疑圈裏剔除出來了。第二個嫌疑人陸健笙，霍桑認爲他不會打死王麗蘭。但他的皮鞋和屍屋中的甲印相合的一點，還是一個難解之謎。第三個嫌疑人趙伯雄，當然是最可疑了。他的行動已有種種切實的證明，別的莫說，但瞧那一粒穿過王麗蘭胸膛的子彈，還有一粒在亞東旅館裏打霍桑的子彈，都是顯明的鐵證。可是情勢又變動了。趙伯雄已給崔廳長釋放了！而且屍檢又剖明王麗蘭的死不是槍傷而是刀傷！

那麼，兇手是誰呢？霍桑出人意料地指出，兇手是王麗蘭的姑丈李芝範。李芝範的殺人動機很淺顯，金錢是唯一的主題，而親屬的關係，一旦遭遇了怨恨和金錢魔力的襲擊，眞是脆弱得不堪一擊。李芝範滿嘴仁義道德，表面上很像一個道學先生，其實是個修養不足的人。他過慣了樸素的農村生活，一朝踏進了光怪陸離的大上海，他的心便把握不定。當他一瞧見王麗蘭抽屜中的法幣，無疑地是金錢的魔力引誘了他，怔了一怔，作驚訝聲道：「唉，這裡有這許多錢！麗蘭眞糊塗，錢竟會隨便放在抽屜裏。」他這是分明在自悔失著。但當時他憑著他的急智，假裝著他驚訝麗蘭的疏忽，霍桑竟也被他瞞過。他眼見王麗蘭奢侈的生活，他的心不禁躍躍欲動。他本是麗蘭的姑夫，親自撫養其長大，有著一定的親情關係。他和他的兒子到上海來，要麗蘭回去成親。可是事實上麗蘭已被環境徹底變換，李守琦是當小學教員的，每月只掙二三十塊錢，在麗蘭眼裏，自然再看不上，當然不肯回去，提出退婚的意思，情願承認些損失費，解除這一件婚約，守琦不答應，因著守琦的魯莽行動，這件事就擱僵了。金錢是主因，婚姻是次因。麗蘭雖曾建議用金錢解除婚約，經過了守琦的強姦未遂事件，這建議勢必也不能履行。結果就是人財兩空。這當然是李芝範所不願意的。除了單純的金錢目的以外，又加上了兒子毀婚的怨嫌，於是謀殺的念頭，就在這老人心裏活動了，竟會施展出那種狠毒的手段。

王麗蘭是個意志薄弱的人，她從帶有純樸民風的農村社會裏出來，陷進了物質社會的熔爐，身不由己墮落下去，每日縱情於享樂，爲了金錢的目的，什麼事都幹得出，出賣肉體，出賣靈魂，甚至出賣一切！趙伯雄探聽到有一種陰謀在活動，主持的就是王麗蘭。於是著手偵查她的行動，進一步再打消

她的企圖。她利用舞場從事非法的活動，專找公務人員進攻。直到趙伯雄發現枕頭套裏的那張過時電碼被她偷去，才證實她的確是一個危險組織中的中心人物。所以，他就決意採取緊急的行動制裁王麗蘭。

包朗就意識到物質文明，一方面固然可以提高人生的享受，另一方面卻做了人類互相爭殺的主因。我國幾千年來的傳統思想，對於物質方面都採用一種壓抑和輕視的態度。孔子所說的：「士志於道而恥惡衣惡食者，未足與議也。」這一句話，就可以代表一切。因著這種思想的結果，我們在物質方面固然沒有多大成就，但社會間爭奪殘殺的現象，也未始不是因此而比較地減少。自從我們的大門給人家敲開以後，這物質方面的對比，更赤裸裸地顯露出來，因此我們便被認為一個物質落伍的國家。可是我們的物質欲望一經引誘，卻不能因為自己不能生產而依舊遏抑著，於是都市社會中的一般人，目光都集中在現成的享用上；社會既然因此而更見混亂，國力也一天天地消損了！李芝範如果耐得住清苦，不受物質的誘惑，此刻也許還安安逸逸地度著鄉村生活呢！

藍瑪是我國當代著名的偵探推理作家。他創作了大量反映改革開放以來，我國社會由計劃經濟向市場經濟轉型時期出現的各種形形色色的社會現象的作品：黃牛黨、出國熱、大獎賽、個體戶、吸販毒、走穴、黑社會等，這些社會現象不僅折射出了轉型期的人們所表現出的複雜心理狀態，而且還暴露出由此而引發的以侵佔他人財產為目的各類犯罪案件。《珍郵之謎》是藍瑪創作的《當代奇案系列叢書：神探桑楚的推理》中推理最為精彩的一部作品。講訴了在一次珍郵拍賣場上，價值連城的「全國山河一片紅」居然神秘地被盜了。桑楚經過精心推理認為，拍賣會的女服務員有重大嫌疑。同時拍賣的還有一枚無價之寶「辛亥大龍」，而這枚「辛亥大龍」也有著一段驚心動魄的曲折歷史，它也曾經失蹤，如今又神秘重現拍賣場。女服務員及其同夥原本就是打著「辛亥大龍」的主意。就在開展調查之時，女服務員卻令人感到蹊蹺地死在了宿舍中。接著，一個麻臉人出手的竟然是失蹤的珍稀郵品「全國山河一片紅」，但是隨後，他也蹊蹺地死在宿舍中。覷覦一枚小小的郵票，就引發了椿椿血案，這部作品真實反映了改革開放初期，泥沙俱下，在金錢的利誘之下，人們不惜鋌而走險，走上犯罪的道路。桑楚面對這些醜陋的社會心理，做出了精彩的推理分析，充滿了社會責任感、使命感。

夏樹靜子的《來自懸崖的呼喚》講訴的是西川和麻衣子相互作為領受人，

參加了一千萬元的人壽保險，西川爲了能得到一千萬的人壽保險，精心設計了謀殺妻子麻衣子的計劃。原先西川並未打算殺她，而是讓她假裝被殺。可要是沒有同別人發生異性關係的有夫之婦突然被殺，那也顯得勉強，因此，夫妻二人設計讓麻衣子接近草下，讓草下捲入其中。然後讓瀧田愼一作爲證明他不在現場的證人。可是，麻衣子接觸了瀧田愼一後，移情別戀，促使西川起了殺機。西村京太郎創作的《敦厚的詐騙犯》中的五十嵐好三郎有一個妻子和剛上大學的兒子，人們說他天生是個好人，從不做壞事。可是這個詐騙犯卻盯上了開理髮店的晉吉，多次去索取金錢，若不滿足他，就把晉吉開車壓死小女孩的交通事故報告給警方。晉吉最終被逼無奈用剃刀割斷了他的喉嚨。臨終他卻讓晉吉對警察說是他自己動的，與晉吉無關。最初，晉吉被作爲殺人嫌犯逮捕起來。但是，警方找不到殺人動機，最後認定爲是業務上的嚴重過失。可是事情卻暗藏玄機。通過五十嵐好三郎給晉吉的遺書瞭解到，五十嵐好三郎除了演戲，什麼也不會。他加入了人壽保險，保險金是五百萬元。如果自殺的話，人壽保險將不能賠付給家人。若是等待自然死亡，家人的生活將陷入窘境。五十嵐好三郎目睹了晉吉造成的整起交通事故，於是，他就想利用晉吉，把晉吉逼得走投無路，也許就會殺死他，從而得到豐厚的保險金。

從這幾部作品可以看出，在金錢的誘惑之下，爲了自己的私欲，好人會變成冷血的兇殘罪犯；金錢具有巨大的能量，會把正常的倫理秩序打亂，爲了霸佔對方的財產，騙取鉅額保單，罪犯常常六親不認，手足相殘，不擇手段去陷害他人，甚至以危害他人的生命爲代價攫取財富。偵探小說中的此類「物欲型罪犯」在物化的金錢世界中，私欲不斷膨脹，生動反映了人「渴望佔有和使用新的物」〔註6〕的本性。

二、情慾型罪犯

弗洛伊德的基本理論就是用快樂原則和現實原則解釋「心理機制」。這種解釋相應於意識和無意識的區別。個體的生存似乎有兩個以不同的心理過程和原則爲特徵的不同方面。這兩個方面的區別既是生成——歷史上的區別，也是結構上的區別〔註7〕。隨著現實原則的確立，他變成了一個有機的自我。

〔註6〕　弗洛姆：《馬克思關於人的概念》《二十世紀哲學經典文本西方馬克思主義卷》
　　　　　〔M〕，上海：復旦大學出版社，1999：358。
〔註7〕　快樂原則統治的無意識構成了主要過程，他認爲所有心理過程都是無意識過

他追求的是有用的、而且是在不傷及自身及生命環境的前提下所能獲得的東西。在現實原則的關照下，人類發展了理性思維能力：學會了「檢驗」現實，區分好壞、真假和利弊。可以說，快樂原則與現實原則是不相調和的。愛欲和社會功用之間的根本對立本身反映了快樂原則和現實原則之間的衝突，在一個異化的世界上，愛欲的解放必將成為一種破壞性極強的力量，必將給予壓抑性現實的原則致命性一擊。愛情的滋潤，是相愛的戀人幸福快樂的源泉，可是，有時往往現實環境會為兩人的戀愛過程設置種種障礙，成為雙方痛苦的根源。

弗洛伊德的心理機制理論提及了大量二元對立統一：意識結構與無意識結構，主要過程與次要過程，遺傳的、結構固定的力量與後天獲得的力量，肉體——精神與外部現實諸對立面的動態統一。早期階段，弗洛伊德理論強調的核心是性本能（libido）與自我（ego）本能之間的對抗；而在其發展的最後階段，則是生命本能（愛欲）與死亡本能之間的衝突。弗洛伊德把愛欲看作是一種本質上與文明相牴觸的破壞力量，它既有破壞性也有建設性。他認為愛欲在與死亡本能的鬥爭中創造了文化，它努力要在更大、更豐富的規模上保存存在，一邊滿足生活本能，使之免受不能實現、甚至被滅絕的威脅。但正是愛欲的失敗、在生活中的不能實現，提高了死亡本能的價值。

讀者閱讀偵探小說的過程中會品味出世人對愛欲的渴望與獨佔心理，人的愛欲有時會成為謀取私人利益的媒介手段，在愛欲的催化下，各種利益進行著殘酷的博弈，隱藏在人性深處的陰暗面，往往會因此而暴露於世人面前。人類情慾的範圍，隨著社會的逐步開放，人們容忍程度的提高，滿足情慾的方式、手段得到了最大程度的擴張，而且，人都是以趨利為目的，有一定的功利心，如果有障礙物阻礙情慾得到滿足的話，總要想方設法加以改變克服。長期以往，無論是人的情慾，還是人對現狀的改變，都被人們所處的社會以各種方式組織了起來，這種「組織」束縛並掌控著人的原初的本能需要。如果說在作為原型的自由不存在壓抑，那麼文明就是反對這種自由的鬥爭。

在弗洛伊德看來，文明並未一勞永逸地取消「自然狀態」。文明所欲控制

程的那個發展階段的殘餘。無意識過程所追求的只是獲得快樂。凡能引起不快感（痛苦）的活動，心靈都「拒絕參加」。人類快樂的行為通常是一種動物性的內驅力驅使的表象。快樂原則如果不加以限制，則將與自然環境和人類環境發生衝突。參看：赫伯特‧馬爾庫塞《愛欲與文明》〔M〕，黃勇、薛民譯，上海：上海譯文出版社，1987：4，5，26，67，77。

和壓抑的快樂原則的要求，在文明自身中仍然繼續存在。無意識中保存著受挫的快樂原則的追求目標。快樂原則的整體力量，有時會遭到外部現實的打擊，有時甚至壓根兒不能實現，卻仍不僅幸存於無意識中，而且還這樣那樣地影響著替代了快樂原則的現實本身。〔註8〕弗洛伊德反覆強調，維持穩定、文明、長久的人際關係的先決條件是控制性本能的目標。愛及其要求的持久可靠的關係以性欲與「情感」的結合為基礎，而這種結合又是一個長期、野蠻收編的歷史選擇的結果。在選擇的過程中，本能的合法表現成了至高無上的東西，而它的各組成部分的發展則受到了阻礙。文化對性欲的改善，性欲向愛情的昇華，性欲自我昇華為愛欲，都是在這樣一種文明中發生的，它建立了一種與社會佔有關係相剝離、并在關鍵方面與之相對抗的私人佔有關係。

　　婚外情是一種非正常的情慾表達方式。合法夫妻關係是受法律保護的，在夫妻關係存續期間，發生婚外情是同傳統倫理道德相對抗的行為，不僅違背社會公德，而且還會受到主流輿論譴責，這種行為會給社會、家庭以及當事人雙方帶來極大的傷害，由此而引發的命案在偵探小說中也有較多描寫。在眾多牽涉到婚外情情殺案例的偵探小說中，金錢是隱藏在此類刑事案件背後的罪惡推手，讀者閱讀時能夠捕捉到金錢作祟的影子，案件常常是嫌疑人因為金錢所累，理智不清楚才犯下罪行。當上海交易所風潮洶湧的時候，少數人為了個人的發財，設下了賭博性的陷阱，使多數人瘋狂地被拖溺在投機的漩渦中，搞得家破人亡。在程小青的《一隻鞋》中，犯罪嫌疑人徐志高就是因為投機失敗，壓力大，進而猜忌妻子有了婚外情，才鑄下大錯。徐志高是武林銀行的經理，死者就是他的妻子，一個有貞操的女子陸政芳。警方勘察現場發現屍旁有一隻男子的鞋子。從鞋子的式樣、大小上判斷：這是一個身材短小，不長進的、浮滑少年的。那麼，真如許墨傭所言陸政芳一定有偷情行為，鞋子是其姦夫所留麼？霍桑經過調查分析，就情勢而論，行兇的人既然是死者的熟識，兇手進入室內，一定是死者自己開的房門；室中沒有聲響和打鬥的?象，那就可知決不是爭風妒殺。既然如此，那兇手就沒有匆忙恐慌的理由，也就不敗無意中遺落一隻鞋子。若說故意留鞋，那人既已行兇，卻反而自留證跡，使人容易偵捕，世間當不會有這樣的蠢漢。換句話說，鞋主人不是兇手；要找兇手，不能不另尋線路。霍桑認為這案中的最大的疑點，

〔註8〕　赫伯特‧馬爾庫塞：《愛欲與文明》〔M〕，黃勇、薛民譯，上海：上海譯文出版社，1987：5，6，146。

就在死者遣走顧阿狗等人，又把蘋香的房門反鎖了——因爲鑰匙在死者的鏡臺抽屜裏，顯見是死者自己鎖的——預備和什麼人秘密會見。所以這約會的人一定是案中的要角。這個人是誰？是死者的情夫嗎？但顧阿狗和小使女都說，死者不大出門，對於惡少們的胡調也不理睬。妝臺上的化妝品不多，受害人也不像是個風騷的女人。大概和那一封燒毀的信有關係，所以要追究這約會的人，那信就是一個線索。據顧阿狗說，他接信的時候，曾請死者蓋章，可知是一封掛號或快遞的信。所以霍桑離了徐家，先到草鞋灣去調查，就在郵局中探問，那信是從什麼地方來的，寄信的人是誰。從而推斷出原來受害人是被那錢臭薰迷了心的丈夫徐志高錯殺了！徐志高因投機失敗，私下挪用了行款，虧累得很大，一時沒法子彌補，便打算溜之乎也。他預先寫信給他的妻子政芳，約定秘密會一次，再往北平去設法潛逃。誰知他到家後沒有半個鐘頭，忽聽見外面呼嘯的怪聲響。他不禁膽寒起來，走到陽臺上去一看，果然看見車子上有一個少年男子，一見他，趕緊叫車夫避開去。同時他又在陽臺上發現一隻可疑的男鞋。他問他的妻子，回答不知道。他在驚慌之中，理智不清楚，以爲他的妻子有了外遇，此刻知道他秘密回家，也許已跟情夫暗通消息，使他陷進圈套。他慌了，爲著顧全他自己的安全，就悄悄地拿出他身上的一把大型便用刀，將政芳殺死。他搬好了屍首，開箱子取了首飾，又將他的一封約會快信撿出來燒掉，才脫身逃走。可見，陸政芳被害，完全是因爲丈夫心生妒意，認爲妻子有了外遇，是個不貞潔的女人，與情夫合謀陷害於他，由此而鑄下大錯。

三、權欲型罪犯

當權者利用手中的特權，知法犯法，濫殺無辜的案例，古已有之，據黃岩柏統計的 18 種志怪書中，就有 22 則之多〔註9〕。我國當代作家也敏銳地感受到了新時期某些當權者利用手中職權，知法犯法，隱蔽犯罪的新動向。在他們所創作的作品中，犯罪嫌疑人身居要職，以權謀私進行權錢交易，犯罪心理五花八門。有些公職人員認爲老實工作、廉潔奉公一輩子，臨到退休產生了吃虧心理，縱容家屬大肆斂財，貪污腐敗。還有些人攀比嫉妒心理嚴重，看到別人發財，也要通過手中的職權竊取不當利益，彌補自己的損失。甚至還有些公職人員心存僥倖，認爲法不治眾，與其他犯罪嫌疑人同流合污，進

〔註9〕 黃岩柏：《中國公案小說史》〔M〕，瀋陽：遼寧人民出版社，1991：50。

行集體腐敗，鑽國家制度的空子，滿足自己貪婪的欲望。

我國當代偵探小說中，有的犯罪嫌疑人就是利用手中的權利，進行權錢交易，對犯罪分子縱容包庇，這類犯罪分子位高權重，具有隱蔽性，行為更加謹慎，自我保護意識較強，具有一定的反偵察能力，而且掌握實權，人際關係網複雜，碰到對己不利的情勢，甚至會對辦案人員發出錯誤的指令，對其偵破工作進行干擾。文化大革命的餘孽在撥亂反正後，依然猖狂，陰魂不散，千方百計干擾公安人員辦案。《刑警隊長》中的涉案人員中就出現了一些政治投機家，他們利用手中的職權，在社會上廣結關係網，拉幫結派，為自己及家人謀取最大利益。他們位居高位，利用工作便利，掌握偵查人員的動向，一旦偵破人員接近真相，他們就會動用一切手中的資源，對辦案人員的調查取證設置重重障礙，威逼利誘，妨礙司法進程，他們的違法行為對社會危害極其嚴重，造成的社會影響也是極其惡劣，作品對這些社會陰暗面進行了鞭撻、思索。罪犯田成山就是在文化大革命中，依靠造反起家爬到了公安分局局長、市政法委副主任的位置。他頗有政治頭腦，善於見風使舵，有著極強的權利欲望，通過運用政治權術，掌握了一定的政治資源，爬到了權力頂峰。為了達到不可告人的目的，他心狠手辣，甚至為了防止親生兒子洩露真相，準備殺其滅口，暴漏了其人性中醜陋邪惡的一面。

政治並不是超凡脫俗的東西，總是能產生於現實日常生活中，與現實生活環境發生著千絲萬縷的聯繫。余少鐳在《秦廣本紀》中對文化大革命中人性的缺失進行了反思，作品不僅有對現實的關懷，而且還批判了陰陽兩界的腐敗和不公，秦廣是一位勵精圖治的閻王，決心在位一天，就要把這樣的神鬼跟陽間的貪官一起打入三惡道，永世不得超生！作品借助千枝婆之口道出了政治派性就是造成武鬥冤魂的幕後黑手，她認為人比鬼可怕多了，本來鄉里鄉親的，因為派性動不動就鬥人、殺人，殺起人來一點都不手軟。對陰曹地府貪官污吏的描繪，映像出了當下社會中的醜陋現象：「陰陽烏鴉一般黑，只要能管點事的，吃、拿、卡、要，雞過都要拔根毛。人死了，陰魂要歸陰府，一路上，土地公、地頭公、還有引路的伴魂姑、半魄嫂，都得塞點錢，這黃泉路啊，才能走得順。到了陰間，奈何橋頭，把橋的橋官，也要錢，不給就封橋。時間一到，陰魂過不了橋，就會成為孤魂野鬼，無法輪迴、無法超生。所以，死者家屬，再窮的，借高利貸，也要買紙錢，一路孝敬。」作品中，土改時當過大隊書記的族長秦天，是秦玉卿的姘頭，在秦玉卿的柔情

攻勢之下，利用自己的權勢命令秦來旺父子必須到秦家祠，在族老監督下向列祖列宗懺悔，同時獻上豬頭五牲。否則，便以「階級敵人」論處。那年月，「階級敵人」的罪行是最重的，民兵可立即將其處死。秦來旺沒辦法只好把家中祖傳的一尊玉觀音賤賣給族長秦天，換來一席豬頭五牲。父子二人在眾目睽睽之下跪了下去。肉體與權力的合謀，讓讀者體味到了骯髒的交易下，人性被無情地蹂躪、被無情地踐踏。

第二節　私人偵探

在我國民間文學中，廣泛流傳著包公辦案如神、秉公執法、不畏權貴，機智斷案的故事。至今，在我國河南一帶，還流傳著他額頭的月牙兒就是一面能明察秋毫的照妖鏡的傳說〔註 10〕。在雲南德宏的傣族也有關於召瑪賀機智判案〔註 11〕的故事。這些判案故事大多著重描寫的是那些清官循吏運用智慧斷案，歌頌了清官們廉潔奉公、剛正不阿的品性，即使有時案情複雜，一時難以決斷，神鬼也會出來相助判案，小說最終往往體現的是清官們維護中國傳統法律的威嚴與努力。

十九世紀初葉，以工業革命為契機，科學研究也開闢了新的領域。科學與技術的結合加速了西方經濟的快速發展，改善了人們的生存條件。科學成為給予人們新的力量的源泉，「在 19 世紀的上半期，科學就開始影響人類的其他活動與哲學了。排除情感的科學研究方法，把觀察、邏輯推理與實驗有效地結合起來的科學方法，在其他學科中，也極合用。到 19 世紀的中葉，人們就開始認識到這種趨勢。」〔註 12〕人們用科學的方法去解決一切問題，任何學科只有運用科學的方法才會令人信服。文學領域也不例外，從基督教世界觀的束縛中擺脫出來的人們，把文學作為科學來對待，人們增強了自信與樂觀，通過文學更好地掌控複雜多變的人類社會，憑藉科學理性的思維方式

〔註10〕　相傳，包公小時候，他二嫂怕他長大分家產，推他下井，但他未摔壞，反而得到一面古鏡。鏡中照出二哥二嫂謀害他的情景，方知得到一面寶鏡，貼在額頭上，不知不覺化成月牙形，長在腦門上了。以後憑著這面照妖鏡，他明察秋毫，為民伸冤。（參看《中國傳說故事大辭典》）。

〔註11〕　召瑪賀是傣族有名的機智故事的主角，判誰是偷牛人，判搶娃娃的故事，在傣族民間流傳很廣。

〔註12〕　〔英〕W.C.丹皮爾：《科學史及其與哲學和宗教的關係》〔M〕，李珩譯，桂林：廣西師範大學出版社，2001：262。

去征服大自然。偵探文學正是這個科學民主時代的產兒，實證之風、邏輯推理爲偵探小說的創作提供了充足的養分，偵探小說伴隨著西方工業革命的成功，資本主義制度的確立，法制建設日趨完善而產生。

偵探小說反映了工業革命創造的經濟財富，貧富差距的拉大帶來了眾多的社會問題，各種犯罪案件威脅到了私人財產的安全。私人偵探的產生，符合了大眾渴望有位英雄能維護法律秩序，保障生命財產安全的心理需求。私人偵探成爲偵探小說褒揚的對象。他有著縝密的推斷能力，散發著理性的光芒，蔑視一切權貴，在艱險的環境下，總能準確判斷形勢化險爲夷。私人偵探是時代思想的體現者，從他身上淋漓盡致地表達出了資產階級天賦人權的自由觀，具有強烈的個人自由色彩。私人偵探在偵破活動中，不屬於國家暴力機關的一部分，不是法律的執行者，他手中沒有法律所賦予的「公權力」，他不具備逮捕犯罪嫌疑人、審訊嫌犯的職能，他的功能只是搜集提交犯罪證據，協助警方偵破案件打擊犯罪。他彰顯著個人的智慧，借助科學知識縝密推理，用實證的方法去解謎，充當一個揭秘者的角色。當揭秘者完成了揭示謎底的任務後，如何處理嫌犯就不是他的責任了。

所以，讀者就會在程小青所創作的作品中看到，霍桑有時會利用私家偵探的身份，通過各種方式爲那些犯了罪的「好人」開脫罪責。而這種行爲是爲法律所禁止的。在《白紗巾》中霍桑認爲：「有時遇到那些因公義而犯罪的人，我們往往自由處置。因爲在這漸漸趨向於物質爲重心的社會之中，法制精神既然還不能普遍實施，細弱平民受冤蒙屈，往往得不到法律的保障。故而我們不得不本著良心權宜行事」。故而在《逃犯》中，霍桑本著良心權宜行事。霍桑查明第三監獄越獄的事，主謀就是沈瑞卿。沈瑞卿已往的唯利是圖、缺乏醫德的行爲和他所幹的墮胎勾當，在輿論方面，早就鄙視他，都覺得他死有餘辜，所以對於那行兇的人是誰，就也不願深究。讀者看到這裡也就不會對霍桑說出「像瑞卿這樣的人，在正義的立場上看，是死不足惜的」事情感到詫異了。吳夫人的行動在法律上雖還有討論的餘地，可是他不是法官，用不著表示什麼意見。他是不受公家拘束的。他的職分在於維持正義和公道，只要不越出正義和公道的範圍，他一切都是自由的。吳夫人犯下的罪行，他覺得也在他所說的範圍以內，他當然不願意違反他的素志。所以，他沒有當場逮捕吳夫人，也沒有向警方去告發，甚至最後還主動提議送吳夫人回去。

可以說，私人偵探是偵探文學王冠上的一顆耀眼明珠。自從愛倫‧坡開

拓了偵探小說這一領域，塑造出首位私人偵探奧古斯特・杜賓，隨後，從眾多優秀的創作者筆下，誕生出了一系列經典的、令讀者難忘的偵探形象：杜賓、福爾摩斯、羅賓、波洛、馬普爾小姐、霍桑、魯平、布朗神父、御手洗潔等等，不勝枚舉。這些偵探形象的塑造成功與否，從某種程度上講就決定了日後偵探小說是否能被讀者所接受，是否能夠成爲經典，長久流行。那麼，那些經典的偵探形象又是擁有怎樣的人格魅力，要表現出怎樣的美學特徵才能征服廣大的讀者？

一、推理型偵探

　　十九世紀的歐洲結束了基督教一元統治的格局，在思想文化上，呈現出自由化、多元化的面貌，世人從對上帝的無限尊崇，逐漸對其產生懷疑排斥，進而發出「上帝死了！」的驚呼。科學取代了上帝，「人們認爲有了科學，人可以做一切上帝能做的事，人們把科學當作上帝來崇拜，實際上，科學成了上帝，人也就走到了上帝的位置上，人把上帝給驅逐了。」科學的快速發展，進一步增強了人們的自信心，使人們更加堅信：人是理性的動物；人憑藉科學與理性可以把握自然的規律與世界的秩序；人可以征服自然、改造社會〔註13〕。在這樣的歷史語境中，文化投射在文學作品中，必然一個「新人」的形象會浮現在創作者腦海中。

　　杜賓是愛倫・坡在《莫格街謀殺案》中傾心打造的私人推理偵探形象，英國偵探小說家柯南・道爾就曾感慨地說杜賓的一舉一動，爲今後的私人偵探提供了行動的模板。杜賓一出場就體現出一種個人主義的超人哲學，強調個體生命的創造與超越，充分顯示「自我」，凸顯個性。他出生於名門貴族，但是命運多舛，竟然淪落到非常貧困的境地。他承襲了一份遺產，靠這點微薄的收入，精打細算，節儉度日。看書是他唯一的享受，破案時，他會有意識地運用平時所積累的知識，這些知識使他具備了一種極爲獨特的分析能力和想像能力。在《莫格街謀殺案》中，杜賓就是依靠平時閱讀到的有關東印度群島茶色大猩猩的知識，找到了正確推理的方向。杜賓特立獨行，有一種怪癖，爲了黑夜的魅力而迷戀黑夜。他喜歡在濃黑的幽夜裏，狂放不羈地讓靈魂在夢幻的境界裏馳騁，領略無窮的精神刺激。杜賓就像是一臺不摻雜私

〔註13〕蔣承勇：《西方文學「人」的母題研究》〔M〕，北京：人民出版社，2005：327
　　　　～329。

人感情的推理機器，他可以從對方的一些細微表情變化，言談舉止中，借助純粹的推理分析，對人的行爲作出合理恰當的解釋。一天夜裏，杜賓與同伴在街上閒逛，杜賓通過對同伴行爲細緻的觀察，把同伴思想活動中主要幾個關鍵詞：桑蒂里、獵戶星座、伊壁鳩魯、切割術、街上的石頭、賣水果的人聯繫到了一起，正確推理分析出了同伴心裏眞實的想法，展示出了推理型偵探超人一般的縝密推理。

愛倫·坡在作品中分析道：「分析能力決不能跟單純的高智商混爲一談；因爲善於分析的人一定智力超群，可是高智商的人卻往往特別不善於分析。高智商通常能從推理或歸納能力中表現出來，骨相學家把推理能力和歸納能力歸結到獨立的器官上，認爲這是原始的能力，可我覺得這是根本錯誤的。智商近似白癡的人身上往往能看出這種原始能力，因此引起了心理學家的普遍注意。高智商和分析能力之間的差別比幻想和想像的差別還要大，但兩者的性質顯然非常相似。實際上，很容易看出，聰明人往往善於幻想，而眞正富於想像的人必定愛好分析」〔註14〕。

福爾摩斯第一次見到華生時就表現出了超強的分析能力：「我看得出來，您到過阿富汗。」隨後，福爾摩斯做出了第一次正確的分析推理〔註15〕。那麼，福爾摩斯爲什麼能做出正確的推理呢？平日積累的廣博知識就是他進行科學推理分析的基石。《血字的研究》就列出了福爾摩斯的學識範圍。從他的知識結構上，我們可以看到福爾摩斯的知識與技能大多是關於如何有效理解犯罪和制止犯罪。他擁有深厚的關於有毒植物的知識、地質學知識、化學、解剖學知識，而對本世紀各種犯罪文獻瞭如指掌，爲他插上了想像力的翅膀，是幫助他鏈接起一切線索的關鍵。精於棍棒、刀劍拳術是有利於打擊犯罪、制服罪犯的技能；小提琴拉得好，這又可以緩解血腥的犯罪現場帶給人的神

〔註14〕 〔美〕埃德加·愛倫·坡：《莫格街謀殺案》〔M〕，李羅鳴、羅忠詮譯，成都：四川出版集團，2008：3～4。

〔註15〕 我的推理過程是這樣的：「這一位先生，具有醫務工作者的風度，但卻是一副軍人氣概。那麼，顯見他是個軍醫。他是剛從熱帶回來，因爲他臉色黝黑，但是，從他手腕的皮膚黑白分明看來，這並不是他原來的膚色。他面容憔悴，這就清楚地說明他是久病初愈而又歷盡了艱苦。他左臂受過傷，現在動作起來還有些僵硬不便。試問，一個英國的軍醫在熱帶地方歷盡艱苦，並且臂部負過傷，這能在什麼地方呢？自然只有在阿富汗了。」參看：〔英〕阿·柯南道爾《福爾摩斯探案全集（上）》〔M〕，丁鍾華等譯，北京：群眾出版社，2001：7～19。

經緊張，調節人的精神緊張情緒。福爾摩斯承認說：「因為我有那麼一種利用直覺分析事物的能力。間或也會遇到一件稍微複雜的案件，那麼，我就得奔波一番，親自出馬偵查。你知道，我有許多特殊的知識，把這些知識應用到案件上去，就能使問題迎刃而解」。可以說，他整合了一切有利於破案的知識技能，才擁有了超人般的頭腦，通過捕捉到的蛛絲馬蹟，進行縝密的邏輯推理，破獲了形形色色的案件。

福爾摩斯的談話風格體現了維多利亞時期所崇尚的個人主義。他講話時總是咄咄逼人，不給人留情面，並且還帶著譏諷和嘲笑的口吻。福爾摩斯是一個理性的人，在分析案情時，福爾摩斯經常會不容置疑地說：「我們應當這樣做。」連華生這麼有涵養的人有時候也會忍不住地說：「福爾摩斯，說真的，你有時真叫人有點難堪啊。」可是結果往往是在福爾摩斯的意料之中，久而久之，人們便會把他當做超人來看待了。福爾摩斯的魅力就在於他是一位對已有秩序忠誠，依然追求絕對信念尼采式的超人，只有這樣的一個人站在身邊才讓人感到安心〔註16〕。

而中國作家程小青（1893～1976）筆下的霍桑推理能力也是因為從小學習就不拘新舊，哲學、心理、化學、物理等等都是他專心學習的，學習時總是孜孜不倦，不徹底了悟不休。霍桑認為學識、經驗與責任心是一個人成功的三個要素，他把科學知識放在了首位。在《血手印》中，他就向包朗講訴了如何鑒定刀上所沾汁痕的科學方法：用一種淡亞馬尼亞液，滴在斑漬汁之上，五分鐘之後，如果是果汁，斑點發綠；倘若是血漬，那就不會變色。這同樣也反映出了廣博的科學知識對於偵探進行推理是多麼的重要。

福爾摩斯與霍桑有許多相似之處包括知識範圍和結構，興趣愛好，都富有正義感，鋤強扶弱，反對迷信，崇尚實證。在《血字的研究》中，讀者可以看到福爾摩斯瞭解十二門類的學科，尤其擅長藥劑學、地質學、化學和解剖學等對案件的偵破有直接的幫助的學科。在《江南燕》中，程小青描述了霍桑好學的品質，霍桑的推理能力也是以廣博的知識為基礎的：

> 新舊學識都廣博貫通，然而也偏專於理科，對於現代學制注重
> 各科必須平衡發展，並不同意，甚至感到非常不滿。所以他攻讀的
> 科目，除數學、物理、生物、化學之外，還涉及哲學，法律，社會，

〔註16〕〔英〕朱利安・西蒙斯：《血腥的謀殺——西方偵探小說史》〔M〕，崔萍、劉
怡菲、劉臻譯，北京：新星出版社，2011：61。

經濟等，對於實驗心理，變態心理更有獨到的見解。其他如美術，
藥物和我國固有的技擊也下過工夫，或者可以說「兼收並蓄」，對於
舊學，不分家派比較重義理而輕訓詁，憑他具有科學的頭腦，往往
取其精華，丟棄殘滓。他始終覺得儒家思想的「格物致知」和近代
的科學方法十分相近，心中最佩服，平時都能親自加以實踐。

這些知識使得霍桑破案有了科學依據，並且霍桑已經能夠熟練運用照相機、
放大鏡、燒杯、鉛粉等現代科學輔助手段進行偵查。從《案中案》霍桑有理
有據地分析案情，可以看出他是一位博學嚴謹，注重實證，具有較高科學素
養，有著嚴密推理能力的偵探〔註17〕。

　　霍桑認為一個科學家在從事研究工作的時候，決不能先抱著某種成見，
他必須憑著了毫無翳障的頭腦，敏銳地觀察，精密地求證，和忠實地搜集一
切足資研討的材料，然後才能歸納出一個結論。霍桑可以從對方的一些私人
用品上推理分析出此人的生活習性，作出合理恰當的解釋。霍桑敏銳的觀察，
健全的理解，勇敢的精神和那種「百折不撓」不得最後勝利不止的毅力，也
都在《舞后的歸宿》案子裏表現無遺。霍桑在案發現場發現一隻假象牙的煙
嘴，那支煙嘴本放在書桌左端的邊上，煙嘴的口部露出在書桌邊緣的外面。
煙嘴口裏還裝著沒有燒完的煙尾。那放煙嘴的人，分明是防燒壞書桌，故而
這樣讓煙嘴口露在外邊。這是一隻至多不超過半元的廉價煙嘴，可是用得很
仔細。從這東西的顏色上看，已被用過相當長的時間，但是煙嘴本身並無擦
傷痕跡，尾端也沒有牙齒的蝕痕，就是那管口上鑲著的鋼圈，裏圈雖已燒黑，
外面卻仍擦得很亮。據此霍桑推理出煙嘴主人的個性很謹慎，而且用錢很省
儉。這樣的推理的確是符合李芝範的本性，他過慣了樸素省儉的農村生活。

　　程小青是一位能細心觀察生活，富於創造精神的作家。在創作過程中，
他並不是一味地模仿，他塑造的中國偵探霍桑，擁有了更多的「中國元素」。
在小說背景設置上，讀者會看到小弄、石庫門、老虎竈、還有走街串巷賣豆

〔註17〕人們的視覺本是很薄弱的，尤其在不經意或心有所思的當兒所感受的印象，
　　　　更是淡漠模糊而不足憑信。刑事心理學權威葛洛斯（H・Gross）曾舉示許多
　　　　採證的實例，指出司法官採取眼見證人的證語有特別審慎的必要⋯⋯我還記
　　　　得一個有趣的測驗。測驗者把一隻表給四十六個受驗人員，每人限看五秒鐘。
　　　　看過以後，叫每一個人將所看見的表面上的景狀用筆描畫在紙上。那當然只
　　　　要畫一個輪廓罷了。結果只有一個半人的答案是正確的⋯⋯所以「一目了然」
　　　　是沒有科學根據的。

腐花的老頭兒。而石庫門就是西化的產物，是英國的直排式建築結合中國的特點而產生的。這些元素無不使小說流露出濃濃的中國海派特色的民俗風情，凸顯了海派城市本身的「跨文化色彩」。小說人物的命名，區別於以往中國公案小說中的角色人物，能體現出他的某種觀念。他說：「既然希望把一個值得景仰的有科學思想和態度，重理智持正義的嶄新中國偵探，介紹給一般人們，那自然不能不另想一個比較新穎的姓名了。」程小青創作態度嚴肅，反對超人式的英雄，他為霍桑在超人與凡人之間尋覓著妥當的定位。為塑造一位真實可信、栩栩如生的偵探霍桑，程小青在《八十四》中寫道，霍桑也是一位會犯錯誤的常人：「人類的心理，變化多端，非常複雜，有時他的智力不能周到，結果也同樣免不掉失敗，例如在這件案中，他的推想已有兩點失敗⋯⋯」。在《案中案》中，霍桑自己也承認他不是萬能的，百密一疏，有時也會失策或失誤。

霍桑具有強烈的社會正義感，勇於批判社會的黑暗面，具有中國傳統俠士風範。在《第二張照片》中，霍桑質問那些打著「婚戀自由」旗號，實則把婚姻視為兒戲的婚姻騙子〔註18〕；對於一些唯利是圖的不法商販欺詐消費者的情況，霍桑是心知肚明的，在《輪下血》中，他坦言絕對不會為此做出助紂為虐的事情：「近年來有幾家投機性質的保險公司，實力不充，利用了種種繁瑣片面的章程條文，專門想尋隙賴債。一班常識水準較低的人們，往往會吃這種公司的虧。我生平最討厭這種欺詐的手段。此番我們若是擔任調查，差不多就是助紂為虐。你想我們值得幹嗎？」而對於教育界的一些不良風氣，在《狐裘女》中，霍桑也給予了無情地鞭撻：「我國的教育制度，根本的錯誤就在於東抄西抄的什麼化什麼化，更壞的在取糟粕而棄精華的表面上的什麼化，結果就使青年們傾向於漠視國情的種種享樂、奢靡和放浪。」

霍桑在破案推理的過程中，不是一臺簡單的推理機器，他擁有中國傳統美德「利他主義」，充滿了人情味。在《案中案》中，霍桑認為「人們在瞑目以前，若不能給人群做幾件事，不能發揮一些天賦的創造本能，不能在這世界上留幾條利他的痕跡，卻只白白地消費了自然的賜予和他人的勞力，而庸

〔註18〕 「封建式的買賣強迫婚姻，指腹訂婚一類惡俗固然絕對要不得，但是一般自命摩登人物的，今天隨便結合，明天又隨便離棄，簡直把戀愛看作兒戲，根本無視婚姻制度。婚姻制度打破以後，是否還有家庭的存在？如果家庭也不要了，社會的情況又將怎麼樣？這究竟是人類生活的進化，還是退化？」

庸碌碌、悠悠忽忽地死去，那才覺得可悲——那才是無可補救的悲哀！」在
《烏骨雞》中，霍桑曾說：「你總知道我的服務對象，是在民主制度下不曾徹
底下的一般無拳無勇含冤受屈的大眾。」程小青強烈的平民意識，使他成功
地為偵探世界塑造出一位具有平民意識的「福爾摩斯」——霍桑。在《沾泥
花》中，霍桑因施桂不願通報長相醜黑，穿著破舊的來訪者，對其進行斥責
道：「施桂，你怎麼忘了？我們都是平民！你自己也是一個平民啊！這裡不是
大人先生的府第，怎麼容不得襤褸人的足跡？別說廢話，快請他進來！」而
霍桑所痛恨的則是「那些只知安享坐食而不肯為他人勞一些心力的寄生分
子」。在《黑地牢》中，當包朗吟誦唐詩「採得百花成蜜後，為誰辛苦為誰甜」
時，霍桑建議說：「把兩個『誰』改作兩個『人』就行。」因為這樣一改「賦
予正面積極地解釋，就顯出這小生命的偉大。它採花，它釀蜜，為的是人，
不是為自己。」霍桑解釋原因時說：「生存在這個時代的人，誰也應該有這『為
人』的觀念，這樣，民族才得滋長繁榮，人類才得團契睦洽，世界才得安寧
和平！」

　　中國傳統的人情關係、道德觀念、處世哲學會在霍桑推理辦案的過程中
不經意之間流露出來。當他處理筆下的罪犯時，他的平民意識體現在嫉惡如
仇、鋤強扶弱，對受壓迫的小人物深表同情。在小說中會看到，儘管有些行
為與法律相悖，但在中國老百姓看來情有可原，作者總會為其開脫，符合中
國傳統的「善有善報」的觀念。在《八十四》中，霍桑發現了襲擊不法商人
的熱血青年，但是並沒有舉報他，很明顯，他是出於敬意而「法外開恩」的。
在《案中案》中，陸全被識破後，霍桑卻說：「你對於你已死的老主人確是很
忠誠。你的舉動雖為法律所不許，但你也不必害怕，一切有我。」在《逃犯》
中，霍桑查明兇手是譚娟英時，深表同情：「吳夫人，別發愁。我已經說過了。
我是不受公家約束的。我的職分在乎維護正義和公道，只要不越出正義和公
道的範圍，我一切都是自由的。……你的行動在法律上雖還有討論的餘地，
可是我不是法官，用不著表示什麼意見。」

　　對於小說中的惡人，霍桑最終也會讓其「作惡者有惡報」。在《無頭案》
中，夢生與薏珠是一對恩愛戀人，可是薏珠的父親「垂涎尤家財富」，逼迫薏
珠嫁給了吃喝嫖賭成性的尤敏。夢生得知婚後的薏珠極不幸福，便差女僕阿
香接濟薏珠，不料，阿香心生歹念勒索薏珠。夢生迫不得已的情況下殺死阿
香。然而，導致這場悲劇發生的，真正不可饒恕之人是尤敏，小說最終讓尤

敏瘋癲得到應有的懲罰。《黃浦江中》這部小說，講訴了霍桑奉命解救被綁架的兩個孩童，解救過程中，綁匪誤將一名孩童打死。而這個孩子恰恰是私販麻醉品的商人的孩子，獲救的則是民族商人的孩子。這些事例都充分體現了程小青的作品「善惡有報」的傳統思想。

作家筆下的男性偵探，大多被塑造成膽識過人，有超強的邏輯推理能力，遇到緊急情況時，善使棍棒，也精於刀劍拳術，他們正義感強，對弱者富於同情心，從不向邪惡低頭。除此之外，在偵探世界也不乏一些女性推理偵探的身影。在偵破案件過程中，她們的正義感、才華智慧以及辦案效率同樣不遜色於男性偵探。那麼女性的身份又為她們的破案調查方式、思維方式暈染了怎樣獨特的色彩呢？

阿加莎·克里斯蒂（1890～1976），英國著名偵探小說家及劇作家。一生創作頗豐，是一位優質而高產的暢銷書作家。她的創作手法嚴謹，擅長編排佈局，利用多層次手法設置懸念，深入人物內心世界分析犯罪心理。二戰之後，各國偵探作家都力圖突破原有的創作模式，嘗試不同的創作方法，試圖為偵探小說找尋到新的發展動力。阿加莎·克里斯蒂進行了有益的嘗試。她筆下的個頭不高、胖乎乎的比利時大偵探波洛，和英國老處女馬普爾小姐無疑給讀者留下了深刻印象。但是，「也許她本人並不滿意，因此她在將某些小說改編成舞臺劇時去掉了波洛，並從筆下第二位系列偵探馬普爾小姐身上找到了安慰，自從一九三〇年首度出場以來馬普爾小姐一直平穩地走著她的獨木橋。」〔註 19〕馬普爾小姐在別人眼裏就是一個典型的鄉下女人，不大懂事的老姑娘，可能頭腦還不大清楚，但是有一雙銳利的眼睛〔註 20〕。她具有一種天賦的判斷事物的本領，這就導致她也具有一種天賦的分析罪惡的本領，她會像一隻「老貓」一樣，一邊織毛衣，一邊靜靜地琢磨與別人的閒談對話，從對話閒聊當中找到破獲案件的蛛絲馬蹟。

巴赫金認為對話交際是語言的生命真正所在之處。馬普爾小姐就是善於利用女性所擅長的嘮家常的談話方式，通過與人閒談聊天，構築起一個個話語空間，在此空間中馬普爾小姐逐步還原現場，展開敘事，與眾多知情人的

〔註 19〕朱利安·西蒙斯：《血腥的謀殺》〔M〕，崔萍等譯，北京：新星出版社，2011：150。

〔註 20〕阿加莎·克里斯蒂：《復仇女神》〔M〕，丁麗梅、丁大剛譯，北京：人民文學出版社，2007：19～49。

閒聊對話，說者無心，聽者有意，從中她匯總了各種信息，這些信息充滿了懸念和張力，在那些似是而非、模糊表述的言語閒談中，隱藏了多重豐富含義。馬普爾小姐與人閒聊時，時而單刀直入，時而旁敲側擊，時而步步緊逼，時而以靜制動，對話語權掌控自如，能夠實時調節談話的節奏。在《復仇女神》中，馬普爾小姐是有名的好發問者。她很好問，正屬於愛發問的年齡和類型，這很可能就是問題的癥結。馬普爾小姐認爲：你可以派一個私家偵探或者派一個心理學調查者東訪西探；但是派一個年紀較大的婦女——她具有愛打聽的習慣，既好問，又健談，很想把事情弄個水落石出——那就容易多了，而且看起來也很自然。

> 「一個多嘴的老大姐。」馬普爾小姐自言自語地說，「是的，我明白我是一個饒舌的女人。饒舌的女人也眞多，她們都是一個樣。當然，嗯，我很平凡，一個尋常的、稍微有點浮躁的老婆子，這當然也是有利的掩護。天哪，我不知道我會不會想偏了？有時，我認爲人都是差不多的，我這樣說，是因爲他們會使我回憶起我認識的某些人來。所以，我知道他們的某些缺點和優點，我知道他們是屬於哪一類，這就夠了。」

因此，她設計與埃絲特・沃爾特斯巧遇，通過與埃絲特嘮家常，盡可能瞭解到了所需要的信息，包括：埃絲特的婚姻狀況及其丈夫的職業，埃絲特爲拉菲爾先生工作時的待遇，拉菲爾先生沒有給隨員傑克遜留下什麼東西，傑克遜回到英國以後就沒有同拉菲爾先生住在一起了，拉菲爾先生的婚姻狀況及家庭成員，他與子女的關係是否融洽，拉菲爾先生的個性等等。對於這次閒談，馬普爾小姐對埃絲特做出了一個初步判斷：「我認爲可能有什麼事情與她有關，或者是她知道底細」。

思維是外部事物作用於意識後的有一定指向性的投向，它將原先獨立、缺乏溝通的主體和客體聯繫了起來。思維本身是複雜、多樣的，具有複雜性的特點，偵探對於某一疑難案件的推理，同樣要運用科學的思維方法進行分析思考，才能獲得對案件的突破。那麼，女性偵探要想成功破解案件中的懸念謎團，科學的思維方式就會有助於她們理清辦案思路，找準辦案的方向。康奈爾・伍爾里奇（Cornell Woolrich，1903～1968）〔註21〕，創作的小說懸

〔註21〕美國文化的代表，與雷蒙德・錢德勒（1888～1959），詹姆斯・M. 凱恩（1892～1977）一起被稱爲「黑色體裁」的創始人。四十年代早期，他的一些長篇

疑緊張的氣氛濃厚，結局往往出乎人的意料之外。他的作品《印痕之謎》講訴了細心的圖書管理員普露丹小姐，一日，發現一位讀者歸還圖書時，不僅諸中間缺少了幾頁，而且還發現幾處利器劃過的細小劃痕，受到好奇心的驅使，普露丹小姐通過復原思維方法〔註22〕重新買了一本書，將缺失的頁碼還原成原狀，結果發現一行字：「醫治帶候很壞寶貝去元她健康你的50復音方。」這是一組毫無關聯意義的文字的排列。隨後，她又又仔細思考，通過排序法思維方法〔註23〕，重新組合這些被刀切下來的字，經過多次努力嘗試，謎底終於揭曉。原來這是一封綁架信：「你的寶貝健康很壞帶 50 萬元去醫治她候復音」。普露丹小姐就是這樣運用了科學的排序思維方法破譯了綁架信內容，開始了她的偵破行動。在偵破過程中，她又採用了降維的思維方法〔註24〕，就是把一個十分複雜的綁架案簡化在六位借書人身上，降低偵破難度，展開調查，很快就找到了嫌疑犯。

美國天才型女作家蘇‧格拉夫頓（Sue Grafton，1940～），是當代最傑出的硬漢派作家之一。在格拉夫頓的筆下，人物或親密或對立，人物性格迥異，案情跌宕起伏。一九八二年，她推出「金西‧米爾虹探案系列」，這套系列的創新之處在於，每部作品按照英文字母的排列順序命名，配合一個以該字母為首的單詞，再根據這個單詞進行創作。在這套系列作品中依然可以體會到范‧達因「二十戒條」中的第三條的影響：偵探小說的任務是將罪犯繩之以法，而不應該扯上曖昧和愛情。愛情，可以說是妨礙偵探邏輯推理的大敵。所以，在這個系列當中，金西‧米爾虹也是以單身的形象示人。她年輕貌美，幽默性感，性格隨和，有過兩次失敗的婚姻，沒有孩子，事業心強，開有一家私人偵探所。讀者在《A：不在現場》中可以體驗到她處理案件時的風格，她辦案時，思維縝密，頭腦冷靜，堅韌卻不殘忍，善於利用自身的聰明智慧，展示女性偵探柔性辦案的風采，同時，女性私家偵探細膩的破案方式，又散

小說是他最好的作品，包括《黑衣新娘》（1840）以及《幻影女郎》（1842）。

〔註22〕復原思維方法就是先考慮一個創造原點，從創造原點出發，進行再生的或再造式的思維方法。它是把再造復原的起點移到被再造的物質對象的原點，從物質對象的原發點出發重新思考問題。通過還復原物質形態特徵的方法找到新方法、信發現。

〔註23〕排序法思維方法是探索一組事物鏈的組分、排列順序、前後間的因果鏈鎖和演變過程等規律的一種思維方法。

〔註24〕降維的思維方法就是對處於高維或多維狀態等問題簡化為低維的方式來處理的一種思維方法。

發出獨有的女性魅力，可以說，她完美地把女性偵探帶有強硬色彩的職業習慣與女性自身的溫婉情懷結合在了一起。但是，在案件的偵破過程中，金西卻迷戀上了死者的合夥人查理・斯科索尼，使得她陷入了情慾之網，處於愛慾糾結之中，金西面對撲朔迷離的案情，抽絲剝繭，一步一步逼近真相，使讀者看到了一位不僅情感豐富，而且擁有邏輯推理、辦案時冷硬果決的私家女偵探形象，這樣的創作手法，有效地拓展了小說視野，使得案情愈加跌宕起伏，情節有了進一步深化的可能。

二、俠盜型偵探

對於「俠」的文獻記載，最早見於韓非子的《五蠹》：「儒以文亂法，俠以武犯禁。」徐斯年、劉祥安先生在《中國近現代通俗文學史》中承認對「俠」的一系列基本假定：在中國早期某個歷史時期存在「原俠」；「原俠」就是原始的俠、純粹的俠、抽象的俠，原始的、純粹的俠是某種人的一種特殊的氣質、品性；「原俠」的基本內容就是「輕財」、「輕生」。大俠的最終追求目標是想成為賢哲，成為得道者，成為立言、立功、立德的英雄，這種自我發展觀念歷來強調社會性，把自我完全同化到社會背景中去。最為普遍的俠的結構是「原俠+善」，「善」從其與社會關係角度可以區分為大善小善：大者可以為國為民，小者可以為親為友。作為這一結構的對立，是「原俠＋惡」，「惡」可以有大惡小惡，大者禍國殃民，小者打家劫舍，姦淫擄掠。〔註25〕

在文人墨客的渲染下，俠客穿行在真實與虛幻、正義與邪惡之間，展露出人類原始的頑強生命力。俠客形象的形成與逐漸豐滿，與大眾的心理需求有緊密聯繫。龔鵬程認為正因為大眾心理上有某種渴望，所以「發現」或「發明」了俠，而不是因為有俠，才激起大眾的嚮往。每個時代的特點不同決定了俠的面貌也各不相同，這些面貌與性質與俠客起源時的意義有關，但是卻隨著時代的心理需求而發生變化〔註26〕。隨著時代的變遷，「俠」的含義又融入了新的文化內涵。日常生活中，大眾會遇到一些不公正的對待，當法律愛莫能助的時候，總會希望能有路見不平、拔刀相助的俠客出現，來懲惡揚善，維護社會正常的秩序。那麼，反偵探小說中俠盜是主要刻畫對象，偵探正大

〔註25〕范伯群主編：《中國近現代通俗文學史》〔M〕，南京：江蘇教育出版社，2010：342～346。
〔註26〕龔鵬程：《俠的精神文化史論》〔M〕，濟南：山東畫報出版社，2008：1～61。

光明的破案，爲了正義，有時候會義務辦案，不取分文；而作爲俠盜，他們不僅要偵破案件，有時還會盜取一些不義之財，以暴制暴，爲了達到目的，常常會不擇手段，他們的偷盜行爲是違背法律的，因此他們的辦案方式往往更加隱蔽，呈現出濃厚的神秘色彩。

英國偵探小說家，歐內斯特・威廉・赫爾南〔註27〕（1866～1921），創作了「竊賊拉菲茲系列」。拉菲茲看上去是一位體面的紳士，白日裏周旋於上流社會，實際上，他以盜竊爲生，夜間這些上流人士就成了他盜竊的對象。故事情節有時候會不合情理，但是生動有趣，人物的刻畫也栩栩如生。柯南・道爾曾經公開指責赫爾南，認爲他把罪犯變成了英雄。但是，無疑拉菲茲開啓了偵探小說全新的怪盜模式。

莫里斯・勒布朗（1864～1941），法國偵探小說家，他成功地塑造出了一位俠盜偵探——亞森・羅賓。亞森・羅賓來自於社會底層，坎坷的命運造就了他叛逆的性格。他善於喬裝，即使在監獄中也能來去自如。羅賓擁有雙重身份，讀者要從他的作案對象和作案目的領悟出來。他不僅是神出鬼沒、劫富濟貧的「俠盜」，具有俠客豪情，是永遠的勝利者，而且還是世人敬仰、具有強烈同情心、正義感的偵探。他古道熱腸，常常主動提供幫助，救助深處危難中的人。《死神在遊蕩》中，羅賓撿拾到讓娜小姐的一封信，看出她身處險境，就決定主動出手相援。勒布朗筆下的羅賓絲毫不遜色於福爾摩斯，他曾與福爾摩斯鬥智鬥勇，把福爾摩斯要的團團轉，讓他接連中招，疲於奔命，出盡洋相，最後不得不敗在羅賓手下。羅賓形象塑造的成功極大地滿足了法國人的自尊心，成爲英法兩國文化衝突的形象體現。

孫了紅模仿法國作家勒布朗《亞森羅蘋奇案》的創作模式，爲中國讀者塑造了一位「東方亞森羅蘋」——俠盜魯平。早期作品主要是對勒布朗的模仿之作，重點多描述魯平的作案，情節較簡單，人工雕琢的痕跡較濃。那麼，在西方偵探小說本土化方面，他做了哪些有益的嘗試？

1942年，陳蝶衣在《萬象》第12期上稱，孫了紅的俠盜形象有一個奇特之點，作家並不著重刻畫魯平的外貌形象，他始終不以正面示人。小說只是突出強調魯平的面貌特徵是耳輪上長有一顆鮮紅如血的紅痣，喜歡繫一條鮮豔的紅領帶。當人們對他的身份產生疑問時，他就會把紅痣和紅領帶指給人看，這些就成爲他身份和信譽的象徵。在《藍色響尾蛇》中，孫了紅是這樣

〔註27〕柯南・道爾爵士的妹夫。

介紹魯平的：「一般人的印象，一向都以爲這個拖著紅領帶的傢夥——魯平，爲人神奇得了不得，這是錯誤的。其實，他不過比普通人聰明點，活潑點。但至少，他還是人，不是超人，他的神經，還是人的神經，並不是鋼鐵。魯平生平，有著好多種高貴的嗜好，例如，管閒事，說謊偷東西之類，而打架也是其中之一項」。魯平是人，不是神，就表明他也會犯錯，他的行爲處事也會帶有平民大眾的特徵。有時他會表現出超常的敏捷思維、縝密推理；有時他也會放鬆警惕，落入對手的圈套；有時他表現得謙和冷靜；有時他也具有常人的七情六欲，流露出好色之態。《計》中，魯平被警方所捕獲，正是因爲警方掌握了魯平盲目自大的冒險心理，設下圈套讓其上鈎，這種借助人物心理設計的情節，爲小說中人物的命運提供了很好的注腳。《燕尾須》中僕役看到的是「一位很漂亮的西裝青年」；在《藍色響尾蛇》中，「他的那套西裝，線條筆挺，襯衫如同打過蠟，領帶，當然是鮮明的紅色」。以紳士的形象示人，他自有一套哲學理論，他認爲：在這個世界上要做一個能夠適應實勢的新型的賊，必須先把外觀裝潢得極體面；雖然每一個體面朋友未必都是賊，可是每個上等賊的確都是體面的。有時，魯平又具有玩世不恭的浪子習氣。在《竊齒記》中，他「以一種不純粹的溫婉的眼光，垂視著，他的舞伴」，「浮上一絲輕佻的微笑」。

　　魯平具有「兩面性」，亦正亦邪、亦俠亦盜。在孫了紅的早期作品中，魯平儼然就是一位黑社會的首領，在小說《計》中有一個專門的諜報科受其領導，「諜報科的黨員大都十分靈活機敏，此輩平時散佈於上中下各級社會，專司探訪的工作，一經探得新奇事項立刻報告於該科主任，復由主任按著事情的大小輕重分別報於首領魯平」。接到情報之後，他的行爲舉止匪氣十足、魯莽行事，最終落入警探設置的圈套之中。在後期作品中，魯平明確了「崇拜的英雄」，他由衷地「欽佩」那些「善能運用各種魔術取得別人血肉以供自身營養」的爲富不仁者：一類是大發國難財的投機者，另一類是獲取不義之財的暴發戶。所以，魯平以惡制惡，使用法律所禁止的手段，或綁架、或敲詐、或矇騙、或偷盜，爲大眾懲惡除霸，把那些不義之財再用於慈善事業、賑災，救濟窮人，表現出俠士的膽識和智慧。在《竊齒記》中，魯平把從周必康那裏敲詐來的三枚鑽戒，送給了爲生活所迫，在舞廳做舞女的張小姐，讓她「補受一些較高的教育」，這種俠士風範，自然使得魯平成爲中國讀者追捧的對象。

　　魯平善於揣摩人物心理，能充分利用人物的心理變化，推動故事情節的

發展。在《眼鏡會》中，魯平正是看準了那些商人自我保護意識強、猜忌心理重的特點，即使他們識破了魯平的計謀，他們懂得明哲保身的道理，不願得罪魯平，也不敢當眾指認。最終，魯平得以騙走所有商人的珠寶。同樣，在《竊齒記》中，魯平並未獲得下毒的確鑿證據。但是，他偵查出「米蛀蟲」黃傳宗在暴斃前一周，請他的內侄牙科醫生周必康鑲過一顆牙，並且調查出周必康與死者新娶的六姨太李鳳雲有染，於是一個大膽的推論形成了。魯平向助手演繹推理過程時，完全是依靠「隔座兩張漂亮的臉」的神色變化，通過嫌疑人的神態和舉止，分析嫌疑人的心理，從而驗證了魯平推理的正確性。魯平從前期作品盜匪氣十足，到後期作品中成為一個能縝密推理、有膽有識的俠盜，這種轉變使得魯平在文本中，由扁平人物成為圓形人物，性格更加豐滿，有了層次感，人物的立體感增強，故事情節就會變得複雜多變，更富有思想內涵。

　　魯平的語言充滿了嘲諷、反語，這種語言風格與魯平「玩世不恭」，與他用「強盜邏輯」看待社會的人生態度相契合。在《藍色響尾蛇》中，魯平認為法律就如同符籙，對其進行了辛辣地嘲諷〔註28〕。魯平認為這樣的法律是虛偽的，是不能維護平民大眾的權益的，所以魯平會主動尋找目標，製造案情，綁架、敲詐、勒索那些為富不仁者，成為「踐踏」法律的案犯。對於戰爭，魯平並不使用誇張的語言描寫它的慘烈，而是用平實的話語進行敘述，其中卻蘊含有對人性富有哲理的思考：「人類全是好戰的。越是自稱文明的人，越好戰，這種高貴的習性，每每隨地表現，大之在國際間，小之在街面上，打架是戰爭的雛形，戰爭卻是文明的前驅，假使世界沒有戰爭，像原子彈那樣文明的產品，如何趕速產生？所以，戰爭是應該熱烈歌頌的！而打架，也是應該熱烈鼓勵的！」他在客觀冷靜的敘述中，通過使用形象化的語言，突出人物的心理活動，使情節更具形象性和情感性，語言不乾澀，人物形象更加鮮活、飽滿，激發讀者的閱讀興趣：「隔座那個漂亮傢夥，他聽對方的談話，完全聽呆了。額部的汗，洗淨了他臉上塗抹的雪花。忽然，他像睡夢初醒似的，和那女的交換了一個特殊的眼色，他陡從座位裏站起來，女的也隨著站起。她伸手撫著頭，像患了暈船病」。

〔註28〕符籙，也許可以嚇嚇笨鬼，但卻絕對不能嚇退那些蠻橫而狡詐的惡鬼，非但不能嚇退，甚至有好多的惡鬼，卻是專門能躲藏於符籙之後，在搬渲他們的鬼把戲的。法律這種東西，其最大的效用，比之符籙也差不多。

　　讀者總是希望故事的結局是俠盜能懲治罪犯，最終沒收其所有非法所得。但是，魯平卻採用了不同於以往推理偵探在故事結局時，回顧案件過程的大揭秘方式。他或者留下一張紙條；或者表明一下身份；或者發幾聲感歎；總之，魯平會使用俠盜狂放不羈、靈活多樣的方式去處理結局。《藍色響尾蛇》的結局是魯平再次落入圈套，受到日本女間諜李亞男的戲弄，她向魯平打了三槍之後揚長而去，使得魯平悵惘良久，意識到正是因為自己放鬆了警惕和戒備，「貪圖了些小魚，未免把一尾挺大的大魚放走了」，說明俠盜不是萬能的，如果誤判形勢，同樣會付出代價。《竊齒記》中，魯平已經確認兇手是周必康和李鳳雲，但是並未把他們交與警察，因為他認為：「一個人殺死一條米蛀蟲，那是代社會除害，論理該有獎勵的」。在情與法的天平上，作者對小說的價值觀做出了合理的調整，這種結局符合中國傳統觀念，也是能得到讀者的認可的。

第三節　官方警探

一、官府偵探

　　偵探是出現於十九世紀的一種新的社會文化現象，它的出現是西方工業化革命的產物，是為了保護私人生命財產不受侵犯應運而生。私家偵探的發展壯大與社會的經濟發展緊密相連，作為社會產業細分化的重要組成部分，存在大量的社會需求，這種社會需求是以滿足不斷上升的社會商品化的消費為特徵。在工業化程度較高的國家，偵探需求旺盛，這是因為消費和媒介在現代社會中日益重要，它們鼓勵人們對各種各樣的商品消費，社會各方需要偵探的服務來保護各自的利益，這就使得在現代西方社會中，偵探的從業人數龐大，發展迅速。

　　但是，私人偵探不具有法律所賦予的權利逮捕嫌犯，只能運用超人的智慧和驚人的洞察力，去分析推理案情，收集嫌犯的犯罪證據，協助官府偵探打擊犯罪。私人偵探是大眾對官府偵探多方位、多層次保障需求的現實反映。官府偵探是國家機器正常運轉的衛士，被賦予了執法的權力，在現實社會中，充當著打擊犯罪、預防犯罪的執法者的角色。對於社會上出現的形形色色的案件，如果他們在時間、警力、專業技術領域等方面，不能及時滿足社會安全保障的需要，私人偵探則會作為對其補充、輔助力量而出現，調節警力不

足的一種安全文化形式而出現。

偵探小說中罪犯、私人偵探和官府偵探之間的互動、對比，構成了偵探小說文本的新的審美情趣，在文本中，這些人物所構成的三角關係折射出了一個新的社會多維文化現象。《莫格街謀殺案》中，杜賓作為私家偵探就首次對巴黎警方的辦案能力做出了評價：

> 「咱們不應該根據這種膚淺的審查來判斷有沒有辦法，」杜賓道，「巴黎警方雖然享有機敏的美譽，其實，只不過是小聰明罷了。除了目前的手段，他們找不出任何其他的破案方法。儘管採取了一系列措施，但這些措施常常文不對題，用錯了對象。這使我想起茹爾丹先生的故事——他要一件睡衣，卻為的是更清楚地欣賞音樂。警方辦案的成績雖然也常令人驚訝，可大多是靠著簡單的勤勉和機敏獲得的。如果這些優點還不能產生作用的話，他們便束手無策了。比方說，歐仁‧維克多這位警察，雖善於推測，做起事來又是不屈不撓，但因為思想境界不高，所以常常因為過於細緻的調查而發生錯誤。他因為過於接近對象，反而縮小了他的視野。他也許可以非常清楚地看到一兩點，但這樣做時，必然失去對整個事件的把握，有時陷得過深，而真理並非永遠處於井底」〔註29〕。

可見，杜賓對於巴黎警方的辦案能力是持懷疑態度的，警方碰到一些複雜的案情，他們自吹自擂的機敏自然無從施展，他們有時會犯常見的錯誤，就是把少見的事當做難以理解的事了；而杜賓認為如果要尋求事實真相，只要打破常規就可以找出辦法來，所以他可以足不出戶，登則廣告就可以讓嫌犯自己找上門，憑藉縝密的推理和超強的理性判斷能力，就可以對案情瞭如指掌。而在我國民國時期創作的偵探小說中，官府偵探就常常成為文本中被捉弄、貶低的對象，他們在文本中表現得越愚蠢至極，越能從側面凸顯私人偵探聰敏機智。吳克洲的《X形碧玉》中就塑造了這麼一個愚蠢的警探甄範同。起先他逮獲了羅平，可是羅平卻嘲弄他沒有真憑實據；隨後，他卻反被羅平劫持到車上，被擊昏後，衣服還被羅平剝去當成作案工具，可見，甄範同的確是「真飯桶」！

這些官府偵探在辦案時，常常是紕漏百出，找不到破案的關鍵，在久拖

〔註29〕〔美〕埃德加‧愛倫‧坡：《莫格街謀殺案》〔M〕，李羅鳴、羅忠詮譯，成都：四川出版集團，2008：14～15。

不決，走投無路之下，會向私家偵探咨詢，請求協助破案。在這裡，警方的無能、愚鈍、目光短淺、妄自尊大就襯托出了私家偵探的機敏睿智、博聞多識、超強的推理分析能力、偵破效率高。在《無頭案》中，程小青為了襯托霍桑的辦案態度、辦案效率，塑造了一位剛愎自用、自作聰明的周巡官。霍桑對待老婦是平易近人的，是持扶著神志昏迷的老婦進屋。而周巡官從屋裏走出，穿黑色呢質制服，戴眼鏡，蓄短須，形象塑造上就頗有小官僚的風度，他見到老婦，一臉的傲慢相。他看過霍桑的名片後，驕傲的神色才收斂下來。隨後告訴霍桑這件案子已經證實，兇手就是死者的丈夫，也早已逮捕，霍桑不需再勞神了。只是被殺者的頭顱未曾尋獲，現在所要的是找到被殺者的頭顱，做結案的最後證據。可是，霍桑經過考慮後認為案情疑點重重。即使尤敏確是兇手，也應該要有充分的證據，只根據他空口無憑的供詞，就定他罪名，論情論法都是不辨真偽。周巡官又拿出來已繳獲的尤敏殺人的兇器。但是，霍桑拿刀細細觀察，用放大鏡檢查刀柄，居然沒有發現血跡。殺人還斬頭，按常理一定流血很多。尤敏在倉皇的情況下，竟然把刀揩擦得如此乾淨，令人不無可疑。當倪三介紹完尤敏的行為和夫妻間的情況，巡官插口道倪三所述同案情相符，可是霍桑認為探案一定要以慎重為主，情節雖有了，還要證據齊全，然後才可以避免冤獄，真凶也不致漏逃。隨後，霍桑進入現場勘查，重新又收集到新的證據。尤其是後門外發現的腳印，使案情變得撲朔迷離，並不像周巡官所講的那麼簡單。在這部小說中，讀者看到了周巡官對待貧苦大眾粗暴、傲慢的態度，妄自尊大，剛愎自用，官僚作風嚴重，自作聰明，與人探討案情時缺少自知之明，成見很深，不能夠虛心聽取別人正確的意見。通過作者對周巡官的辦案能力的嘲諷，官僚習氣的鞭撻，從而襯托出霍桑對貧苦大眾充滿了俠義精神，做事嚴謹，思維縝密，大膽想像，小心求證的辦案風格，從霍桑身上體現了私家偵探蔑視權貴，為真相能早日大白於天下，敢於冒險拼搏的大無畏精神。

但是，霍桑還是有一些官府偵探的朋友，兢兢奉公地勤於職司，他們依靠霍桑的協助破獲大案、要案，因此而陞官、發財。霍桑從來不計較這些，霍桑就曾說過：「你瞧我見時曾向人家討過功？我所以這樣子孜孜不息，只因顧念著那些在奸吏全棍刁紳惡霸勢力下生活的同胞們，他們受種種不平的壓迫，有些陷在黑獄中含冤受屈，沒處呼援。我既然看不過，怎能不盡一分應盡的天職？我工作的報酬就在工作的本身。功不功完全不在我的意識中。」

（《逃犯》）但是這些官府偵探並不食德忘報、自居其功，《霍桑探案》中的汪銀林，擔任湘滬警署的偵探部長已十二、三年，經歷的案子既多，在社會上很有些聲譽。他的短闊的身材，肥胖而帶些方形的臉兒，嘴唇上添加了一撮黑須。有幾個熟悉的朋友們常向他取笑：「你的肥胖的臉兒怎麼始終不會消滅？這可見你探案時不曾用過腦力，而用腦的卻是另有其人啊。」這所說的另有其人當然是指霍桑。不過，汪銀林探案時的認真和負責，在同輩中確也少見。他自從和霍桑交識以來，不但把素來的習氣減少了許多，就是在觀察和思想方面，也有不少進步。所以若說他完全不用腦力，那未免太挖苦他了。當他和霍桑討論某銀行的一件假支票案時。汪銀林認為這屋子的建築既古，也許這舊屋裏有什麼秘藏。這秘藏是有人知道的，或是偶然給人發現了這個秘密，便利用著鬼怪的迷信，目的在使新主人恐懼遷避，以便實施掘藏的企圖。雖然這見解近於玄虛，但也就不能說汪銀林絕對地不用他的腦子了。

《舞后的歸宿》中，倪金壽探長也是霍桑多年的朋友，經常碰到疑難案件總是相求於霍桑，所以凡是知道霍桑的人，對倪探長的威名也是非常熟悉。他在警界中服務已經二十多年，因著歷年來勤懇努力而獲得的勞績，升遷到了探長的地位。不過在其所破獲的案件中，他的勞績裏面大概很大一部分是屬於霍桑的。他倒也並不像一般不識時務的人，「一朝得志，盡忘故舊」。他對於霍桑仍保持相當的敬意，每逢有疑難或關係比較重大的案子，依舊和霍桑保持著聯繫。在本案中，倪金壽也發揮了積極的作用。在訊問金梅時，覺察到這女僕的態度不很自然，好像隱瞞著什麼。倪金壽就利用官家的身份起到威懾的作用：「你小心著！你如果想在我們面前弄什麼乖巧，那你要自己討苦吃啦！我勸你還是實說的好。」「你如果不肯在這裡說，那麼，只好讓你到警署裏去說了！」辦案時，也能及時發現疑點，在搬移王麗蘭的屍體時就發現這樣一個浪費的墮落女性身上，怎麼沒有一件首飾。由此確認兇手行兇以後還劫取過首飾。能及時按照霍桑的提議，增派便衣警力跟蹤嫌疑人，對案件的順利破獲起到了關鍵作用。作為官方警探，他對於像陸健笙這樣有錢人是非常顧忌、恭敬的，在霍桑與陸健笙兩面交攻的夾縫中，有效調節了兩人之間僵持的局面，使情勢得到緩和。

二、公安幹警

晚清時期通過譯介，從西方引進，逐步發展起來的中國偵探小說，由於

新中國的建立，社會制度、經濟制度發生了根本性改變，經濟基礎決定上層建築，上層建築反映經濟基礎，中國偵探小說隨之在創作內容上也發生了改觀，原先偵探小說中私家偵探爲主人公，官府偵探作爲反襯角色出現；1949年以後，代表國家法治精神的公安幹警成爲了作品中的主角，社會制度、經濟制度發生了根本性改變，私家偵探失去了賴以存在的物質基礎。建國初期政治氛圍的改變，思想領域的殘酷鬥爭，國內外敵對勢力蠢蠢欲動，使得肅反反特小說責無旁貸地承擔起了宣傳、保衛新政權的責任，小說以維護國家的安全穩定爲主要內容，集中表現的是公安法制戰線的風雲圖景，這就使得小說的價值取向比較單一。原先偵探小說中的罪犯、私人偵探和官方警探三者之間的追捕與反追捕，對比與反襯，會使得故事情節變得跌宕起伏、撲朔迷離，讀者就會饒有興味地進行閱讀。私家偵探施行的是個人行爲，目的是要維護正義和公道，他們所能做的就是把犯罪證據提供給警方，或者爲警方提供咨詢，或者受警方邀請一同破案，私家偵探沒有逮捕嫌疑犯的權力，只能依靠警方，所以處理犯罪嫌疑人時會本著良心權宜行事，人物就會被塑造的有血有肉、有情有義、形象飽滿。反之，在肅反、反特小說中，文本的生態狀況則成爲了公安民警（或邊防戰士）與罪犯（或國內外反革命分子、特務等）的兩極對抗，人物形象臉譜化、公式化嚴重，這種模式就造成小說的結構單一化，情節簡單化，讀者讀之則味同嚼蠟。作品中公安幹警施行的是政府行爲，承擔著法律所賦予的維護國家長治久安，保障人民群眾安居樂業的政治和社會重任，所以小說著重強調的是公安幹警的社會責任心和使命感，小說的政治宣傳性較強，而忽略了其作爲一個社會的人所具有的私人感情生活，小說中的角色就呈現出明顯的臉譜化傾向。公安機關人民警察因爲他們代表著國家利益、代表著政府和法律，都被塑造成了「高大全」的英雄形象，具有強烈的社會責任心和使命感，帶有濃厚的政治色彩；犯罪分子多以陰險狡詐、長相猥瑣、兇狠歹毒的形象示人，他們總是處心積慮地施放各種煙霧，製造各種虛假現象，而刑偵人員總能撥開重重迷霧，把隱藏在深處的罪犯逮捕歸案，繩之以法。這就造成人物形象塑造比較扁平，故事情節比較單一，從而使得小說整體的趣味性降低。

這一情形的出現是受到國內外政治環境的影響。新中國建立伊始，國內外各種敵對勢力依然猖獗，我國採取向蘇聯「一邊倒」的外交政策，歸入了社會主義陣營。國內宣傳媒體上，經常出現象「以俄爲師」、「向蘇聯文學學

習」、「捍衛蘇聯文學」、「蘇聯的今天、就是我們的明天」這樣的標語口號。「舊有的國民黨時代文學，基本上被否定，中國傳統文學並未像後來那樣提倡，解放區文學無論數量、質量都還不能滿足人們的精神需求，新一代作家，尚未蔚然成勢，在『一邊倒』的主導思想下這些蘇聯文學的大批入境，也是勢所必然。」〔註30〕而周揚作為文藝界的領導，也闡述了文藝工作者此時所肩負的任務。〔註31〕在這樣的歷史背景和輿論氛圍中，我國譯介了大量的蘇聯文藝理論和文學作品。那麼，受此影響，我國偵探小說的敘事模式發生了怎樣的變化？蘇聯文藝理論、文學作品對我國作家創作公安法制小說產生怎樣的影響？我國作家創作的肅反反特小說會有哪些顯著特點？我國進入改革開放時期以後，公安法制小說又會給後人留下怎樣的歷史記憶呢？

1、肅反反特小說產生的時代背景

1949 年至 1966 年，文學史上把這段時期稱為「十七年」時期。這段時期主要創作的是政治色彩濃厚的肅反反特小說。「肅反」的目的就是要保證國內的政治社會的穩定；「反特」主要表現的內容是抓捕國內外反動勢力派遣的特務，謀求國家的政治安全。這主要是由複雜、嚴峻的國內外綜合因素決定的。

新中國建立之初，國內仍然存在有大量的內奸、潛伏特務和反革命分子。以青島為例，解放前夕，青島的社會成分相當複雜，治安狀況相當嚴峻。國民黨特務機關採取「軍事退卻，特務堅持」方針，有計劃、有預謀地以各種職業作掩護，以假自首、假進步、假投誠、混入俘虜方式，或利用親朋社會關係，積極打入我內部，爭取合法身份，分散潛伏下大批特務，伺機進行破壞活動，陰謀顛覆新生的人民政權。截至 1949 年底，青島市公安局共破獲特務組織 40 餘個，逮捕特務及其他反革命分子 754 名，繳獲電臺 32 部，槍支800 餘支。〔註32〕可見，當時國內的政治環境、社會狀況相當複雜，如果對這些內奸、潛伏特務、反革命分子聽之任之、過度縱容，新生的共和國很有可能就會被反動勢力所顛覆。

1950 年 6 月朝鮮戰爭爆發，國內外的敵對勢力趁機通過各種方法妄圖顛

〔註30〕 李國文：《並非隕星的蘇聯文學》〔J〕，文學自由談，1993（4）。

〔註31〕 1953 年 1 月 11 日，他在《人民日報》上發表了《社會主義現實主義——中國文學前進的道路》一文。「積極地使蘇聯文學、藝術、電影更廣泛地普及到中國人民中去，而文藝工作者則應當更努力地學習蘇聯作家的創作經驗和藝術技巧。特別是深刻地去研究作為他們創作基礎的社會主義現實主義。」

〔註32〕 陸安：《青島解放初期的反特鬥爭》〔J〕，春秋，2001（3）：27～28。

覆我國的新生政權，潛伏的特務分子錯誤地估計形勢，以為「第三次世界大戰」就要爆發了，狂妄地叫囂配合國民黨「反攻大陸」。國民黨殘餘採取武裝暴亂和潛伏暗害等活動方式，組織特務土匪，勾結地主惡霸，或煽動一部分落後分子，不斷地從事反對人民政府及各種反革命活動，危害人民與國家利益，因此，堅決肅清一切公開的與暗藏的反革命分子，迅速地建立與鞏固正常的社會秩序，以保障人民民主權利並順利地進行生產建設及各項必要的社會改革，成為各級政府的重要任務之一。〔註33〕面對這種情況，1950 年 7 月 23 日，中央人民政府政務院、最高人民法院發出了《關於鎮壓反革命活動的指示》，要求各級地方政府對一切反革命活動必須及時地採取嚴厲的鎮壓。1950 年 10 月 10 日，中共中央通過了《關於糾正鎮壓反革命活動的右傾偏向指示》，當時大陸仍然殘留著 200 多萬政治土匪，還有惡霸、特務、反動黨團骨幹分子、反動會道門頭子和其他反革命分子。《指示》明確要求堅決糾正此前的鎮反運動中出現的「寬大無邊」的偏向，全面貫徹「鎮壓與寬大相結合」的政策。堅決鎮壓罪大惡極、怙惡不悛的反革命首要分子，為抗美援朝提供穩固的後方，也為新中國經濟發展提供安定的社會環境。重慶市從 1950 年下半年開始，一直到 1951 年上半年，進行了三次鎮壓、清除反革命分子的大批捕運動。其中涉及面最廣、規模最大的一次是「三・一三」大批捕，僅一晚上就抓捕 4000 多人。〔註34〕這段歷史的記錄者主要來自於經歷過革命戰爭，熟悉剿匪、肅反、反特鬥爭的軍隊系統和公安系統。他們依據自己的親身經歷進行再創作，告誡人們必須警鐘長鳴。

1953 年，周揚提出：「關於社會主義現實主義，蘇聯的理論家寫了很多文章，數也數不清，但最有權威的還是在 1934 年日丹諾夫第一次對於社會主義現實主義的解釋，也是最正確的。」〔註35〕可以看出，建國初期我國文藝界的主要領導是大力推介日丹諾夫的社會主義現實主義文藝理論。日丹諾夫（Zhdanov，1896～1948）是二十世紀三、四十年代蘇聯文藝路線的主要制定者，是社會主義現實主義創作方法的主要闡釋者。他的文藝思想主要體現在：他在 1934 年發表的《在第一次全蘇作家代表大會上的講演》、1946 年所做的

〔註33〕周恩來、沈鈞儒：《中央人民政府政務院、最高人民法院關於鎮壓反革命活動的指示》〔J〕，福建省人民政府公報，1950（7）。
〔註34〕楊敏：《「繡花鞋」背後的「鎮反」大批捕》〔J〕，中國新聞周刊，2011（5）。
〔註35〕周揚：《周揚文集・第二卷》〔M〕，北京：人民文學出版社，1985：196。

《關於〈星〉和〈列寧格勒〉兩雜誌的報告》、1948 年所做的《在聯共（布）中央召開的蘇聯音樂工作者會議上的開幕詞》和《在聯共（布）中央召開的蘇聯音樂工作會議上的發言》等。他認爲「文學領導同志和作家同志都以蘇維埃制度賴以生存的東西爲指針，即以政策爲指針。」作家若以政策爲指針創作文學作品，很顯然是要適應政治路線的需要，爲政治服務，從而忽視了文學的審美情趣。但他並不排斥浪漫主義，他認爲作家在創作時要把「最嚴肅的、最沉著的實際工作跟最偉大的英雄氣概和雄偉的遠景結合起來」，「革命的浪漫主義應當作爲一個組成部分列入文學的創造裏去」〔註 36〕；作品主要塑造的是：「新生活的積極建設者：男女工人、男女集體農莊莊園、黨員、經濟工作人員、工程師、青年團員、少先隊員。這就是我們蘇聯文學的主要典型和主要人物。」〔註 37〕他認爲作品要善於表現出蘇維埃英雄，應當善於展望蘇維埃的未來。如果作品中所有主要典型和主要人物塑造的是新生活的積極建設者，作品應該是「充滿了熱情和英雄氣概。⋯⋯它是本質上樂觀的，因爲它是上升階級──無產階級──唯一進步和先進階級的文學。」但這又恰恰反映出日丹諾夫「人物塑造」論的片面性、單一性。我們知道典型人物的塑造不僅包括正面角色，也應該包括反面角色，因爲作品中只有人物形象豐富了才會增強作品的可讀性，才會散發出永恒的藝術魅力。但是，在當時的歷史狀況下，如果蘇聯作家創作的作品，沒有以「正面典型」作爲主角，創作者就會像左琴科、阿赫瑪托娃一樣遭受不公正待遇，受到嚴厲的批判。

如何建設社會主義？如何創作社會主義文學作品？對於年輕的共和國而言，並沒有更多的經驗可供借鑒。可是鞏固無產階級政權迫在眉睫，向「蘇聯老大哥」學習，接受以蘇聯爲代表的社會主義現實主義文學理論，成爲了歷史必然的選擇。1953 年，馮雪峰在《文藝報・第一期》發表《克服文藝的落後現象，高度地反映偉大的現實》傳達了中共中央宣傳部的指示〔註 38〕。馮雪峰在這裡勾畫了學習社會主義現實主義的理論框架，指定了馬克思、恩

〔註 36〕曹葆華等譯：《蘇聯文學藝術問題》〔M〕，北京：人民文學出版社，1953：22。

〔註 37〕日丹諾夫：《日丹諾夫論文學與藝術》〔M〕，戈寶權等譯，北京：人民文學出版社，1959：9。

〔註 38〕學習社會主義現實主義文藝理論，首先就是學習馬克思、恩格斯、列寧、斯大林等偉大導師關於文藝的教導，以及毛澤東同志對於文藝的指示。同時也學習日丹諾夫同志關於社會主義現實主義的理論，馬林科夫同志在蘇聯共產黨第十九次代表大會上所作的報告中關於文藝的指示。

格斯、列寧、斯大林、毛澤東的相關著作以及日丹諾夫、馬林科夫的發言報告作爲學習內容，對推動學習蘇聯文藝理論起到了重要的指導作用。

　　在這樣的興論背景推動下，大量與時事政治聯繫緊密的公安法制小說受到了關注。有展現公安人員與敵特內奸鬥智鬥勇的、有反映鬥爭焦點集中在經濟建設和國防建設，並且，反映軍營中的反特鬥爭主題也被納入到創作者的視野中，這一時期，公安法制小說視角的擴大，反映了那個時期公安政法戰線進行著殘酷的鬥爭現實。

　　經過十七年的文學創作積累，各項工作正逐步走向正軌之時，1966 年 2 月，《林彪委託江青召開的部隊文藝工作座談會紀要》把先前所積累的文學成就抹殺殆盡，「文革」十年，「四人幫」推行「極左」路線，形成文化專制的局面。隨著運動的推進，使得公、檢、法等政府機構處於癱瘓狀態，而反映公安政法內容的文學作品也就沒有了立錐之地。1966 年至 1971 年沒有一本公安法制小說出版，此時成爲公安法制小說創作的空白期。1971 年以後，「四人幫」利用公安法制小說的政治依附性特點，使其成爲他們政治宣傳的工具，充當了「反革命政治陰謀的走狗和幫兇」。代表作有伍兵的《嚴峻的日子》、龔成的《紅石口》、李良傑、俞雲泉的《較量》、尚方的《鬥熊》。這些作品雖然具有一定的生活基礎、也注意人物形象的刻畫，但都顯得「粗劣雷同、形象呆板、語言乾巴」。〔註39〕這段時期的作品對極「左」思潮起到了推波助瀾的作用，是特定歷史時期、特殊政治宣傳的畸形產物。

2、肅反反特小說的文本特點

　　進入二十世紀五十年代，原先文學作品在哲學層面上，那種體現人類永無止境的痛苦以及在痛苦中獲得的至高無上的悲劇性快感，這些悲劇精神難覓蹤影。這些文學現象的出現，既與「中國文學最缺乏的是悲劇觀念」〔註40〕有關，也與當時的社會背景有關。建國伊始，全國上下正處於翻身做主人，無比興奮的歡愉之中，憧憬著美好的未來，「社會主義沒有悲劇──也是不可能有悲劇的」。公安法制小說作家由於受國內政治意識形態的影響以及主流文學創作模式的約束，不能給新生的共和國臉上抹黑，不能暴露社會的醜陋面，揭露社會的陰暗面，所以，此時創作的「反特」小說，題材單一，基本創作

〔註39〕湯哲聲：《中國當代通俗小說史論》〔M〕，北京：北京大學出版社，2007：241。
〔註40〕周谷城主編：《民國叢書・第一編・93・胡適》《文學的進化觀念與戲劇改良》
　　　　〔M〕，上海：上海書店，1989：195～215。

模式單調，一般是：「公安部門得知潛伏的階級敵人或國外派遣的特務將要竊取某一機密文件、圖紙，或引爆全國性慶典、國際交流會等會場，或是破壞某項大型工程等，於是偵察員跟蹤追擊，最後順藤摸瓜，將特務一網打盡。」〔註41〕並且，毛澤東《在延安文藝座談會上的講話》中也指出，作家創作作品時，只能暴露侵略者、剝削者和壓迫者的弱點。人民大眾也有缺點，但這屬於人民內部矛盾，塑造人物時遵循「三突出」〔註42〕原則，要用保護人民、教育人民的滿腔熱情來說話，基本上是一個教育和提高的問題。這就形成了在特定歷史時期，肅反反特小說鮮明的時代特點。「十七年」的「反特」小說創作基本上可以分為兩個階段，初期以白樺創作的《山間鈴響馬幫來》、公劉的《國境一條街》、史超的《擒匪記》、文達的《奇怪的數目字》等為代表，這些作品反映了我公安保衛人員，在建國初期複雜的鬥爭環境中，密切聯繫人民群眾，機智、勇敢地和敵特內奸較量的故事。後期反特小說主題未變，但大致呈現出軍隊題材、城市工農業題材、農村題材、邊防海疆題材等〔註43〕。

　　肅反反特小說表達出了強烈的政治使命感，階級意識貫穿始終。《紅石口》是一部反映公安戰線對敵鬥爭的長篇小說。小說中，孫放告誡年輕的偵查員們，做一切工作「靠技術，是不對」的，最銳利的武器是馬列主義、毛澤東思想。毛澤東思想是解決一切問題的法寶。〔註44〕洪劍鋒臨睡前，還要重溫毛主席關於社會主義時期階級鬥爭、路線鬥爭的深刻論述。洪劍鋒見邢科長還是糾纏在自己的責任上，就希望他：「用階級和階級鬥爭的眼光來看待一切、分析一切，這樣才能談得出重要的情況。」跟陰險的特務鬥，洪劍鋒認為要更好地運用靈活機動的戰略戰術。隨後就背誦了大段的毛主席語錄：「有計劃地造成敵人的錯覺，給以不意的攻擊，是造成優勢和奪取主動的方法，而且是重要的方法。……在優越的民眾條件具備，足以封鎖消息時，採用各種欺騙敵人的方法，常能有效地陷敵於判斷錯誤和行動錯誤的苦境，因而喪失其優勢和主動。」這種在文本中，大量引用毛主席語錄，抽象的教育性思

〔註41〕任翔：《文學的另一道風景——偵探小說史論》〔M〕，北京：中國青年出版社，2001：189。

〔註42〕即在所有人物中突出正面人物，在正面人物中突出英雄人物，在英雄人物中突出中心人物。

〔註43〕高潤平、張子宏、于奎潮：《中國當代公安文學史稿》〔M〕，北京：群眾出版社，1993：106。

〔註44〕龔成：《紅石口》〔M〕，北京：人民文學出版社，1975：31，29，127，32，61，67，209。

想分析比比皆是，時刻不忘重複階級鬥爭的重要性，無形之中提高了廣大人民群眾的警惕性，起到增強人民大眾的防範意識，向讀者大眾宣傳教育的功能。

西方偵探小說推崇個人主義，具體表現在私家偵探獨來獨往，運用自己的聰明才智，科學縝密推理出誰是罪犯。而肅反反特小說中的公安人員偵破案件走的是群眾路線，每到關鍵時刻線索中斷，就會依靠群眾提供的線索偵破案件。洪劍鋒領導專案小組，認真學習毛主席著作，著重領會毛主席關於「什麼工作都要搞群眾運動，沒有群眾運動是不行的」和「我們在肅反工作中的路線是群眾肅反的路線」等教導，提高了覺悟，統一了認識。組成三結合破案小組，召開揭發、控訴反革命分子罪行大會，大大激發了群眾的積極性，警民同仇敵愾，灑下天羅地網，十多天的工夫就收到群眾一百多份檢舉材料。老大爺上山帶路。青年婦女半夜報告線索，連孩子們也把村頭路口全部把守起來。經過兩個星期的戰鬥，就把解老八捉拿歸案了。〔註45〕紀紅是一位剛從派出所抽調上來的女民警。但是她也認識到了：「敵人雖然把線掐斷了，可是斷頭攥在我們手裏，只要我們真心實意地依靠群眾，斷了線，還可以結上網」，「只要我們路線正確，方法對頭，群眾自會把各種各樣的敵情線索交給我們」，「我們再把這些線索交回到群眾手裏，就會變成敵人脖子上的絞索。」在《「賭國王后」牌軟糖》中，足智多謀的偵查員把線索跟斷了，工作陷入了僵局。但是警惕性頗高的小學生李小林，及時提供了破案線索，把特務組織成員一網打盡。肅反反特小說就是通過反覆強調群眾路線的重要性，告知讀者無論敵人隱藏的多麼隱蔽，多麼狡猾，只要依靠人民群眾，再狡猾的狐狸也會露出尾巴，最終都難逃法網，難以擺脫覆滅的命運，接受人民的審判。

肅反反特小說中的革命陣營與敵對陣營人物形象區分鮮明。革命陣營中的人物形象都是儀表堂堂、大智大勇。我們來看：「沿著新開闢的山間公路，風馳電掣般衝過來一輛摩托車，駕駛車子的是一名公安戰士，身穿上白下藍的人民警察制服，頭戴鑲有國徽的制帽，雄姿矯健，精神英武。摩托車開到山腳下，戛然停住。公安戰士跳下車來。這人二十八九歲，個頭高大，體魄健壯，紫紅的長方臉上，挑著兩道烏黑的劍眉，劍眉下閃著一雙明亮的大眼

〔註45〕龔成：《紅石口》〔M〕，北京：人民文學出版社，1975：30，221，1，26，49，434，492。

睛。——他就是紅石口市公安局偵察科長洪劍鋒。」公安局長楊振海「頭髮已經開始花白，棱角分明的長方臉上，刀刻似地布滿了皺紋。可是，那雙機敏的眼睛，異常明亮，彷彿迸射著兩道電火。這使他顯得神采奕奕，特別精明能幹。」《海鷗岩》中的偵察員陳琨是位不到三十歲的青年，但前額上刻著兩道深深的皺紋。他那一雙烏黑的眼球，向上揚起的眉峰，給人一種偵查員特有的機智、頑強的感覺。《一件積案》中的陳飛高大的身軀，寬大的肩膀，給人的印象，好像是身上蘊藏著總也用不完的充沛精力，從他的臉上看要比他真實的年齡老得多，雖然是二十多歲的人，前額卻印著幾道深深的皺紋。閱讀這段時期的肅反反特小說，讀者會感覺到這些革命陣營中的人物形象，擁有著雷同的外貌，他們大多具有紅色的面頰，明亮的眼睛，年紀輕輕，為了突出主人公有著豐富的反特經驗，讓他們的前額都刻著幾道深深的皺紋……

敵對陣營中的特務角色則是相貌猥瑣，不是胖子，就是瘦子；不是麻子，就是瘸子、斷指。《紅石口》中姜守仁的蠟黃色的瘦長臉、有著老鼠似的小眼睛。《「賭國王后」牌軟糖》中有一個光著頭、穿著一身舊軍服的麻子，斜著兩隻白多黑少的眼睛，一笑露出一嘴用鍍金片鑲過的黃牙，嘴裏噴出一股叫人噁心的酒臭味兒。特務蔣逸民大約六十歲，憔悴而又黑黝黝的臉上架著一副老花眼鏡，溜到鼻子尖上，顯得鼻子更尖，面頰和嘴更乾瘦，而從眼鏡框上面射出來的眼光，更加冷淡陰森和懷有敵意。他那像剝了殼的熟雞蛋似的腦袋，映著電燈閃閃發光，連眉毛都快禿光了，嘴上卻根本沒有長過鬍子，整個看來像是一個畫上了五官的葫蘆。在《國境一條街》中，特務唐殿選有三十來歲，一張方方的肌肉鬆弛的臉，中等身材，穿著一套灰色幹部服，顯得不大合身，沒有戴帽子，長長的頭髮不修邊幅地蓬鬆著，有一綹垂在右邊額角上，也就是在這額角上，貼著一塊發黃的紗布。邊防檢查站政委張同和他拉手時，感到這個文書的手上出冷汗，手指又滑、又膩，又冰涼，彷彿不小心摸著了一條蛇，一陣說不出來的噁心的感覺立刻爬過他的全身，使得他都打了一個冷戰。讀者閱讀偵探小說，其實是在同作者進行一場鬥智鬥勇的「捉迷藏」遊戲。作者把特務隱藏得越深，讀者尋找的時間越長，繼續閱讀下去的動力就會越強；反之，如果讀者一眼就能識別出「老奸巨猾」的特務，那麼，只能說是作者低估了讀者的智商。

儘管肅反反特小說中人物群像塑造，呈現出臉譜化、概念化傾向，但是

這些人物都是以中國的現實環境為大背景，是中國作家塑造公安法制人員的有益嘗試，為今後的公安法制小說創作夯實了創作基礎。王亞平 1980 年出版的《刑警隊長》，是新時期公安法制題材反思文學的代表作，作品擁有著廣闊的社會背景，對人性、現實和歷史進行了深層次的反思，暴露了文化大革命給國家和個人造成了巨大的創傷。故事發生在文化大革命剛結束後的 1979 年的夏天，某市發生的一起兇殺案件，外貿局幹部周大文一家三口慘遭滅門之禍。在上級領導的支持下，刑警隊長陳忠平和戰友從周大文被殺一案入手，面對盤根錯節的複雜案情，聯繫幾起具有關聯性的積案、新案，經過現場實地深入調查，縝密的推理，冒著生命危險，排除了一些不乏身居要職的、掌握實權的「罪犯」所設置的障礙，順藤摸瓜，與那些竊取了公安戰線領導崗位的「四人幫」殘渣餘孽進行了頑強殊死的鬥爭，終於查出了幽山湖案件主謀，將其繩之以法。作者成功塑造了陳忠平這樣一位有血有肉的幹警形象。他是一個「瀟灑精悍、風度翩翩的男子漢」，他有時機智、有時幽默，但是就是這樣一個「在工作中常常帶著一種軍人的作風，雷厲風行、敢作敢為」的刑警隊長，也不得不屈從於特權階層的壓力，聽命於上級劉局長的指示，把盜竊汽車的幾個高幹子弟毫無原則地釋放了。陳忠平的形象擺脫了「高大全」臉譜化、公式化的模式，但是他也是一個普通人，他的身上也有人性的弱點，這樣的塑造方式讓讀者感到陳忠平可親可敬、有血有肉。

二十世紀八十年代，隨著改革開放步伐的加快，各種刑事案件層出不窮，為公安法制小說的創作提供了大量可資參考的素材。海岩是商品經濟條件下，成功運作的商人。讀者長期所看到公安幹警的臉譜化、公式化形象，使得大眾產生了視覺疲勞，他懂得如何去迎合消費者的心理，他筆下塑造的公安幹警形象，有熱情、有溫情、有激情、有友情、有愛情，弱化了其「高大全」的英雄形象，凸顯了其人性化的一面，使其成為生活中的人。《便衣警察》不僅譜寫的是共和國衛士的讚歌，而且還塑造了一批像周志明這樣的，在惡劣的現實環境下堅持信仰，進行反特鬥爭的公安幹警群像。小說以案件為載體，重點敘述周志明的曲折坎坷的人生歷程，展示了特殊時代的風雲變化。周志明性格內斂、為人坦誠，意志力頑強，在殘酷鬥爭的鍛鍊下，逐漸從原先的思想單純，走向成熟穩重。讀者不僅從周志明身上可以看到傳統英雄主義的色彩，而且還看到他關注時代的命運，對人生抱有積極樂觀的態度，對個人生活有著自己獨特的理解和思考，他把個人命運與大時代環境緊密結合

在了一起。

　　海岩筆下還塑造了一批頗具個性的女性公安幹警形象：《玉觀音》中的安心，《永不瞑目》中的歐慶春，《一場風花雪月的事》中的呂月月等。她們生活在一個多元化，各種西方思潮湧入的時代，傳統英雄主義在她們身上逐漸褪去了光芒，她們基於現實生活的需要，更加關注個體的發展需求，理想主義色彩減弱，精神追求也是基於自我的需要，辦案方式富有個性，她們在抓捕罪犯時是公安幹警，在情愛世界裏是敢於追求純真愛情的英雄。安心因身份暴露離開了緝毒隊伍，但是緝毒理想、公安情節始終影響著她的抉擇，最後，她毅然斬斷情絲回歸緝毒隊伍，表現了大無畏的英雄主義氣概；但是她又是一個女人，對愛情充滿了幻想，在與毛傑產生了婚外情之後，釀下苦果，失去了家庭、丈夫和孩子。而呂月月則是一位充滿了矛盾的複雜個體。作為警察，她能恪盡職守，不願背叛組織，一心規勸潘小偉，希望交出小提琴坦白自首，兩人能廝守終身；可是她又具有一般女性的虛榮心理，打算冒險與潘小偉偷渡香港，在情與法之間，她選擇了報警，最後潘小偉對她產生誤解，自殺身亡。但是，她仍然堅守愛情，不惜淪落風塵撫養她與潘小偉的愛情結晶，從呂月月身上我們可以感受到公安幹警的形象，已從臉譜化、公式化的「高大全」逐漸向大眾化、平庸化所謂「人」的英雄的轉變。

　　此外，重慶作家莫懷戚（1951～2014），也塑造了一名女性偵探，她有正式職業，是一家公安系統內部雜誌社的編輯，善於交際，參與刑偵破案並非其本職工作，她把對案情的科學推理作為對於自己智力的挑戰，擅長心理分析，並能細緻觀察對方，給出正確科學的邏輯推理分析；而在國外，也有一批創作者塑造出了一批優秀的女性公安幹警形象。亞歷山德拉・瑪麗尼娜被譽為俄羅斯的阿加莎・克里斯蒂，她創作了《在別人的場地上游戲》、《追逐死亡》、《死亡與薄情》、《陽光下的死神》、《相繼死去的人們》等作品，在這些作品中，娜斯佳是工作在莫斯科刑事調查局指揮中心的一位女性偵查員。她相貌平平，吸煙，生活中做事懶散，不會開車，行事魯莽，不會做家務，她清楚地知道她不想結婚，廖什卡最迫切的就是想與她結婚，他們的關係已經維持了十年之久，他們從沒有住在一起，這使她很滿意。但是，當上帝為你關閉了一扇門的時候，就一定會為你打開一扇窗。娜斯佳的母親是位著名的應用計算機教學外語專家，家庭的薰陶使她精通英語、法語、西班牙語、意大利語、葡萄牙語，工作之餘從事翻譯偵探小說，翻譯水平一點都不比專

業翻譯差，推理斷案的能力不遜色於男性同事，堪稱一流推理高手，偵破案件時，女性細膩的觀察本性，使她的觀察力極其敏銳，她善於發現許多有意義的事，擅長於從一些旁人疏忽的細節中尋覓到有價值的犯罪線索和證據，從中得出有意義的結論，經她之手調查的疑難離奇的案件，最終都能水落石出、真相大白。《在別人的場地上游戲》中，娜斯佳去山谷療養院休養，無意中捲入了犯罪集團的違法活動。傑尼索夫是商業家，但他是該市的實權人物，以某種特殊的方式牢牢地控制著城市機器的運轉。傑尼索夫有根據認定，市裏出現了販賣人口的犯罪分子，他們招募易於上當受騙的女孩。市警察局的努力沒有奏效。因此，他請求娜斯佳給予幫助。傑尼索夫認為娜斯佳的秘密武器是她的頭腦、記憶力、思辨性、邏輯性和判斷力。其餘的東西只不過是一種僞裝，讓人不注意她的武器而已。而娜斯佳對於販賣「活商品」的事件，也有興趣去試試，並且爲傑尼索夫工作又不會引起人們對自己的格外注意，讓大家認爲她不是幹刑事偵查工作的，只不過是一個默默無聞的夜貓子——女翻譯。娜斯佳最終決定與傑尼索夫合作，共同攜手遏制犯罪。

　　美國作家帕特麗夏·康薇爾在《殘骸線索》、《屍體會說話》、《肉體證據》、《失落的指紋》等作品中塑造了女法醫兼偵探凱·斯卡佩塔；美國作家溫迪·霍恩斯比在《七十七街安魂曲》、《真相難白》等作品中塑造了獨立影視製片人，幹練性感的瑪吉·麥戈溫；日本作家赤川次郎筆下的鈴木芳子也給讀者留下了深刻印象。這些只是女性偵探中的一部分，她們同樣與男性偵探一道堅守著公平正義的防線，他們的推理能力絲毫不遜色於男性偵探，她們大智大勇不屈服於惡勢力，盡力維護受害人的權益，成爲偵探人物長廊中一道亮麗的風景線。

第四節　偵探小說中說故事的人

　　是誰在說故事，不同說故事的人觀察故事的角度就會不同，敘述角度是傳遞主題意義的一個十分重要的工具〔註46〕。偵探小說通過視角的變化，向讀者講述著情節複雜，撲朔迷離的曲折案例。同一個故事，敘述時角度不同，讀者接收到的信息所產生的效果會大相徑庭。偵探小說通常是以第一人稱和

〔註46〕申丹、王麗亞著：《西方敘事學：經典與後經典》〔M〕，北京：北京大學出版社，2011：88，103。

第三人稱進行敘事。第三人稱的敘事視角還會出現全知全能型、選擇性全知型以及純客觀型這樣三種敘事角度。

以第一人稱視角敘事的偵探小說，具有直接生動、主觀片面、較易激發同情心和造成懸念等特點。敘述者可能是主導案件偵破的偵探主角，也有可能是故事當中參與破案的主角偵探的助手。敘述者如果是偵探本人的話，「他主要談自己的事，他的視野沒有被嚴重限制，敘述的重心在他自己，而他自己的心理活動完全在他的特許範圍之中」〔註47〕，這樣的敘事方式會增強小說的真實性，但是，一切事件的發生、發展都在偵探的掌控之內，一切機關都在明處，敘述者看到的、聽到的事件，以及抓捕罪犯的過程，讀者對案情的進展也是一目了然，這就很難為讀者留下想像的空白，偵探小說的神秘性及懸念的產生將會大大減弱。

而如果通過偵探的助手這個配角「我」，將故事敘述給讀者，敘述者會引領讀者，直接介入到敘述者正在經歷事件時的內心世界，使讀者身臨其境、感同身受。敘述者所聚焦的視野範圍，也是讀者的目之所及。這樣，如果敘述者傳遞的信息是不完整的，讀者就會產生疑問，試圖揭開謎團，讀者的參與性就會增強，閱讀的過程就會具有探秘性和刺激性。戴衛·赫爾曼認為：如果對一組事件的瞭解是不完整的，那麼無論遺失的信息是被暫時延宕，還是被永久壓制，對已知事件的闡釋都可能與得到被延宕或被壓制的信息之後所作出的闡釋不同。信息延宕或壓制所產生的斷點提供了觀察的窗口，使我們看到虛構的或非虛構的敘事如何影響著對他們所再現的事件的闡釋〔註48〕。當偵探小說的這種新穎的敘事模式引入我國之後，眾多晚清文人就意識到了這種敘事視角的巧妙。觚庵就認為《福爾摩斯探案》的佳處就在「華生筆記」四字，從華生一邊寫來，最後再由福爾摩斯詳述推理經過，讀者「遂覺福爾摩斯若先知、若神聖矣」。並且，「因華生本局外人，一切福之秘密，可不早宣誓」，讀者僅能看到華生視野之內的事物，而偵探福爾摩斯的行蹤、辦案方式，讀者與華生一樣都是茫然不知，僅能進行種種推理、猜測，盡量做出較為合理的推斷，懸念在不斷產生，只有在偵探破案之後才細說根由，

〔註47〕趙毅衡：《當說者被說的時候──比較敘述學導論》〔M〕，北京：中國人民大學出版社，1998：133。

〔註48〕戴衛·赫爾曼：《新敘事學》〔M〕，馬海良譯，北京：北京大學出版社，2002：4。

最終眞相大白於天下，「是皆由其佈局之巧，有以致之，遂令讀者亦爲驚奇不置」。

全知全能型的敘述視角是我國傳統小說創作常用的敘事模式。敘述者可以從任何角度觀察事件，展示人物的心理活動，對人物的過去、現在、將來均瞭如指掌，並且還能在小說中時不時地跳出來對小說中的人物進行道德評判，敘述者將事件的前因後果，無所保留地傳遞給讀者。在徐卓呆創作的《臨時強盜》中，敘述者就像萬能的上帝料事如神，洞悉一切。文中對阿唐的心理活動有一段是這樣描述：「阿唐也不禁獨語道，有事託你獲利的事，關帝廟不明白實在不明白，心頭不免亂跳，受了三年的刑，連美人的影兒也沒瞧見過啊。此刻想到這裡好奇心大發，想定一個念頭道：『很好，待我去看了再說吧』。而作案人是誰？由誰指使？如何作案？小說通過「伊」也交代的明明白白。「我把後門暗暗開著，你從那邊進去，躲在書房中的屛風後，婢僕等人我自有法子差開，本來書房中也不會有人去的，這就在後門進去靠左的一間，於是我同了主人一同進來，略爲講了幾句，我下一個暗號，其時你不能錯誤，從屛風後出來嚇嚇他就完了，明白了嗎？」阿唐照此行事，「依著路尋去，果然闖入了錢家的書房中去了」〔註49〕。閱讀這樣的文本讀者無須推理，被動地接收信息，不存在任何懸念，這樣的文本缺乏張力，讀者的閱讀過程就會缺少些刺激性，小說的愉悅性也會隨之降低。

選擇性全知型就是敘述者可以洞察一切，但他選擇限制自己的觀察範圍。從比較單一的視角揭示人物的內心世界。其中，又會出現單視點敘述和多視點敘述兩種模式。在程小青的作品《單戀》中，霍桑從杭州通訊欄中，發現一節新聞：

> 「本月三日晚上，不幸事件發生了。那晚上恰逢大雨傾盆，天氣突然轉涼。那老僕吃過了晚飯，收拾完畢，便和這怪客道別歸寢，全祿睡到半夜光景，忽聽得有人呼叫。他驚醒了，仔細聽聽，又沒有別的聲音繼續，便以爲是惡夢的驚攪，不以爲意。到了第二天四日早晨，全祿送面水進去。那少年的房門仍舊門著。全祿敲了好久。不答應，不禁疑惑起來。那別墅原是沒樓的平屋。他繞到窗口外去，從玻璃窗裏看一看，窺見那怪客彷彿仍躺在床上，窗也從裏面拴著。

〔註49〕任翔主編：《少女的惡魔——20世紀中國偵探小說精選（1920～1949）》〔M〕，北京：中國文聯出版社，2002：431，435。

他高聲喊叫，依舊無效，才驚惶起來。他一個人不敢擅動，走出了
墅屋，找到了一個附近的鄰人，一同奔到嶽墳前警局裏去報告。後
來警察到場，打破窗子進去，才發見那少年已經死在床上。床的蚊
帳一面下著，一面仍掛在鉤子上。床上有一條線毯，染著不少血漬。
檢驗那少年的身體，左胸口有一個傷口，分明是利刀刺的，但四面
檢查，找不到凶刀。因此這案子便不可思議。若說自殺，何以不見
兇器？若說被殺，怎麼又沒有兇手的來蹤去跡？因為那房間只有一
門一窗，門窗都從裏面閂著，窗的玻璃也都完整沒有異跡。杭州市
警局的探長張寶全，雖已親自到別墅裏去勘驗過，也還找不出什麼
線索。這案子末來的發展，一定很有可觀呢。」

這則新聞就是從案件爆料人的視角描述了案件發生的背景，及警方勘查現場
所獲得的線索信息。但是，許多疑問依然困惑著警方，他們難以通過現場所
提供的證據破解案件。而多視點敘述即採用幾個不同人物的視角來描述同一
事件。一枚糖果的《愛情心懷鬼胎》是女性作者對愛情觀精彩演繹的一部懸
疑作品，其中就出現了從多個人物視角多側面圍繞舞碧蓮進行描述，首先是
仙靜看到的浴室中舞碧蓮形象：

洗澡的不是安苧，是一個怪女人。握著水喉，熱氣騰騰中，她
的眼睛鼻子嘴巴耳朵像被狠狠揉爛後再重新組合，胸口的兩塊大腐
肉懸掛在肋骨中間，被水一沖，一小塊一小塊往下掉，頭髮很長很
長很長，長到垂地，乾枯的血把頭髮黏成一縷一縷。

這個怪女人天生殘疾長這樣嗎？還是被誰迫害毀容成這樣？是什麼原因造成
了這麼恐怖的容貌？讀者帶著恐懼的心理繼續閱讀，房東老太太又提供了一
些有關信息：

「說來也可憐。」老太太歎息一聲，「她是我第一個房東，後來
死了，不知道為何陰魂不散。每逢有人洗澡唱歌就會出現，我也見
過一次。請人做了法事，一點用也沒有。」

仙靜在浴室中看到的居然是一位女鬼。陰魂不散一定是有了冤屈，她有著什
麼樣的冤屈？為什麼有人洗澡唱歌她就會出現呢？在安苧洗澡的時候，舞碧
蓮再一次出現，安苧並未看到舞碧蓮的相貌，舞碧蓮尖尖的指甲抓撓著安苧
的後背，越來越重，越來越痛，舞碧蓮親自揭開了謎底：

「我很傻，我和他說分手，我在洗澡時他潑了我一身的硫酸，

我連那首歌都沒有唱完。」

原來舞碧蓮是死於情殺，這就是為什麼有人洗澡唱歌，她就會出現的原因。這樣的社會新聞自然是記者們的搶手貨，法制報就及時報導了舞碧蓮被害具體原因及經過：

> 本市驚現硫酸毀容案件，兇手唐浩博，因相處多年女友提出分手，兩人多次發生爭吵。心急如焚，心胸狹隘的他萌生了用硫酸毀容的惡意念頭。十月四日凌晨，唐趁女友洗澡之際潛入女友所在出租屋，將攜帶的硫酸潑向了她的身體，毀屍滅跡，兇手至今在逃。

在舞碧蓮的家中，相冊呈現出了舞碧蓮真實的樣子：

> 翻開相冊，舞碧蓮，清秀的面孔，實在動人，猶如驕傲的天鵝，著紅舞鞋，脖子修長，腰肢柔軟，腳尖踮得高高，芭蕾使女人氣質高貴。

這些多角度視角向讀者傳遞著有關舞碧蓮的信息，從怪女人到氣質高貴的女人，這些信息重建就是舞碧蓮形象的重塑，涅槃重生的過程，她對愛情堅定不移，善解人意，得了重病不願拖累男友提出分手，卻因男友誤解而被害，舞碧蓮善良可人的形象在讀者頭腦中逐步豐滿生動了起來。通過這種多視點敘述，讓不同的人從各自的視角來描述舞碧蓮的悲慘遭遇，從而達到營造出神秘恐怖氣氛，使得情節變得撲朔迷離、詭譎異常、懸念疊起，讀者就會由最初感到淒慘、神秘，對舞碧蓮的被害慘景感到毛骨悚然，漸漸地對其產生深深的同情。

　　純客觀型的敘事角度就是敘述者像一部攝像機，以一種旁觀者的視角，冷靜地不摻雜個人情感，客觀觀察和記錄人物言行的一種敘事方式。嫣青在《死亡天使》中一開始就用一組長鏡頭冷靜、客觀地攝錄下大雨滂沱中的梅鎮，鋸齒般的閃電伴著滾滾的雷聲亮起，為夜幕中的梅鎮營造出淒涼蕭索的氛圍。

> 黑暗中突然想起一陣「劈哩啪啦」的腳步聲，卻很快被從萬米高空摔落的雨聲迅速淹沒。又是一道閃電劃過濕漉漉的夜空，一條飛奔的黑影立刻暴露在閃亮的雨陣中，借著這道閃電的光，黑影驀然看見前方矗立著一個電話亭，他跌跌撞撞一頭栽進了電話亭狹窄的遮陽棚下。

> 電話聽筒被摘了下來，金屬的電話機按鍵亮起一線幽幽的綠

光，恰好照亮了黑影驚恐的臉。他慌亂地從上衣口袋裏掏出幾枚硬幣，顫抖著塞進了電話機投幣孔，在喘息著按下了一串電話號碼之後，他不時地回頭望向身後的黑暗，握著電話聽筒的右手指焦躁地敲擊著聽筒柄。電話的等待鈴只響了兩下，就傳來「喀噠」一聲輕響，電話那頭想起一個迷迷糊糊的男人聲音。

「卓越，是我……」驚恐萬狀的男人用力抹了一把臉上流淌的雨水，再次甩頭看向身後，「我是鄭耀希，救我啊！」〔註50〕

讀者閱讀這樣的敘事文字就如同是在觀看電影中所客觀呈現的一系列畫面，注視著夜幕中黑影的一舉一動、面部表情的變化。這樣的客觀敘事，具有很強的逼真性、神秘感，能引起讀者的好奇心。讀者閱讀的過程中，腦海中會出現很多疑問：鄭耀希為什麼會在雨中來到淒涼的梅鎮？為什麼如此地驚恐？是誰在追殺他？由於鏡頭只是客觀記錄了惡劣的暴雨天氣，驚恐中的鄭耀希的言行，懸念運用的相當成功，讀者迫切需要瞭解事實真相，就要積極地對那些疑問進行闡釋，從文本中探求到合乎情理的答案。

第五節　敘事空間與偵探小說

柏拉圖認為空間是永恆的、是不會損壞的，它為所有的創造物提供了場所〔註51〕，並且，空間使得我們所處的世界處於一種不斷變化運動的狀態。偵探小說的創作者們要想在這個不斷變化的世界裏，為讀者營造出真實的幻境，首先就要為編織小說故事的材料尋找到一個合適的容納空間，在這個平臺上，敘事者使用這些故事材料構思出一幕幕血腥的案發現場、驚險刺激的故事情節，搭建起一個個駭人聽聞的偵破故事，並且，「特別重要的是，小說中其有特別意義的對話也產生於此，主人公的『思想』、『激情』和性格也在此揭示。」〔註52〕如果沒有空間的存在，小說中的人物、故事情節將會無從依靠，文本也就失去了書寫的意義。偵探小說可以說就是一門展示空間的藝

〔註50〕湯哲聲、李為小編選：《中國懸疑小說年選》〔M〕，南京：江蘇文藝出版社，2007：98、99、103、110、127、182。

〔註51〕〔希〕柏拉圖·蒂邁歐：轉引自《西方思想寶庫》〔M〕，長春：吉林人民出版社，1988：1451。

〔註52〕〔俄〕米·巴赫金：《時間的形式與長篇小說中的時空關係：結論》，轉引自《20世紀小說理論經典·下卷》〔M〕，北京：華夏出版社，1995：183。

術。創作者利用空間不斷轉換的手法，讓偵探在變換的空間中尋求翔實的證據，重置還原犯罪現場，把破案線索在空間中展示得清清楚楚，讓熱心的讀者能有與書中偵探同等的破案線索；同時，讀者同樣也能憑藉這些空間提供的線索，運用邏輯推理、獨立分析的能力查出真兇。在這樣的空間中，作者不斷地為讀者與偵探設謎，讓偵探與讀者進行著一次次緊張刺激的智力博弈，這也就是偵探小說的魅力所在。那麼，偵探小說的空間藝術是如何向讀者展示的呢？

1841 年，短篇小說《莫格街謀殺案》發表，首創了「密室謀殺」模式，小說描述的案發現場就是一處看起來完全不可能實現犯罪的密閉空間。在文本中，案發現場成為偵探小說中不可或缺的重要空間，偵探就是通過對現場的勘察，發現蛛絲馬跡，獲取到第一手的原始證據，從而為下一步找到案件的突破口，提供必要的正確思路。

> 這聲音顯然是從莫格街一幢房子的四樓傳來的，據稱這幢房子只住著萊斯巴尼太太和她女兒卡米耶·萊斯巴尼小姐。本來大家打算以通常的方式進屋，結果只是白費時間。過了一會兒，人們只得用鐵棍把大門撬開，於是八九個鄰人陪同兩名警察一齊進了房間。此時呼喊聲已經停止，但正當這些人衝上第一層時，又聽得兩三個人粗聲粗氣的憤怒爭吵聲，聲音是從樓上傳下來的。他們跑上第二層樓時，爭吵聲已經停止，整個房子寂然無聲。這些人便立即散開，逐個房間查看。搜到四樓後面的一個大臥室時，由於房門從裏面反鎖，不得不把門砸開。闖入之後眼前的景象真是慘不忍睹，在場者無不大驚失色，毛骨悚然。

> 房內凌亂到了極點——傢具全部被搗毀，散亂地拋在地上。房裏僅有一個床架，床墊已被拖開，扔在房間中央。一把剃刀擱在一張椅子上，上面血跡斑斑。壁爐邊有兩三大綹又粗又長的灰白長髮，上面也沾滿鮮血，彷彿是被連根拔起的。地板上有四枚拿破侖金幣，一隻黃玉耳環，三把大銀湯匙，三把小號的白銅茶匙，還有兩隻袋子，裏面裝了大約四千個金法郎。牆角放著一張書桌，抽屜全被打開，顯然遭到過搜劫，不過裏頭還放著許多東西。床墊下面（不是床架下）還有一隻鐵皮小保險箱，鐵箱開著，鑰匙還插在上面。箱子裏除了幾封舊信和一些無關緊要的文件外，什麼都沒有。

房裏看不到萊斯巴尼太太的蹤影，但壁爐裏發現特別多的煤灰，於是大家便搜查煙囪。說來真可怕！萊斯巴尼小姐的屍體，竟然頭朝下從狹窄的煙囪裏被拽了出來。看來，屍體是從狹窄的煙囪裏硬塞進去的，屍體還沒有涼。仔細檢查發現，皮膚多處被擦傷，無疑是往下硬塞進煙囪時造成的。臉部有許多嚴重的抓傷，咽喉部有黑紫的淤血塊和深深的指甲印，看來，死者是被活活掐死的。

大家徹底搜查了房子的每一個角落，再沒有發現什麼。大家便去了房子後面鋪過地磚的小院，在那裏發現了老太太的屍首。她的喉嚨完全給割斷了，當人們試圖把她扶起來時，頭竟掉了下來。她的屍體和頭一樣，血肉模糊，慘不忍睹——完全不成人形。〔註53〕

面對這樣一個血腥恐怖的案發現場，激發起了杜賓對案情的進展的興趣。巴黎警方對此案一籌莫展，在現場經過勘查後，沒有找到可能破案的蛛絲馬蹟。杜賓認為越是重要的知識，越是淺顯明白。一味追求深刻，常常會發現真理就在最明顯的地方。對於這起謀殺案，他決定先好好調查一下現場，才能得出一些結論。首先，杜賓及助手得到許可，馬上去莫格街找到那幢房子。從房子的外觀上看，百葉窗緊閉，是幢普通的巴黎式房子，大門一側有個門房，窗上有塊滑動玻璃，寫著「門房」二字。走到街盡頭，拐進一條胡同，再拐彎走到那幢房子的後面。他們一邊走，一邊仔細地把那房子和附近區域全都仔細檢查了，然後才進入房子的內部。走上樓，發現屍體還放在那兒。房裏還是跟以前一樣亂，沒有任何改變。杜賓仔細檢查了所有的對象——連被害人的屍體都沒放過。查到天黑才離開現場。回家的路上，又順路去了一下一家報社。

那麼，經過此次現場勘查之後，杜賓是否能在命案現場發現什麼特別情況呢？杜賓通過現場證據證實肯定不是老太太殺害的女兒，因為萊斯巴尼太太不可能有那麼大力氣，絕對沒辦法把女兒的屍體塞在煙囪裏；她自己也是遍體鱗傷，不可能是自殺。從而判斷出殺人的是某個第三者。案發現場曾經傳出粗重聲音和尖銳聲音，杜賓認為毫無疑問可以作出令人起疑的合理推論，足以為全部的調查指明方向。這就使得杜賓在搜查那間臥室時，大概明白自己的搜查方式和大致目標。杜賓進了那間臥室，首先思考的第一件事是

〔註53〕埃德加‧愛倫‧坡《莫格街謀殺案》〔M〕，李羅鳴、羅忠詮譯，成都：四川文藝出版社，2008：8～9。

兇手是如何逃離案發現場的？他認爲照此只有一種辦法可以推論出來，用這種方式一定能想明白。

　　人們上樓時，兇手肯定就在發現萊斯巴尼小姐屍體的房裏，至少是在隔壁房間，因此只要在這兩間房裏找出口就行了。警察已經把地板、天花板和磚牆全都檢查過了，沒什麼秘密出口可以逃過他們的法眼。可我還是信不過他們的眼力，親自檢查了一番，果然沒有秘密出口。通向過道的兩扇房門全都鎖得緊緊的，鑰匙也都插在裏面。那就回過頭去看看煙囪。這些煙囪都跟普通煙囪一樣寬，雖然距離爐邊有八九英尺的距離，可是從頭到尾連隻大貓的身子都容不下。既然肯定不能從剛才說的兩個地方逃走，那就只剩下窗子了。如果從房子前面的窗口逃走，肯定會被街上的人看到。因此，兇手一定是從房後的窗口逃走的。〔註54〕

　　杜賓從結果推溯原因，縝密推理，順著這樣的思路繼續思考，以案發現場爲中心，使用直接定向強的偵破方法，他把已知信息和新發現的證據集中到案發現場，找到了它們之間的直接聯繫，進而想出了通過在《世界報》登載廣告的方式，找出了「兇手」的主人。最後，水手來杜賓處認領大猩猩，就證明了杜賓推理的正確性。可見，案發現場對偵探的邏輯推理起到了非常重要的作用。

　　空間爲故事中的人物提供了活動的場所，而故事中不同人物眼中的活動場所又成爲建構故事空間內容的有機組成部分。偵探小說中的人物對故事空間環境的描述，不僅豐富填充了空間眞實的內容，而且不同人物對同一空間的不同描述，會使得案情變得愈加撲朔迷離，從而爲讀者提供一個施展想像力的空間，讓讀者不由得與偵探一樣生起好奇心，競相去僞存眞，利用有價值的空間線索積極破案。在《莫格街謀殺案》中，《法庭公報》刊載了從一些證人的視角來描述空間的證詞，爲案件的破獲設置了重重迷霧。保琳‧杜布爾一位洗衣婦供稱據說母女二人有些積蓄，不論去取衣服還是送衣服，從來沒有遇到過別人，肯定她們家沒雇傭人。好像除了四樓，其他房間都沒有傢具。皮埃爾‧莫羅一位煙商供稱，以前房子裏住著一個珠寶商，他將樓上房間分租給形形色色的人。房子是萊斯巴尼太太的產業，因不滿房客如此糟蹋房屋，便親自搬進去住，不再出租。母女完全過著深居簡出的生活——據說

〔註54〕埃德加‧愛倫‧坡：《莫格街謀殺案》〔M〕，李羅鳴、羅忠詮譯，成都：四川文藝出版社，2008：18～19。

有錢。其他的鄰居證詞：房子正面的百葉窗很少打開，後面的百葉窗總是關著，只有四樓後面那個大房間例外。這是幢很好的房子——並不很舊。阿道夫‧勒‧本，米諾父子銀行的職員，供稱：萊斯巴尼太太取錢那天，大約中午，他帶了四千法郎金幣，裝成兩袋，送萊斯巴尼太太回家。大門一開，萊斯巴尼小姐就出來，從他手裏接過一袋金幣，另一袋由老太太接過去。他鞠躬施禮，告辭而去。當時街上沒有人，那是條小街，非常僻靜。重新傳喚上面提到的進入房子的證人，供稱：當第一批人到達發現萊斯巴尼小姐屍體的臥室時，房門反鎖著，靜悄悄的——聽不見呻吟或者任何其他聲音。他們闖進去一看，沒看到任何人。臥室前後窗都關著，從裏面鎖得緊緊的。前後房中間的門也關著，但沒上鎖。從前門到過道的通道鎖著，鑰匙插在上面。屋子正面的四樓，過道盡頭有個小房間，房門半開。房間裏堆滿舊床、箱子等雜物。已經仔細移動和搜查過這些物品，這幢房子已被仔細搜查過，所有煙囪也上下清掃過。這幢房子有四層樓，最上面還有頂樓（又稱閣樓）。屋頂上有扇釘得嚴嚴實實的天窗，看起來多年不曾打開。重新傳喚幾個證人證明：四樓所有房間的煙囪都太窄，容不得一個人的身體出入。房子裏的每一個煙囪都用圓柱形的掃刷上下掃過。房子後面沒有樓梯，人們商量時，不可能有人從後面下去。萊斯巴尼小姐的身體緊緊地卡在煙囪裏，四五個人一起用力才把她拽出來。

不同人物的視角對案發現場的描述，使得從案發現場獲得的證據越來越豐富，空間現場也逐步立體起來，可以看出莫格街謀殺案是如此的神秘，細節又如此複雜難解，根據證人們反覆提及母女二人有些積蓄，據說有錢，警方據此推測母女二人遇害，有可能是因為兇手見財起意，作案時小街又非常僻靜，只有阿道夫‧勒‧本有作案嫌疑，但是又沒有直接證據足以給他定罪。

案發現場一旦被犯罪嫌疑人蓄意破壞掉，很多重要證據例如指紋、腳印等將無法恢復，可以說，保護現場是偵探成功破案的關鍵一環。在《舞后的歸宿》中，就連看門人老毛都能意識到案發現場腳印的重要性：

> 「李老爺著了慌，說要打電話報告警署。我也沒有主意。那時看門的老毛也披了一件衣裳從外面進來。他站在正門口，忽而大聲呼叫。」
>
> 「呼叫什麼？」
>
> 「他喊著『腳印！腳印！』我跟著李老爺回到外面甬道中，瞧

見老毛已把正門口的電燈開亮，正指著門裏面地板上的泥腳印發怔。李老爺叫老毛進來。他先搖搖頭不肯，接著他回進門房中去拿了幾塊鋪板，鋪蓋在足印上面，才從木板上小心地一步一步走進來。」對於空間中器物的擺放位置，是偵探進入現場首要關注的問題。在《催命符》中，霍桑就非常關心命案發生現場中的一個方凳。

這屋子是舊式建築，上面並無承塵泥幔。這廂房的屋面更比較低些，我瞧見那第二根橫梁上，掛著一根白色的扁絲帶的環子。在這環子下面略略偏後一些，有一隻櫸木的方凳，方凳的前面有兩隻拖鞋，卻排成了丁字形，並且距離兩尺光景。

姚國英彎著腰在地板上將兩隻分開的拖鞋撿了起來，又指著那上面的絲帶環子向霍桑等解釋。

「他就是弔在這條帶上的，兩腳落空，離地板約有五六寸光景。這一隻方凳放在他的後面，我還沒有移動過。我想他起先拿了絲帶踏在這方凳上，將帶穿在橫梁上，結好環子，隨即把頭套在環中。那時他的兩足向前一踏，身體便即宕空。在這種情勢之下，數分鐘就可以氣絕致命的。」

姚國英說完，自己便踏上了那方凳，兩手拉住了他前面的環，拉到他的頭頸裏去試了一試。

他又說道：「你們瞧，我如果把兩腳脫離了這方凳，不會和他一個樣子嗎？」他說著隨手把絲帶的結解開，將帶拿下，接著便從方凳上跳下來。

汪銀林用手把方凳推了一推，說道：「這方凳很重，的確不容易翻倒。」

霍桑旋轉頭來問楊春波道：「春波兄，剛才你進來時也曾瞧見這方凳嗎？」

楊春波尋思道：「我沒有注意。當時我驚惶異常，我的眼睛完全注視在汀蓀身上，不曾瞧到他的身後。」

「你剛才說你曾抱著他，要將他放下。你怎樣抱他的呢？」

「他弔的時候面向窗口，我是在他前面抱的。」

　　霍桑湊到那方凳面上細細地察看。

　　姚國英帶著抱歉的語氣，說道：「唉，不錯，這凳面上也許有足印可尋。不會被我弄壞了嗎？」

　　霍桑伸出他的左手，一邊答道：「還好，這方凳靠窗的一邊，果眞有兩個鞋印，不過非常淺淡。請你把那只拖鞋給我。」他接過了姚國英授給他的那雙紅棕色紋皮的拖鞋，放在方凳邊上合了一合。他又點頭道：「是的，正是這雙拖鞋。但這方凳面上並不像別的東西一般地積滿了灰塵，料想本來不是放在這廂房裏的。」

　　姚國英道：「我想這凳子定是從臥室中拿過來，專門墊腳用的。

　　霍桑點頭道：「好，我們再到臥室裏去瞧瞧。」

可見兇手的心思非常周密，具有一定的反偵察能力，因爲那人把汀蘐弔到絲帶上去時，爲了不在方凳上留下自己的足跡，他就穿著死者的皮面拖鞋。等到他從方凳上走下來後，方才換上自己的鞋子，再把拖鞋套在死者的足上。後來兇手又在面盆中洗手，並且用面巾給汀蘐臉上抹了一抹，又梳理了汀蘐凌亂的頭髮。他給汀蘐抹臉的用意也許只想抹去些汀蘐鼻子上的以太臭味，不料卻做了一種偵查的障礙，使霍桑誤信汀蘐當眞曾洗過臉的。這樣的案發現場給讀者留下的第一感覺是甘汀蘐是自殺身亡的假象。

　　小說中的情節是具有時間性的，是需要空間作爲其演繹的背景來烘襯的。空間單純作爲一個意象顯得比較空洞，如果讓人物行爲發生在不同空間裏，再把發生在不同時間段上的故事情節與空間緊密聯繫起來，故事情節就會隨著時間的變化呈現出在空間上不斷變幻、發展的特點，從而使情節變得曲折離奇、跌宕起伏，空間的維度也就會變得愈加充實與豐滿。偵探小說的情節就是通過偵探的行動，使其在空間上不斷再分配和重組的一種敘事模式。在偵探小說常見的經典模式「案發——勘案——破案——說案」中，常常主要使用倒敘和預敘的敘述形式，造成空間場所的轉換，推動故事情節在其中發生、發展，並爲情節的擴張與縮小起到塑形的作用。

　　偵探小說使用的「倒敘」（analepsis）手法就是把發案時的空間早於敘述行爲之前發生，敘述從「現在」開始回憶在先前空間中就已發生的案件。偵探小說通常以偵探接到報案開始，聽取報案人的陳述，去現場勘驗，搜集證據，確定案犯，緝拿歸案，在故事最後案犯與偵探追憶案件如何發生，才回

頭敘述案件發生的過程。故事正常的發展順序應該是：罪犯作案，報案人報案，偵探勘驗現場進行破案，罪犯歸案；而如果採用倒敘的敘事手法，讓故事空間一開始就呈現一具被發現的屍體，並且是現場越血腥，殺人手段越暴力、殘酷，效果就越好，這樣必定會激起讀者的義憤，不會甘心讓兇手逍遙法外，勢必積極主動地投入到緝拿真凶的推理過程中去。

在程小青的《無頭案》中，一位衣衫襤褸的老婦人來霍桑住處報案，懇求幫助，言說她家的媳婦忽然被人殺死，頭已被人斬去，頭部齊頸項起被切斷，血跡斑斑，形狀可怖，慘不忍睹，兒子尤敏已經被抓到警局裏去了。霍桑決定親自前去現場，觀察一下，以明究竟。來到案發現場時，尤敏在警局已經供認不諱。但是，霍桑經過詢問勘察，覺得此案疑點眾多。尤敏為什麼要殺人妻？兇器上何以沒有血跡？兇手為什麼要把受害人的頭顱藏匿起來？倪三提起的小牛有行兇的可能嗎？尤敏若殺人後有充足的時間可以潛逃遠方，他為什麼不出此一著，反報警自首，等待被人逮捕？文本中這些關鍵信息的缺失，無疑在讀者閱讀的過程中製造出了懸念，促使讀者帶著這些疑問，嘗試著去填補文本中出現的這些敘事空白，追隨霍桑在不同的空間現場搜尋證據，使得曲折離奇的情節不斷向前推進：在屍屋後院直通河岸的小徑上，發現有男女腳印；兇手離船的時候，用力往岸上一跳，留在草堆上的泥痕，所獲得的腳印來測度，推理出兇手是從水路來的；去到湧泰船廠，又查明案發前一晚借出過一艘船，疑心租船的傢夥就是兇手。經過霍桑剝絲抽繭般地推理，終於找到了兇手羅夢生的住處。在證據面前，羅夢生說出了為什麼要殺害女傭阿香。通過霍桑與羅夢生共同敘述案發經過，原先故事空間中所缺失的信息得到了彌補，空間維度得以充實，敘述的張力也得到加強。而在《兩粒珠》中，當霍桑把現場復原回初始現場時，讀者可以通過姜寶群的情緒變化，看出霍桑的空間重建的工作是成功的。霍桑剛開始通過邏輯推理重建現場時，姜寶群把一種似信非信的目光瞧著霍桑，等待他的故事開場。起先他的面色，忽紅忽白，忽而抬頭，忽而低垂，可算得變化無窮。他先前本抱著半信半疑的態度，可是因著霍桑的語調，像一個老資格的「說書先生」，抑揚頓挫，而且從容不迫，他的容態也就從懷疑而變成驚訝，更從驚訝而露出羞澀。霍桑說出他打算偷竊的計策時，姜寶群的臉色已經全部通紅了。他的頭已抬不起來，身子微微牽動，兩隻手一會地按在膝上，一會兒又交握著用力捺他的指骨，發出刮刮的聲響。這種種變態，顯示出霍桑的敘述，句句都刺

中了他的心坎！隨後，再加上姜寶群的補充解釋，才把發生在先前空間中的種種疑團一個個徹底刺破。原來那兩件案子果真是一案，但起先既兩相隔閡，絕沒有關聯的線索，自然再也推想不出，但是，一旦有線索能為兩個空間架起溝通的橋梁，自然原先的謎團也會迎刃而解。

有時偵探小說還採用「預敘」（prolepsis）的創作手法，也就是事件尚未發生，而敘述者在其應出現的空間位置之前預先敘述了該事件及其發生的過程。偵探小說的篇名有時候就預告了偵探要在未來的空間中偵破什麼性質的案件：愛倫‧坡的《失竊的信》、柯南‧道爾的《藍寶石案》、張碧梧的《箱中女屍》、葉一峰的《一件殺人案》；讀者有時候會從篇名中預先得知破案線索：程小青的《犬吠聲》、英國作家漢德‧巴伯的《怪物形胸針》、柯南‧道爾的《金邊夾鼻眼鏡》、陸石、文達的《雙鈴馬蹄錶》；以及嫌疑人作案的方法：日本作家天藤真的《聯手作案》、英國作家凱恩‧福特的《催眠術》、勞埃德‧蘭頓的《巨蛇復仇記》、林欣的《「賭國王后」牌軟糖》等等。這些篇名無疑會把小說未來空間中的一些信息預先透漏給了讀者，通過這些簡潔生動的篇名，讀者可以提前預知小說中的某些內容，撩撥起讀者繼續閱讀的願望。

在偵探小說中，為了凸顯偵探有著超乎常人的邏輯推理能力、洞悉未來空間的辨別力以及那種超人般的神秘感，會通過預敘的敘事策略，讓偵探對即將登場的人物做出一些準確預言性的描述。程小青在《迷宮》中記述了霍桑和包朗有一次前往南京旅行，在火車上，一些人物就引起了霍桑的注意和興趣：

> 他低聲叫我說：「包朗，你可曾看見對面第三排座上那個老頭兒？……我知道他身上一定帶著不少錢。……晤，他對面的那個高個子客人卻是一個販私貨的人。大概是黑髮吧？據我估量起來，那黑貨至少總有三十多斤。」
>
> 我正靠著車窗閒眺那殘冬的景物。田野中一片荒涼，連草根也都呈慘淡枯黃之色。
>
> 田旁的樹木都已赤條條地脫落乾淨，就是人家墳墓上的長青的松柏，這時候竟也黯黯沒有生氣。
>
> 我聽了霍桑這幾句話，把我的眼光收束回來，依著他所說的方

向瞧去。那老者約有六十歲左右，穿一件藍花緞的羊皮抱子，圓月似的臉上皺紋縱橫，須兒已有些灰白。他對面那個穿黑呢大衣的男客，面色黑黝，、身材魁梧，好像是北邊人。

我微笑著答道：「這是你的推想？你怎麼能知道？」

霍桑把紙煙取了下來，緩緩彈去了些灰燼，仍低聲說話。

「你也一樣有眼睛的啊。」

「我的眼睛正在另一方面活動，不曾讀見。你究竟誰見了些什麼？」

「我看見那黑呢大衣有一個皮包，起先本好好地放在弔板上的；接著他忽而拿了下來，移在自己的座旁；隔了不久，他又匆匆忙忙地把皮包換到他座位的下面大，踏在自己的腳下。剛才查票員進來的時候，他還流露一種慌張的神色。這種種已盡足告訴我那皮包中一定藏著私貨。並且我估量他的私販的經驗還不很深。」

「那個老頭兒呢？」

「這更是顯而易見了。在這半小時中，他的手已經摸過他的衣袋七次。有一次還顯出驚慌的樣子，似乎覺得他袋中的東西忽已失去了。其實只是他自己在那裏搗鬼——瞧，他的右手又在摸袋了。這已是第八次哩！」

我重新瞧那老人，看見他的右手似摸非摸地在撫摩他的衣袋外面，目光向左右閃動，流露出一種過份謹慎的神氣。

霍桑又附著我的耳朵說：「你瞧，我們的右邊還有兩個西裝少年。我猜他們的行囊中一定也藏些錢。」

我又把目光回過來。這兩個人一個穿一件深棕色的厚呢外衣，裏面是一套灰呢西裝，頭上的呢幅也是灰色。他的臉形帶方，顴骨聳起，眼睛也很有精神。另一個面色較白嫩，眉目也比較端正，頭上戴一頂黑色絲絨的銅盆帽，一套保育花呢西裝，外面罩一件光澤異常的黑色鏡面呢外衣，鑲著一條獺皮領口。他們倆的年紀都只二十六七。那個穿棕色大衣的正在回講劃指。他的穿獺皮衣領的同伴卻在斂神額所，不時還點頭表示領會。

霍桑又說：「包朗，你瞧這兩個人可有什麼特異之處？」

霍桑的敏銳的眼光平日我本是很佩服的，不過像這樣子片面的猜測，既沒有方法證實，他的話是否完全正確，委實也不容易知道。我只向他搖了搖頭，表示沒有意見。

霍桑仍很起勁地說。「哦瞧這兩個人所以穿西裝，大概是含些風頭主義的，說不定還是第一次嘗試。你瞧，那個穿棕色大衣的便領又高又大，和他的頭顱顯然不相稱。他的同伴的領結，顏色是紫紅的，未免太火辣辣，太俗氣，扣打的領結，手術又不在行——收束得太緊些了。嗜，他們的一舉一動都不自然。我相信他們的出門的經驗一定不會太豐富。假使今天這一節車上，有什麼剪級的匪徒或編號，著實可以發些地利市——」

我不禁接嘴道。「好了。我們此番旅行，目的在乎疏散。現在你手空裏空費無謂的腦筋。這又何苦？」

霍桑微笑道。「晤，你的話不錯。不過我的眼睛一瞧見什麼，腦子便會自然而然地發生反應，同時就不自主地活動起來。這已成了一種習慣。對，我的確應當自制一下哩。」

那麼，霍桑在火車上做出的預測，果真如其所料麼？霍桑根據細心觀察到的結果，對陌生空間中出現的人物進行大膽合理的推測，隨著情節發展，逐一驗證了推斷的正確性，使得故事情節變得更加豐富、更具戲劇性，從而突出了霍桑過人的洞察力及推理能力，有驚無險地解決了一件有趣而又意外的案子。

我們火車中瞧見的兩個西裝少年，也同住在這旅館之中，並且就在我們的右隔房四十一號。當我們回進去時，曾和那個穿獺皮領大衣和紫須結的少年相見。他似也認識我們，白嫩的臉上現出一些微笑。我後來知道這人叫楊立素，還有他的那個穿棕色大衣高顴骨的同伴，名叫馬秋霖。他們大概也是找不到別的高等旅館，故而才降格到這新大來的。

這一天晚上，我因著多飲了幾杯酒，忽而發起熱來；第二天早晨頭痛如裂，熱仍沒有退盡。我們本是為遊歷而來，忽然身子不爽，打斷了遊興，未免有些不歡。

　　霍桑慰藉我道：「包朗，你不必失望。姑且休息一天，明天等你身體健了，我們再同遊不遲。此番我們專誠是為遊散來的，外面既不宣揚，當然不致有人來打擾。我們即使在這裡多耽擱幾天，也不妨事。」

　　霍桑所説的話和實際恰巧相反。這一天——2 月 19 日——的金陵報上，就登著我們到新都的消息，並且把我們所住的旅館和臥室的號數都登得清清楚楚。

　　霍桑讀過了報，皺著眉頭説：「這一定是昨晚上費樹聲所請的幾個陪客漏出去的。」

　　我答道：「有了這個消息，萬一又有什麼人登門求教，我們的暢遊計劃豈不是又要打岔？」

　　霍桑道：「那也不妨。明天我們若能找得一個旅館，便可以悄悄地遷移。」

　　這天上午霍桑應了費樹聲的請約，到外交部中去參觀。我因著發熱，就一個人留在寓中。心理學家説，人們的心理常會受身體的影響而轉變。身體軟弱或因病魔的磨折，往往會造成種種偏於消極衰頹的幻想。我的身體既然不健，精神上真也感到煩悶，而且真引起了不少遍思。但是也有一件實際的事引動我的注意。

　　我聽得隔壁四十一號室中，有銀圓的聲音透出來，似有人在那裏盤算款項。

　　我不知道這兩個人帶了多少錢，究竟來幹什麼。不過上一天在火車中，霍桑就料想他們倆的行筐中一定有錢，這一點現在果然已經證實了。

敘述者有時候還會用一種明確敘述的方式提及未來空間將要有什麼事件發生，以及結局會是什麼，隨後才詳細敘述結果是如何達到的。《瑪麗‧羅熱疑案》中，正文之前出現了這樣一段預敘：

　　我應大家要求將公佈於此的奇案，按照時間順序，一條主線貫穿於一連串不可思議的「巧合」中。而它的另一條線，則是最近發生在紐約的「瑪麗‧羅熱兇殺案」。

這段文字就提前告訴讀者，文中將被講述的是一樁奇案，故事是按照時間順

序講述，故事的發展有兩條線索，一條主線，一條支線，這兩條線索將貫穿於正文所涉及的空間。在程小青的《白衣怪》中，在主要情節展開之前，也出現了這樣一段：

> 這一件案子在我的日記之中，也可算是一件有數的疑案。那案子迷離曲折，當時我身處其境——事實上我也曾充任主角的一分子——彷彿陷進了五里霧中，幾乎連霍桑也無從著手。並且這裡面因著性質的幽秘詭奇，還有一種恐怖的印象，至今還深鐫在我的腦中。不過在這案子的開端，卻又似帶些兒滑稽意味。從這滑稽的僵局上觀測，誰也料不到那結局會如此嚴重。

> 那是七月三日——夏令氣候最炎熱的一天。寒暑表上升到九十六度。清早時紅灼的日光，已顯露出酷熱的威嚇，連鳳姊姊也躲得影蹤全無。乾燥的空氣，使人感覺得呼吸的短促，幾乎有窒息之勢。我每逢夏天，總在清晨時工作，中午以後便輟筆休息。可是這一天清晨時既已如此炎熱，我的規定的工作，也不能不暫時破例。我趁這空兒，別了我妻子佩芹，到愛文路去訪問霍桑。想不到這一次尋常的造訪，無意中又使我參預了這一件驚人的疑案，同時使我的日記中增添了一種有趣的資料。

這一部分不僅強調了案件的幽秘詭奇、迷離曲折，同時還預示了儘管故事的開端有點滑稽，但結局是有一個非常嚴重的後果，那麼，這一次尋常的造訪，究竟使得包朗參與了怎樣的一件驚人的疑案？作者運用預敘的方式，把開啓這扇疑案大門的鑰匙交到了讀者手中，進門之後，如何破解懸念、如何揭開神秘的面紗，激起讀者探索未來空間的好奇心。

中國當代懸疑作家直面現實，巧妙運用中國本土的神話傳說，極大地拓展了懸疑小說的敘事空間。余少鐳創作的《秦廣本紀》繼承了蒲松齡以鬼喻世的風格，通過借助陰間地獄第一殿秦廣王的特殊身份，讓他穿行於人世間和陰曹地府。秦廣王專管人間的長壽與夭折、出生與死亡的冊籍；統一管理陰間受刑及來生吉凶。爲了到人間「微服私訪」，並保證不使用法力，秦廣用孟婆湯忘記自己的身份，不選擇地點隨機出世，於是來到了玉嗣村。出世後，地藏王菩薩每年都安排秦廣回陰間處理一些事物。菩薩法力高強，他讓秦廣回陰間時，陰陽兩界的事情記得清清楚楚；一回到人間，就只記得人間的事情。

在陽間，秦廣親眼看到就在那麼貧窮的玉嗣村，眞眞假假的兇神惡煞是如何利用權力吃拿卡要，欺壓善良的老百姓。秦廣體驗到了人間生老病死的苦痛，他看到了人治下的武鬥、賄賂以及腐敗和不公；地獄裏的那些惡鬼來到人間騙財騙色、作惡多端，村民們敬奉稍有不周，動輒就勾魂索命。最可怕的就是那些遭受過欺凌的村民，一旦死去，又會成爲新的兇神惡煞，繼續向活著的人變本加厲橫征暴斂。而陰間兇神惡煞的趁火打劫恰恰就是陽世間的眞實寫照，陰陽兩界的相互映襯，辛辣地諷刺了現世的種種不公平現象，獨特的陰陽兩界的空間轉換，展示給讀者更多的陌生化想像空間。

可見，創作者利用空間轉換，或置前、或延宕，製造了大量懸念，讀者在閱讀偵探小說時就如同一位攀岩者，「再沒有任何處境比一個人用手指攀著懸崖弔在空中、且無望返回安全地帶那樣能製造出更大的懸念了」〔註 55〕，可以說空間把懸念與偵探小說緊緊地融合爲一體，它總是能吸引偵探投入到危險境地中與罪犯進行周旋，以此喚起讀者的焦慮與恐怖之情，使之急於瞭解案件的進展如何，直至案犯被緝拿歸案。

第六節　敘事語言與偵探小說

文學是語言的藝術，語言是文學的第一要素。作者要想在文學作品中把對世界的認識、觀察和想像表達出來，準確無誤地傳遞給讀者，就需要與之相匹配的語言作爲載體。作家的語言不但承載著豐富的思想感情，而且還能讓讀者閱讀時，產生某種聯想的能力，喚起讀者對生活的記憶，引導、制約讀者改造文本中的意象，排除不恰當的解讀，尋求更適合的闡釋途徑。語言表達出了作者對世界的觀想，同時又促使讀者建立起與之相聯繫的某種聯想渠道。通過這個渠道，讀者接收足夠多的信息，激發讀者的想像力，並用自身的生活經歷去填充、豐富文本中的語言信息。最終，讀者的想像力所激發出的聯想和暗示的意義要比原先讀者所接收的信息量要多。

十九世紀中葉，偵探小說的出現是建立在科學實證主義基礎之上的，所以要求作品中表述曲折驚險故事情節的言語，必須符合合乎情理的邏輯推理及科學的破案方法。偵探小說作爲一種獨特的類型小說，讀者想要欣賞的是

〔註55〕〔英〕戴維‧洛奇：《小說的藝術》〔M〕，王峻岩等譯，北京：作家出版社，
　　　　1998：15。

一種特殊的文字智力體操，作者在輸出言語時就要考慮到它的文體特徵。縝密的邏輯推理就是需要創作者使用精確的、富有邏輯性的言語，對疑難問題進行合理科學的思考。對案發現場的描述，不需要運用大段抒情的言語進行渲染，創作者只需對現場進行清晰、嚴謹的客觀陳述即可，如果加入了大段感性的場景描述，很明顯就會分散讀者的注意力，削弱他們對理性分析案情的關注。在《舞后的歸宿》中，霍桑一行來到了舞后王麗蘭被殺現場：

> 這時剛交七點三十分鐘——四月十九日的早晨，星期一。從霍桑寓所到青蒲路，汽車的途程，只有七分鐘。霍桑的汽車在二十七號門前煞住的時候，有一個派在屍屋門口看守的九十九號警士，忙走過來開車廂的門。他是熟識霍桑的。

> 他把手在帽檐上觸了一觸，招呼説：「霍先生，倪探長等候好久啦。」

> 霍桑點點頭，跳下車去。我也跟著下車，隨手將車廂門關上。

> 這發案的二十七號屋子是一宅半新的小洋房，共有三層，外面用水泥塗刷，上下都是鋼條框子的玻璃窗，窗内襯著淡黃色的窗簾，外觀很精緻。這時樓窗的一角受了太陽，正閃閃射光。這屋子是孤立的，門面向青蒲路，是朝南的：東側臨大同路的轉角；西邊是一小方空地。

> 屋子前面有一垛短牆，牆上裝著尖刺的短鐵柵。那門是盤花的鐵條做的，上端也有尖刺，都漾著淡綠色。我們剛踏進這鐵條門，便瞧見左手裏有個小小的花圃，約有八九尺深一丈半以上闊。圃中種著些草花，内中幾朵淺紅的月季，瘦小異常，受了夜雨的欺誘，嫣然開放，可愛又覺可憐。有幾隻瓷盆倒很精細，但隨便放在地上，瓷面的四周已濺滿了泥水，顯得屋主人對於蒔花的工作並不感到怎樣的興趣。右側裏也有一小方空地，有短冬青樹隔著，不過已被那看門人的小小的門房占去了一大半，加著另有一株棕樹，實際上已所「空」無多。

這一部分，介紹了霍桑一行來到案發現場的時間，大部分是對案發現場二十七號屋的客觀描述，他們觀察到房屋的樓層、裝有鋼條框子的玻璃窗、短牆上帶有尖刺的短鐵柵、門上端的尖刺，這些說明屋主具有防盜安全意識，而

那幾朵瘦小淺紅的月季花的著墨不多，可以說是對被害人悲慘命運的一種襯托。

　　霍桑對王麗蘭死因的推理，就如同一臺上滿發條運轉的精密齒輪機，環環相扣，步步推進，語言簡明、條理，理由充分合理，詳盡的推理帶領讀者一步步逼近真相。

　　霍桑道：「那有幾個根據：第一，王麗蘭的死，分明是安坐在書桌面前椅子上的時候。伊並沒有掙扎狀態，但伊的眼睛裏卻留著驚駭之色。可見那行刺的人，似和死者極相熟而不提防的，決不是突如其來的外客，或是本來和伊有什麼怨嫌的。故而那人突然行刺，伊就來不及抵抗；不過伊在臨死的一剎那，眼睛裏仍不能不露出驚異。第二，就是那地板上奇怪的皮鞋印子。我們知道那印子除了死者自己的不算，共有甲乙兩組。那乙組印子進去時深而出外時淺，並且一進一出也並不怎樣整齊。現在我們已知道這乙組印子，就是那雨衣客留下的。那人在會客室中盤桓了好久，他的皮鞋經過地毯的磨擦，所以出外時淺淡得幾乎看不出了。那甲印卻就大大的不同，一進一出，都很清楚，而且進出的兩行，整齊不亂，並沒有互相交疊的痕跡。這不像是一個從外面進去的人，在室中耽擱了一回然後出來；卻像是有一個人從外面進去，走進客室，到地毯的邊際站了一站，馬上就退出來。這固然是一個可能的假定，但實際上還不很健全和合理，因為那進出的兩行，分別得太清楚了。更合理的假定，像是有一個人，故意留著這一進一出的足印，要人家相信有一個人從外面進去，後來又從裏面出來。為什麼呢？那自然的結論，就是那個人本來在屋子裏，他幹了犯法的勾當，卻想把嫌疑讓渡給外來的人吧。

　　「不過我既然有了第一個雖然不很合理的假定，那我不能不先肅清外圍的疑點。我必須把外面的幾個嫌疑人都證實不曾進過屋子裏去，然後我的第二個假定才能成立。不幸得很，這甲印的皮鞋，又牽涉了陸健笙和老毛，關係更見複雜，所以，我不能不先把一切可能的嫌疑完全解釋清楚。

　　「後來案情的真相逐步發展，在可能進屋子裏去的人，一個個都經過證實和排除，我又把屋子裏的幾個人逐一加以精密的估量。

> 安娜又告訴我麗蘭和李守琦有過婚約的事。這樣一來，我的眼光便
> 轉移到李芝範身上去。因為單就動機方面說，除了單純的金錢目的
> 以外，又加上了兒子毀婚的怨嫌，我就開始推想他的行動上的可能
> 性了。」

偵探小說中氣氛的營造是以不妨礙推理為前提，所以語言不著意於動人肺腑的抒情、纏綿悱惻的刻畫，而追求的是一種緊張刺激的鬥智娛樂的解謎過程。偵探要進行嚴謹科學的推理，選詞上就要精準。創作者使用精準的語言去描摹所觀察到的事物，這樣才有利於偵探與讀者共同判斷，文本中所傳達的信息哪些是有效證據，哪些是罪犯在故弄玄虛。細節是決定偵探小說生命的重要要素之一，它大大豐富了作品的內涵，成功的細節設計可以使讀者如臨其境、如歷其事、如見其人，從而營造出恐怖、神秘、緊張的氛圍。如在《白衣怪》中，吳紫珊的臥室，佔據了整個西次間。西廂房中都堆積著許多傢具雜物。靠西的一邊並無窗口，光線只從廂房中的東窗裏間接進來，所以這次間中的光線，比較死者的臥室幽暗得多。霍桑一行進入吳紫珊的臥室：

> 迎面便看見一隻掛著白復布帳子向南的單人鐵床，床上躺著一
> 個人，身上蓋著一層單被，只露著他的面部，頭底下墊著兩個很高
> 的枕頭。那人年齡也在四十五六光景，皮色雖然焦黃，但不見得怎
> 樣消瘦。他的額髮很低，並很濃厚，兩條濃黑的眉毛，罩著一雙有
> 力的眼睛，下頜帶些方形，領骨略略向外突出。他的嘴唇上的鬚根
> 和兩邊的鬢毛，卻已好幾天沒有修雍。靠床也有一隻鏡臺，不過木
> 質粗劣，淡黃色的油漆也斑河駁雜。桌上放著兩瓶汽水，和兩隻玻
> 璃杯，一瓶已空，旁邊還有一罐紙煙，和一匣火柴。病人枕邊有幾
> 張報紙和幾本書，還有一把摺扇。那個陪伴的木匠阿毛，卻站在床
> 的一端。那病人。見我們進去，便發出一種很微弱的聲音，和我們
> 招呼。

幽暗的光線，皮色焦黃的病人，微弱的聲音，烘託出緊張、靜寂、壓抑的氣氛，出於偵探職業要求，霍桑一行人客觀、理性地觀察了吳紫珊臥室，即使簡單的房間物品，也逃不出偵探敏於觀察的雙眼。包朗瞧見那紙煙罐上的那匣火柴，是飛輪牌子，就悄悄地開了火柴匣，順手取了兩根火柴，放在他的外褂袋中，這是因為裘日升說過，三天前當那怪事發生以後，他臥室中的鏡臺上面，發現過一枚火柴。霍桑還發現他枕邊的兩本書是《匯兌要義》和《證

劵一覽》，而對於一位身體有病，卻還注意著金融消息的病人來講，是否也會隱藏著某種與死者的利益關係？在柯南・道爾的《銀色馬》（*Silver Blaze*）中，讀者更是領略到偵探小説大家在選詞上的良苦用心：

> "You consider that to be important?" he asked.
>
> "Exceedingly so."
>
> "Is there any point to which you would wish to draw my attention?"
>
> "To the curious incident of the dog in the night-time."
>
> "The dog did nothing in the night-time."
>
> "That was the curious incident," remarked Sherlock Holmes. 〔註 56〕

在這一段對話中，福爾摩斯與華生討論了那晚發生的奇怪現象。柯南・道爾並未選用普通常見的「during the night」來描述那晚發生的事件。在日常生活中，「during the night」常用來表達眞實的、實際的事件，就像下列陳述：「I was ill during the night」或者「Thunderstorm woke me up during the night」。而「in the night-time」常用於描述一件神秘的、充滿魔力的、不可思議的和富有詩意的事件。當用這個短語去描述偵探世界中發生的神秘案件時，讀者不由自主會意識到令人害怕、擔心、產生幻想的事件會隨之而發生。柯南・道爾作爲遣詞造句的文字大師，此處僅選用了簡單的一個介詞「in」，就爲事件的發生營造出一種奇異的氛圍。

偵探小説中，創作者設計的懸念成功與否，少不了運用神秘這一要素，語言的神秘性在其中的作用不可小覷。「神秘的揭開就等於最終對讀者疑慮的消除，是理智戰勝本能、秩序戰勝混亂的宣言。」〔註 57〕那麼，神秘氛圍如何去營造呢？模糊暗示性的語言或某一事件被反覆重複提及都可以起到這個作用。《白衣怪》中，程小青爲了營造出危險的境界、疑難的局勢，一開篇就利用懸念弔起讀者的胃口：

> 這一件案子在我的日記之中，也可算是一件有數的疑案。那案子迷離曲折，當時我身處其境——事實上我也曾充任主角的一分子——彷彿陷進了五里霧中，幾乎連霍桑也無從著手。並且這裡面因

〔註56〕譯文：「你斷定這是很重要的嗎？」格雷戈里問道。「非常重要。」「你還要我注意其他一些問題嗎？」「在那天夜裏，狗的反應是奇怪的。」「那天晚上，狗沒有什麼異常反應啊。」「這正是奇怪的地方。」歇洛克・福爾摩斯提醒道。

〔註57〕〔英〕戴維・洛奇：《小説的藝術》〔M〕，王峻岩等譯，北京：作家出版社，1998：34。

> 著性質的幽秘詭奇，還有一種恐怖的印象，至今還深鑴在我的腦中。
> 不過在這案子的開端，卻又似帶些兒滑稽意味。從這滑稽的僵局上
> 觀測，誰也料不到那結局會如此嚴重。

這起案件是如何迷離曲折，居然大偵探霍桑也無從下手，案情又是怎樣幽秘
詭奇，使得事件過去了很久，包朗對此還有恐怖的印象，並且事件的結局還
是非常嚴重。這些在讀者心目中所造成的疑慮，促使讀者對白衣怪的神秘性
充滿了好奇心。在康奈爾・伍爾里奇的《我嫁給了一個死人》中，開篇「But she
was too thin，except in one place.」並未說明那個地方是哪裏，這種模糊的含義
就構成了一個懸念，吸引有好奇心的讀者繼續閱讀下去尋求答案。隨著情節
的展開，讀者才恍然大悟原來她懷孕了，而懷孕這個事實是對整個情節的推
動起到至關重要作用的一個懸念。在柯南・道爾的《巴斯克維爾的獵犬》中，
那個怪異而古老的傳說中的一句話：「不要在黑夜降臨、罪惡勢力囂張的時候
走過沼地」，就是一句帶有詭秘、恐怖色彩的咒語，一而再、再而三地反覆在
文中出現，給巴斯克維爾家族帶來災難性的警告，它的出現不時地撞擊讀者
的耳鼓，緊張的懸念釋放出驚心動魄的魔力，令讀者如墜雲裏霧中，使讀者
產生異樣的幻覺與想像。

　　偵探小說炫奇鬥險，營造神秘、緊張、恐怖的審美風格，常常會令讀者
的精神處於高度緊張壓抑的狀態中。而幽默、調侃語言的使用則會緩和緊張
的氣氛，舒緩讀者繃緊的神經。比喻、誇張等修辭手法的運用，通過賦予形
式，文本強化了生動表現語言的能力；同時，通過語言的暴力，使得偵探世
界又為大眾讀者呈現出一種「陌生化」的樣態。在《跳舞的人》中，華生看
到做實驗的福爾摩斯：「他腦袋垂在胸前的樣子，從我這裡望去，就像一隻瘦
長的怪鳥，全身披著深灰的羽毛，頭上的冠毛卻是黑的」〔註 58〕。調侃幽默
的語氣十分明顯，使讀者一進入文本，就感受到了福爾摩斯忘我的工作作風。
在《怪房客》中，霍桑接待了一位年老的婦人：

> 　　不過那老婦說話時口沫橫飛，霍桑的臉上竟一再地濺著了好幾
> 點，未免使他有些地不能效勞。
>
> 　　他一邊取出白巾，抹他面頰上的涎沫，一邊扶著那老婦坐在一
> 隻圈手椅中。可是那老婦竟像有彈簧的皮人一般，好容易扶著伊坐

〔註 58〕〔英〕阿・柯南道爾著：《福爾摩斯探案全集（中）》〔M〕，丁鍾華等譯，北
　　　　京：群眾出版社，2001：287。

下了，一放手又立直了身子，發出那上一節我記著的第二次高論。

霍桑看到要使伊寧靜下來，大概不會有什麼有效的辦法，只得退後一步，和伊略略隔得遠些。他顯然不敢再領教伊的口齒間的雨點。

我見了這狀，不禁暗暗地好笑，同時發生一種滑稽的意念。拉婦人假使輕著二十年的年紀，裝飾上也變換得摩登些兒，那麼伊説話時即使有口沫飛出，在一般色情狂的少年們見了，説不定將認做「美人香唾」，也許要領受不退呢！

這段當中把老婦人比喻成皮人一般，也是十分形象，淋漓盡致地表現出了老婦人激動狂躁的心情，同時幽默調侃的語氣也爲緊張的破案添加了輕鬆的節奏，緩解了緊張恐怖的氣氛。

第四章　媒介與產業
——偵探小說的傳播與接受

　　傳統意義上的大眾傳播媒介報紙、雜誌、廣播、電視等，具有歷史久、傳播信息速度快、受眾廣、影響大等特點。隨著科學技術的飛速發展，信息時代的來臨，新技術支撐體系下的「第五媒體」出現了新的媒體形態，如數字雜誌、數字報紙、數字廣播、手機短信、移動電視、網絡、桌面視窗、數字電視、數字電影、觸摸媒體、手機網絡、博客、播客、微信等。這些互動式數字化媒體滿足了人們快節奏的生活方式，迎合了人們休閒娛樂、時間碎片化的需求。互聯網的普及，使得大眾全天候、互動性、個性化與外界交流成為可能，這是未來大眾傳播媒介發展的新趨勢。

　　大眾傳播媒介形式會直接影響到文學的生態環境，制約文學作品的傳播與接受。偵探小說發軔之始就與報紙、期刊為主體的大眾傳播媒介聯繫在了一起，兩者相輔相成，榮辱與共，互為因果。1841 年 4 月，愛倫·坡在新創刊的《格雷姆雜誌》上發表其第一篇推理名作《莫格街謀殺案》，標誌著開創了一種新的文學類型——偵探小說，並且從中誕生了文學史上第一個偵探形象杜賓。而歇洛克·福爾摩斯也於 1887 年冬天，首次出現在由《比頓聖誕年刊》發表的《血字的研究》中，並且隨著《海濱雜誌》中《波希米亞醜聞》的發表，讀者開始注意到福爾摩斯獨特的人格魅力，逐漸熟悉了偵探小說文本的遊戲規則，習慣了福爾摩斯和華生搭檔「一唱一和」的偵破案件的模式，記住了貝克街 221 號 b……；《歪唇男人》之後，雜誌社無文可發導致銷量銳減。雜誌社答應為作者柯南·道爾提供每篇故事（無論長短）支付五十英鎊的高額稿酬，才使得福爾摩斯的故事得以繼續。1892 年的前半年，《海濱雜誌》又登載了有關福爾摩斯的六個故事，反響熱烈。雜誌社與作者實現了雙贏，

又登載了有關福爾摩斯的六個故事，反響熱烈。雜誌社與作者實現了雙贏，福爾摩斯——華生式的偵破模式開始走紅文壇，享譽世界。同樣，大眾傳播媒介爲中國現代文學的快速現代化提供了有效的傳播途徑。偵探小說與大眾傳媒存在著密切的關係，媒體就是載體，大眾傳媒不僅爲偵探小說提供了存在的物質基礎，而且直接促成了我國近現代偵探小說的形成與發展，實現了我國古代公案小說從形式到內容的文化內涵的根本轉型。

第一節　大眾傳播媒介與偵探小說

一、印刷媒介與偵探小說的傳播

　　十九世紀中後期，中國歷經鴉片戰爭、甲午海戰、戊戌變法，備受摧殘。1840 年的鴉片戰爭強行打開了「閉關鎖國」已久的清朝大門，李鴻章曾把鴉片戰爭以來的遭遇稱作「三千年未有之變局」〔註1〕，用「創巨痛深」表達了中國士大夫內心的苦悶。隨之，「中國四千年大夢之醒悟，實自甲午一役始也」〔註2〕，西方列強掀起了爭奪租借地的狂潮，中國不得不面臨立即被分割的危險，開啓了「五千年來未有之創局」〔註3〕，有識之士清醒地意識到「俄北瞰，英西睒，法南瞬，日東眈，處四強鄰之中而爲國，岌岌哉！」〔註4〕，一種前所未有的危機氣氛形成了，全國彌漫著被瓜分的恐懼。在十九世紀九十年代，西方各種思想和價值觀念首次從通商口岸大規模地向外擴展，爲九十年代中期在士紳文人中間發生的思想激蕩提供了決定性的推動力〔註5〕。

　　爲了保種救國，一部分先進的知識分子開始尋求救國之道，有意識地向西方學習。但是，隨著北洋水師的全軍覆沒，「中學爲體，西學爲用」宣告失敗，不光維新人士意識到「甲午以前，我國士大夫言西法者，以爲西人之長不過在船堅炮利，機器精巧，故學知者亦不過炮械船艦而已。此實我國致敗之由也。乙末和議成，士夫漸知泰西之強由於學術」〔註6〕，就連在華傳

〔註1〕　李鴻章：《洋務運動・第一冊・奏議海防摺》〔M〕，上海：上海人民出版社，1961：42。
〔註2〕　梁啓超：《飲冰室合集・戊戌政變記》〔M〕，北京：中華書局，1989：113。
〔註3〕　王爾敏：《中國近代思想史論》〔M〕，北京：社會科學文獻出版社，2003：329。
〔註4〕　陳福康：《中國譯學理論史稿》〔M〕，上海：上海外語教育出版社，2000：93。
〔註5〕　費正清、劉廣京編：《劍橋中國晚清史・下卷》〔M〕，北京：中國社會科學出版社，2007：272。
〔註6〕　郭延禮：《中國近代翻譯文學概論》〔M〕，武漢：湖北教育出版社，1998：9。

教士傅蘭雅也認為中國積習太重，進步緩慢，改造中國不是一朝一夕就能奏效的〔註7〕。

很顯然，保守的官吏和腐敗的滿清政府，是無能為力完成維新變革大業的。那麼，哪些人才能擔當起實現中華民族復興的重任？梁啓超意識到「所思所夢所禱祀者，不在轟轟獨秀之英雄，而在芸芸平等之英雄」〔註8〕，「新民為中國之第一急務」〔註9〕，「兵丁、市儈、農氓、工匠、車夫馬卒、婦女、童孺」就是最需要接受啓蒙的民眾。啓蒙這些民眾要借助什麼方式，才能達到救國保種的目的呢？喬納森‧卡勒〔註10〕（Jonathan Culler）發現，在現代民族國家認同的形成過程中，文學發揮了重要作用，他認為文學是一種極其重要的理念，是一種被賦予若干功能的、特殊的書面語言，「文學被作為一種說教課程，……文學對教育那些麻木不仁的人懂得感激，培養一種民族自豪感，在不同階級之間製造一種夥伴兄弟的感覺能起到立竿見影的作用」〔註11〕。

十九世紀是維多利亞時代文化繁榮時期，小說的繁盛及其崇高地位影響到了晚清知識分子，他們認識到「啓民智」最便捷的途徑就是採用小說這種形式。而報紙期刊就是承載這些小說的有效載體。阿英就曾經針對晚清小說空前繁榮現象，論述了它與新聞事業的密切關係。

> 第一，當然是由於印刷事業的發達，沒有前此那樣刻書的困難；由於新聞事業的發達，在應用上需要多量產生。第二，是當時知識階級受了西洋文化影響，從社會意義上，認識了小說的重要性。第三，就是清室屢挫於外敵，政治上又極窳敗，大家知道不足與有為，遂寫作小說，以事抨擊，並提倡維新與革命〔註12〕。

〔註7〕 他說：「外國的武器，外國的操練，外國的兵艦都已試用過了，可是都沒有用處，因為沒有現成的、合適的人員來使用它們。這種人是無法用金錢購買的，他們必須先接受訓練和進行教育。……不難看出，中國最大的需要，是道德的或精神的復興，智力的復興次之。只有智力的開發而不伴隨道德的或精神的成就，決不能滿足中國永久的需要，甚至也不能幫她從容之應付目前的危機」。參看：熊月之《西學東漸與晚清社會》〔M〕，北京：中國人民大學出版社，2011：458。

〔註8〕 《辛亥革命前十年間時論選集‧第一卷‧上冊》，梁啓超《過渡時代論》〔M〕，北京：三聯書店，1963年。

〔註9〕 梁啓超：《新民說》〔M〕，鄭州：中州古籍出版社，1998：46。

〔註10〕 美國著名學者，在文學批評、文學理論和比較文學中有所建樹。

〔註11〕 喬納森‧卡勒：《文學理論》〔M〕，李平譯，香港：牛津大學出版社，1998：39。

〔註12〕 阿英：《晚清小說史》〔M〕，北京：江蘇文藝出版社，2010：1。

隨後，這些先進的知識分子以報紙期刊為陣地，吹響了啓迪民智輿論的號角。
1897 年，嚴復、夏曾佑在天津《國聞報》上發表《本館附印說部緣起》，文中
就引西歐、日本的成功經驗為證：「且聞歐美、東瀛，其開化之時，往往得小
說之助」。同年，康有為在《日本書目志・識語》中極力鼓吹普及小說的重要
性：「宋開此體，通於俚俗，故天下讀小說者最多也。啓童蒙之知識，引之以
正道，俾其歡欣樂讀，莫小說若也」〔註13〕。1898 年，梁啓超在《譯印政治
小說序》中肯定了小說具有的娛樂性和通俗性。但是，他認為中土小說，雖
列之於九流，「綜其大較，不出誨淫誨盜兩端。陳陳相因，塗塗遞附，故大方
之家，每不屑道焉」；歐洲各國的政治小說在啓迪民智方面發揮了神奇功能：
「在昔歐洲各國變革之始，其魁儒碩學，仁人志士，往往以其身之所經歷，
及胸中所懷，政治之議論，一寄之於小說。於是彼中綴學之子，黌塾之暇，
手之口之，下而兵丁、而市儈、而農氓、而工匠、而車夫馬卒、而婦女、而
童孺，靡不手之口之。往往每一書出，而全國之議論為之一變。彼美、英、
德、法、奧、意、日本各國政界之日進，則政治小說，為功最高焉」。最後，
他明確寫道：「今特採外國名儒所撰述，而有關切於今日中國時局者，次第譯
之，附於報末，愛國之士，或庶覽焉」〔註14〕。這些觀點在晚清有識之士中
形成了共識：「歐美之小說，多係公卿碩儒，察天下之大勢，洞人類之賾理，
潛推往古，豫揣將來，然後抒一己之見，著而為書，用以醒齊民之耳目，勵
眾庶之心志。或對人群之積弊而下砭，或成為國家之危險而立鑒，然其立意，
則莫不在益國利民，使勃勃欲騰之生氣，常涵養於人間世而已。至吾邦之小
說，則大反是」〔註15〕。

　　1902 年，梁啓超發表《論小說與群治之關係》，舉起了「小說界革命」的
大旗。文章一開篇就論證了「新民」與「新小說」的關係〔註16〕，說明小說
界革命的必要性，應將小說置於社會意識形態諸種形式的主導地位〔註17〕，

〔註13〕陳平原、夏曉虹：《二十世紀中國小說理論資料・第一卷》〔M〕，北京：北京
　　　　大學出版社，1989：12～13。
〔註14〕梁啓超：《譯印政治小說序》，《清議報》1898 年第一冊。
〔註15〕衡南劫火仙：《小說之勢力》，《清議報》1901 年第六十八冊。
〔註16〕欲新一國之民，不可不先新一國之小說。故欲新道德，必新小說；欲新宗教，
　　　　必新小說；欲新政治，必新小說；欲新風俗，必新小說；欲新學藝，必新小
　　　　說；乃至欲新人心、欲新人格，必新小說。何以故？小說有不可思議之力支
　　　　配人道故。
〔註17〕楊聯芬：《晚清至五四：中國文學現代性的發生》〔M〕，北京：北京大學出版

小說之支配人道,「爲文學之最上乘也」,是因爲小說有四種力:一曰熏、二曰浸、三曰刺、四曰提,從而肯定了小說的價值所在〔註 18〕。他認爲中國群治窳敗之總根源皆因中國傳統小說使然〔註 19〕,正因爲這些傳統小說的薰染,才使得中國國民愚昧、不思進取,阻礙了社會進步,國家落後,以致被動挨打。「故今日欲改良群治,必自小說界革命始;欲新民,必自新小說始」〔註 20〕。用於啓蒙的新小說富含愛國之思、科學哲理和救世濟民之道,國人希望它能早日發揮救國保種的作用。在短時間內,最便捷的方式就是「拿來主義」,去翻譯域外小說。至此,晚清思想文化界開始高度重視域外小說的翻譯。

　　大眾傳播媒介不僅傳播了晚清知識分子的原創作品,而且還起到把西方優秀的思想、文學作品譯介入到我國的橋梁溝通的作用。1902 年,《新小說》雜誌創刊於日本橫濱,次年改在上海刊行,連載過《二十年目睹之怪現狀》、《痛史》等名作,並宣佈「本報所登載各篇,著、譯各半,但一切精心結構,務求不損中國文學之名譽」,其中,哲理科學小說「專借小說以發明哲學及格致學,其取材皆出於譯本」;軍事小說「專以養成國民尚武精神爲主,其取材皆出於譯本」;冒險小說「如《魯敏遜漂流記》之流,以激厲國民遠遊冒險精神爲主」;「探偵小說,其奇情怪想,往往出人意表。前《時務報》曾譯數段,不過嘗鼎一臠耳。本報更博採西國最新奇之本而譯之」。〔註 21〕《繡像小說》創刊於 1903 年,也主張「遠摭泰西之良規,近挹海東之餘韻,或手著,或譯本,隨時甄錄,月初兩期,藉思開化夫下愚,逴計貽譏於大雅」。〔註 22〕大量文學期刊的出現,爲譯者譯介外國文學提供了公開發表的平臺,使其在中國傳播成爲一種積極主動的行爲。1895 年到 1919 年,是近代翻譯文學的快速發

社,2006:22。

〔註 18〕梁啓超認爲:「此四力者,可以盧牟一世,亭毒群倫,教主之所以能立教門,政治家所以能組織政黨,莫不賴是。文家能得其一,則爲文豪;能兼其四,則爲文聖。有此四力而用之於善,則可以福億兆人;有此四力而用之於惡,則可以毒萬千載。而此四力所最易寄者惟小說。」

〔註 19〕吾中國人狀元宰相之思想何自來乎?小說也。吾中國人佳人才子之思想何自來乎?小說也。吾中國人江湖盜賊之思想何自來乎?小說也。吾中國人妖巫狐兔(鬼)之思想何自來乎?小說也。

〔註 20〕梁啓超:《論小說與群治之關係》,《新小說》1902 年第一號。

〔註 21〕新小說報社,中國唯一之文學報《新小說》,《新民叢報》十四號(1902 年)。

〔註 22〕商務印書館主人,本館編印《繡像小說》緣起,《繡像小說》第一期(1903 年)。

展與繁榮期。在這 20 多年間，西方小說被大量譯介到中國，主要有政治小說、
科學小說、冒險小說、哲理小說、誦怪小說、法律小說、外交小說、奇情小
說、寫情小說及偵探小說等。在 1902 年到 1907 年，呈現出「翻譯多於創作」
的樣態〔註 23〕。為什麼會出現這種狀況呢？按照以色列學者伊塔馬・埃文・
佐哈爾（Itamar Even-Zohar）多元系統理論的觀點，在以下三種社會情形中，
翻譯文學會在文學多元系統中占主要位置，即它要積極參與多元系統中心的
建設工作，成為其中不可或缺的組成部分：

> When a literature is "young," or in the process of being established;
> when a literature is "peripheral" or "weak" or both; and when a
> literature is experiencing a "crisis" or turning point.〔註 24〕

> （當文學處於尚未定型，正在建立的狀態；當文學處於邊緣或
> 弱勢階段；當文學正經歷危機，出現轉折點之時。——筆者譯）

我國的傳統小說一直以來被文人士大夫視為「小道」，排斥在詩詞等正統文學
之外，處於邊緣地位，被維新人士認為是「不出誨淫誨盜兩端」，受到士大夫
們鄙視，為此小說家創作小說後一般也不署名，而此時隨著清王朝走向末路，
公案小說也失去了它存在的社會現實基礎。這些實際情況使得我國文學領域
出現了危機，文學處於向現代轉型的關鍵節點上，急需輸入新的思想和文學
形式，供本土作家模仿、創作，填充舊有的文學形式退出而產生的文學真空。
這樣大量的翻譯文學順應時代潮流應運而生，佔據了文學多元系統的中心位
置。

　　翻譯文學在佔據文學系統中心位置的過程中，借助報紙期刊等媒體平臺
影響了中國傳統文人的文學觀念，使他們對所創作文體類型的選擇有了新的
認識。在眾多的翻譯小說中，偵探小說的翻譯數量獨佔鰲頭。阿英先生描述
了當時的情景：「如果說當時翻譯小說有千種，翻譯偵探要占五百部上。」他
認為偵探小說在中國抬頭並風靡，是因為這種文學類型與中國傳統文學有許
多相似之處，晚清傳統文人易於接受、模仿創作，並且契合了當時民眾渴求
公平、正義的心理〔註 25〕，從而擁有了廣大的讀者群。那麼，晚清小說會為

〔註 23〕樽本照雄：《清末民初的翻譯小說——經日本傳到中國的翻譯小說》，載於王
　　　　宏志《翻譯與創作》〔M〕，北京：北京大學出版社，2000：163。
〔註 24〕Even-Zohar, Itamar. Polysystem Theory. Poetics Today. 1990. Volume 11, Number
　　　　1. Retrieved from http://www.tau.ac.il/~itamarez.
〔註 25〕「由於資本主義在中國的抬頭，由於偵探小說，與中國公案和武俠小說，有

讀者描繪出怎樣的司法圖景？清末民初為西方偵探小說的大量譯介，提供了哪些必要的社會物質基礎？我國傳統主流詩學使西方偵探小說譯介入中國發生了哪些變異，並對我國偵探小說的創作又有怎樣的影響呢？

1、晚清小說中呈現的司法景觀

文學作品來源於生活，是一定時代社會生活的反映。晚清譴責小說涉及大眾生活的各方面，但以反映官場內容最為常見，情節人物也大都從真實社會情景中選取。蔣瑞藻《小說考證》卷七引《缺名筆記》說《二十年目睹之怪現狀》：「書中影託人名，凡著者親屬知友，則非深悉其身世者莫辨。當代名人如張文襄、張彪、盛杏蓀及其繼室、聶仲芳及其夫人（即曾國藩之女）、太夫人、曾慧敏、邵友濂、梁鼎芬、文廷式……等，苟細讀之，不難按圖而索也。」從這段話中我們可以知道晚清小說一定程度上真實反映了當時的社會生態狀況，細讀此類作品，對史料精細梳理，能使我們最大限度還原晚清社會司法的原生態。只有大膽設想和正確理解當時的翻譯史實環境，我們才能給予當時的翻譯文化現象合理的分析與評說。因此，通過分析晚清小說作品中的司法現象，對於深入闡述晚清時期大量偵探小說譯介的社會背景，具有一定的史學意義。

《大清律例》以明律為藍本，歷經順治、康熙、雍正、乾隆四朝修撰完畢。首篇是名例律，其次各篇按六部命名：吏律、戶律、禮律、兵律、刑律、工律 7 篇，30 門；律文 436 條，律後分別附以奏准的條例 1049 條。清代從順治二年開始修律，至乾隆五年編成《大清律例》，歷時近 100 年，積累了豐富的經驗，考核了歷代的得失，律例的內容頗為詳備，律例所載，嚴密周詳。司法制度程序完備，審級嚴格，會審和死刑覆核得以制度化、法律化。經過百年修訂的律法，如果能做到有法可依、有法必依，晚清的法制環境應該是比較寬鬆，不至於民怨沸騰、怨聲載道。

根據《大清律例》的規定，清代實行四級審判制度。其中，最低審級是知縣，只能執行笞杖刑；徒刑、流刑均要上報由督撫和刑部覆核；死刑更要通過皇帝御批或經過秋審處決。可是，《老殘遊記》所描述的卻是相悖於《大

許多脈搏互通的地方。先有一兩種試譯，得到了讀者，於是便風起雲湧互應起來，造就了後期的偵探翻譯世界。與吳趼人合作的周桂笙（新庵），是這一類譯作能手，而當時的譯家，與偵探小說不發生關係的，到後來簡直可以說沒有」。──阿英《晚清小說史》〔M〕，南京：江蘇文藝出版社，2010：190。

清律例》規定的案例。作品中地方官不遵循朝廷律法，做出了無法無天的事情，血淋淋地反映了清末地方司法執行狀況：

> 方跪下，毓大人拿了失單交下來，說：「你們還有得說的嗎？」
> 于家父子方說得一聲「冤枉！」只聽堂上驚堂一拍，大嚷道：「人贓現獲，還喊冤枉！把他站起來〔註26〕。去！」左右差人連拖帶拽，拉下去了。〔註27〕

《大清律例》規定，對老弱病殘、功名在身之人不能使用刑具刑罰。但是毓賢未經訊問，調查事實真相，就直接處以於朝棟站籠這種刑罰。清朝野史大觀記載有《曹州知府》一則，關於毓賢治盜之事。浙東某太守一日往謁毓賢，看到這樣的場景：

> 甫至署門，見左右各列站籠四架，觀其枷人頭處，油膩厚殆寸許。蓋必站死人百數，始有此狀。太守心為戰凜。……太守曰：「然則君辦盜案若干？」某曰：「殊不多，凡歸案辦者，才殺千餘人。」太守訝問：「豈尚有不歸案者乎？」某曰：「盜多，得輒殺之，何暇悉上聞？」太守又問其數，某曰：「亦無幾，不過七千餘人耳。」時某公到任才兩年。

「得輒殺之，何暇悉上聞？」一針見血地暴露出毓賢秉性暴戾，視人命如草芥的審案態度。書中還描寫了酷吏對犯罪嫌疑人的仇恨，斷乎不能讓他們多活一天的心態令人髮指，尖銳地痛斥了酷吏為所欲為，囂張跋扈的氣焰〔註28〕。由此可見，《老殘遊記》中直接呈現了晚清地方司法被昏官、酷吏扭曲、踐踏的情景。在制定刑律時，清王朝統治者就考慮到要限制地方司法大員的裁量權。然而晚清小說顯示，地方官吏裁決案件時，隨意性、傾向性嚴重，

〔註26〕 站籠：清代刑罰一種。
〔註27〕 《中國近代文學大系‧小說集四‧劉鶚〈老殘遊記〉》〔M〕，上海：上海書店出版，1992：274。
〔註28〕 差人又回道：「今兒可否將他們先行收監？明天定有幾個死的。等站籠出了缺，將他們補上好不好？請大人示下。」毓大人凝了一凝神，說道：「我最恨這些東西！若要將他們收監，豈不是又被他多活了一天去了嗎？斷乎不行！你們去把大前天站的四個放下，拉來我看。」差人去將那四人放下，拉上堂去。大人親自下案，用手摸著四人鼻子，說道：「是還有點遊氣。」復行坐上堂去，說：「每人打兩千板子，看他死不死！」那知每人不消得幾十板子，那四個人就都死了。參看：《中國近代文學大系‧小說集四‧劉鶚〈老殘遊記〉》〔M〕，上海：上海書店出版，1992：276。

並不把《大清律例》當做最高裁決的唯一標準。

　　毓賢、姚知縣等治理下的地方是人間地獄，反而能得到上面的重用。小說作者李伯元清醒地意識到了這個問題：

　　　　卻說姚明姚大老爺自從到任以來，一以苛刻爲能，博自己的名譽。雖說案無留牘，卻弄的民不聊生。只因爲他立法太嚴，大街小巷都布滿了耳目，倘若百姓們有敢道得本官一個不好的，他的耳目一定把這人做了記認回去，告訴了本官，出他的花樣。十個當中，沒有一兩個可以逃得過的。因此辦掉了幾十個，百姓們都相戒，不敢多說一句話。偶然說到本官，都是滿口贊到：「好官，好官！」不敢道得一個不字。因此做了半年，官聲大著，連著上司都知道他是個好官，便把他的名字記在心上。〔註29〕

百姓們不敢說眞話，言論自由無從談起，而以思想言論定罪是長期以來，中國傳統形成的中央集權專制主義制度及與其相適應的哲學和文化傳統所造成的，這種傳統文化和社會習慣也使得《大清律例》成爲了一紙空文，形同虛設。

　　針對國人痛恨官吏貪贓枉法，草菅人命，期盼「清官」執法的心態，在《老殘遊記》第十六回自評中，劉鶚揭露了「清官」比贓官更可怕〔註30〕。在這裡，作者不是反對眞正的清官，而是反對以假清官之名，實則爲殺人魔王的毓賢之流。對此，胡適在《老殘遊記序》中也明確指出這正是劉鶚寫這部小說的目的及中心所在〔註31〕。

─────────────────

〔註29〕《中國近代文學大系・小說集四・李伯元〈活地獄〉》〔M〕，上海：上海書店出版，1992：579。

〔註30〕「贓官可恨，人人知之；清官尤可恨，人多不知。蓋贓官自知有病，不敢公然爲非；清官則自以爲我不要錢，何所不可。剛愎自用，小則殺人，大則誤國。吾人親目所睹不知凡幾矣。」參看：《中國近代文學大系・小說集四・劉鶚〈老殘遊記〉》〔M〕，上海：上海書店出版，1992：373。

〔註31〕這段話是老殘遊記的中心思想。清儒戴東原曾指出，宋、明理學的影響養成了一班愚陋無用的理學先生，高談天理人欲之辨，自以爲體認得天理，其實只是意見；自以爲意見不出於自私自利是便天理，其實只是剛愎自用的我見。理是客觀事物的條理，須用虛心的態度和精密的方法，方才尋得出。不但科學家如此，偵探訪案，老吏折獄，都是一樣的。古來的「清官」如包拯之流，所以永久傳誦入口，並不是因爲他們清廉不要錢，乃是因爲他們的頭腦子清楚明白，能細心考察事實，能判斷獄訟，替百姓伸冤理枉。如果「清官」只靠清廉，國家何不塑幾個泥像，雕幾個木偶，豈不更能絕對不要錢嗎？一班

　　《老殘遊記》寫了毓賢在曹州府任內急於要做大官，施行苛政，使其成了「地獄世界」；後面又寫了剛弼剛愎自用，自認爲熟悉法律，反而「以理殺人」，嚴刑拷打無辜寡婦，使其屈打成招承認了謀害十三條人命的罪案。可是，毓賢以「善治盜」知名，剛弼則博清廉雅譽，二者官聲甚佳，飛黃騰達指日可待，這些「清官」「官愈大，害愈甚：守一府，則一府傷；撫一省，則一省殘；宰天下，則天下死！」〔註32〕經過劉鶚無情地嘲諷，他們貪婪的本性暴露無遺。這種現象的產生，根本原因就在於權利過份集中於專制主義中央集權的官府，而百姓毫無民權、自由可言。

　　小說中還反映出晚清時期司法案件的審理程序十分混亂。各級地方官員並不嚴格執行《大清律例》所規定的案件審理程序，頻頻製造冤假錯案。阿英稱《活地獄》「是中國描寫監獄黑暗，寫慘毒酷刑的第一部書」〔註33〕。在此書描述的十五個案例中，不僅呈現了晚清衙門裏的種種黑暗、刑罰的殘酷，而且還展示了案件審理的一團亂象。

　　《活地獄》第三十五回至三十六回寫山東泰安縣縣官，輕視匪徒，至匪入城，殺害兩家二十九條人命一案。本有報官，官置不理，致有此劫。縣官依恃與上司的關係，並未受到任何懲罰，而兩戶人家，竟因此家敗人亡，冤不得伸。《活地獄》第二十七、二十八回中，林瞻槃叔子被打致死一案中，描寫了知縣對待刑事案件的輕慢態度，「早上的事過午就忘，昨天的事今天更不容提了，這件事還是前月裏的，老爺早丟在九霄雲外了。」〔註34〕這些情況違反了《大清律例》的相關規定，但是這些知縣卻絲毫不擔心自己的瀆職行爲受到責罰，很重要的原因就是此時上控制度已然變得無效。老殘對於毓賢之流的殘酷苛政，提出了上控的意見，可是官司最終輸贏卻難以預料〔註35〕。

　　　迂腐的官吏自信不要錢便可以對上帝，質鬼神了，完全不講求那些搜求證據，研究事實，判斷是非的法子與手段，完全信任他們自己的意見，武斷行事，固執成見，所以「小則殺人，大則誤國。」劉鶚先生眼見毓賢、徐桐、李秉衡一班人，由清廉得名，後來都用他們的陋見來殺人誤國，怪不得他要感慨發憤，著作這部書，大聲指斥「清官」的可恨可怕了。

〔註32〕《中國近代文學大系・小說集四・劉鶚〈老殘遊記〉》〔M〕，上海：上海書店出版，1992：290。

〔註33〕阿英：《晚清小說史》〔M〕，南京：江蘇文藝出版社，2010：148。

〔註34〕《中國近代文學大系・小說集四・李伯元〈活地獄〉》〔M〕，上海：上海書店出版，1992：579。

〔註35〕「民家被官家害了，除卻忍受，更有什麼法子？倘若是上控，照例仍舊發回來審問，再落在他手裏，還不是又饒上一個嗎？」「你想，撫臺一定發回原

在清代，上控的一般做法是把案件發回原地由原官重審，結果可想而知。《活地獄》中描寫有當事人上控的情節。當事人林瞻棨最終挨了一頓罵，官老爺認定他是刁狡健訟，倘再砌詞混瀆，定予押發〔註36〕。顯然，上控制度在清末形同虛設，地方官員可以毫無顧忌地恣意妄為，完全不必在乎所謂的程序。其次，就是清末的司法狀態不存在當事人的對抗制度，很顯然在《老殘遊記》中毓賢與剛弼對案件審訊全部採用糾問式的審訊方式，同時由於老百姓對相關法律程序規定不甚瞭解，在舉證上完全無從下手。

晚清時期司法狀況混亂還表現在民刑不分、濫用酷刑。清代司法沿襲前制，由地方主官主管各類審判。《活地獄》第九回就詳述了高陽縣縣令姚太爺對一件典型民事案件的審理過程。小說中案件雙方當事人是「張進財」和「劉二瘸子」，案情非常簡單：「去年八月，他死了家小，問小的借過三弔錢。當時言明今年二月歸還。自從今年二月到如今，問他討過幾十遍，非但一個沒有，而且還罵小的，又打小的，所以咱倆就打在一塊兒了。」〔註37〕這段話表明此案只不過是民事糾紛案件。但是由於當事人缺乏自我保護意識，借款時沒有留下任何書面證據和證人。審訊結果是當事人張進才不僅錢沒討著，反而挨了一頓板子〔註38〕。從這一段敘述文字可以看出：姚知縣完全是依靠自己的主觀判斷，去認定案件結果。根據《大清律例》中的規定，五刑「笞、杖、徒、流、死」都是針對刑事案件，笞杖刑也就是打板子，張進財卻因為民事案件被處以了刑事處罰，這正是民刑不分的典型表現。也正是由於民刑不分，才使得訴訟中濫用刑罰的判決變得司空見慣。

官審問，縱然派個委員前來會審，官官相護，他又拿著人家失單、衣服來頂我們。我們不過說是強盜的移髒。他們問：你瞧見強盜移的嗎？你有什麼憑據？那時自然說不出來。他是官，我們是民；他是有失單為憑的，我們是憑空裏沒有證據的。你說，這官事打得贏打不贏呢？」參看：《中國近代文學大系·小說集四·劉鶚〈老殘遊記〉》〔M〕，上海：上海書店出版，1992：278。

〔註36〕　《中國近代文學大系·小說集四·李伯元〈活地獄〉》〔M〕，上海：上海書店出版，1992：670。

〔註37〕　《中國近代文學大系·小說集四·李伯元〈活地獄〉》〔M〕，上海：上海書店出版，1992：576。

〔註38〕　老爺道：「你又來！有中人，有憑據，准你去要；你如今一無中，二無據，既同人家吵鬧，又要誣告人家，本縣看你就不是個好東西。這種刁風斷不可長。」喊一聲拉下去，左右衙役轟的答應一聲，立刻把張進財拉下按倒。老爺又喊一聲打，便劈劈啪啪一五一十的小板子打了下來。參看：《中國近代文學大系·小說集四·李伯元〈活地獄〉》〔M〕，上海：上海書店出版，1992：577。

　　但是，「『治亂世，用重典。』古人的話是一點兒不錯的。方今天下擾亂，盜賊繁興，治盜之法，宜猛不宜寬。」〔註39〕在《活地獄》中，那些酷吏在審訊時常常使用刑具：天平架、跪鐵鏈、燒肉香、鐵釘鎚、盼佳期、紅繡鞋、大紅袍、過山龍等，讓嫌犯生不如死。在《活地獄》第十九回至第二十二回中，寫安徽亳州縣縣官使用酷刑逼供，使用了「五子登科」〔註40〕、「三仙進洞」〔註41〕，甚至因為很小的事就讓人「站籠」。這樣的刑訊處罰在晚清社會被認為是合理的。地方官吏已經可以變相的決定並執行死刑了。由此導致對命盜案件的死刑最終決定權，由原來的高度集中模式轉向為另一種高度分散的模式。由於約束性的降低，地方官員的個人武斷和隨意在決定命盜案件的處理中佔據了重要的位置，直接導致了地方官員的「全國性的濫殺」。晚清小說就直接揭示了這種混亂的司法情況和其成因。

　　晚清那種陳舊的、腐朽的、野蠻的、缺乏人性的法律弊端，在小說中暴露無遺。民主、人權、法治等西方全新的法律思想及司法體制觀念逐漸為人們所瞭解和接受。晚清譯者出於對現實司法生態環境的關懷，他們會對譯介題材的輸入進行認真考量，他們希望輸入的域外小說能發揮「醒齊民之耳目」，「師夷長技以制夷」的功能。在眾多的翻譯小說體裁中，標榜公平法制、有益世道人心的偵探小說，以其有別於傳統小說的獨特敘事模式，奇譎詭異的故事情節，以及科學嚴謹的邏輯推理吸引了眾多讀者。報紙、雜誌、出版社為了迎合讀者的心理需求，翻譯發表了大量的偵探小說。晚清翻譯家周桂笙希望通過偵探小說能揭露晚清社會的司法腐敗〔註42〕。由於《大清律例》沒有得到真正貫徹，導致晚清司法腐敗、酷吏橫行、公理難以伸張，對於身

〔註39〕《中國近代文學大系·小說集四·李伯元〈活地獄〉》〔M〕，上海：上海書店出版，1992：580。

〔註40〕酷刑的一種。用四根釘釘住犯人的手足，第五根釘在心口弄死。

〔註41〕酷刑的一種。用兩鐵槓，一壓胸口，一壓大腿，使「兩面的氣不得流通，聚在肚子上」，後用鐵棍打肚子。

〔註42〕他指出：「至若泰西各國，最尊人權，涉訟者例得請人為辯護，故苟非證據確鑿，不能妄入人罪」，並且也意識到「偵探小說，為我國所絕乏，不能不讓彼獨步」。可是晚清當時的司法狀況卻是「蓋吾國刑律訟獄，大異泰西各國，偵探之說，實未嘗夢見。互市以來，外人伸展治外法權於租界，設立警察，亦有包探名目。然學無專門，徒為狐鼠城舍，會審之案，又復瞻徇顧忌，加以時間有限，研究無心，至於內地案，動以刑求，暗無天日者，更不必論。如是，復安用偵探之勞其心血哉！」參看：周桂笙，《歇洛克復生偵探案·弁言》，載1904年《新民叢報》第3年第7號。

處政治、經濟、社會，動盪不安狀態的晚清讀者而言，急需像福爾摩斯這樣的平民偵探，爲其提供心理穩定的庇祐，擔當起維護法紀、伸張正義的作用。

2、晚清大眾傳播媒介必要的社會物質基礎

1843 年 11 月 8 號，英軍參謀喬治·巴福爾（George Balfour，1809～1894）以英國第一任駐滬領事的身份到達上海，與上海道臺宮慕久正式會談，雙方確定 11 月 17 日，上海開埠。經過近兩年的反覆交涉，上海道臺終於同意在外灘一帶劃出一塊土地，開闢爲英國人居住區。美國人、法國人也據此在上海劃地爲界。租界的設立，逐步使上海從一個蕞爾小縣發展成爲一塊滋養時尚觀念的土壤，打開了一扇讓國人瞭解世界文化的窗口，成爲中國第一大商埠，上海的城市景觀也爲之一變：「從舟中遙望之，煙水滄茫，帆檣歷亂。浦濱一帶，率皆西人舍宇，樓閣崢嶸，縹緲雲外，飛虹畫棟，碧檻珠簾，此中有人，呼之欲出。然幾如海外三神山，可望而不可即也」〔註 43〕。

1843 年在上海登記居住的外國人有 26 名。第二年，設在上海的外國商行已達 11 家，外國人達 50 名。1860 年，單英、美租界，已有外國人 569 名。大量外國僑民遷移來滬〔註 44〕，其中商人和傳教士是對上海產生巨大影響力的兩類人。傳教士來滬設教堂，開醫院，辦學校，出報刊。而開埠以後，最早來滬的傳教士是麥都斯（Walter Henry Medhurst，1796～1857）和雒魏林（William Lockhart，1811～1896）。1843 年他們將爪哇巴達維亞（今印尼雅加達）印刷所遷到上海，定名「墨海書館」（London Missionary Society Press），中國有了第一臺豎版印刷機。到 1847 年，書館已有小活字十萬個。爲了滿足激增的業務的需要，書館購買了一部新式滾筒印刷機，大幅度提高了書館的印刷能力。美華書館傳教士姜別利（William Gamble，1830～1886）對我國出版業影響很大，他發明電鍍中文字模，製造出 7 種鉛字，鑄字效率大大提高；他還發明了元寶式的排字架，根據鉛字使用頻率排列字架，提高了排字工效。土山灣印書館較早採用石印、珂羅版，促使點石齋石印局、同文書局等多家書局引進石印設備。這些技術、設備上的改進，整體上提高了印刷出版能力，使上海初具辦報辦刊的物質條件，逐漸成爲傳教士在中國的活動中心和西學傳播中心。

〔註 43〕 王韜：《漫遊隨錄·卷一·黃埔帆檣》〔M〕，長沙：嶽麓書社，1985：58。
〔註 44〕 上海百年文化史編撰委員會編：《上海百年文化史·第一卷》〔M〕，上海：上海科學技術文獻出版社，2002：4～5。

　　外國商人在傳播西方商業精神的同時，也促使我國民族資本家逐步掌握了近代商業的運行規律，商品意識日漸濃厚。上海工商業繁榮，洋行林立，涉外企業眾多，新的商業價值觀念體系逐漸形成。教會學校在上海開辦之初，免費教學，但是生源情況十分不理想，學生多為難童和窮人子弟。到了十九世紀七八十年代，人們的各種觀念開始發生了變化，教會學校逐漸被上海社會認可，十分受歡迎，出現了人滿為患、託關係才能入學的情況，就廣方言館而言，先後培養學生應為 14 期 560 名〔註45〕，為晚清譯介大幕的拉開提供了助力。

　　1905 年 9 月 2 日，清廷上諭宣佈：「自丙午科為始，所有鄉、會試一律停止。各省歲、科考試亦即停止。」科舉考試停止，意味著斷了眾多文人的進身之階，對知識分子的衝擊是巨大的。如何生存下去，這是擺在他們面前最現實的問題。十九世紀末人們就對上海充滿了嚮往和豔羨，「商人由此而群至，貨物由此而畢集，市面由此而日興，至今日，而繁華之盛，冠於各省。遂令居於他處者，以上海為天堂，而欣然深羨」〔註46〕。二十世紀初，人們更是把上海視為中國的「新世界」，紛紛湧入上海淘金，對上海給予了由衷的希望〔註47〕。

　　上海接受西方文明的洗禮最早，它為這些文人提供了像公司、學堂、報館、商務等各種各樣的新興的、切合社會生活的近代事業，這些所謂的「自由職業」對那些滿腹經綸而又無進階之門的士紳們產生了巨大的吸引力，成為了他們主要的擇業部門〔註48〕。這些文人士紳來到上海受雇於文化商人，充當現成的「文字勞工」，或去辦報刊，或為期刊雜誌撰稿，或創作通俗小說。寫作不僅是他們的興趣所在，而且還是他們賴以謀生的手段，因為現代報刊是一種文化產業，給報紙期刊投稿是可以獲取稿費的。我們可以從包天笑的回憶中，瞭解有關當時作者的翻譯態度、版權、稿費的一些情況：「這兩部小

〔註45〕熊月之：《西學東漸與晚清社會》〔M〕，北京：中國人民大學出版社，2011：272。

〔註46〕《記上海古今盛衰沿革之不同》，《新聞報》1897 年 11 月 19 日。

〔註47〕黑暗世界中，有光豔奪目之世界焉。新世界安在？在揚子江下游，逼近東海。海上潮流，縈從艮隅擁入坤維，左擁寶山，右鎖川沙，近環黃埔，遠枕太湖，遵海而南，廣州勝地，順流而下，三島比鄰，占東亞海線萬五千里之中心，為中國本郡十八行省之首市。此地何？曰上海，何幸而得此形勢！參看：《新上海》，《警鐘日報》1904 年 6 月 26 日。

〔註48〕湯哲聲：《中國現代通俗小說流變史》〔M〕，重慶：重慶出版社，1999：7。

說，後來我都售給予上海文明書局，由他們出版。因我自己無力出版，而收
取版稅之法，那時也不通行。……大概這兩部小說的版權是一百元（當時雖
也按字數計，約略估量，不似後來的頂真），我也隨便他們打發，因想這不過
一時高興，譯著玩的誰知竟可以換錢」〔註49〕。《時報》約請包天笑寫稿，開
的條件是：「每月要我寫論說六篇，其餘還是小說，每月送我薪水八十元。以
上海當時的報界文章的價值而言：大概論說每篇是五元，小說每千字兩元。
以此分配，論說方面占三十元，小說方面占五十元。不過並沒有這樣明白分
配，只舉其成數而已。這個薪水的數目，不算菲薄」〔註50〕，按當時薪資水
平來看，一個下等巡警的工資每月只有八元，一個效益較好的工廠的工人工
資每月也是八元。而寫小說一般作家稿費是千字 2 元，名家的稿費是千字 3
～5 元。有時候，他們會爲數家報紙刊物寫稿，收入頗豐。不僅如此，在上海
還有官方公佈的版權印證，小說譯著者的著作權更受到官方的法律保護〔註
51〕。最早致力於通俗小說譯介創作的職業文人就這樣形成了。

　　由於晚清印刷業根本性的變革，近代印刷技術及先進設備的使用，提高
了印刷水平，促進了報紙期刊的發展。至 1911 年，全國出版的中文報紙就達
到 1753 種。專門發表文學作品的文學期刊，1902 年至 1909 年共 20 種；從
1910 年至 1921 年的 11 年間，文學期刊已達 52 種〔註52〕。這些文學期刊大多
是從報紙副刊發展而來〔註 53〕，內容多以閒適、娛樂爲主，後來逐步演化成
爲中國近現代通俗文學期刊。通俗文學在上海多元文化格局中佔有重要地
位，這些報紙期刊就成爲通俗文學傳播的重要載體。上海的文化商人爲了追
求最大利潤，借助報紙期刊，把通俗文學商業化，爲了謀求迎合市民的閱讀
趣味，雇傭職業通俗小說作家進行創作，這些傳統文人爲了更好地生活，獲
取豐厚稿酬，就要以讀者趣味爲指向，通過在報紙期刊上連載、登載廣告宣
傳、訂閱促銷等活動，擁有了一批穩定、忠實的讀者群，中國近現代通俗文

〔註49〕 包天笑：《釧影樓回憶錄·上冊》〔M〕，張玉法、張瑞德主編，臺北：龍文出
　　　　 版社，中華民國七十九年：206。
〔註50〕 包天笑：《釧影樓回憶錄·中冊》〔M〕，張玉法、張瑞德主編，臺北：龍文出
　　　　 版社，中華民國七十九年：379。
〔註51〕 范伯群、朱棟霖：《中外文學比較史·上卷》〔M〕，南京：江蘇教育出版社，
　　　　 2007：153。
〔註52〕 范伯群：《中國近現代通俗文學史·下編》〔M〕，南京：江蘇教育出版社，2010：
　　　　 421。
〔註53〕 湯哲聲：《流行百年》〔M〕，北京：文化藝術出版社，2004：47。

學期刊開始慢慢起步。

　　在眾多登載的小說文類中，讀者最喜歡閱讀偵探小說。定一曾說：「吾喜讀泰西小說，吾尤喜泰西之偵探小說，千變萬化，駭人聽聞，皆出人意外者」〔註54〕。吳趼人感歎購買偵探小說的讀者眾多，對其熱銷原因也進行了探究〔註55〕。惲鐵樵稱：「吾國新小說之破天荒，為《茶花女遺事》、《迦因小傳》；若其寢昌寢熾之時代，則本館所譯《福爾摩斯偵探案》是也」。可以看出讀者喜歡偵探小說的娛樂性，曲折有趣的故事情節、變幻莫測的敘事技巧，把偵探小說看作是「縱豆棚瓜架，小兒女閒談之資，實警世覺民，有人心寄情之作也」〔註56〕。西方偵探小說既能帶給國內讀者新鮮感，又能滿足其「清官情結」，因此，偵探小說成為主要的譯介對象，大量優秀作品源源不斷在報紙期刊上出現，使得偵探小說的譯介在晚清翻譯史中獨樹一幟。

　　據統計，晚清四大小說期刊中，與其他類型小說相比，翻譯數量最多的是偵探小說。《小說林》每期均有連載，直接顯著標注偵探小說字樣的共有三部翻譯作品，其中《假女王案》、《俄羅斯之報冤奇事》雖然標注是短篇小說，但是內容講訴的也是偵探破案的故事；《月月小說》上顯示有偵探小說、偵探言情小說、偵探、被殺案等字樣的翻譯作品十九篇；《新小說》上有五篇；《繡像小說》登載有十篇偵探小說的譯作，分別包含在《華生包探案》、《俄國包探案》和《三疑案》中。期刊中除了偵探小說譯作外，其他小說類型數量為1～2篇，以《小說林》、《新小說》、《月月小說》以及《繡像小說》為例（參看附錄）。除此而外，主要刊載偵探小說的報刊還有：《盛京時報》、《禮拜六》、《半月——紫羅蘭》、《紅雜誌》、《紅玫瑰》、《偵探世界》、《大偵探》、《藍皮書》、《紅皮書》、《快活》、《金剛鑽》、《春秋》等。

　　那麼，是誰在購買、閱讀這些通俗文學期刊呢？「小說界革命」目的就

〔註54〕《小說叢話》，《新小說》1905年第13號。

〔註55〕「近日所譯偵探案，不知凡幾，充塞坊間，而猶有不足以應購求者之慮。彼其何必購求偵探案，則吾不知也。訪諸一般讀偵探案者，則曰：偵探手段之敏捷也，思想之神奇也，科學之精進也，吾國之昏官、贓官、糊塗官所夢想不到者也。吾讀之，聊以快吾心。或又曰：吾國無偵探之學，無偵探之役，譯此者正以輸入文明。而吾國官吏徒意氣用事，刑訊是尚，語以偵探，彼且瞠目結舌，不解云何」。參看：中國老少年，《中國偵探‧弁言》，1906年上海廣智書局版《中國偵探案》。

〔註56〕范伯群：《中國近現代通俗文學史‧上卷》〔M〕，南京：江蘇教育出版社，1999：772。

是要開啓民智、教育大眾，最初讀者的定位是「僅識字之人」〔註57〕。早期的思想啓蒙家深刻體會到：「物各有群，人各有等」，普及思想傳播的途徑很多，但是，「今中國識字人寡，深通文學之人尤寡，經義史故，亟宜譯小說而講通之」〔註58〕。而在偵探小說《母夜叉》的「閒評」中，譯者直言：「我中國這班又聾又瞎、朧腫不寧、茅草塞心肝的許多國民，就得給他讀這種書」〔註59〕。徐念慈作爲《小說林》的創辦人，他對於讀者市場也有自己的考量：「余約計今之購小說者，其百分之九十，出於舊學界而輸入新學說者，其百分之九，出於普通之人物，其眞受學校教育，而有思想、有才力、歡迎新小說者，未之滿百分之一否也？」〔註60〕。

　　二十世紀初，我國十萬至五十萬人口的城市有41個，五十萬以上有9個。伴隨著上海通商口岸的活躍，大量冒險家湧入上海淘金，尋找發財機會，1852年，上海地區人口爲54萬；1910年，人口激增至128萬〔註61〕。1917年至1937年，上海工業、商業、貿易大發展，民族經濟迅速壯大，大量需求勞動力，這給更多的市民提供了就業崗位。有了固定職業，固定收入，這就客觀上爲各類文化產品培養了一定的穩固消費者。在中下層市民大眾中，具有一定購買能力的中等收入階層人數增加以及有穩定收入市民數量的擴大，極大地刺激了文化市場的繁榮。外國遊客的紛至沓來，促使上海市民追求時尚、攀比的心理更爲強烈，崇尚一種炫耀式的消費。家裏有了閒錢才可能購買報紙期刊，這是生活富足的表現，購買報紙期刊，是當時時尚生活品質的標誌。我國讀者首次接觸西方偵探小說的翻譯作品，對其敘事模式感到非常新鮮，而它的內容和我國傳統公案小說又能銜接上，它的娛樂性，曲折的情節，吸引了大量讀者，成爲中下層市民主要的休閒娛樂方式。

3、清末民初報刊、書局與偵探小說的傳播

　　晚清報刊是西學東漸的產物，是傳播西學的重要媒介。《時務報》是維新

〔註57〕「有不讀『經』，無有不讀小說者。故『六經』不能教，當以小說教之；正史不能入，當以小說入之；語錄不能喻，當以小說喻之；律例不能治，當以小說治之。天下通人少而愚人多，深於文學之人少，而粗識之，無之人多」。參看：康有爲《日本書目志·識語》，1897年上海大同譯書局版《日本書目志》。
〔註58〕康有爲：《日本書目志·識語》，1897年上海大同譯書局版《日本書目志》。
〔註59〕《母夜叉·閒評八則》，1905年小說林社版《母夜叉》。
〔註60〕徐念慈：《余之小說觀》，1908年《小說林》第十期。
〔註61〕陳伯海、袁進：《上海近代文學史》〔M〕，上海：上海人民出版社，1993：45。

派的主要輿論喉舌,創刊於光緒二十二年七月初一,報館設在上海四馬路石路,共發行六十九期,目的是要「廣譯五洲近事,則閱者知全地大局與其強盛弱亡之故,而不至夜郎自大」。其中所設欄目有「域外報譯」,英文編輯是張坤德。

在《時務報》第一冊「域外報譯」欄目中,出現了一篇《英國包探訪喀疊醫生案》,未署著、譯者名,只是在標題下列有「譯倫敦俄們報」字樣,說明了原稿的出處。到 1896 年,《時務報》第六冊至第九冊,仍然是在「域外報譯」欄目中,連載《英包探勘盜密約案》,標題下署「譯歇洛克呵爾唔斯筆記」,今譯《海軍協定》(*The Naval Treaty*)。在這裡,譯者為什麼會將柯南・道爾筆下的主人公認定是小說的作者呢?我們從英文題目上看,這篇作品收錄在《回憶錄》(*Memories of Sherlock Holmes*)中,這些作品可以理解成是歇洛克・福爾摩斯的回憶錄。閱讀了原文和譯文的開篇文字,再與現代譯文進行對比後發現,晚清譯者對原著進行了一定程度的改寫。

The July which immediately succeeded my marriage was made memorable by three cases of interest, in which I had the privilege of being associated with Sherlock Holmes and of studying his methods. I find them recorded in my notes under the headings of "The Adventure of the Second Stain," "The Adventure of the Naval Treaty," and "The Adventure of the Tired Captain." The first of these, however, deals with interest of such importance and implicates so many of the first families in the kingdom that for many years it will be impossible to make it public. No case, however, in which Holmes was engaged has ever illustrated the value of his analytical methods so clearly or has impressed those who were associated with him so deeply. I still retain an almost verbatim report of the interview in which he demonstrated the true facts of the case to Monsieur Dubugue of the Paris police, and Fritz von Waldbaum, the well-known specialist of Dantzig, both of whom had wasted their energies upon what proved to be side-issues. The new century will have come, however, before the story can be safely told. Meanwhile I pass on to the second on my list, which promised also at one time to be of national importance, and was marked by several incidents which give it a quite unique character.

During my school-days I had been intimately associated with a lad named Percy Phelps, who was of much the same age as myself, though he was two classes ahead of me. He was a very brilliant boy, and carried away every prize which the school had to offer, finished his exploits by winning a scholarship which sent him on to continue his triumphant career at Cambridge. He was, I remember, extremely well connected, and even when we were all little boys together we knew that his mother's brother was Lord Holdhurst, the great conservative politician. This gaudy relationship did him little good at school. On the contrary, it seemed rather a piquant thing to us to chevy him about the playground and hit him over the shins with a wicket. But it was another thing when he came out into the world. I heard vaguely that his abilities and the influences which he commanded had won him a good position at the Foreign Office, and then he passed completely out of my mind until the following letter recalled his existence:

——The Naval Treaty

（張坤德譯文：英有攀息名翻爾白斯姓者‧爲守舊黨魁爵臣呵爾黑斯特之甥‧幼時嘗與醫生滑震同學‧年相若‧而班加於滑震二等‧眾以其世家子文弱‧頗欺之‧蹴球則故擲球其身以爲樂‧然性敏慧‧館中課試輒高列‧得獎賞最多‧後學成‧入大書院‧已而仕外部‧以有才又得舅之援‧故每得差遣‧後其舅爲外部大臣‧又與陞轉‧部中有要事‧無不與聞‧一日呵密召攀息至其室‧以灰色紙一卷授之‧曰‧此英意密約‧俄法使臣‧欲以重金購之‧外間報館‧已有知者‧不可再泄‧故特命汝書‧汝宜鎖諸書桌扆內‧迨晚我當遣各人去‧汝速書竟‧仍藏諸扆‧明早我至部‧呈我可也。）

（李家雲譯文：我婚後那一年的七月實在令人難忘，因爲我有幸與歇洛克‧福爾摩斯一起偵破了三起重大案件，研究了他的思想方法。我在日記中記載的案件標題是：《第二塊血跡》、《海軍協定》和《疲倦的船長》。但其中的第一個案件事關重大，並且牽連到王國

許多顯貴，以致多年不能公之於眾。然而，在福爾摩斯經手的案件中，再沒有比該案更能清楚地顯出他的分析方法的價值和給合作人留下更加深刻的印象的了。我至今還保留著一份幾乎一字不差的談話記錄，這是福爾摩斯向巴黎警署的杜布克先生和格但斯克的著名的專家弗里茨・馮沃爾鮑敘述案情真相的談話。他們兩位曾在此案上枉費過許多精力，結果證明他們所搞的都是一些枝節的問題。但恐怕要到下一世紀該案才能發表。因此我現在打算把日記中記的第二個案件發表出來，這件案子在一段時間內也事關國家的重大利益，其中一些案情更突出了它獨特的性質。

在學生時代，我同一位名叫珀西・費爾普斯的少年交往甚密。他差不多和我同年，但卻比我高兩級。他才華出眾，獲得過學校頒發的一切獎勵，由於成績出色，結業時獲得了獎學金，進入劍橋大學繼續深造。我記得，他頗有幾家貴戚，甚至我們都還在孩提相處時，就聽說過他舅舅是霍爾德赫斯特勳爵，一位著名的保守黨政客。這些貴戚並未使他在學校撈到好處。相反，我們在運動場上到處捉弄他，用玩具鐵環碰他的小腿骨，並引以為樂。不過他走上社會以後，那情形就不同了。我模模糊糊地聽說他憑著自己的才能和有權勢的親戚，在外交部謀得一個美差，以後我就完全把他淡忘了，直到接到下面這封信才又想起他來〔註62〕。

——《海軍協定》

從以上開篇的譯文形式上發現，張坤德的譯文刪去了原著中第一段緣起部分，華生的自述直接進入案件中人物背景的交代：外交部青年攀息丟失十分重要的英意密約，大病一場，稍有恢復，就寫信給幼時好友滑震，希望呵唔斯能幫忙破案，後面基本按照小說講述的順序進行翻譯，極少進行刪減。對比原文與張坤德譯文，譯文的敘事角度發生了變化，原著使用第一人稱進行敘述，譯文使用了全知視角敘事，華生譯為「滑震」，成為了可有可無的人物。譯文採用中國傳統的句讀斷句方法，未採用現代標點。

緊接著，福爾摩斯系列的另外三篇小說相繼連載：《記傴者復仇記》（10～12冊）、《繼父誑女破案》（24～26冊）、《呵爾唔斯緝案被戕》（27～30冊）。

〔註62〕柯南・道爾著：《福爾摩斯探案全集（中）》〔M〕，丁鍾華等譯，北京：群眾出版社，2000：186。

今譯名分別是《海軍協定》、《駝背人》、《身份案》、《最後一案》。《記傴者復仇記》連載時，標題署「譯歇洛克呵爾唔斯筆記，此書滑震所作」，譯文的敘事角度與原文一致，採用第一人稱「余」進行敘述。《繼父誑女破案》、《呵爾唔斯緝案被戕》標題下署「滑震筆記」、「譯滑震筆記」，說明譯者已經意識到滑震與呵爾唔斯究竟誰才是真正的作者，滑震在文本中並不是一個可有可無的角色。那麼，晚清譯者在譯介偵探小說的過程中，會受到哪些因素的影響，他們的譯作又會呈現出怎樣的樣態？

勒菲弗爾〔註63〕認為「讚助人」（patronage）是影響和制約翻譯的因素之一。讚助人可以是個人勢力，也可以是宗教集團、階級、政府部門、出版商、大眾傳媒機構，他們能起到促進或阻止文學閱讀、寫作或改寫的作用〔註64〕。他們作為文學系統外部的客觀存在，憑藉雄厚的資金、手中掌握的實權，無形中會對譯者的翻譯策略、作品選材等施加權威性的影響。晚清時期，讀者及出版商就是譯者的最大讚助人。譯者不但要對原作進行改寫，迎合讀者的閱讀期待，而且還要滿足出版商經濟利益最大化的要求。晚清偵探小說風靡，譯介數量最多，這也是與出版機構——書局的大力讚助有關。晚清時期，書局積極推動和參與了偵探小說的撰譯、連載、銷售等環節。書局擁有一支穩定的創編譯作者群，能夠使得報刊稿源充足，穩定的銷量能保證那些著譯者獲得高額的稿酬，並且，報刊上連載過的小說讀者反響熱烈的話，在出版競爭激烈時，書局不僅能夠保證作品的順利出版，而且還能夠保護版權。晚清時期以書局為中心，在上海就形成了五個作家譯群〔註65〕，分別是：以新小說社、廣智書局、新民叢報社為中心的小說作家譯群，主要作家有梁啓超、吳趼人、周桂笙、披髮生、紅溪生、南野浣白子、無歆羨齋主、方慶周等人；以月月小說社、樂群書局、群學社為中心的作家譯群，主要作家有：吳趼人、周桂笙、包天笑、陳景韓、陳蝶仙、仙友、俠心女史、角勝子、品三、楊心一、羅季芳、迪齋、張勉旃、陳無我、天寶宮人、稗桂、陶祐曾、張瑛、華

〔註63〕 安德烈・勒菲弗爾（André Lefevere，1946～1996），是著名的比利時裔美國學者兼譯者，一生著述頗豐，學術視野開闊，見解敏銳，既有豐富的翻譯實踐，又有開拓性的理論成就。

〔註64〕 André Lefevere. *Translation, Rewriting and the Manipulation of Literary Fame*〔M〕，上海：上海外語教育出版社，2010：11～25。

〔註65〕 通俗作家譯群狀況參看：禹玲，《現代通俗作家譯群五大代表人物研究》〔D〕，蘇州：蘇州大學，2011年。

覺一、王鍾麒、雲汀等人；以小說林、小說林社為中心的作家譯群，主要作家有：陳鴻璧、張瑛、徐念慈、任墨緣、紫崖、王蘊章、吳釗、黃翠凝、陳信芳、李涵秋、羅人驥、王韜、曾樸、黃摩西、奚若、吳步雲等；以商務印書館、繡像小說、小說月報社為中心的作家譯群，主要作家有：王蘊章、林紓、陳家麟、李伯元、許指嚴、楊德森、謝鴻賡、連文澂、吳檮等；以小說時報社、時報館、有正書局為中心的作家譯群，主要作家有：陳景韓、包天笑、惲鐵樵、楊心一等。這些作家是書局撰譯的中堅力量，他們以書局為中介，集合同道，共同發言，與書局構成了相輔相成、雙贏互利的良好關係。

出版商正是看中了偵探小說的故事情節跌宕起伏、懸念設置新穎離奇，摸準了市民大眾需要這樣的娛樂小說調節、刺激平淡的生活，意識到偵探小說能帶來巨大的商業利潤，於是大力扶持偵探小說的翻譯活動。1899 年，素隱書屋出版單行本，名為《包探案》，收錄了《英國包探訪喀疊醫生案》及四篇福爾摩斯系列譯文。1903 年文明書局再版。1906 年商務印書館發行「說部叢書」，又將這些福爾摩斯系列翻譯作品收入初集第四編中，名為《華生包探案》，此後商務印書館《繡像小說》中又有《續包探案》。短短幾年，福爾摩斯系列故事不僅發行了單行本，而且還被其他書商再版，可見銷路極好，說明市場接納了這種小說類型。

由於巨大利潤的吸引，1916 年中華書局收集了柯南‧道爾四十四篇作品，用文言翻譯，分十二冊出版，譯者為嚴獨鶴、周瘦鵑、程小青、天虛我生、劉半農、陳霆銳、陳小蝶、天侔、常覺、漁火等十人，定名為《福爾摩斯偵探案全集》，這是柯南‧道爾作品集最正規的名稱。這個全集到抗戰前再版了二十次，全書前面有劉半農為作者柯南‧道爾寫的小傳，在書末有跋，對書中作品還做了點評。他認為《罪藪》是「結構最佳者」，《獒崇》情節最奇，《紅髮會》是思想最高。他認為「福爾摩斯何以能成為福爾摩斯？余曰：以其有道德故，以其不愛名不愛錢故」。「以文學言」，福爾摩斯系列作品是「不失為二十世紀紀事文中唯一之傑構」，體會到了創作偵探小說的艱難：「偵探固難，作偵探小說亦不容易」。出版這部全集時，柯南‧道爾依然在創作，所以 1927 年，世界書局邀請程小青等人重譯柯南‧道爾的偵探小說，採用白話，新式標點，共收入五十四篇作品，這是截止到民國時期所收錄福爾摩斯系列作品最全的文集。

周作人使用「碧羅女士」為筆名，於 1905 年最早翻譯了愛倫‧坡的《金

甲蟲》，易名為《玉蟲緣》，發表在《女子世界》的第五月號上。周作人也是
受了當時風起雲湧翻譯西方偵探小說的影響，「在翻譯的時候，華生包探案卻
早已出版，所以我的這種譯書，確實受著這個影響的」〔註66〕。此後，天虛
我生等翻譯了愛倫·坡的《母女慘案》（今譯《莫格街謀殺案》）、《黑少年》（今
譯《瑪麗·羅熱疑案》）、《法官情簡》（今譯《竊信案》）和《骷髏蟲》（今譯
《金甲蟲》，中華書局於 1918 年結集為《杜賓偵探案》出版，譯者署名「常
覺、覺迷、天虛我生」。

　　法國作家莫里斯·勒布朗（Maurice Leblanc，1864～1941）塑造的俠盜亞
森·羅蘋（Arsène Lupin），也出現在 1912 年《小說時報》上，心一用文言文
翻譯了《福爾摩斯之勁敵》。這是一種「反偵探小說」，亞森·羅蘋是位俠盜，
在他犯罪的同時，正義得到了伸張。此後，周瘦鵑用白話文，在第 27、28 期
《禮拜六》上連載《亞森羅蘋之勁敵》；在第 40 期上，周瘦鵑與屏周合譯《亞
森羅蘋之失敗》。1915 年，他兩人在《中華小說界》第 2 卷第 10 期上發表譯
作《亞森羅蘋失敗史》。1917 年，周瘦鵑翻譯了《猶太燈》。1918 年，常覺、
覺迷合譯《亞森羅蘋奇案》。1928 年，《紫羅蘭》全年連載《亞森羅蘋最新奇
案》。1925 年，大東書局推出《亞森·羅蘋案全集》，邀請周瘦鵑、孫了紅、
沈禹鍾等通俗小說大家用白話翻譯，共收長篇 10 種，短篇 18 種。周瘦鵑在
序言中認為「亞森·羅蘋諸案之所以難能可貴」，是因為他不僅「有時為巨盜，
為巨竊，有時則又為偵探，為俠士，其出奇制勝，變幻不測」，而且羅蘋諸案
的情節「多突兀出人意表，非至終卷，不能知其底蘊，其思想之竊曲幽微，
幾類出於神鬼」。大東書局為推銷此書，吸引讀者，在廣告詞中大造聲勢，將
福爾摩斯與亞森·羅蘋盡相比較，力圖說明亞森·羅蘋的反偵探能力更是勝
人一籌〔註67〕。

〔註66〕周作人：《知堂回想錄》〔M〕，蘭州：敦煌文藝出版社，1998：95。
〔註67〕「福爾摩斯為英國名偵探，亞森·羅蘋為法國大俠盜，均為小說家理想中之
　　　　人物。福爾摩斯之偵探似已超頂倫，而亞森·羅蘋之偵探本領尤勝過福爾摩
　　　　斯萬萬，可云空前絕後。
　　　　福爾摩斯為私家偵探，而有時受官中雇用，可以受法律之保護，施行職務有
　　　　許多便利；亞森·羅蘋則為官中所欲拘捕之巨盜，行俠仗義，誅惡鋤奸，往
　　　　往有許多阻礙，然亞森·羅蘋仍能化險為夷，脫身事外。
　　　　福爾摩斯本領雖絕頂，而亞森·羅蘋則戲弄之如無物，金表被竊，又常與助
　　　　手華生同被監禁於空房者一夜，華生則臂受槍傷，其餘被戲弄之處尚多，福
　　　　爾摩斯亦無如之何也。

除了柯南・道爾、愛倫・坡、勒布朗的作品之外，有影響的外國偵探小說翻譯作品還有英國作家 Arthur Morrison（毛利森）的《馬丁休脫偵探案》和《海威偵探案》，William Tufnell Le Queux（葛威廉）的《三玻璃眼》，Dick Donovan（狄克・多那文）的《多拉文包探案》，Guy Newell Boothby（白髭拜）《巴黎五大奇案》，J. Austen（奧斯汀）的《桑狄克偵探案》，法國作家 Baofù（鮑福）的《毒蛇圈》，法國作家 émile Gaboriau（加博里奧）的《奪嫡奇冤》，美國作家 Nicholas Garter（尼古拉斯・卡特）的《聶格卡脫偵探案》等，他們的作品在這一時期被大量譯介進中國。

4、媒介調控下譯者對西方偵探小說的改寫

報紙、期刊、書局深知晚清讀者的閱讀嗜好，瞭解消費市場的最新動向，他們對譯作者的作品實施了宏觀調控。他們要求來稿情節要離奇有趣味，材料要豐富，文字要力求嫵媚，並且篇幅不宜過長，大致在十至二十回之間浮動，因爲篇幅過長會給刊物版面帶來壓力，使得書局投資過大，出版週期過長，影響小說市場消費的競爭力。譯作者的作品爲了能被其採納，獲取豐厚的稿酬，他們就要關注書局對最熱門、最受讀者喜愛的小說題材的徵文的要求，在情節、主題、語言、旨趣上對原作進行一定程度的改寫。

晚清譯者絕大多數外文功底較弱，「僅粗解塗鴉，便侈談著述」〔註68〕，他們翻譯西方偵探小說並不是要精準地進行語言轉換，而是抱有功利目的，他們譯介偵探小說的目的就是想把其中所蘊含的科學、民主思想傳達給讀者，譯文只要起到「開啓民智」的功效就達到目的。所以，晚清譯者在翻譯偵探小說時，常採用譯述的方法。所謂「譯述」既不是現代意義上的翻譯概念，也不是進行重新創作，而是一種以外國小說原著爲藍本邊譯邊述。譯述時，譯者常常把中國傳統文化嫁接進去，形成了一種獨特的譯本形式。周桂笙在翻譯《新小說・第 9 號》中的偵探小說《毒蛇圈・第三回》時，忽然加了一段，對中國宴席上的陋習進行了諷刺批評：「這個大宴會雖然一兩點鐘時候不能了事，可是頂多也不過三四點鐘就完了，倘是同中國一般的繁文縟節，一個個的定席，一個個的敬酒，臨了就坐時還要假惺惺地推三阻四，做出那

總之，福爾摩斯案雖佳，不及亞森・羅蘋案奇詭，且福爾摩斯案無數十萬言之長篇，亞森・羅蘋案則如《虎齒記》、《三十柩島》、《古城秘密》、《金三角》等作，皆一案累數十萬言，如剝蕉抽繭，統篇精警，無一懈處」。

〔註68〕 鐵樵：《作者七人・序》，《小說月報》1915 年 6 卷 7 期。

討人厭的樣子，以爲是客氣的，也不管旁邊有個肚子餓透了的，嗓子裏伸出個小手來，巴不能夠搶著就下肚。在那裏熬著等他，要是這麼著，只怕這個宴會還要鬧到天亮呢」。在譯本中，我們還可以看到譯者自由發表見解，評論故事情節，抨擊時政，針砭時弊，慨中國現狀，發人深省，有相當強烈的人文情懷和社會關照：

> 看官須知道，西國做箇偵探非輕易的。他們都有學問，多有鈎深索隱的本領。任你大奸巨猾，天大的案件一到他們手裡，便似抽繭剝蕉一般，十事八九多有個水落日出的日子。不似咱們中國的捕快，肚裏橫著個門閂，仗著那貪官豪吏的聲勢，暗底裡串通了幾箇棍徒，利益均霑〔註69〕。

譯述時，譯者還會對中國傳統小說中的人物描寫套路插科打諢，製造輕鬆的閱讀氣氛，引起讀者的閱讀興趣，使中國讀者更容易接受偵探小說這種新奇的文體形式：

> 看看他生得身裁雄偉，儀表不俗，唇紅齒白，出言風雅，吐屬不凡。可惜他生長在法蘭西，那法蘭西沒有聽見過甚麼美男子，所以瑞福沒得好比他。要是中國人見了他，作起小說來，一定又要說甚麼面如冠玉，唇若塗朱，貌似潘安，才同宋玉的了〔註70〕。

評點人在爲譯作評述的過程中，還加入了勸善懲惡、孝道等中國傳統思想道德。這種做法看似與偵探小說所宣揚的科學民主思想相違背，但是在晚清這段特殊動盪的歷史時期，新舊思想發生激烈碰撞也是在所難免的，《毒蛇圈》在吳趼人的筆下就被改寫成了一篇「教孝教慈之大文章」、「社會之教科書」〔註71〕。

這種在譯介過程中插入評述故事情節、抨擊時政的敘事方式，是晚清偵探小說翻譯作品鮮明的特徵。譯者評點時，能敏銳地把原著中的情節同社會熱點問題聯繫起來，做出辛辣點評，提供合乎傳統的可行對策，與批判現實、改良社會聯繫起來，不時會流露出崇尚文明、自由，追求公平法治的願望，

〔註69〕《黑蛇奇談》，《小說林》第一期。
〔註70〕《毒蛇圈‧第三回》，《新小說》第九號。
〔註71〕後半回妙兒思念瑞福一段文字，爲原著所無。竊以爲上文寫瑞福處處牽念女兒，如此之殷且摯，此處若不略寫妙兒之思念父親，則以「慈」、「孝」兩字相衡，未免似有缺點。且近時專主破壞秩序，講家庭革命者，日見其眾。此等倫常之蠹賊，不可以不有以糾正之。特商於譯者，插入此段。雖然原著雖缺此點，而在妙兒當夜，吾知其斷不缺此思想也。故雖杜撰亦非蛇足。參看：《毒蛇圈‧第九回》，《新小說》第十二號。

十分有說服力，間接促成了譯本具有強烈的譴責性。《新小說》第四號登載有一批發生譯述的偵探小說《離魂病》，晚清時期司法狀況混亂，徇私枉法事例時有發生，譯者在敘述過程中插入一句「大總統女兒犯了法也該拿去問罪」，這和我國傳統觀念「王子犯法與庶民同罪」相一致，從而表達了追求公平法制的願望。《毒蛇圈‧第19回》中，有吳趼人的評點「觀於此足見所謂文明國、自由國之風俗矣。今之心醉崇拜自由者。得毋亦以此故乎。或曰。若腦筋中舊習未剗除。故以為異。而不滿之耳。誠然則吾不敢辭。」崇尚自由的心情溢於言表。這樣的例子在晚清偵探翻譯小說中俯拾皆是，不勝枚舉。

勒菲弗爾認為翻譯不是在真空中進行的，而是在一個兩種文學所具有的傳統的大語境之中。極佳的譯作是發生在作家作品與其譯者相遇時，兩者產生共鳴，至少有一方是含納有思想的，是在表達自己真實的情感。譯者往往有時會在不同的文學傳統中協調，而且他們這樣做時會有自己的翻譯目的，而不只是以一種客觀中性的方式「再現原作」。譯作並不是在完美的實驗室條件下產生出來的產品。原作確實可以再現，但是卻要按照譯者的方式來再現，即使這些方式有時湊巧會產生出最為直譯（忠實）的譯作〔註72〕。

他從文學接受的角度，認為對於文學原作的翻譯、改寫、編訂選集、批評和編輯等工作都屬於改寫，他試圖表明改寫對原著起著操控的作用，影響了文學作品的接受和經典化進程。譯者生活在特定的文化語境和意識形態中，有著自身明確的意識形態目的和審美理想，他們有時會出於不同目的，根據自身需要，對他們操控的文學作品，採取「暴力的行為」〔註73〕，以便使其能在目的語中接受和傳播，而作品的成功改寫就會反映出異代社會的主流意識形態、詩學形態以及受眾的心態〔註74〕。

中國的偵探小說是從西方引進的舶來品，是中國傳統小說中從未有過的小說類型。晚清譯者為了使他們的翻譯作品，讓那些「出於舊學界而輸入新學說者」所接納，就要考慮到他們的接受環境以及傳統倫理觀念的制約。晚清譯者在輸出西方偵探小說時採用了變通歸化處理方式，使之能夠符合主流

〔註72〕André Lefevere. *Translating Literature: Practice and Theory in a Comparative Literature Context* [M], New York: The Modern Language Association of America. 1992: 6.

〔註73〕王宏志重釋：《「信、達、雅」──20世紀中國翻譯研究》〔M〕，北京：清華大學出版社，2007：159。

〔註74〕André Lefevere. *Translation, Rewriting and the Manipulation of Literary Fame* 〔M〕，上海：上海外語教育出版社，2010：1～10。

社會的價值觀、詩學觀，滿足中國讀者的閱讀習慣和審美情趣，減少讀者的閱讀障礙。如在西方人名、地名的翻譯處理問題上，大多譯者讚同使用中國的人名和地名。自由花（張肇桐）在《〈自由結婚〉弁言》中就解釋說：「此書系英文，而人地名半屬猶太原音原義。若按字直譯，殊覺煩冗，故往往隨意刪減，使就簡短，以便記憶。區區苦衷，閱者見諒」〔註75〕。

中國傳統小說重情節、輕環境描寫，中國讀者長期浸淫於此，譯者在原著中碰到大段的心理描寫、環境描寫時，就會刪掉這些部分，而代之以「話說」、「且說」、「卻說」，直接展開故事情節。對於一些中國讀者難以理解的西方文化，又非重要故事情節，譯者通常採取刪除、省略的翻譯策略。如《繼父誑女破案》結尾一段：「If I tell her she will not believe me. You may remember the old Persian saying, 『There is danger for him who taketh the tiger cub, and danger also for whoso snatches a delusion from a woman.』 There is as much sense in Hafiz as in Horace, and as much knowledge of the world.」。〔註76〕由於波斯諺語在原著中非重要情節，讀者又對哈菲茲（Hafiz）和賀拉斯（Horace）不熟悉，譯者就將其從譯本中刪除，最後呈現出一句簡單意譯的文本：「呵曰：『即語邁，邁亦不信，余亦何必喋喋取咎哉』」。偵探運用科學知識破案是偵探小說的顯著特點，可是在晚清時期，一些科學知識對於晚清讀者而言「還是從遙遠的西洋傳來的零星鼓勵的奇聞軼事」〔註77〕。由於長期閉關鎖國，晚清讀者的現代科學知識貧乏，缺少實驗條件，一些化學實驗便無從談起，所以，下面的譯文中，張坤德就省略了「working hard over a chemical investigation」。

Holmes was seated at his side-table clad in his dressing-gown, and working hard over a chemical investigation. A large curved retort was boiling furiously in the bluish flame of a Bunsen burner, and the distilled drops were condensing into a two-litre measure.

──The Naval Treaty

歇洛克方著長衫坐桌旁。桌上安一小爐，爐中煙作藍色。爐上

〔註75〕 自由花（張肇桐），《〈自由結婚〉弁言》，1903年自由社版《自由結婚》。
〔註76〕 譯文：假如我把事情告訴她，她將不會相信的。你也許還記得有句波斯諺語：「打消女人心中的癡想，險似從虎爪下搶奪乳虎。」哈菲茲的道理跟賀拉斯一樣豐富，哈菲茲的人情世故也跟賀拉斯一樣深刻。
〔註77〕 吳以義：《海客述奇──中國人眼中的維多利亞科學》〔M〕，上海：上海科學普及出版社，2004：91。

一彎口瓶，瓶口接一管。瓶中水沸，汽自管出。管外激一冷水，汽
咸變水，滴入二立透之器中。

——《海軍協定》，張坤德譯

福爾摩斯身穿睡衣坐在靠牆的桌旁，聚精會神地做化學試驗。
一個曲線形大蒸餾瓶，在本生燈紅紅的火焰上猛烈地沸騰著，蒸餾
水滴入一個容積為兩升的量具中。

——《海軍協定》，李家雲譯

為了拉近與讀者的距離，避免新小說的敘事模式給讀者造成閱讀障礙，我國
晚清譯者採用讀者所熟悉的傳統章回體小說模式進行譯介，分章標回，敘事
角度大多為全知敘事。章回體小說受話本影響很大，小說採用說書人的口吻
講訴整個事件的來龍去脈，主人公的悲歡離合、命運歸宿等，常見「話說」、
「且說」、「看官」、「欲知後事如何，且聽下回分解」等老套。說書人就是一
位高瞻遠矚，能預知過去、現在和未來，能洞察主人公內心世界的萬能的「上
帝」。周桂笙對中國傳統小說的表現手法就深有感觸：「每謂讀中國小說，如
遊西式花園。一入門，則園中全景盡在目前矣。」，「蓋以中國小說往往開宗
明義。先定宗旨，或敘明主人翁來歷，使閱者不必遍讀其書，已能料其事跡
之半」〔註78〕。西方偵探小說若採用全知視角敘述故事時，讀者容易接受；
如果採用第一人稱限知敘事，不熟悉西方偵探小說敘事模式的讀者，就會讓
「余」在作者、文本中故事的講述者，故事中的主人公之間不停轉換，給讀
者造成閱讀障礙。周桂笙在把《英包探勘盜密約案》譯入我國時，標題下署
「譯歇洛克呵爾唔斯筆記」，就把主人公福爾摩斯誤以為是作者。並且，譯者
還「挪用」了中國傳統敘事模式，使用了全知視角敘事，對原著進行了歸化
改寫，看來譯者還沒有體會到，第一人稱敘事的妙處。福爾摩斯系列小說第
二篇連載時，標題下署「譯歇洛克呵爾唔斯筆記，此書滑震所作」，譯者意識
到了滑震並不是可有可無的角色，開始使用第一人稱「余」進行敘事。1907
年，觚庵（俞明震）就著文表達了偵探小說第一人稱敘事的妙處〔註79〕。

〔註78〕 上海知新室主人：《新小說》第二年第八號《小說叢話》。

〔註79〕 余謂其佳處，全在「華生筆記」四字。一案之破，動經時日，雖著名偵探家，
必有疑所不當疑，為所不當為，令人閱之，索然寡歡者。作者乃從華生一邊寫
來，只須福終日外出，已足了之。是謂善於趨避。且探案全恃理想規畫，如何
發縱，如何指示，一一明寫於前，則雖犯人弋獲，亦覺索然意盡。福案每於獲
犯後，詳述其理想規劃，則前此無益之理想，無益之規畫，均不可敘，遂覺福

－184－

　　我國傳統小說多以情節爲結構中心，事件發展多爲線性敘述，出現多條線索時，也總是用「花開兩朵，各表一枝」的方式，以保持敘述的完整性。「史說同質」的觀念在傳統小說中常常有所體現，所以用文言翻譯的短篇偵探小說，會看到「……者，……也」這樣的史傳式的敘事結構，來介紹主人公的來歷及家世：

　　　　潘賴者，巴黎之律師也。爲人鯁直而寡情，故交遊甚少。其妻爲某名門少女，風姿艷麗，和藹可親〔註80〕。

　　　　斜陽西下，農人皆荷鋤而歸，歌唱於途，怡然自得也。郎魯瓦者，巴黎湖光鎮之老農也。家有田數十畝，自耕自耘，近田築室而居者，數十年矣〔註81〕。

西方偵探小說在敘事手法上，有順敘、插敘、倒敘等多種方式交替使用。林紓尤其對西方偵探小說的倒敘模式給予了很高評價：

　　　　文先言殺人者之敗露，下卷始敘其由，令讀者駭其前而必繹其後，而書中故爲停頓蓄積，待結穴處，始一一點清其發覺之故，令讀者恍然，此顧虎頭所謂「傳神阿堵」也〔註82〕。

《英包探勘盜密約案》譯入時，譯者按照中國傳統小說敘事順序，對原作進行歸化處理。先交代案件起因結局，再敘述案件調查的詳情。而西方偵探小說用倒敘手法，目的是要營造恐怖懸疑的氣氛。當譯者體會到了中西小說敘事技巧的差異時，自然會和中國傳統小說進行比較〔註83〕。

爾摩斯若先知、若神聖矣。是謂善於鋪敘。因華生本局外人，一切福之秘密，可不早宣誓，絕非勉強。而華生既茫然不知，忽然罪人斯得，驚奇自出以外。截樹尋根，前事必須說明，是皆由其佈局之巧，有以致之，遂令讀者亦爲驚奇不置。余故曰：「其佳處，全在『華生筆記』四字」也。（觚庵：《小說林》1卷5期）。

〔註80〕《巴黎五大奇案・雙尸祭》，《月月小說》第1號。
〔註81〕《巴黎五大奇案・珠宮會》，《月月小說》第4號。
〔註82〕林紓：《髯刺客傳・序》，1908年商務印書館版《髯刺客傳》。
〔註83〕譯者曰：我國小說體裁，往往先將書中主人翁之姓氏、來歷，敘述一番，然後詳其事跡於後；或亦有用楔子、引子、詞章、言論之屬，以爲之冠者，蓋非如是則無下手處矣。陳陳相因，幾於千篇一律，當爲讀者所共知。此篇爲法國小說巨子鮑福所著。其起筆處即就父女問答之詞，憑空落墨，恍若奇峰突兀，從天外飛來，又如燃放花炮，火星亂起。然細查之，皆有條理。自非能手，不敢出此。此亦歐西小說家之常態耳。爰照譯之，以介紹於吾國小說界中。幸弗以不健全譏之。參看：上海知新室主人：《毒蛇圈・譯者識語》，《新小說》1903年第八號。

　　中國傳統小說中對於人物美的標準，有其特定描寫套路。明恩溥（A.H.Smith，1845～1932）從西方人的角度觀察到中國社會上普遍接受男性美是「眉清目秀、方面大耳、鼻直口寬、面如敷粉，唇若塗朱」；女性則是「柳葉眉，杏核眼，櫻桃口，瓜子臉，楊柳腰」〔註84〕。而在英語文化世界中的美人形象是金髮藍眼、五官合乎所謂的標準比例；黑髮通常代表聰明、機智、堅強的性格品質。為了突出中國傳統女性柔美的特點，傳統文人通常集中描寫眼、眉、口、面頰、腰，久而久之形成了一些固定套語：「花枝招展，纖腰娜嫋，濃纖得中，修短合度，紅暈羞霞，翠眉鎖黛，嫋嫋婷婷，眼含秋水，眉展春山，杏臉桃腮，柳腰雲鬢，天姿國色，楚宮腰，面如初日芙蓉，腰似迎風楊柳，兩手纖纖，柔荑入握，香生兩頰，滑膩無雙，明眸善睞，頰生紅暈，面縛粉白，柳腰嫋弱，體態婀娜，容彩驚人」等等；而男性形象描寫，常突出其才情、優美、身材等，常使用：「天性優美，眉目如畫，威而不猛，身體魁梧，眉清目秀，濃眉大眼，粗臂闊肩，身裁雄偉，儀表不俗，唇紅齒白，出言風雅，吐屬不凡，貌殊文秀，美如冠玉，魁梧昂藏，身長鶴立，氣度雍容，身格軒昂」等等。從晚清譯作中，我們可以看出，中國傳統人物形象記憶對早期中國偵探小說譯者的翻譯作品有明顯影響。譯者在翻譯這類西方人物形象時，會反覆「盜獵」中國傳統小說中描寫人物的套語，把中國傳統的審美標準考慮進去，結果就容易造成不同偵探小說中的西方人物呈現出了臉譜化傾向。程小青的早期譯作就呈現出了這樣的特點：

　　　　She was a striking-looking woman, a little short and thick for symmetry, but with a beautiful olive complexion, large, dark, Italian eyes, and a wealth of deep black hair〔註85〕.

　　　　　　　　　　　　　　　　——The Adventure of the Naval Treaty

　　　　安娜貌頗昳麗，膚色雪白，柔膩如凝脂，雙眸點漆，似意大利產。斜波流媚，輕盈動人，而鬢髮壓額，厥色深墨，狀尤美觀。性體略短削，微嫌美中不足〔註86〕。

　　　　　　　　　　　　　　　　　　——《海軍協定》，程小青譯

〔註84〕孔慧怡：《翻譯・文學・文化》〔M〕，北京：北京大學出版社，1999：41。
〔註85〕Arthur Conan Doyle. The Complete Adventures of Sherlock Holmes [M], London: Penguin, 1981: 449.
〔註86〕程小青：《福爾摩斯偵探案全集・第7冊》〔M〕，上海：中華書局，1916：56。

　　她是一個異常惹人注目的女子，身材略嫌矮胖，顯得有些不勻
稱，但她有美麗的橄欖色面容，一雙烏黑的意大利人的大眼睛，一
頭烏雲般的黑髮〔註87〕。

——《海軍協定》，李家雲譯

哈里森小姐兩個月來不辭辛苦地照料珀西·費爾普斯，福爾摩斯在後來也承
認「她是一個性格剛強的姑娘」，她的容貌特點是：橄欖色面容，一雙烏黑的
意大利人的大眼睛，一頭烏雲般的黑髮，顯然黑髮、膚深符合西方文化世界
所代表的約定俗成的所指內涵，而在程小青的譯文中已消失殆盡，他「挪用」
了中國傳統美人的意象重塑哈里森小姐，使其從而變身成了中國傳統文人眼
中的美人：膚色雪白，柔膩如凝脂，雙眸點漆，斜波流媚，輕盈動人。

　　翻譯的載體是語言，通過語言的轉換，一部文學作品才能在譯入語文化
中被所謂的「意向性讀者」接受。勒菲弗爾認為翻譯改寫過程中的作用是：
語言都是具有差異的，任何程度的譯者訓練都不可能消減那種差異。然而，
譯者訓練卻能夠使譯者認識到翻譯詩學的相對性以及那些無法用來「克服」
語言之間差異的策略，因為這些都是無法否定的和給定的，但是這些策略卻
可以使「它們的」原作形象得到成功的表現，因為它們受到各種考慮的影響，
這種影響不僅僅來自意識形態或詩學，同時也來自譯作的意向性讀者。這些
策略絕不只限於語言學的領域，它們同時在意識形態、詩學、話語世界以及
語言學的層面上發揮功能〔註88〕。

　　在晚清翻譯語言的規範上，黃遵憲提倡言文合一，認為這樣有助於開啓
民智、保國保種。照這樣應該是用白話翻譯的偵探小說作品數量多。但是，
據學者統計的 1909 年至 1917 年主要期刊的語言規範情況〔註89〕，我們發現
文言翻譯的偵探小說依然占絕對優勢。這顯然是與我國傳統詩學長期重視語
言的雅馴分不開。包天笑曾經分析當時的文壇風氣，稱「白話小說，不甚為
讀者所歡迎，還是以文言為貴，這不免受了林譯小說的薰染」〔註90〕。晚清

〔註87〕柯南·道爾著：《福爾摩斯探案全集（中）》〔M〕，丁鍾華等譯，北京：群眾
　　　　出版社，2000：190。
〔註88〕André Lefevere. Translation, Rewriting and the Manipulation of Literary Fame
　　　　〔M〕，上海：上海外語教育出版社，2010：100。
〔註89〕范伯群：《中國現代通俗文學史》〔M〕，北京：北京大學出版社，2007：151。
〔註90〕包天笑：《釧影樓回憶錄·上冊》〔M〕，張玉法、張瑞德主編，臺北：龍文出
　　　　版社，中華民國七十九年：208。

新小說的意向性讀者，大多是「出於舊學界而輸入新學說者」，是傳統的「士」。
雅馴的文言在當時爲文人士大夫所用，是其身份的象徵，在社會上享有較高
地位，用雅馴的文言譯書能抬高譯書的品味與身價。並且，梁啓超發起的「小
說界革命」認爲中國群治腐敗的根源就是中國的舊小說，即我國傳統的白話
章回體小說。因此，新小說要和舊小說要有所區別，把語言載體從俚俗的白
話向雅馴的文言的發展，就是一個必要的舉措。此時人們發現，林紓的翻譯
小說把西洋小說和中國典雅的古文進行了成功結合。他的古文「工爲敘事抒
情，雜以詼諧，委婉動人」〔註91〕，「古文不曾做過長篇小說，林紓居然用古
文譯了一百多種長篇小說，還使許多學他的人也用古文譯了許多長篇小說，
古文裏很少滑稽的風味，林紓居然用古文譯了《茶花女》與《迦因小傳》等
書。古文的應用，自司馬遷以來，從沒有這種大的成績」〔註92〕。所以，林
紓的文言翻譯作品影響日益巨大，在國內大受歡迎，逐漸成爲了一種「文化
暢銷名牌產品」〔註93〕，這對於晚清文人採用雅馴文言翻譯偵探小說起到了
一定的規範作用。

5、偵探小說的譯介對我國偵探小說創作的影響

偵探小說譯介的繁盛引起我國傳統文人的警覺，他們認爲這是國人崇洋
媚外的表現，傳統文人對此現象進行了激烈批評〔註94〕。吳趼人認爲：「吾國
文字，實可以豪於五洲萬國，以吾國之文字大備，爲他國所不及也」。批評之
餘也激發出了傳統文人們的民族自豪感，吳趼人積極整理我國傳統文學中公
案案例，搜集三十四則歸編成《中國偵探案》，1906年由上海廣智書局出版。
他向西方偵探小說提出了挑戰，他在書中序言中說：「今所譯之偵探案，乃如

〔註91〕錢基博：《現代中國文學史》〔M〕，上海：上海古籍出版社，1998：98。
〔註92〕姜義華：《胡適學術文集‧新文學運動》〔M〕，北京：中華書局，1993：110。
〔註93〕范伯群：《中國現代通俗文學史》〔M〕，北京：北京大學出版社，2007：151
～152。
〔註94〕吳趼人認爲：「非西籍之盡不善也，其性質不合於吾國人也」，「吾怪夫今之崇
拜外人者，外之矢橛爲馨香，我國之芝蘭爲臭惡；外人之涕唾爲精華，我國
之血肉爲糟粕；外人之賤役爲神聖，我國之前哲爲迂腐；任舉一外人，皆尊
嚴不可侵犯，我國之人，雖父師亦爲贅疣。準是而並我國數千年之經史冊籍，
一切國粹，皆推倒之，必以翻譯外人之文字爲金科玉律」。甚至，西方標點符
號的借用，吳趼人也認爲是：「捨吾之長，而崇拜其所短」，稱之爲「不解之
怪物」。參看：《中國老少年，中國偵探案‧弁言》，1906年上海廣智書局版《中
國偵探案》。

是，乃如是，公等且崇拜之，此吾不得不急輯此《中國偵探案》也。僕有目，公等亦有目；僕有神經，公等亦有神經；僕祖中國，公等未必不祖中國。請公等暫假讀譯本偵探案之時晷、之目力，而一試讀此《中國偵探案》，而一較量之，外人可崇拜耶？祖國可崇拜耶？」隨著這部《中國偵探案》的出版，一批經過加工整理的古代公案小說紛紛出版〔註95〕。

　　佐哈爾指出，翻譯文學在多元系統中佔據怎樣的位置，具體要根據該文化中其他文學的狀態而定，它有時會處於主要位置，有時也會處於次要位置，它們相互之間總是在爭奪中心位置。如果它處於次要位置時，說明目的語文學系統處於了強勢地位。我國傳統文人很早就意識到了翻譯文學不可能始終處於文學系統的中心。黃小配認為「翻譯者如前鋒，自著者如後勁」，「譯本小說為開道之驊驤」，但是他堅信：「自今以往，譯本小說之盛，後必不如前；著作小說之盛，將來必逾於往者」〔註96〕。他的這番表述是具有前瞻性的。晚清偵探小說的翻譯起到了開風氣、啟民智的作用，傳統文人在閱讀了這類新小說之後，意識到了它與我國傳統小說的差異，逐步接受了西方先進的文化知識，激發起了他們實踐創作的熱情。

　　除了編輯整理出版一些古代刑事案例之外，這些傳統文人開始借鑒、模仿西方偵探小說，進行創作。1924～1925 年，在《偵探世界》上刊載的偵探小說創作作品，是五十三篇，翻譯作品為四十二篇。1945～1946 年，以《大偵探》為例，偵探小說翻譯作品有十二篇，創作就已達二十五篇，說明創作作品已佔主導地位。

　　他們最初的試水作品明顯地受到了西方偵探小說的影響。福爾摩斯作品的譯介一直暢銷不衰，其生動的人物形象，早已為廣大創作者所熟知。在《老殘遊記》的第十八回，白子壽對老殘說：「這種奇案，豈是尋常人能辦的事？不得已，才請你這個福爾摩斯呢。」可見偵探福爾摩斯是多麼的深入人心。在《新小說》第十二號到第二年第十二號上，登載了嶺南將叟重編的社會小說《九命奇冤》。《九命奇冤》形式上採用傳統小說章回體形式。開始就列出回目「第一回亂哄哄強盜作先聲慢悠悠閒文標引首」，故事結束還要加一句「要知道這件奇事的細情待我慢慢一回一回的表敘出來便知分曉」。可是，文章一

〔註95〕湯哲聲：《中國現代通俗小說流變史》〔M〕，重慶：重慶出版社，1999：217。
〔註96〕黃小配：《小說風尚之進步以翻譯說部為風氣之先》，《中外小說林》第二年第四期（1908 年）。

開頭，就和傳統的章回體小說並不一樣，給讀者以新奇的感覺。說書人並沒有登場，而是冷不防來了一句「哎！夥計！到了地頭了，你看大門緊閉，用什麼法子攻打？」「呸！蠢材。這區區兩扇木門，還攻打不開麼。來！來！！來！！！拿我的鐵錘來。」「砰轟、砰轟、好響呀。」「好了，好了。頭門開了。呀，這二門是個鐵門。怎麼處呢？」這個夥計是誰呢？為什麼他們要砸門呢？砸開門要幹什麼呢？這麼一段開篇對話，怎麼不會吸引讀者繼續閱讀一探究竟呢？此文就是模仿了《毒蛇圈》的倒敘手法，由案發寫起，然後描述案件的偵破過程，最後才是作案過程的補敘。這就和中國傳統小說的敘述方式有明顯差異。

　　晚清以前的中國傳統小說「起局必平正，而其後則愈出愈奇。西洋小說起局必奇突，而以後則漸行漸馳。」「唯偵探一門為西洋小說家專長。中國敘此等事，往往鑿空不近人性，且亦無此層出不窮境界。」（《新小說‧小說叢話》第二年第一號）。傳統的公案小說往往先寫作案過程，然後寫清官的審案、斷案，重點描述犯罪過程、清官如何判案、罪犯如何伏法，讀者閱讀的重點在案件的發生及對罪犯的懲戒上。而偵探小說的敘事重點由判案轉到了破案上，讀者也會在閱讀的過程中參與到破案中，誰先破解迷案，找到真凶成為讀者的興趣所在。故事的敘事空間場景也發生了轉移，由原先的官府衙門內的當堂審理讓位於市井街巷間的尋訪。這些轉變顯示了小說功能由重說教向重娛樂的轉移。中國作家通過簡單模仿，創作了一些「依樣畫葫蘆」式的偵探小說作品。呂俠模仿創作了《中國女偵探》（商務印書館，1907），講了三個偵探故事，可是推理情節比較簡單，劉半農就批評作者寫的「怪誕離奇，得未曾有」，作者「與社會之真相，初不甚了了，故其書奇誠奇矣，而實與社會之實況左。用供文人學士之賞玩，未嘗不可，若言偵探，則猶未也」〔註97〕。此外模仿階段主要創作還有：張無錚的《徐雲常新探案》系列小說，姚庚夔的《鮑爾文新探案》系列小說，王天恨的《康卜生新探案》系列小說等。隨著時間的推移，一些致力於翻譯偵探小說的作家開始了創作，他們作品的大框架雖然並沒有突破外國偵探小說的模式，但在模仿中卻增添了不少自我的個性。主要的代表作家及作品有：俞天憤的《中國偵探案》、《中國新偵探案》和《蝶飛探案》。偵探小說是一種都市文學，俞天憤將偵探小說的背景設置到了中國特色的小鄉鎮，有很強的本土氣息，擁有鄉間的寧靜和閒適。陸澹安

〔註97〕劉半農：〈七首弁言《中華小說界》〉，第一年第三期（1914 年）。

創作了《李飛探案》系列，他將偵探與黑幕、神秘恐怖糅合在一起，爲偵探人物系列增添了一位有血有肉、眞實可信的業餘偵探李飛。在他的小說中，刑事偵破僅僅是情節發展的一條線索，通過案件的偵破總是揭開一個社會黑幕，或者歷史黑幕，或者反映倫理的墮落，或者是金融醜聞。張碧梧創作的《家庭偵探宋悟奇新探案》有著獨特的視角範圍，那就是以家庭爲中心。題材雖小，但都涉及到中國人的血緣關係。趙苕狂的《胡閒探案》中胡閒被人稱作「失敗的偵探」，但他在失敗的破案過程中，無意間卻將社會上的那些醜惡和罪惡揭露出來。

6、清末民初翻譯偵探小說的現代性

何爲「現代性」？有的學者認爲，現代性就是指啓蒙運動所開啓的近代西方社會現代化的基本原則，即以個人主義和理性主義爲中心的、處於主流地位的現代西方文化觀念〔註98〕。還有的學者認爲，「現代性」的核心內容集中體現在西方啓蒙思想中。啓蒙思想所強調的科學精神和人文精神塑造了現代西方人的整個精神世界。〔註99〕西方偵探小說是西方工業化文明成果的集中體現，理性主義和科學精神是它的精髓所在。所以，翻譯西方偵探小說，自然就會引進現代西方工業化文明的優秀成果。可以說，十九世紀末，晚清文人大規模譯介的西方優秀文明成果，就是我國文學現代化轉型的強有力的催化劑。

海外知名學者對於現代性的研究大多關注晚清的小說創作，出版的著作如李歐梵《未完成的現代性》和王德威《被壓抑的現代性》，對於晚清文學現代性的問題進行了深入的研究。王宏志在研究中發現一些海外學者比較關注翻譯文學，「當時的翻譯其實包括了改述、重寫、縮譯、轉譯和重整文字風格等做法。嚴復、梁啓超和林紓皆是個中好手。多年以前，史華慈（Benjamin Schwartz）、夏志清（C.T.Hsia）和李歐梵（Leo Ou-fan Lee）就曾分別以上述三人爲例證，指出晚清的譯者通過其譯作所欲達到的目標，不論是在情感或意識形態方面，都不是原著作者所能想像得到的。」〔註100〕那麼，清末民初

〔註98〕周穗明等：《現代化：歷史、理論與反思》〔M〕，北京：中國廣播電視出版社，2002：166。
〔註99〕陳亞軍：《我觀「現代性與後現代性」之爭》〔J〕，廈門大學學報，1999（3）：5～7。
〔註100〕王宏志主編：《翻譯與創作——中國近代翻譯小說論》〔M〕，北京：北京大學出版社，2000：276。

的翻譯小說，尤其是偵探小說在市民文學期刊中會為讀者提供怎樣的具有「現代性」的文本？「現代性」在當時特殊的歷史環境背景下又會體現在哪些方面？本節以民國初年市民文學期刊的代表作《禮拜六》為中心，對《禮拜六》的營銷策略、辦刊宗旨，登載的翻譯小說進行分析，試圖發掘「現代性」在清末民初翻譯小說中所呈現的早期萌芽狀態，我國根深蒂固的傳統審美觀與西方思想文化的激烈碰撞會在期刊中呈現出怎樣的現代特徵？

6‧1 《禮拜六》：民初期刊界的神話

　　晚清時期，我國印刷業出現了根本性變革，近代印刷技術及先進設備的使用，大大提高了印刷水平，報紙期刊得以起步發展。《禮拜六》周刊是鴛鴦蝴蝶派的典型刊物，起源於清末民初，在民國初年相當流行，是市民文學期刊別具特色的代表，是紅極一時的都市流行休閒期刊。其作品內容十分廣泛，所謂「卅六鴛鴦同命鳥，一雙蝴蝶可憐蟲」，曾被看做是這一派作品主要涉及的內容。除了表現才子佳人的哀情小說之外，它還登載了通俗易懂、講究趣味的社會黑幕、武俠、偵探、歷史、家庭、神怪、軍事、滑稽、民間、反案等小說類型。

　　《禮拜六》周刊共出版二百期。第一期出版於一九一四年六月六號，中華圖書館發行，定價「一期一角，念五期二元二角，五十期四元」，分售處為本埠各大書局，外埠銷售點囊括了大江南北至少三十三家書局書社，至一九一六年四月出滿百期停刊。前十八期編輯者署名王鈍根。從第十九期始編輯者署名鈍根、劍秋，主要負責人仍是具有豐富編輯經驗、民初文壇領袖「二巨頭」之一的王鈍根，劍秋只是協助工作。自八十期以後，作品數量銳減，定價由原來的一角減至五分。一九二一年三月十九日復刊，發行方和售價沒變化，但是版權頁上編輯者初署瘦鵑、理事編輯鈍根。第一百五十七期後署名鈍根、瘦鵑。周瘦鵑在《〈禮拜六〉舊話》中說明了當時的編輯情況，周瘦鵑與王鈍根合做到一百三十餘期，因自己精神不夠才歸鈍根獨編。這樣又出至一九二三年二月十日第二百期終刊。

　　《禮拜六》在民初風行一時，銷售火爆，周瘦鵑在《閒話〈禮拜六〉》中就描述了當時讀者的購買熱情〔註101〕，這種熱銷的場面首先與深諳報刊營銷之道的主編王鈍根有密切聯繫。王鈍根非常重視《禮拜六》商業化的運作。

〔註101〕每逢星期六清早，發行《禮拜六》的中華圖書館門前，就有許多讀者在等候著；門一開，就爭先恐後地湧進去購買。這情況倒像清早爭買大餅油條一樣。

西方作息制度的引進，中國人感到十分新奇，他用禮拜六命名期刊，就是要滿足讀者好奇心的商業化促銷舉措。爲了爭取到最廣大的讀者，在創刊號上，王鈍根親自撰寫了《出版贅言》。其中對比了幾種當時在市民中流行的娛樂方式：「顧曲」、「覓醉」、「買笑」和閱讀小說。認爲經濟上，閱讀小說「儉省」；從時間、空間上講，它更爲自由；效果上講，它的消遣娛樂功能可使市民讀者緩解身心疲憊、精神緊張。因此，它的「遊戲的、消遣的、娛樂的」的市場定位是準確的，符合時代要求的，能夠滿足市民大眾的心理需求。在《出版贅言》中，提及要廣聘「夙富盛名於社會」的小說名家，注重《禮拜六》品牌的宣傳與維護，可以說民國初年數量眾多、影響範圍廣的小說名家都曾被網羅在「撰述者」的名單上。很顯然，它能在民初眾多的期刊中脫穎而出，搶佔大份額的市場，打開了銷路，與這些名家的鼎力相助是分不開的。

　　《禮拜六》自創刊之日起，先後登載過三十多種小說類型。前百期作品以小說爲主，包括翻譯和創作兩類。其中譯作以淺顯易懂的文言文翻譯的中長篇爲主，共 119 篇。代表性的譯作有天虛我生（陳蝶仙）翻譯的《孽海疑雲》，李常覺、陳小蝶合譯的《恐怖窟》，姜杏癡的《劍膽簫心》，梅郎的《雙妒記》，悾悾的《鸚鵡螺》，周瘦鵑翻譯的《寧人負我》、《黑獄天良》、《無可奈何花落去》、《旁貝城之末日》、《五年之約》、《世界思潮》等。後百期翻譯數量減少，白話作品明顯增多，翻譯的作品都爲短篇，但是翻譯質量有很大提高。重要的譯作有一圭翻譯的《兒時恩物》，徐卓呆的《最後》，林紓的《德奇小傳》，周瘦鵑的《末葉》、《友》、《力》、《定數》、《阿弟》、《駿馬》、《貓》。與其他譯者相比，周瘦鵑在《禮拜六》上的譯作數量最多，據統計其譯作有 66 篇，質量也最好，可以說是《禮拜六》期刊的一員虎將。

6・2《禮拜六》中翻譯小說呈現的現代性特徵

　　現代性是指啓蒙的現代性，西方資產階級的啓蒙運動本質上就是一場把人從封建思想的桎梏中解脫出來的運動。晚清譯者通過翻譯域外小說，啓蒙被封建思想長期禁錮的大眾，把西方現代意義上的科學、商業、法律、人權等理念，輸送到仍處於半殖民地半封建的晚清中國；在輸入的過程中並不是全盤否定傳統文化，在對待我國傳統審美情趣的態度上，表現在對中國傳統倫理的尊重，對以感傷遣情爲特質的美的認可與保留。王德威認爲：「『現代』代表的是一個斷代的觀念，自本世紀初起，知識分子就以這個觀念去批判起落後的同胞，將他們置於一個即將結束的時代中。他們期待自己在文學上的

成功，能把中國導向光明的未來。在這一語境下，『現代』指的是『文學的一種作用』，傳達了理性、人文精神、進步以及西方文明」。〔註102〕彰顯的、啓蒙的「現代」普遍存在於晚清文人心中，與當時的政治環境、民眾心理相契合，他們希望通過借助翻譯西方文學作品達到思想啓蒙的目的。資產階級啓蒙現代性以個性解放作爲標誌；而那些隱而未彰的美學上的現代性則在傳統與激進的夾縫中伺機而動，一方面留戀過去繁複細緻精巧的傳統，對格格不入的新觀念心存疑慮，另一方面它們又寄希望於改良，從而使古老的傳統走向現代，獲得新生。傳統與現代協商，艱難地讓位於現代，傳統又向現代滲透，最終使其呈現出了現代性特徵。「中國文學的現代性並不在新、舊文學表面的斷裂上，而是體現在兩者扭曲錯綜的協商間。……晚清不僅是中國現代性興起的準備階段，它其實見證了諸種觀念與行動間最生猛的合縱連橫。」〔註103〕

　　現代化〔註104〕帶給人類精神文明、物質文明豐碩的成果。這些成果涵蓋了人類社會的多個層面。簡而言之，「現代化」可以表述爲四個「尊重」——對科學的尊重、對商業的尊重、對法律的尊重和對人權的尊重。

　　現代性的萌芽、發展形成了現代化的主要進程因素。金耀基先生認爲，中國現代化的終極願景，是要構造一個中國的「現代性」，尋求中國的現代文明秩序，這種秩序也必然包含中國傳統的因素。中國的現代化不能簡單地看做是爲了國富，它基本上是中國尋求新的文明秩序的一個歷史過程。在經濟、政治、文化現代化的過程中，應該自覺地調整並擴大現代化的「目標的視域」，在模仿或借鑒西方的現代模式的同時，盲目地全盤照搬、「全盤西化」，並不符合我國的現實國情，應該要有所取捨。中國建構新的現代文明秩序的過程，

〔註102〕 王德威：《被壓抑的現代性——晚清小說新論》〔M〕，宋偉傑譯，北京：北京大學出版社，2005：22。

〔註103〕 王德威：《被壓抑的現代性——晚清小說新論》〔M〕，宋偉傑譯，北京：北京大學出版社，2005：365。

〔註104〕 「『現代化』指的是傳統社會轉變爲現代社會的過程。它包含了工業化、商業化、城市化、社會化、民主化、法制化、契約化、個人化、科層化、世俗化，教育普遍化等許多方面。世界各國的現代化過程中各有自己的特點，但是它們的轉變也有大致相同的地方：除了科學技術的發展，物質生活的改善，那就是在社會結構上由宗教或者宗法主導的傳統等級制社會，逐步轉變爲以個人爲本位的現代社會，從而也就形成了人權意識。」參看：袁進，《中國文學的近代變遷》〔M〕，桂林：廣西師範大學出版社，2006：327。

一方面，不僅要借鑒西方啓蒙的優秀成果，也應該是對它有所批判；另一方面，不僅要解構中國舊的傳統文明秩序，也應該是它的重構。

晚清上海是中國第一大商埠，是中國面向世界的主要窗口，外國租借地的開闢使得封建皇權的文化控制在此得以削弱。工商業發達，海路暢通，租界擴張，人口飛速增長，中小商人和市民階層日益壯大。這些都爲通俗文學期刊生存提供大量潛在的市民讀者群。傳教士、政府外交使節、實業家、留學生和習洋文的學生，他們夾在封閉的中華傳統社會和國人仍感陌生的西方文明之間，充當著把現代文明向落後中國輸入的媒介，於是大量西方文化伴隨著良莠不齊的翻譯介紹進來。此時，「新民爲今日中國第一急務」，維新人士認爲小說有益於世道人心，有益於社會進步，可以擔起新民的重任。但是，「編中往往多載法律、章程、演說、論文等，連篇累牘，毫無趣味，知無以饜讀者之望矣，願以報中它種之有滋味者償之。」〔註105〕梁啓超認爲自己創作的《《新中國未來記》承載了過重的政治願望，缺乏引人入勝的能力，於是他把介紹現代化的重任寄託到雜誌中的其他「有滋味」的小說身上。

中國傳統白話小說大多講訴的是市井人情、煙粉靈怪、撲刀杆棒、發跡變泰，把困難推給英雄豪傑或是觀世音菩薩解決，比如說《水滸傳》、《西遊記》，或把不可解釋的因果託給玄虛幻境，如《紅樓夢》。同樣是解決困難，《禮拜六》中提供給讀者的是潛移默化的科學知識。清末著名翻譯家周桂笙在《神女再世奇緣》的前言中，坦率地表達了自己對西方科學文明的仰慕之情，「外國已有空中飛艇之制，而回視吾國，則瞠乎未之有乎。科學不明，格致不講，宜乎？儒者於本國經史之外，幾不復之有學矣。後之學者，其於科學，幸加之意焉。（科學 science 在西國與文學並重）」。〔註106〕登載在《禮拜六》上的偵探小說，不僅僅是大眾娛樂、消遣的工具，更是向大眾讀者傳播現代科學知識的載體。《禮拜六》中有四篇長篇翻譯小說，偵探小說就佔有三篇：《恐怖窟》、《秘密之府》以及《孽海疑雲》。這說明偵探小說的懸念設置，新穎別致的敘事模式，抽繭剝絲般的嚴密邏輯推理擁有了大量讀者，給中國讀者帶來了異樣新奇的感受，讀者已經接受了這種西方小說敘事模式。八期登載偵探小說《毒箚》（史九成譯）開篇寫道：「華爾脫曰予友甘納德蓋以科學家而兼偵探家者也。恒以科學新法。偵探罪犯蹤跡。摘奸發覆其效如神。」在文

〔註105〕梁啓超：《新中國未來記・緒言》，《新小說》第 1 號。
〔註106〕周桂笙：《神女再世奇緣・自序》，《新小說》第 22 號。

中，介紹了微生物傳播、消毒之法。文中詳細描寫了實驗觀察的過程：「及返實驗室，甘納德即取信函中所黏膠質從事化驗。先以顯微鏡窺察，更以不染菌毒之白金絲檢取膠質中黑物少許，歷置地覃血清等媒介物之上，驗其能否蕃生。」隨後又提及「物理學滲透飽和之定理。」第二十九期，刊登了《倫敦之賊》：講的就是法醫學博士松大克「能以科學及器械之力法人罪惡」破解倫敦盜竊案。可以說，閱讀這樣的偵探小說達到了傳遞科學知識，新人耳目、啟民智的「教科書」的作用。

　　商業化、城市化對於晚清中國來說，是從傳統向現代發展的重要標誌。到了晚清，以市場為基礎的資本主義文明傳入了中國，城市化、商業化文明在中國沿海城市，特別是上海蔓延開來。由於商業的繁榮，單純的社會關係變得複雜起來，人們的觀念發生了很大變化。人們開始崇尚一種「炫耀式的消費」。人們急於瞭解現實生活中發生的一切經濟行為，因此對穿插在翻譯小說中有違傳統觀念的商業化現象也不再排斥，能夠欣然接受。都市中的各種現代化商業行為接踵而來，商業化帶來了功利主義。商業力量之大，身處其中的晚清文人也被融入了資本主義商業化的軌道。《禮拜六》順應潮流也推行了商業化的運作機制，施行稿酬制度。以前的文人羞於談錢，他們從事文學創作多為個人喜好，不以賣文為生，清高的文人視金錢如糞土，認為金錢是萬惡之源。但是在《禮拜六》上出現了這樣的徵文條例：「閱本周刊者多文學大家如其不棄簡陋肯以小說稿惠寄無論撰著譯述長篇短篇本館皆所歡迎一經揭載即以酬勞金奉上，甲每千字五元、乙四元、丙三元、丁二元、戊一元、不受酬者請於篇末先自注明不受酬三字，來稿不登者恕不寄還惟長篇小說裝訂成冊者本館代為收藏以待原著者隨時來取來稿寄棋盤街中華圖書館」。可以看出稿酬已是相當的豐厚。儘管有些作者還是在文章末尾注明了「不受酬」，但是，領取稿酬已經成為了文人養家糊口的主要經濟來源，文人成了文字勞工，他們受雇於出版商、書局、報紙期刊，譯介外國作品，創作通俗小說，把自己歷練成洋場才子。為了迎合市場的需求，《禮拜六》在編輯風格上進一步追求西化風格，前百期譯作多採用繁體字豎排排版，沒採用現代標點，當強調句子的精彩部分時，仍然採用傳統方法在旁邊加黑點或空圈。而後百期順應時代潮流，採用簡體豎排排版，使用了從經由翻譯小說引進的現代標點符號。

　　「文學一旦進入資本主義工業化、商業化的軌道後，文學的社會運營機

制就商業化了，作家以寫作來謀生，讀者以閱讀來消費，由於商業化的利益驅使，近代媒體的運作目標不可能再像傳統媒體那樣主要面對士大夫，而是變成面向大多數人的市民。」〔註107〕我國是傳統農業大國，士農工商的等級劃分觀念根深蒂固，但是在商業化氛圍下運轉的雜誌社和譯者受到西方商業氣息的影響，譯者們以讀者為主要服務對象，讀者對商業行為好奇，譯者就會選擇以商人作為主人公的作品進行翻譯，並在譯作中將與商業有關的信息完整地傳遞給讀者。在《禮拜六》第二期中婚事小說《愛波影》（如深譯）中，傑摩司是位「苦心經營三十年始能於實業界中樹一幟既為富家翁。」他「不願復為傀儡徒擁虛名而喪租徑之是實力。」商人重利的心態在文中表露無遺。

隨著偵探小說在晚清期刊中的大量譯介，西方偵探小說中對法律的尊重也開始得到譯者和讀者的關注。偵探小說除了奇情怪想、出人意表的故事情節外，還出現了律師依照法律文件轉移財產，偵探要搜集有效法律證據，運用科學嚴謹的推理手段，將兇手捉拿歸案等情節。故事情節在遵循法律條文的情況下設置，這也是吸引大量晚清讀者追捧的原因所在〔註108〕。晚清文人難以在皇權統治高壓下施展其抱負，只能讓翻譯小說這個載體充作急先鋒。偵探小說中宣揚的法律觀念，強調證據的重要性，正是體現了譯者對現代民主社會途徑的追尋。在《禮拜六》第六期短篇小說《電誤》中，「業米得來業律師顧名譽末起所入殊微。志欲得於大公司為法律顧問律師於願始足。夫人亦日夜望其夫騰達。」打官司要倚重律師的幫忙，律師在為大公司服務的過程中，會得到更可觀的酬勞，這樣的觀念會在讀者閱讀完後自然而然踐行到他們的日常生活中去。在《禮拜六》第十五期虛無黨小說《翻雲覆雨》（英國維廉勒格著，瘦鵑譯）中，充分體現了在西方社會「法律面前人人平等」的法律意識，最終拘捕了莎洛維夫將軍，正義戰勝了邪惡，展示了法律的公平性。

個人意識的覺醒是現代社會的重要標誌。「天賦人權」發軔於現代意識覺

〔註107〕袁進：《中國文學的近代變遷》〔M〕，桂林：廣西師範大學出版社，2006：3。
〔註108〕「吾喜讀偵探小說，吾又喜讀法律小說。偵探小說，一舉一動，一言一語，無不令人注意，因有絕細事而關係絕巨存也；法律小說，一舉一語，無不令人注意，因需一一準諸法律，不容妄添私見也。此章無一語緊要，大抵復述上文耳，而令讀者不厭煩瑣，不厭其複雜。何則？法律為之也，法律之效用固神矣哉。」參看：徐念慈，《第一百十三案·覺我贅語》，《小說林》，第3期。

醒之初，激勵了一代代的人爲之奮鬥，可以說隨著社會現代化、民主化進程的展開，人們保障自身的權利意識也在不斷增強。而偵探小說的譯介在當時的歷史背景下，在促使大眾讀者個人意識覺醒方面發揮著重要作用。偵探小說不僅傳播著科學的種子，在培養尊重人權方面，也起到了潛移默化的作用〔註109〕。偵探還喊冤者以清白，尋求確鑿的證據將罪犯繩之以法，他們用行動證明了對人權的尊重，人權觀念也在偵探小說的盛行之下得以張揚。在如深譯的《愛波影》中，譯者對我國婚姻不自由深有感觸，他說：「吾每聞吾國社會中婚姻不自由之慘劇未嘗不盡然情傷也。讀此篇前幅幾幾脩羅場矣。後此漸入佳境慈光霽色笑逐顏開。雖由纖麗之多術然父如傑摩司亦豈可多得哉。試繙同命鴛鴦鵑啼血等說部知此爲絕大幸福矣。」傑摩司並不像祝英臺的父親有門第觀念，最終逼死一對有情人，而是要考驗其未來的女婿，「試其能耐苦否」。

《禮拜六》中的翻譯作品還反映出了中國傳統文學「重情輕質」的審美內核。周瘦鵑在《無可奈何花落去‧後記》中寫道：「彼來予爲說部，頗多言情之作，而哀情處泰半。朋輩都謂吾每一著筆，輒帶死氣，賺人家眼淚，畢竟何苦來。然而，結習難除，亦屬無可奈何。杜鵑本天生愁種子，杜鵑而啼得瘦，其苦更可知矣。瘦鵑傷心人，殊弗能禁其作傷心語也。」他所選取譯介的西方小說充分表現了其擅長的哀婉淒涼的文筆，造成他的譯作多以「哀、苦、悲、怨、慘」爲主調，其中瀰漫著一種彷徨困惑的情緒，充滿了傳統文人受中國傳統文學範式影響的憂國憂民的感傷氣質。

可以看出，現代性是一種蘊含有多種複雜因素的綜合體，其基本構成要素是市場經濟、民主法制、個人主義。清末民初的中國具有與歐洲大陸不同的歷史背景和文化傳統，現代性對它來說屬於異域陌生文化。在現代化進程中，應當把現代性與民族性、普遍性與特殊性有機地統一起來。充分借助中

〔註109〕周桂笙說：「偵探小說，爲我國所絕乏，不能不讓彼獨步。蓋吾國刑律訟獄，大異泰西各國，偵探之說，實尚未夢見。互市以來，外人伸張治外法權於租界，設立警察，亦有包探名目。然學無專門，徒爲狐鼠成社。會審之案，又復瞻徇顧忌，加以時間有限，研究無心。至於內地讞案，動以刑求，暗無天日者，更不必論。如是，復安用偵探之勞其心血哉！至若泰西各國，最尊人權，涉訟者例得請人爲辯護，故苟非證據確鑿，不能妄入人罪。此偵探學之作用所由廣也。而其人又皆好學之士，非徒以盜竊充捕役，無賴當公差者，所可同日而語。」參看：周桂笙，《神女再世奇緣‧自序》，《新小說》，第22號。

華民族的優質的精神食量，積極參與自身的現代化是非常重要的。清末民初期刊《禮拜六》中的翻譯文學作品充分體現了對科學、商業、法律和對人權的尊重。不僅散發出時代氣息，而且還呈現出獨具特色的異域文化，在閱讀《禮拜六》上的翻譯作品時，會強烈感受到譯者在其譯作中體現了傳統與現代最為錯綜複雜的協商。可見，《禮拜六》是積極參與到了文學的現代化過程中，在許多優秀的翻譯作品中，體現了傳統與現代思想的磨合，積極借鑒與融合西方文學的寫作技巧，創作出二十世紀初獨特的文學作品，其「娛樂性、消遣性、消費性」的大眾娛樂觀念，至今都有深遠的意義。

二、影視媒介與偵探小說的傳播

影視媒介從偵探小說文本中尋找好的素材，並把它改編成優秀的影視作品，目前已經是越來越普及，通過改編這種形式，影視媒介為闡釋小說文本提供了新的視角，研究偵探片對偵探小說的傳播，是通俗文學史不能忽略的一個重要方面，同時也是關係文學傳媒、文化轉型、文學審美等方面的一個重要環節。偵探片在爭取受眾方面很明顯要優於小說文本，這是因為影像通常呈獻給觀眾的是直觀性和具體性的場景和畫面，而小說文本雖然文字的抽象性會激發讀者的想像力，但是對讀者也提出了較高要求，文化水平較低的讀者將很難理解字裏行間潛在的涵義。

偵探片是圍繞一件錯綜複雜的犯罪案件或破解一個難解之謎展開敘事。影片中懸念的設置是在「罪犯是誰」或謎案的「為什麼」上。觀影偵探片的樂趣就在於觀眾可以與編劇、導演共同演繹推理影片中展示的破案線索，進行一種充滿快感的智力對話，參與一次緊張刺激的科學思維訓練。一部優秀的偵探影片不僅能為觀眾提供高品質的休閒娛樂放鬆的機會，而且還能讓觀眾進行一次邏輯思維能力的鍛鍊。這些偵探片的內容反映了人類對科學理性的崇拜，對法治社會的一種期盼，目的是要在觀眾的心裏起到警示作用，營造出法網恢恢、疏而不漏，惡有惡報的社會觀念，它為「社會生產了一種無形的心理秩序，一種內在的心理契約，它營造的可能是一種世俗的『良心』，在心理上為個體劃定一些界限」〔註110〕，從而為觀眾起到心理安撫的作用。

二十世紀初期至中期是默片時代，電影只有畫面，必要時會使用字幕來幫助觀眾理解劇中人物說了些什麼。而偵探推理片，運用言語表達進行邏輯

〔註110〕郝建：《類型電影教程》〔M〕，上海：復旦大學出版社，2011：151。

推理是它的特色，主要魅力所在，沒有了語言邏輯思維推理，也就談不上偵探推理片的拍攝。可是，如果讓一位擁有冷靜縝密思維的偵探，通過話語大段大段地、抽絲剝繭般地揭示案件眞相，在以視覺形象爲主的電影畫面中，又會帶給觀眾乏味、枯燥的感覺。那麼，這就需要編導們要在藝術構思上利用懸念巧設機關、妙布疑雲、烘託氣氛、渲染環境，充分利用電影的視覺手段，運用快鏡頭讓觀眾看到既緊張又眞實的畫面，通過形象視覺上的衝擊，加強情節的緊迫感，讓觀眾不由得把自己放到偵探的位置，吸引觀眾與偵探一同參與破案。

　　二十世紀四十年代是黑色偵探片興盛時期。1941 年，《馬耳他之鷹》問世，隨後《夜長夢多》、《湖上豔屍》、《雙重賠償》、《騙中騙》、《唐人街》、《藍絲絨》等代表作品相繼問世。這些黑色偵探片淋漓盡致地刻畫了人物內心的矛盾和性格分裂，影片流露出強烈的陰暗、悲觀情緒，結局會顛覆傳統偵探小說中罪犯被繩之以法的模式，會出現罪犯沒有受到法律嚴懲，逍遙法外，出乎觀眾預料之外的結局。此外，柯南‧道爾、阿加莎‧克里斯蒂等優秀作家的作品也紛紛搬上了熒幕。這些影片有著超強的傳播效應，它們的播出吸引了大批觀眾，它們在對偵探小說銷售市場形成壓力的同時，也促進了偵探小說原作的傳播與接受。

　　我國二十世紀二、三十年代大眾文化傳播媒介開始進入快速發展軌道。西方電影在十九世紀末傳入我國，影片的特技效果和活動的畫面給中國觀眾帶來了新的視覺感官衝擊。而我國拍攝的影戲〔註 111〕還處於艱難探索，有待起步的階段，爲了生存並取得良好的經濟效益和社會效益，開始向已有了一定讀者基礎，並且業已佔領圖書市場的通俗小說取材。鄭正秋、張石川、管海峰等我國最早創辦電影公司的電影人，嘗試拍攝深受讀者歡迎的鴛鴦蝴蝶派文人的作品，上映之後效果非常好。許多鴛鴦蝴蝶派文人看到了電影與小說亦趨亦進，互爲促進，就有意扶持電影，他們被邀請作爲編劇，參與電影製作，認識到了電影和小說一樣可以作爲啓蒙大眾的工具，「開闢出一條通向現代通俗文學和民間審美文化傳統的道路」〔註 112〕。周瘦鵑就曾在《申報‧

〔註 111〕我國早期拍攝的電影都是京劇和民國初年流行的「文明戲」，這是電影和戲劇的結合，突出的是電影的表演藝術。

〔註 112〕丁亞平：《論二十世紀中國電影與通俗文化傳統》〔J〕，電影藝術，2003（6）：45～53。

自由談》發表電影評論連載《影戲話》，他寫到：「蓋開通民智，不僅在小説，而影戲實一主要之鎖鑰也」〔註113〕；對於偵探電影的特色，他在分析西方偵探片《怪盜》時認爲「影戲中之偵探片以機關繁複，行動活潑爲上，情節曲折尚在其次」〔註114〕。可見，當時鴛鴦蝴蝶派文人對電影的觀念已經漸趨成熟，一些前瞻性的理念滋養了我國早期電影劇作，爲本土電影的騰飛，提供了輿論支持。

　　1924 年可以説是中國電影史上非常重要的一個年份。大批鴛鴦蝴蝶派文人加盟到電影公司，包天笑受聘於明星公司，改編了《空谷蘭》、《小朋友》、《可憐的閨女》、《多情的女伶》、《好男兒》等電影劇本。周瘦鵑、朱瘦菊、張碧梧、徐碧波、程小青、陸澹庵、嚴獨鶴、江紅蕉、施濟群、鄭逸梅、姚蘇鳳等人一面依然創作禮拜六派的小説，一面擔任各影片公司的編劇，或兼任電影宣傳工作〔註115〕。1931 年，李萍倩導演拍攝了《亞森羅蘋》、《福爾摩斯探案》；1937 年張石川導演了《古塔奇案》；程小青爲多家電影公司做編劇，他創作的偵探小説中有很多橋段被搬上銀幕，並取得不錯的票房收入。朱瘦菊把陳冷血的譯作《火裏罪人》改編成電影《就是我》，由大中華百合影片公司 1928 年出品；1948 年國泰影業公司也出品了朱瘦菊編劇的《美人血》。在這些鴛鴦蝴蝶派文人的努力下，早期中國電影的敍事規範得以形成，逍遙怡情的娛樂路線影響著我國電影的發展，他們對於電影的影戲評論、影戲介紹開拓了我國電影理論的研究，至今依然滋養著我國民族電影工業的發展。

　　新中國成立以後，電影工作者們從現實鬥爭出發，拍攝了一批與敵特內奸較量和鬥爭的反特影片。這些影片從不同角度反映了建國初期意識形態領域中殘酷的鬥爭，塑造了不同類型的公安英雄和人民群眾形象。其中，經典的反特題材影片有《神秘的旅伴》、《英雄虎膽》、《與魔鬼打交道的人》、《山間鈴響馬幫來》、《寂靜的山林》、《51 號兵站》、《東港諜影》、《秘密圖紙》、《黑三角》、《冰山上的來客》、《獵字 99 號》、《東方劍》、《腳印》、《徐秋影案件》等。隨著改革開放步伐的加快，商品經濟的蓬勃發展，我國市場經濟體制初步確立，社會秩序、經濟狀況逐步走向正規，電影事業也得到了長足發展。二十世紀八十年代，隨著我國現代科學技術的進步，電子信息技術的普及，

〔註113〕瘦鵑：《影戲話》（一），《申報》1919 年 6 月 20 日。
〔註114〕瘦鵑：《影戲話》（三），《申報》1919 年 7 月 14 日。
〔註115〕程季華主編：《中國電影發展史》〔M〕，北京：中國電影出版社，1980：56。

使得大眾不僅能通過傳統紙質媒介書籍看到偵探小說，而且還可以通過新興的、快捷直觀的電影電視圖像欣賞情節曲折，迷霧重重的偵探影片。「而 90 年代尤其是 1993 年以降，『大眾』文化的迅速擴張和繁榮，以及它對社會日常生活的大舉入侵和深刻影響，使我們無法對它保持可敬的緘默。」〔註116〕大眾文化娛樂呈現出豐富的多樣性，為大眾提供了更多娛樂的選擇，從而調動起來了大眾娛樂精神，大眾盲目狂熱的政治熱情逐漸冷卻，經歷了文化大革命動蕩時期的人們回歸到了正常的日常生活中。阿多諾和霍克海默認為文化產業可以通過多種方式促使我們對它們所提供的東西有所需求，儘管我們一直被以前那些新瓶裝舊水的東西餵養著，但我們被引導著認為所提供的每道菜都比以前的更加美味。文化產業操控我們的欲求，促使我們對它們提供的任何一樣產品都有所需求〔註117〕。有需求就會有市場，電影、電視劇等大眾娛樂媒體順應時代的呼喚，進入到了人們的日常生活中，在我國逐漸形成文化的產業化、規模化，佔據了大眾文化娛樂的主導地位，迎合滿足了大眾休閒消費的心理。

1983 年 3 月，第十一次全國廣播電視工作會議在北京召開，會議確定了「四級辦廣播，四級辦電視，四級混合覆蓋」的方針，這為我國電視事業快速迅猛的發展提供了契機。1997 年底，我國約有 1300 家有線電視臺，1000 多家教育電視臺，成為世界上電視臺最多的國家。到 2009 年，我國電視人口覆蓋率達到 97.23%，電視臺 272 座，廣播電視臺 2087 座，教育臺 44 座，中央廣播電視節目全國無線覆蓋工程基本實現，中央電視臺第一套節目的無線覆蓋人口超過十一億。〔註118〕電視事業的飛速發展，使得文學能以電視這種新的傳媒形式為載體，改變大眾的審美情趣、審美方式，使文學電視媒體化成為一種必然，由此，文學與大眾傳媒的互動，不僅改變了大眾的日常生活方式，還悄然促進了大眾文學消費方式的改變。

九十年代初，出版界市場化改革為書籍的市場化、商品化、品牌化提供了暢通渠道。一部分公安法制小說的創作者意識到了這種改革趨勢，他們通過積極向大眾讀者兜售經過包裝、易於接受、能引領時尚消費潮流的影視劇，

〔註116〕戴錦華：《隱形書寫》〔M〕，南京：江蘇人民出版社，2004：1。
〔註117〕〔英〕戴維·英格里斯：《文化與日常生活》〔M〕，張秋月、周雷亞譯，北京：中央編譯出版社，2010：105。
〔註118〕國家廣播電影電視總局發展研究中心編著：《2010 年中國廣播電視發展報告》〔M〕，北京：新華出版社，2010。

使這些作家創作的作品被商業化以及被商品化，搶先佔領廣大的文化市場，從而爲自己搭建了一個更廣大的受眾平臺。作家海岩在「大眾文化」生產機制中，充分利用了大眾傳媒的優勢，他把其創作的公安法制小說與影視劇結合起來，創作出一種新的文化產品營銷模式，他的小說受到了電視臺的青睞，成功地撮合了文學與商業的聯姻，根據他的小說改編的電視劇，不僅引領著九十年代的大眾影視消費，而且觀眾還能品味出其中秉承著一種崇高的國家主義話語理念，他的作品與電視劇取得「雙贏」的效果，掀起了一股創作公安法制小說的熱潮。

海岩作爲一位成功的商人〔註119〕，在消費時代語境下，他對讀者大眾與小說創作之間的關係，有著自己獨到的見解。他認爲儘管這是一個由市場經濟占主導地位的，物質化、金錢化、官能化的消費時代，人們不僅不會對眞情實感的東西淡泊，反而會愈加強烈地嚮往眞情實感。他認爲這種情感長期以來被壓抑了。如果這時爲其提供一本能撩撥起他內心情感的小說，他缺失的情感會得到補償，此時小說的功能就起到一種「情感補償」的作用。海岩認爲把精神產品引入消費領域去昇華寄託人的情感，這樣的小說作品就是「情感消費」。

海岩並不隱晦自己創作的小說是商品，他認爲在市場經濟體制下，文學作爲商品，也參與到了商品的生產、流通和消費的進程中。商品這個概念，在他心目中是非常完美崇高的，在商人的眼中，只有最優質的東西才能稱得上「商品」，「你的全部聲譽和信譽構成你的商品」〔註120〕。而大眾讀者作爲消費者，他們對作家的作品有選擇權，作品孰優孰劣會直接影響到作品的銷量，進而甚至會影響到作家的「名」「利」。市場化、商品化這些外部環境因素迫使作家不得不考慮自身利益的最大化，他們總是希望能有更多的、不同年齡層次、不同知識水平的讀者喜歡、購買他們的作品。爲了爭取到最廣大的讀者群，這些作家走上了一條通俗化、大眾化的創作道路。那麼，海岩又是採用了哪些獨特的書寫方式去接近滿足大眾讀者的「渴望」和「訴求」呢？

九十年代，海岩在文化市場上推出的作品，讓讀者感覺到既新奇又陌生。

〔註119〕海岩擔任錦江集團副總裁，錦江集團北方公司董事長總經理，北京崑崙飯店董事長，中國旅遊協會副會長，中國旅遊飯店協會會長，中國國有資產青年總裁委員會副會長。

〔註120〕海岩：《我筆下的七宗罪》〔M〕，北京：文化藝術出版社，2002：90～91，310～313。

美國著名作家兼評論家范‧達因（S.S.Van Dine，1888～1939）提出了創作偵探小說的二十條守則，這些準則為日後偵探小說作家樹立了標杆，其中第三條他反對在偵探小說中夾帶愛情：There must be no love interest. The business in hand is to bring a criminal to the bar of justice, not to bring a lovelorn couple to the hymeneal altar〔註121〕。從這段話中我們可以看出，偵探小說是作者與讀者之間鬥智鬥勇的智力遊戲，小說最終目的是要撥雲見日，顯露真凶，因此，偵探小說中的人物的設置要「出於合理的需求」，否則就「會變成敘述的累贅」。多蘿西‧L.塞耶斯對此也深有感觸，她認為偵探就「應該把思想集中在偵探工作上」，而不應該和女人打情罵俏，讓主人公「無一例外地、令人苦惱地墜入情網」。所以，她堅持認為偵探小說的靈魂是邏輯推理，要擁有「亞里士多德式完美的開頭、過程和結尾」，「愛情越少，小說越好」。〔註122〕

而海岩在二十世紀九十年代所推出的公安法制影視劇作品，承載著一幕幕纏綿悱惻、蕩氣迴腸的愛情故事，王朔把海岩這種「案情＋愛情」的創作模式，形象地稱之為「披著狼皮的羊」。讀者在欣賞海岩的作品時，不僅會看到公安法制小說中所反映的英勇的公安幹警與兇殘的犯罪分子之間的較量、血腥的犯罪現場等內容，還會看到在言情小說中描述的，癡情的男女主人公令人糾結、痛徹心扉的愛情故事。於是，曲折多變、懸念叢生、撲朔迷離的案件構成了敘事的縱向結構，鋪墊出了發生愛情故事的背景；而生死不渝、蕩氣迴腸、轟轟烈烈的愛情故事又編織出小說的橫向結構，隨著案件的調查進展狀況推動劇情向縱深發展，這「一縱一橫」的敘事模式，相互交融、相互依存，搭建起了海岩作品中獨特的敘事空間。

海岩作品大多以悲劇收場，這是其作品顯著的敘事美學特徵，他在作品中描述了男女主人公所經歷的種種磨難及其與命運的抗爭，可是最終並未獲得與心上人團圓幸福的結局，從而更加為作品增添了一種悲壯的意味。亞里士多德認為悲劇是行動的模仿，沒有行動，則不成為悲劇，而行動是由某些人物來表達的，所有人物的成敗取決於他們的行動，悲劇所模仿的就是人的行動、生活、幸福，是展現「比較嚴肅的人模仿高尚的行動」，目的在於「引

〔註121〕不可在故事中添加愛情成分，以免非理性的情緒干擾純粹理性的推演。我們要的是將兇手送上正義的法庭，而不是將一對苦戀的情侶送上婚姻的聖壇。

〔註122〕塞耶斯為：《偵探、神秘和恐怖短篇傑作集1》（*Great Short Stories of Detection, Mystery, and Horror*）所寫的序言。

起憐憫與恐懼來使這種情感得到陶冶」。〔註123〕海岩認爲在他的作品中，公安是外衣，言情是襯衣，眞正能吸引讀者閱讀下去的是「人物的悲劇感、命運的無常、金錢的力量、傳統道德對個體情感的傷害、價值的衝突等，這是眞正能打動讀者的戲核」。〔註124〕《拿什麼拯救你，我的愛人》中的龍小羽，《平淡生活》中的優優，《一場風花雪月的事》中的呂月月，以及《舞者》中的金葵等，這些主人公本應通過自身的努力，過上更有意義、更有價值的幸福生活，可是命運弄人，他們悲慘的人生軌跡往往越出了讀者的閱讀期待範圍。這樣的結局，一方面對人性的醜惡、對財富權勢的貪婪進行了鞭撻，另一方面又使得讀者對主人公充滿同情，從而淨化讀者的心靈，激發出讀者追求眞善美的渴望與訴求。海岩作品中的悲劇意識的產生，很明顯，與「七十年代末以來的中國文學，其基調是悲劇性」的有關，與這一時期悲劇精神的覺醒，中國當代文學的覺醒，中國歷史的覺醒息息相關。〔註125〕

　　造成海岩作品中的主人公悲劇結局主要有兩方面原因。首先，這種結局大多與主人公坎坷的人生經歷有關。他們在成長的過程中承載了過多的苦難，他們在災難中累積、壓抑了一腔幽怨與憤怒。如果他們在離幸福一步之遙之時，感到有人橫加阻撓，他們將毫不猶豫地釋放憤怒，捍衛自己得來不易的幸福。《拿什麼拯救你，我的愛人》中的龍小羽來自江浙小鎮一個經濟不寬裕的農村家庭。母親隨有錢人離家出走，父親含辛茹苦撫養他，教育他做人要滴水之恩，當湧泉相報。看著龍小羽成長的小鎮上的長輩都認爲，龍小羽爲人忠厚老實，講仁義。在大學二年級時，父親因病去世，龍小羽來到城市謀生，飽嘗了人情冷暖、生存的艱辛。在面對飢餓，經濟窘迫之時，碰到了羅晶晶，由其推薦，來到羅晶晶父親的保春製藥公司，當上了一名管理人員，過上了衣食無憂的生活。祝四萍要挾龍小羽，除非龍小羽同意離開羅晶晶和她繼續好下去，否則就舉報保春口服液有質量問題時，激怒了龍小羽，使其變成一位冷血殺手，棒殺了自己的同鄉兼昔日戀人。而對於這種轉變，龍小羽自己平靜地解釋道：「你嘗過飢餓的味道嗎，你嘗過貧窮的味道嗎？飢餓和貧窮對我來說，是一種心裏的壓迫，是一種精神的屈辱。飢餓和貧窮讓

〔註123〕亞里士多德：《詩學》〔M〕，羅念生譯，北京：人民文學出版社，2000：21、12。

〔註124〕楊彬彬：《關於「海岩劇」的模擬圓桌四人談》〔N〕，南方都市報，2003-4-21。

〔註125〕曹文軒：《20世紀末中國文學現象研究》〔M〕，北京：北京大學出版社，2002：16。

我沒有任何快樂，讓我一天到晚只是想找吃的，只是想找地方睡，只是想掙錢，只是想怎麼活著，只是想……想著第二天上哪去，能幹什麼活。」〔註126〕

其次，海岩作品中主人公悲慘的結局還與其性格缺陷有關。「性格決定命運」，在《一場風花雪月的事》這部作品中，女警察呂月月父親早逝，與母親相依為命。呂月月「很聰明，很漂亮，很開朗，是個有發展的女同志」，沒有辜負組織對她的信任，最終說服潘小偉，歸還了珍貴的納格西尼小提琴。但是，有時她又「太幼稚了」，而且，「有個很不好的毛病──太善變了」，在一些關鍵時刻「總是以自己一時的喜怒和利益為進退的取捨」，她因為追求浪漫愛情，準備與罪犯潘小偉偷渡香港，可是「叛逃」途中有所覺悟，又向組織進行了舉報，導致潘小偉舉槍自殺、命歸黃泉。這些「身不由己」的舉動，給她貼上了「喪失了起碼的操守」〔註127〕的標籤，也正是她的這種機會主義的性格，導致多年以後，呂月月成為家族矛盾的犧牲品，橫屍香港街頭。在《玉觀音》中，海岩塑造他心目中的觀世音菩薩──安心。在題記中，海岩寫道：觀世音菩薩慈悲為懷，端坐於盛開的蓮花之上，「象徵了一切母性的崇高、偉大、溫和、柔軟、善良和無處不在的愛心」。安心是一位美麗善良的女性，渴望能過上普通人的正常生活，可是，作為一名公安幹警，為了讓更多的人過上幸福安寧的生活，她放棄了屬於自己的那一份日常生活，「一個女孩獨自一人在一個陌生的小城」〔註128〕，她需要的東西太多了，由於自己情感生活中的一次放縱行為，背叛了傳統倫理道德的規範，導致日後她先後失去自己的丈夫和孩子，毀掉了自己一生的幸福生活，這樣的悲慘結局不能不說是她的性格缺陷所造成的。

全球經濟一體化極大地改變了現代人的生產方式、消費方式、交換方式、思維方式，進而對中國經濟轉型體制下的文化市場，造成了深刻的衝擊與影響。文化開始遵循市場經濟中普遍存在的規律運作，工廠的生產消費機制被借鑒進了文化產業中，文化產品開始以信息、通信方式、品牌產品、金融服務、媒體產品、交通、休閒服務等形式，滲入並掌控了經濟基礎。曾經作為表徵的文化，開始統治大眾的日常生活，文化被「物化」（thingified），又歸於物質基礎，顯現出一定的物質性，於是便有了信息產品、情感勞動和知識產

〔註126〕 海岩：《拿什麼拯救你，我的愛人》〔M〕，北京：群眾出版社，2004：409。
〔註127〕 海岩：《一場風花雪月的事》〔M〕，北京：群眾出版社，2004：309。
〔註128〕 海岩：《玉觀音》〔M〕，北京：群眾出版社，2004：79。

權，經濟大體上成為了文化經濟，在全球文化工業中，媒介化（mediation）是通過「物的媒介化」實現的〔註129〕，一旦媒介變為物，它不僅具有了文化價值，同時也具有了使用價值和交換價值，制約它的不是自然生態規律，而是交換價值規律。在這種情形下，為了滿足讀者閱讀需求，高雅文化和通俗文化逐步融合，文學藝術作品進入到人們的日常生活中，成為了商品。那麼，海岩所生產的產品為了讓讀者接納，所採取的創作策略是，作品一方面在形式上呈現出固定的「案情＋愛情」的敘事模式；另一方面在內容上秉承國家主義話語理念，而且凸顯出濃厚的個人主義色彩，這樣，海岩的作品就像是按照工業化流水生產線上的標準，源源不斷地湧入圖書市場。

　　全球文化工業以品牌的形式運作，而品牌是商品生產的動力源泉，是由一系列產品以「物」的形式體現並生成出來的。商品是由外界決定的，是機械的；品牌如同有機體，具有自我修復的功能，它是有歷史的，有記憶的，而記憶標誌著一個品牌的身份。在這樣的全球化品牌運作背景下，1993 年，海岩與海潤影視製作有限公司開始合作，聯袂推出「海岩製造」的文化品牌，使之成為在電視劇市場上極具號召力的、具有鮮明印記的電視劇品牌，成為票房成功的保證。《一場風花雪月的事》就是由海岩創作提供劇本，海潤影視製作有限公司投資 1000 多萬元，言情劇著名導演趙寶剛執導，三方成功傾力打造的、奠定了「海岩劇」精緻唯美風格的一部作品。2000 年，海岩用劇本投資，成為了海潤影視製作有限公司的股東，與投資方、導演共同投票篩選主要演員和參與整部電視劇的製作，這種合作模式不僅更好地保留了原著風格，而且拍攝過程能與市場緊密結合，充分體現了現代都市感和時尚感，在全國各省市電視臺掀起了「海岩劇」的熱播潮。「海岩劇」的熱播又帶動了小說的熱銷，《永不瞑目》熱播之後，帶動小說的銷售達到二十多萬冊，成為電視劇帶紅小說的經典實例，這種營銷模式開創了文化市場上，出版界與影視界「聯姻」的雙贏局面。

　　波德里亞認為因為消費已經成為當今社會的風尚，在日常生活中，存在著一種由不斷增長的物、服務和物質財富所構成的驚人的消費和豐盛現象。我們生活在物的時代，堆積、豐盛是這個時代給人最深刻的描寫特徵，物以全套和整套形式生產。很少有物會在其沒有背景的情況下單獨地被提供出

〔註129〕〔英〕斯科特‧拉什、西莉亞‧盧瑞：《全球文化工業》〔M〕，要新樂譯，北京：社會科學文獻出版社，2010：7～21。

來。消費者瀏覽、清點著所有那些物，並把它們作為整個類別來理解。其中，當代物品中一個主要的、帶有擺設的範疇，便是媚俗〔註130〕，它在消費社會社會學現實中的基礎，便是「大眾文化」

在這樣的社會風尚影響下，海岩也不能免俗，他為大眾提供豐盛的消費產品有：三角戀愛、一見鍾情、俊男靚女、暴力情節、悲慘的結局、豐富的視覺時尚元素，以及懸念迭起營造的神秘效果等。波德里亞認為：在消費的全套設備中，有一種比其他一切更美麗、更珍貴、更光彩奪目的物品——它比負載了全部內涵的汽車還要負載了更沉重的內涵。這便是身體。〔註131〕經歷了「文化大革命」對身體長期壓抑之後，身體被「重新發現」，作為偶像的身體的實踐，成為了一種文化事實。「海岩劇」捧紅了眾多影視劇明星，大眾不僅消費著他們亮麗的容顏、性感的身材，而且還消費著他們擁有的私人感情、詮釋出的時尚生活。

《拿什麼拯救你，我的愛人》講述了幾位具有不同社會身份，癡情男女之間的多角情感糾葛。生活中的羅晶晶是製藥廠董事長羅保春的千金，而「T臺上的羅晶晶，梳著高高的扇形髮式，金裏銀束，她踩著音樂，迎著光束，向突然靜下來的觀眾，向幾百雙驚訝的眼睛，款款走來。韓丁在那一刹那全身僵直，每一根神經都被臺上迎面而來的少女牽住，他敢說這是他一生中經歷的最心動的時刻。和一般模特相比，那女孩的身材略顯嬌小，但那張眉目如畫的面孔，卻有著令人不敢相信的美豔。在強光的照射下，少女臉色蒼白，眉宇間顧盼生煙，進退中的一動一靜不疾不徐，目光中的一絲冷漠若隱若現，看得韓丁目不暇接，頗有靈魂出竅的感覺」；「韓丁看得脖子發麻，腰背發酸，才又盼到第一個出場的女孩重新登臺。那女孩一亮相臺下便隱隱騷動，那一頭如扇的長髮又變成了刺蝟似的短髮，極盡新奇怪異之至，步態表情也與髮式一樣，刻求歡快活潑至極。韓丁的目光片刻不離地追隨著她，他肯定他的感覺百分百地代表了臺下每個男人的心聲：這女孩的扮相無論古典還是新

〔註130〕媚俗是一個文化範疇。媚俗的激增，是由工業備份、平民化導致的，在物品層次上，是由借自一切記錄（過去的、新興的、異國的、民間的、未來主義的）的截然不同的符號和「現成」符號的不斷無序增加造成的。參看：〔法〕波德里亞，《消費社會》〔M〕，劉成福、全志鋼譯，南京：南京大學出版社，2000：1～113。

〔註131〕〔法〕波德里亞：《消費社會》〔M〕，劉成福、全志鋼譯，南京：南京大學出版社，2000：138～149。

潮，在滿臺五光十色的模特中，她無疑是最爲光彩奪目的一個！是全場注目
的中心！」

　　從韓丁觀看舞臺上兩次出場的羅晶晶的表演過程來看，羅晶晶作爲模特
的身體，受到了一種娛樂及享樂主義效益的標準化原則、一種生產及指導性
消費的社會編碼規則及標準相聯繫的工具約束。她的美豔是她身體的一切實
用價值向一種功用性「交換價值」的蛻變，美麗成爲一種交換著的符號材料，
她的身體成爲功用性客體，愉悅著觀眾的視覺，向觀眾傳遞著時尚元素和色
情符號。她那眉目如畫的面孔，眉宇間顧盼生煙，一絲冷漠、空洞無物的目
光，既是欲望的過份含義也是欲望的完全缺場。

　　身體在向交換價值蛻變的過程中，不僅觸及到了女性，而且同樣觸及到
了男性，在大眾讀者喜愛的流行文本中，他們擁有敏銳的目光，寬厚的肩膀，
靈活的肌腱和運動型汽車。在《平淡生活》中，周月「那黑白分明的眼睛，
雪白的牙齒，和線條優美的胸脯，和胸脯上亮晶晶的汗水，卻頑固地留在優
優的心中，還有那男孩的表情，那疲乏不堪的樣子，都像勾魂似的，讓優優
走錯了回家的路線」。在大眾娛樂狂歡的時代，周月的身體不僅俘獲了優優那
顆悸動的少女的心，還愉悅了眾多讀者的眼睛。海岩認爲當今社會依舊是男
權思想占主導地位，作品一定要符合男性的審美觀與價值取向，因此，他的
作品是以寫女性、研究女性爲主，刻畫的女性是偶像化的、豐滿的、現實的
和複雜的；而男性在其作品中往往是純情、善良的，追求理想化的愛情，他
們不僅思想上依賴於女性，行動上有時也聽命於女性的安排，在他們清秀、
帥氣的外表下，充滿了浪漫的藝術氣息，給讀者的印象是弱不禁風、單薄羸
弱，缺少一些陽剛之氣，所以，海岩認爲男性在他的作品中，有點假、是概
念、只是一種擺設。〔註132〕《舞者》中，高純與金葵是一對熱愛舞蹈事業的
青年。命運弄人，高純與金葵失去了聯繫。等到有情人再次相見時，高純已
經癱瘓在床，周欣成了他的合法妻子。金葵無怨無悔，照顧高純的飲食起居。
在複雜的現實環境中，周欣與金葵堅定地維護著高純的合法權益，她們自我
犧牲、不屈不撓的精神，折射出在市場經濟社會中，金錢並未使她們放棄做
人的基本原則，女性的主張成爲了人們審美的投射對象，而對女性權利主張、
行動和心理微妙變化的書寫，爲大眾瞭解社會轉型期商業社會變遷的發展脈
絡，提供了一個文本平臺。

〔註132〕海岩：《我筆下的七宗罪》〔M〕，北京：文化藝術出版社，2002：133。

　　豐盛與暴力並駕齊驅，共同成爲海岩作品中大眾消費的對象。大眾要適應豐盛的生活並不容易，貧窮、不平等、戰爭常常導致暴力行爲的發生，有時還會受到傳媒中所「暗示的」暴力偷襲。海岩在市場經濟中，將那些被消費的暴力再回收成爲可消費的商品，成爲消費的重新推進器，它被重新社會化成爲一種文化鑲邊和集體愉悅。〔註 133〕《玉觀音》中，安心是一位渴望能過上平靜生活的緝毒警察。但是，由於職業關係，她渴望擁有平靜生活的夢想，常常被無法控制的暴力打碎。安心與毛傑邂逅，是因爲幾個惡漢對安心撒酒瘋，毛傑見義勇爲、英雄救美，本打算爲安心解圍，可是勢單力薄，自己卻掛了彩。安心使出跆拳道工夫，上演了一齣「美救英雄」的故事，由此毛傑在「一瞬間愛上了安心」，從而改變了她的人生軌跡。在一次緝毒審訊過程中，毛傑知道了安心的身份。他把父母的死歸罪於安心，開始對安心進行瘋狂報復，先後殺害了安心的丈夫鐵軍及幼小的小熊。而自己也被警方擊斃。在作品中，暴力血腥的情節不停地衝擊著讀者的視覺神經，不斷推動情節向縱深發展，最終達到高潮，也使得安心從一個嚮往平靜生活的普通緝毒警察，破繭成長爲一名緝毒戰線上的無名英雄。

　　海岩小說市場化的成功，表明大眾文學從九十年代以來積極參與了意識形態的建構，擺脫了大俗大雅之爭。在作品中他不僅秉持國家主義話語的理念，而且出於市場經濟消費意識的需要，著力描寫前衛的都市生活、中產階層的消費觀念、酒吧的夜生活、出入高檔酒店的商業精英，迎合了大眾的閱讀心理，通過閱讀，滿足了大眾擺脫繁雜的日常生活，體驗陌生而又新奇的現代都市生活的願望，從而爲當代文學尋找到了更爲廣闊的敘事空間。

　　偵探片的創作遵循的是一套創作者和觀眾都熟知的模式，基本上就是用電影化敘事方法從文學中移植過來的現成類型，觀眾在進入影院之前就知道他們要看什麼，觀看影片的過程就是觀眾與主創人員進行的一場休閒遊戲和美學對話，觀看電影時，觀眾與觀眾之間情緒會互相感染，氣氛會被調動到極點。觀影之後，熱烈的討論氣氛會在社會上蔓延開來，從而爲文本小說的流行營造出良好的閱讀氛圍。隨著信息技術的快速發展，數字電視（Digital TV）爲觀眾更是提供了多種業務，節目的質量和數量得到大大提高，觀眾有了更多的節目選擇，獲得了更好的節目質量效果。2012 年我國《地面數字電視廣

〔註 133〕〔法〕波德里亞：《消費社會》〔M〕，劉成福、全志鋼譯，南京：南京大學出版社，2000：201。

播覆蓋網發展規劃》出臺，標誌著我國地面數字電視的推廣和應用被提到了一個戰略高度，我們可以看到在不遠的將來，數字電視的普及會爲偵探片的傳播提供更加廣闊的平臺。

三、互聯網絡與偵探小說的傳播

自 1964 年，美國蘭德公司首將內部計算機聯網之後，互聯網開始迅猛發展。目前，互聯網正在改變著人們的日常生活，收入越高、受教育程度越高的人越喜歡使用互聯網與人進行溝通交流，因爲，網絡凸顯個性，強調自我，甚至認爲自律就是採用暴力壓制個體自由，在這個崇尚自由、個性張揚的時代，這樣的媒介形式多方位提供給大眾多種渠道去宣洩心理壓力。它的開放性、匿名性、和互動性，喚起了大眾參與這場全民網絡狂歡的意識，把大眾從「流行的世界觀中解放出來，也是從常規習慣與既定的真理、從陳詞濫調、從所有無聊單調的與普遍接受的事物當中解放出來」〔註134〕。在網絡上流傳了這樣兩句話：「誰也不知道我（你）是一條狗」；「人人都可以當作家」，反映出網絡寫手真實的創作心態，顯示了網絡寫作有很高的自由度。同時，網絡的「去紙張化」還爲生活在世俗壓力之下的眾生，提供了一種新穎的閱讀、交流模式，拓展了大眾娛樂交往的空間，讓他們終於發現了一處門檻低、能參與其中，隨心所欲發表見解的新大陸。

華語網絡文學的出現，一般以 1991 年 4 月少君在北美中文網《華夏文摘》上發表的《奮鬥與平等》爲標誌。1994 年，我國正式加入國際互聯網，文學愛好者們開始對網絡有了更多有益的探索和嘗試。〔註135〕1999 年，臺灣痞子蔡的《第一次的親密接觸》將網絡小說的概念引進了我們的文化視野，吸引了眾多文學愛好者投身網絡寫作，成爲網絡小說進入大眾視野的標誌性事件。隨後幾年，湧現出一批優秀的網絡寫手。〔註136〕從此，網絡小說成爲華語文學界不可漠視的文類之一。我國主要登載網絡小說的網站有：小說閱讀網、網絡小說、熱門網絡小說精選、書路、文學小說網、橄欖樹、榕樹下、

〔註134〕Bakhtin, M. Rabelais and His World [M], Cambridge: Massachusetts Institute of Technology Press. 1968: 34.

〔註135〕1994 年 2 月，第一份中文網絡文學刊物《新語絲》創刊。1995 年 3 月，中文網絡詩刊《橄欖樹》創刊。1996 年網絡女性文學刊物《花招》問世。

〔註136〕出現了號稱網絡小說創作的「五匹黑馬」：邢育森、寧財神、俞白眉、李尋歡以及安妮寶貝。

雅虎、網易文化、新浪讀書、起點中文網、天涯書庫、晉江文學網、南方網絡文學、紅袖添香等。為了推動原創網絡小說的發展，2001 年以前比較有影響的網絡評獎有：榕樹下網絡原創文學作品評獎、網易的網絡文學作品評獎、清韻的網絡新文學優秀作品評選等。這些網站通過各種評獎活動，不僅提高了網站的知名度，迅速捧紅網絡寫手，使其名利雙收，而且對於網絡小說的傳播也是功不可沒。2003 年，由於網絡高度普及，再次掀起了網絡小說的創作高潮，以「盛大文學網」為首的文化產業集團探索出一條網絡文學產業化模式，進行資源整合，兼併了一些優秀文學網站，走上通俗讀物市場化的收費道路，從而使網站及寫手獲取了可觀的經濟利益。2012 年，起點中文網旗下的唐家三少、我吃西紅柿、天蠶土豆等作家均以千萬稿酬，問鼎網絡作家富豪榜，引起世人的極大關注。

2014 年 7 月，麥肯錫旗下研究機構麥肯錫全球研究院發佈《中國的數字化轉型：互聯網對生產力與增長的影響》，報告指齣目前我國已經形成一個龐大而快速發展的互聯網經濟，網民的數量已經達到 6.32 億。網絡成為我國懸疑小說產生和賴以發展的土壤，1999 年～2004 年是我國懸疑小說起步階段，懸疑小說在我國一開始就是網絡文學的重要組成部分。懸疑小說是採用懸而未決離奇曲折的故事情節推動故事向縱深發展的一種偵探小說變體形式。一部優秀的懸疑小說的懸念感會非常強烈、并以邏輯推理嚴謹贏得讀者的關注。我國的懸疑小說並非是本土固有的一種文學類型，是深受歐美「黑色懸念小說」影響，本土化的結果。歐美「黑色懸念小說」定型於二十世紀四十年代，五、六十年代廣為流行，是在西方硬漢派偵探小說的滋養下，發展起來的一種新型通俗文學類型。其吸引讀者的關鍵在於「充滿緊張的懸念」，破獲案件、緝拿罪犯並不是作者佈局的重點，「剖析案件發生的撲朔迷離背景和犯罪的心理狀態」才是文本所關注的核心問題，作品的敘事角度也有別於傳統偵探小說，它通常「依據與神秘事件有關的某個當事人或案犯本身」。〔註137〕無論是從主題、表達效果，還是美學特徵上看，懸疑小說都受到了愛倫·坡的影響。但是，中國懸疑小說作家又從中國傳統文化中汲取了神秘、含蓄等元素，賦予其獨特的審美情趣，從而使其具有了本土化的一些美學特徵及道德考量。

〔註137〕黃祿善：《美國通俗小說史》〔M〕，南京：譯林出版社，2003：365。

1、中國懸疑小說現狀

　　雖然中國懸疑小說發展較晚，但是它趕上了我國互聯網技術快速發展的時期，它是網絡文學的重要組成部分，網絡為它的生存和拓展空間提供了迅猛發展的機遇。2001 年，蔡駿開始在互聯網上連載《病毒》。2004 年，《達‧芬奇密碼》在中國文學類圖書中熱銷，此後，網絡上出現了一批具有市場號召力、創作能力較強的懸疑小說作者群，〔註138〕促使隨後幾年圖書市場上出現了大量懸疑小說。網絡文學最顯著的特點就是能迅速對讀者市場需求作出反饋。但是，有利可圖又容易造成大量跟風作品混雜其中。2005 年，中國懸疑小說創作形勢喜人，鬼谷女創作出版了《碎臉》，網絡點擊量短短數週就超百萬。2005 年 9 月，李憶仁被譽為「東方的《達‧芬奇密碼》」的作品《枯葉蝶》出版。2006 年，天下霸唱的系列小說《鬼吹燈》陸續出版，受到其「燈絲」的熱捧，首次印刷就達到五十萬冊。2007 年，南派三叔《盜墓筆記》的出版，標誌著我國「盜墓系列」懸疑小說初具雛形。2007 年，「《死亡筆記》事件」爆發以後〔註139〕，懸疑小說的出版發行受到嚴格審查，以裝神弄鬼、感官刺激、血腥暴力為主要內容的作品受到限制，但是，儘管發行出版渠道不暢，懸疑小說創作還是生生不息，懸疑小說的銷售依然極為火爆。當下中國的懸疑小說究竟為什麼會如此地吸引讀者？其中有哪些值得肯定的美學要素，有哪些值得注意的負面影響？西方懸疑小說的譯介又給中國的懸疑作品中留下了怎樣的印記呢？

　　懸疑小說之所以會受到讀者的青睞，就是因為它的目的在於娛樂，能夠令讀者精神愉悅，可以在多方壓力之下，為讀者找到一種情緒釋放的渠道。來自生活、工作中的壓力使當下社會人們不堪重負，造成精神緊張、極度焦慮。而懸疑小說的通俗性、消遣性能讓讀者舒緩壓力、精神愉悅、暫時擺脫現實煩惱。

　　基於作品的表現技巧，懸疑小說可以分為兩類：現實型懸疑和超自然懸

〔註138〕其中有：蔡駿、鬼谷女、莊秦、成剛、蓮蓬、嫣青、七根胡、一枚糖果、麥潔、那多、老家閣樓、上官午夜、鬼馬星、周德東、李西閩、郎芳、君天、周浩暉、李憶仁、天下霸唱、南派三叔等

〔註139〕2007 年充滿著恐怖神秘氣氛的日本漫畫《死亡筆記》在我國中小學生中流行，受到了廣大家長和教育工作者的關注和批評。2007 年 5 月 25 日，全國「掃黃打非」辦下發通知，要求各地開展一次為期一週的查繳日本漫畫《死亡筆記》等恐怖類非法出版物專項行動。

疑。現實型懸疑小說強調推理分析，作品並不依靠渲染恐怖詭異的氣氛取勝，通常離奇的情節是推動故事發展、激發讀者好奇心的主要手段，是通過縝密推理破解疑團，最終揭開事件的真相。我國現實型懸疑小說的領軍人物是蔡駿。蔡駿的小說一般都有一個真實、重要的歷史事件做為故事的開端，以此為依託展開離奇的故事情節，運用偶然性推理神秘的情節，最終得出一個必然的結論。例如倫敦泰晤士河畔，國會廣場的大本鐘在格林尼治時間 2005 年5 月 27 日 10 點 20 分百年難遇地停擺了。這是一個真實的事件。故事在歷史與現實之間穿插，情節在旋轉門這個時間機器的推動下發展，這就是蔡駿的《旋轉門》中的故事情節。「反物質」道具的設置使得故事中演繹的生活細節是離奇玄乎的，在講訴離奇的生活細節時，真實的歷史事件卻成為了神秘故事的發端。

超自然懸疑小說的代表作家是那多。他在創作時會運用超自然的神秘，構思故事情節。超自然神秘情節的過多出現就會引起讀者懷疑其小說的真實性。對這樣的質疑的聲音，那多認為寫作「首先追求真實性，我會追求細節上的真實，另外我會用比較理性的態度去寫這些東西。當我創造出一個比較玄的命題以後，開始搭建、完成，等我要把這個小說創作推進下去時候，我會用比較理性的精神，把看起來不可思議的一個謎題歸結出一個比較理性的答案。」〔註 140〕

那多採用了兩種手法突出事件的真實性，一是用一則似乎真實的新聞作為故事的引子。他的《那多靈異手記系列》是由 11 個故事組成，每一個故事都可以從一條新聞中找到真實的線索。在靈異手記系列中，主人公是上海《晨星報》的機動記者那多。每一篇手記的開始，那多都會把一則新聞放在最前面，為了說明這篇新聞是真實的，他會標示出這篇新聞的來源，讀者可以根據提示找到這樣的新聞。每個新聞背後都隱藏著一個故事，故事奇妙，推理絲絲入扣，引領讀者一步一步逼近真相，所有的小說都是這樣一個架構。《亡者永生》開篇就記述了法新社 4 月 23 日報導：「最近幾天，德國境內出現了一種怪異的、令人無法解釋的現象：上千隻蟾蜍忽然自我爆炸，將內臟彈出一米高的地方。」緊接著又報導了 2005 年 4 月 25 日登載在《北京青年報》上的一則消息：「上海老洋房天花板現七隻骷髏」。看到這樣的開篇，讀者不由得會對這兩則消息的關係產生好奇心，激起讀者的閱讀興趣，促使讀者踏

〔註 140〕http://book.qq.com/a/20050520/000061.html。

上解謎的征程。《幽靈旗》開篇描述了上海閘北區有四幢經過日軍轟炸而奇跡般保存下來的「三層樓」正面臨拆除的窘境，記者那多受命對其進行深度報導。那多試圖通過新聞輿論將「三層樓」作為歷史見證保存下來。文中提到這些樓房是否真的存在？如果讀者覺得那是真實發生過的事情，去圖書館翻閱相關資料，會在《新民晚報》2004 年 6 月 9 日第二版位置上找到這篇新聞，而且還配有非常清晰的圖片。二是極度渲染一些超自然的心理情緒，以說明任何人都會有自己的心理世界。於是，弗洛伊德的內心力量實驗、茨威格的人類詛咒等超驗幻覺以及巫術、幻術在他小說中就是得到反覆使用，所以，他的《百年詛咒》、《甲骨碎》等小說均可以看作是超驗文本。亦真亦幻，似乎都有那麼一個真實或者虛幻的依據。從一個看似真實的新聞事件挖掘素材，描述離奇的生活體驗，運用超驗的靈異手法證明其合理性，靈異而又真實，成為了那多的小說獨特標籤。

　　現實型懸疑小說和超自然懸疑小說是創作表現手法不同，而懸疑小說的創作思維核心就是從離奇的生活碎片中找出富有邏輯的推理線索，並能成功營造出神秘的氣氛，這也是懸疑小說的美學特徵所在。讀者在日常生活中，就是通過閱讀這樣的懸疑小說來打發他們的「碎片時間」。在閱讀心理維度上，讀者在閱讀這類作品時，並不是期望能從中得到價值觀的啟迪、激發出他們的正義感、鍛造出高尚的情操、培養出英雄氣概，只是在於滿足他們對於懸疑世界的好奇心，能從中獲得閱讀快感。這樣的閱讀快感遠離社會意識形態的所規範的高要求，但是卻深深地紮根於人類的本能之中。因此，它沒有深刻的社會性，對生活沒有厚重的反思，卻普遍具有心理情緒釋放的功能。這也就成為當下中國懸疑小說得到讀者普遍歡迎的關鍵理由。

　　認為閱讀懸疑小說是一種淺閱讀的觀點是不符合實際情況的。如果將刻畫人性的小說看作為深閱讀，具有深邃的內涵意義；把情節小說看作是淺閱讀，內容表達淺顯易懂的話，那麼許多優秀的懸疑小說也不能全部認定為是淺閱讀。在一些評論家的看來，從事懸疑小說創作的「七〇後」、「八〇後」作家，他們生活在和平年代，沒有經歷過殘酷的政治鬥爭，上山下鄉等各種磨難，知識的容量、文學的修養還很淺薄，所以他們對生命的體悟，對生活的感受，對社會的認識，就沒有那麼深刻，再加上「網絡快餐式」的書寫，他們無暇顧及對語言的錘鍊，作品中的語言顯得不那麼精美，經不起細讀，因此，這樣就顯得他們所創作的懸疑小說缺乏原創深刻的思想、厚重的歷史

感、審美享受以及缺乏藝術上的獨創性。但是，優秀的懸疑小說一定能刻畫出立體的人物形象人性，表現出複雜的人性。懸疑小說中也能擁有普泛道德意識的情懷，維護和繼承著公平、正義、自由、人性等道德理念。

中國的懸疑小說興盛與網絡寫作息息相關，懸疑小說的發展離不開當年網絡懸疑小說寫手的推動。他們的作品在網上受到追捧，達到一定的點擊率，引起各大出版公司的關注、認可，出版機構就會介入，競相策劃和營銷代理他們的網絡連載小說。中國懸疑小說也經歷著曲折的發展過程，網絡寫作發表門檻低，造成泥沙俱下，良莠不齊、暴力血腥的作品充斥其中。但是，一批致力於懸疑小說創作的作家還是奉獻出了相當多地表現人性和人生的深刻作品。蔡駿的寫作手法比較直接，他在批判貪婪奸詐、嫉妒怨恨、自私自利等負面人性的同時，謳歌贊美了平等互助、博愛自律、光明溫暖等正面人性。在《幽靈客棧》中，故事的起源一直可以追溯到三十多年前，周寒潮是一位來自大城市的知青，「在那段灰暗的歲月中，唯一能讓他感到色彩的，就是那個叫蘭若的年輕女子」。田園的母親當年在子夜歌戲團裏是團裏的主演，有段時間嗓子始終沒恢復過來，所以一直都是由蘭若代替她主演。蘭若每次上臺都非常成功，戲團裏其他人因此都不喜歡她，他們認為蘭若的出彩表演搶了他們的風頭，尤其是原來的那個女主角。嫉妒心理導致團裏的人故意疏遠她。於是，蘭若覺得更加孤獨了，幽靈客棧裏惟一能和她說話的，就是周寒潮這個知青了。然而，一場命案的發生，打破了客棧裏平靜的生活。欲對蘭若圖謀不軌的洪隊長在一個清晨離奇死亡。田園的母親出於嫉妒而污蔑蘭若說是她用邪術殺死了洪隊長。「蘭若被那些瘋狂的人們，強行按到了海水裏，就這樣被活生生地溺死了」。作者不僅讓讀者感受到了那個瘋狂年代造成了人性的扭曲和泯滅，更是通過這樣的事例披露出人性的弱點，拷問人的靈魂，進而讀者從中可以讀出中國傳統小說「勸人」的道德規訓，「是非分明」的道德判斷。

那多的小說是在對追求人性負面情感否定的基礎上，推斷總結出對個體、世界乃至於宇宙的正面理性的思考。那多在《返祖》中一直在思考：生存對於我們來說到底意味著什麼？在《凶心人》中，當朱自力、何運開為保命爭搶食物時，那多「看著朱自力手裏的那根白骨，百年前這裡曾經發生過的事，剛剛開始的時候，是不是，也是這樣……最高等的教育，再昌明的社會，人骨子裏的醜惡，還是一樣抹不去。或許，那並不能叫醜惡，只是動物

的生存的本能吧。」那多認爲蕭秀雲一定是利用幻術，傳遞信息給幸存者。他絲毫不懷疑蕭秀雲有假扮鬼神的能力，令他心驚的，「是她對人性負面情緒拿捏把握得竟然這樣精準」。儘管那多用理性的思維、冷靜的眼光審視著人性的善惡，但是讀者在閱讀過程中依然能夠感受到「愛」的溫暖。《變形人》中的海底人水笙只是爲了一句承諾，踏上陸地尋找蘇迎。可是，以人的形狀每走一步的痛苦都是人類難以想像的，而且會縮短他們的壽命，因爲保持固定的面具形狀會耗損巨大的能量。但是執著的愛情會令水笙變得異常堅強：他忍受著身體的痛苦，以縮短生命作爲代價，信守諾言來到陸地保護蘇迎；而蘇迎即使被人孤立、誤解，也依然堅信愛情的存在，不禁讓人感歎愛情的魔力與偉大。

2、西方懸疑小說譯介對中國懸疑小說的影響

　　美國作家埃德加・愛倫・坡可以說是懸疑小說的開創者。他「以開拓和獨創精神創作美國文學」，〔註141〕在多個文學領域中頗有建樹，其作品集兇殺血腥、科幻懸疑、恐怖神秘等通俗流行元素於一體，在他筆下幻化出的死亡之花，迸發出的那種極致的美帶給讀者的心靈無比的震撼。愛倫・坡強調藝術創作時效果要統一。他認爲聰明的創作者在創作前要事先精心構思，爲作品謀劃出獨一無二的藝術效果，然後再思考杜撰一些情節去最大限度地實現那預先構想的效果。創作者如何才能營造出預期的效果呢？愛倫・坡通過自己的創作實踐，力圖說明「在短篇小說這種文藝形式裏，每一事件，每一描寫細節，甚至一字一句都應當收到一定的統一效果，一個預想中的效果，印象主義的效果。」〔註142〕他坦承自己創作時喜好從考慮效果入手，會爲在眾多效果或印象中選用哪種效果而困擾〔註143〕。愛倫・坡力求創作的每一篇作品都要收到一種預期的效果，可以說效果的設定就是他著手寫作的開始。統一效果論是愛倫・坡創作的偵探、恐怖、神秘、推理小說的顯著美學特徵。愛倫・坡創作小說的《莫格街血案》，標誌著世界文壇上出現了一種新的文類：偵探神秘小說。之後，《瑪麗・羅熱疑案》《竊信案》《金甲蟲》等作品的相繼問世，逐漸爲這類世界偵探神秘小說畫出了獨特的運行軌跡，同時他的文學

〔註141〕常耀信：《精編美國文學教程》〔M〕，天津：南開大學出版社，2005：96。

〔註142〕George Perkins. & Barbara Perkins, *The American Tradition in Literature (Vol.1)*, [M], Boston: McGram: McGraw-Hill Companies, Inc., 1999: 1308.

〔註143〕G.R. Thompson, ed., *The Selected Writings of Edgar Allan Poe*, [M], New York: WW. Norton & Company, Inc., 2004: 676.

創作統一效果論實踐理念也逐步趨向成熟。在其創作實踐中，坡都力圖製造出驚險、恐怖、懸疑和強烈情感的效果。為了達到這些效果，他認真打磨作品中的每一個細節，以此傳遞出他預先設定的效果：美的幻滅與死亡的恐怖。愛倫·坡的統一效果論，及其作品的內容細節應該為整體效果服務的理念，對今後的創作者有著不可估量的影響。

愛倫·坡的一些創作理念明顯影響著當下中國懸疑小說創作。從蔡駿、那多等人的創作中可以看出，他的統一效果論依然發揮著潛移默化的作用。蔡駿、那多的小說主題十分明確，就是在對醜惡人性的批判中，獲得對真善美的讚頌。驚險恐怖、懸念迭起以及強烈情感衝擊都是他們創作時要達到的預期效果。蔡駿的整篇作品被一個大的懸念牽引，解開這一懸念的謎底就是小說的目標設定。為了揭示這一懸念謎底，小說構建了一些離奇古怪的細節，用環環相扣、步步推進的方式引導讀者逼近真相，最終揭示謎底，達到驚悚恐怖的效果。例如《地獄的第十九層》就從女大學生春雨收到一封短信開始，「你知道地獄的第十九層是什麼？」看似一則遊戲短信，實則就是一個謎，讀者反覆閱讀以後，就會誘導激發讀者的好奇心，讓讀者的思緒沉浸其中，難以自拔。由此導致春雨身處險境，並且踏上了追尋地獄真相的不歸路。「你已通過地獄的第 1 層，進入了地獄的第 2 層。」「你已通過地獄的第 2 層，進入了地獄的第 3 層。」……通過地獄層數不停的變化，給讀者以強烈的心理暗示，讀者不安的情緒被主人公的無形的手牽引著，充滿好奇地要瞭解那個名為「地獄」的短信遊戲。隨著主人公一個個遊戲的通關，女主人公春雨經歷了一系列驚悚恐怖的場景，調動起來了讀者的視覺、聽覺，讀者會感受到神秘恐怖的氣氛，越來越強烈。而那多小說的敘事模式與蔡駿相反，他在作品一開始就設計出一個驚險、恐怖的懸念，這個懸念就是他要在小說中預先設定的效果。然後通過多重案例證明這個驚險、恐怖事件是合理、真實存在的，並且試圖科學解釋這種神秘怪象。但是，由於這些事件過於靈異玄幻，許多情節僅僅依靠邏輯推理無法解釋，他會使用超驗的本能例如幻術、催眠術、巫術等加以化解。

中國作家對愛倫·坡的模仿，在意象設定方面也有所借鑒。「貓」在西方文學作品中暗示著是具有某種靈性的邪惡力量，經常被運用於文學作品中去營造神秘恐怖的氣氛。人類最原始的情感之一就是懼怕。〔註144〕西方人看到

〔註144〕馬克思、恩格斯：《馬克思恩格斯選集（第四卷）》〔M〕，北京：人民出版社，

黑貓就會不由得心生恐懼，「貓」這個意象，無形中就會爲作品添加出魔幻和奇詭的色彩。愛倫‧坡的《黑貓》，具有震撼人心的力量，寫貓受虐，最終使主人瘋癲發狂犯下殺妻之罪。蔡駿、那多也時常運用貓這個意象，去傳遞那個令人難以置信的世界散發出的死亡訊息。「突然，那奇怪的聲音又響了起來。瞬間，彷彿有什麼東西落到了葉蕭的頭上，毛茸茸的，帶著熱度，中間還有著某種堅硬，他甚至感到那毛茸茸的東西正撫摸著他的臉。葉蕭馬上跳了起來，卻發現頭上的東西已經不在了。他驚魂未定地向四周張望，終於在走廊的角落裏見到了那雙眼睛。那是一雙眞正的貓眼。一隻貓，更確切地說是黑色的貓。」(《地獄的第十九層》)。《天機》、《貓眼》中一隻白貓反覆以陰柔的神態出現，蔡駿是以此來營造詭異神秘的氣氛。那多在《變形人》中，開篇就出現一隻「骨骼柔軟，被卡車軋，從樓上摔下摔不死的黑貓」營造恐怖氛圍，隨後一聲聲淒厲尖銳的貓叫聲不時地撞擊著讀者的耳膜。《清明幻河圖》中，黑貓「小煤球」使裘澤面對古董心有靈犀，裘澤擁有了它就像是有了一把具有魔力的鑰匙，幫助裘澤緩緩開啓那扇巫術時代的大門……可見，愛倫‧坡不僅是西方懸疑小說的鼻祖，東方的中國懸疑小說也對其膜拜尊崇。

　　愛倫‧坡的創作理念是影響我國當代懸疑小說的遠方的足音，美國作家丹‧布朗（Dan Brown）的作品則是影響我國當代懸疑小說的近期的鏡像。他的作品「不光集謀殺、恐怖、偵探、解密、懸疑、追捕、言情等多種暢銷因素於一身，還融合各種文化符號和當代高新科技於一體。」〔註145〕丹‧布朗在敘述《達‧芬奇密碼》時，注重保持緊湊的節奏、叢生的懸念，其中他對達‧芬奇藝術作品中影射的西方宗教天大的歷史謎團進行的重新解讀，足以動搖西方人的人生信仰根基。在敘述破解密碼、俘獲眞凶的過程中，他巧妙地融入了密碼學、符號學、藝術史、中世紀教會史、秘密社團、加密術等各領域的知識，讓讀者在閱讀的過程中領略到了作品中所蘊含的豐富的知識。

　　《達‧芬奇密碼》深深地影響了蔡駿創作，使他「明確了懸疑小說的定位」，同時賦予了他極大的自信心：懸疑小說同樣也可以創作出經典作品。〔註146〕密碼解密是《達‧芬奇密碼》的關鍵，雅克‧索尼埃館長被人槍殺於盧浮宮內，臨死前模仿了達‧芬奇的名畫《維特魯威人》中的姿勢，並且用自己

　　　1972：320。

〔註145〕朱振武：《數字城堡‧譯者序》〔M〕，北京：人民文學出版社，2004：3。

〔註146〕http://tieba.baidu.com/f?kz=99672023。

的血在腹部畫了非常簡單的符號——「五條直線相交而成的五角星」，還留下了四行神秘的話語。

「13－3－2－21－1－1－8－5

O, Draconian devil！（啊，嚴酷的魔王！）

Oh, lame saint！（噢，瘸腿的聖徒！）

P.S. Find Robert Langdon.（找到羅伯特・蘭登。）」

而 13－3－2－21－1－1－8－5 是被打亂的斐波那契數列，這就是一條隱藏的線索，館長將數列的順序打亂，是暗示了信息中的文字部分也需要重新整合。當把信息中的文字重新進行排列就拼成：

Leonardo da Vinci！（列昂納多・達・芬奇！）

The Mona Lisa！（蒙娜麗莎！）

蔡駿的小說《地獄的第十九層》中也成功運用了密碼解密的方法進行推理偵破。葉蕭首先推斷英文字母代表了密碼，那麼最簡單的設置就是——＝0、＝1、＝2、＝3、＝4……依此類推，直到＝25。將二十六個英文字母與 0 到 25 的數字互相替換，就明白了「741111」這個號碼代表的含義。最終，當葉蕭讀出它的英語發音之後，立刻就明白了它的意思——地獄。《神在看著你》中，馬達意識到了「神在看著你」實際上是一句密碼。他就查到了「神在看著你」這五個漢字所代表的五組電碼——「神」：4377。「在」：0961。「看」：4170。「著」：4192。「你」：0132。把「神在看著你」五個字的電碼串在一起就是：43770961417041920132。這樣的解密方式明顯地受到《達・芬奇密碼》的啓發。

丹・布朗擅長於從歷史中尋找疑案，創作時將其設置成懸念，再用各領域的知識作爲解密的鑰匙，嘗試對其作出合理的解釋，在解密的過程中產生顛覆性的結論。蔡駿和那多的小說中也靈活運用了這樣的創作手法，蔡駿說他平時接觸最多的是各種不同的歷史資料。〔註147〕他的作品中擁有豐富的歷史知識，他常用一個歷史事件作爲小說的背景，罪惡的源頭就是來自那個歷史上曾經發生的疑案。在充滿懸念與推理的故事中，知識元素不斷出現，他們既增加了解密的難度，也是解密的趣味所在，由此蔡駿小說具有了一定的歷史知識厚重感，呈現出「知識懸疑」的特點。那多的小說幾乎都是追蹤歷史、尋謎文化，將文化歷史之謎轉化爲生活原態，將敬畏崇高的言語轉化成

〔註147〕http://book.qq.com/s/book/0/11/11775/54.shtml。

蒼白可笑的行動，從而直面主流的歷史觀、文化觀，乃至顛覆了人們的日常
生活信仰，例如他的作品《神的密碼》、《甲骨碎》等均反映出這樣的創作軌
跡。用新瓶裝舊酒，在觀念上賦予新的面貌，這是典型的丹‧布朗式的思維
方式，我國的懸疑小說作家們顯然是從中獲得了啓發。

3、中國傳統文化對中國懸疑小說創作的影響

　　愛倫‧坡、丹‧布朗等小說大家們所設定的模式軌跡，中國當代懸疑小
說作家們很難超越。中國作家們從中國本土特色元素中尋找靈感，設法偶而
偏離主道，在中國懸疑小說本土化方面有所發掘創新。正如那多所說「中國
的懸疑作家完全能從本民族傳統文化中汲取養料，寫出民族風格的、并能爲
世界所接受的東方懸疑暢銷書。」〔註148〕

　　挖掘中國本土特色的元素可以從兩方面著手，一方面是中國獨有的人文
自然環境，另一方面就是從我國上千年的歷史和東方特有文化中汲取營養。
這就是大多數致力於中國懸疑小說本土化的努力方向。蔡駿在《幽靈客棧》
中用冷靜客觀的筆觸描述了在那個瘋狂年代，人的尊嚴是如何被踐踏，人的
生命是如何被視爲草芥，人性是如何被扭曲和泯滅，通過這樣的事例揭露出
人性的弱點，對那些醜惡的靈魂進行了無情鞭撻。進而讀者從中可以讀出中
國傳統文化「是非分明」地「勸人」的道德規訓。用中國特有的歷史事件構
成了敘事語境，並從中展現中國式的道德意識的人文情懷，這樣的小說就具
有了濃厚的本土色彩。與蔡駿的政治敏感性不同，那多更喜歡中國人文景觀
的點綴，在《甲骨碎》中歐陽文瀾居住的院子是按照蘇式園林風格布置的，
隨處可見奇山假石，配合老樹隔擋出許多景致，充分體現了東方建築美學特
徵。在《清明幻河圖》中，汝窯的碎瓷片、充滿懸思的對聯、東方巫術、羅
漢床、澄泥硯、韓愈的古詩、惠山泥人……這些中國風韻暈染其中，使其散
發出中國畫的氣息。作爲生活在上海的那多，作品中的海派地方特色自然少
不了。《甲骨碎》中的一些場景，就設置在了最具上海特色的石庫門中，讀者
從這裡追隨主人公，進入了那些老舊的弄堂裏，沉浸在作者精心編織的新奇
想像而又充滿邏輯推理的世界中，時而還能聆聽到獨具地方特色的上海方
言：「阿拉屋裏的花盆都放的老牢的呀，哪能會掉下來，各個事體眞是……」，
「儂有毛病啊，儂阿是毛病又犯了。」「我看她眼烏珠定洋洋，面孔煞煞白，

〔註148〕http://www.cbi.gov.cn/wisework/content/93863.html。

趕快朝她眼睛盯牢的方向看。」〔註149〕還能陪同主人公何夕「品嘗」到上海
本幫菜：「烤子魚，馬蘭香乾，外婆紅燒肉，扣三絲，蟹粉豆腐，水晶蝦仁。
兩個冷菜四個熱菜，外加一份小吃糯米紅棗。」

在中國傳統文化的挖掘上，中國懸疑小說作家顯然更喜歡在原始文化和
民間傳說中尋找靈感，地獄懲罰、生死輪迴、陰陽交錯、靈魂附體、神怪顯
靈、蠱術巫術等成為了中國懸疑小說作家情節設置時常用手段。蔡駿在小說
中常將這些原始文化和民間傳說作為一種知識宣導，例如中國老百姓祭奠去
世的親人時，會有一些中國民間特有的喪葬民俗。在《地獄的第十九層》中
清幽的媽媽來收拾女兒的遺物。春雨「看到她在樓下的空地用粉筆畫了一個
圈，然後把箱子裏的東西一件件放到圈裏。」「清幽的媽媽用打火機點燃了一
條白色的睡裙——這是清幽那晚中邪似的轉圈時穿的睡裙。這時春雨才明白
了她在幹什麼，原來是在焚燒死者的遺物，將死者生前用過的東西化為灰燼，
寄給陰間的鬼魂使用。幾千年來，中國人一直都是這麼處理逝者的遺物的，
春雨記得小時侯家裏也燒過死去的長者的衣服。粉筆畫出的圓圈旁邊還有一
個小開口，大概是要把這些東西送到陰間去的通道吧。」蔡駿顯然是要告訴
讀者，中國人的民間傳統是怎樣祭祀親人的。在這部小說中，蔡駿還通過古
老的地獄傳說，讓讀者瞭解有關地獄的知識，什麼人將要受到什麼樣的懲罰，
傳遞出在中國傳統民間文化中，老百姓所秉持的果報觀念。

與蔡駿相比，那多筆下的中國原始文化和民間傳說顯得更為靈異。他很
喜歡寫巫術和幻術。魯迅先生說「中國本信巫」〔註150〕，中國的巫文化影響
著中國悠久的歷史與日常文化活動。當讀者看到《清明幻河圖》這個書名，
自然會聯想到北宋張擇端的名畫《清明上河圖》。可是這部小說並不是寫人世
百態，而是寫支配人間生活的巫術。巫術一直被認為是支配人類生活的超驗
現象，古老而又神秘的法術，旋繞人間揮之不去。《清明幻河圖》的封面上寫
著此書「解救禁錮了 200 年的巫術精靈」。遠古流傳的巫術儀式失效了，新的
巫術開始了，照相巫術、假貨巫術、對聯巫術、LV 包巫術、車巫術、《清明上
河圖》巫術、龜甲巫術在這部書中神奇地輪番上演。從這些巫術的名稱就可
以體會到，老的巫術沒落了，新的巫術在新的時代、新的人類身上重新復活，
有了新的生命。小說再現了一個亦真亦幻的巫術世界，彌漫著靈異氣氛，其

〔註149〕那多：《甲骨碎》〔M〕，瀋陽：萬卷出版公司，2009：30，31，76。
〔註150〕魯迅：《中國小說史略》〔M〕，太原：山西古籍出版社，2001：22。

中不乏詭異的內容。在那多的筆下，巫術和幻術是超驗的力量，只有階段性，沒有終結性，綿延流暢，世代傳遞，因此一些歷史祕密、警示和教訓借助巫術和幻術，同樣可以綿延流暢，世代傳遞。例如，生存對於我們來說到底意味著什麼？這樣的問題幾乎是所有的作家所要在小說中揭示的人類的最終關懷。作爲一個懸疑小說家的那多就用幻術來回答這樣的問題。在《凶心人》中，當朱自力、何運開爲保命爭搶食物時，那多「看著朱自力手裏的那根白骨，百年前這裡曾經發生過的事，剛剛開始的時候，是不是，也是這樣……最高等的教育，再昌明的社會，人骨子裏的醜惡，還是一樣抹不去。或許，那並不能叫醜惡，只是動物的生存的本能吧。」那多認爲死去的蕭秀雲一定是利用幻術，傳遞信息給幸存者。他絲毫不懷疑蕭秀雲有假扮鬼神的能力，令他心驚的「是她對人性負面情緒拿捏把握得竟然這樣精準」。生存對於我們到底意味著什麼，那多的回答是：本能，從古到今都是如此。不過，他是利用幻術作出了這樣回答，這是懸疑小說式的回答方式，是那多式的回答方式。

中國的懸疑小說作家從《聊齋誌異》中尋找到了創作靈感。蔡駿作品中的女主角大多都有「聶小倩」氣質，沉默、憂鬱，敏感，卻又有執著的追求，例如《幽靈客棧》中的水月。蔡駿並不隱瞞自己對《聊齋誌異》的偏愛，他有時在小說中直接用聶小倩給他的女主人公命名；在《幽靈客棧》中蘭若這個名字取自《聊齋》中的「蘭若寺」。蔡駿會把《聊齋》中發生的故事情節寫進小說：「在幽靈客棧這種地方，居然還會有如此漂亮的女子，在深夜裏撞到我的懷中。這完全是聊齋誌異裏的情節：黑夜中投宿寺廟的年輕旅人，突然遇到了美麗的少女，接下去我就不敢想像了，就連我自己都不太敢相信」。他的小說情節結構也有《聊齋誌異》痕跡，《貓眼》中那充滿祕密的黑色的房子，兩個毫不知情的男女，故事在不斷的探祕的過程中展開。那多似乎更喜歡《聊齋誌異》的氛圍。在《變形人》中，那多「有些不安地再環視了一下，赫然發現在離我不遠處的工地旁，竟然有一個孤零零的白色的影子……那慘白色的影子徐徐轉過身來，我這時才看清，原來是一個長髮女子。」妖異的長髮白衣女子突然出現在視野中，這樣的描述是《聊齋誌異》中比較典型的女妖現身法。

唐詩、宋詞、中國悠久的崑曲藝術也影響到了蔡駿的創作。在《神在看著你》中，老人輕輕地吟出了蘇軾的水調歌頭：「但願人長久，千里共嬋娟」，並以此來構造故事的氛圍。在《天機》中，將崑曲《牡丹亭》杜麗娘遊園中

那段「那荼蘼外煙絲醉軟」的唱詞穿插其中，剛剛目睹春天的美麗，便將要郁郁寡歡而死，唱的是杜麗娘的詞，顯然目的是要烘託小說主人公的心境，給人一種凄美的感覺。那多小說很少有蔡駿那樣的雅致的情調，但他卻有一段新聞記者工作經歷。這段經歷雖然短暫，但卻影響到了他的新聞寫作模式。新聞稿件看似客觀記錄，卻又給不在現場的讀者留下了想像空間。那多充分利用了新聞稿這樣的眞實感和疏離感，在似眞亦假的新聞寫作中做足了文章，寫出一幕幕眞實的幻境。

4、中國懸疑小說的經典化

中國懸疑小說深受西方懸疑作家的影響，從最初的單純模仿，到今天融入大量的中國特色的民族元素，創作出具有個人特色的懸疑作品，發展著實令人矚目。但是與西方懸疑作品相比較，中國作家創作的懸疑作品雖有佳作，卻沒有經典。究其原因主要問題有以下幾點：

一是西方的懸疑小說基本上是「人類視野」，一般是從人類發展的角度思考哲學、宗教、政治等宏大的話題，追尋人類生存的根據，還原人類活動的本色（當然是小說家言）。而中國的懸疑小說基本上是「中國視野」，寫中國人的文化環境和生存法則。當然我們可以說「越是中國的越是世界的」，但是當中國話語與世界主流話語偏離的時候，中國話語就顯得偏窄和狹小，特別是當懸疑小說的美學結構基本上還是追尋人類生存根源的西方話語的時候，中國視野就有了很多難以展開的局促的地方，這就是爲什麼當下中國很多懸疑小說缺少深度，讀起來很像刑事偵破小說的原因。

二是對本土文化需要淘洗和超越。從資源豐富的原始文化和民間傳說中汲取創作營養，把中華傳統文化更好地融入作品之中，努力使之成爲一種文化的載體，這是中國懸疑小說作家得天獨厚的創作優勢。問題是如何拿捏好超驗的靈異之感和科學解密之間的關係。懸疑小說在爲創作者和大眾讀者帶來雙重快感的同時，也要努力在快感文化與文本的藝術性上找到一個平衡點。在我們看來，科學解密還應是懸疑小說解密懸案的主要依據。如果總是依靠靈異之感解決懸案的難題，就很容易墮入靈異故事的巢臼之中，就會與中國民間流行的「鬼」故事無異。

三是應該強化小說意識。小說就是要寫生動而具有個性和內涵的人物形象，儘管是類型小說，同樣是懸疑小說作家追求的目標。與西方的懸疑小說相比較，這是中國懸疑小說普遍的弱點。中國的懸疑小說注重情節的詭異，

很少見到豐厚的人物，即使是蔡駿、那多等優秀作家作品中，人物基本上是情節的一個符號而已，有時也就是扮演了一個故事的敘述者而已，例如《那多靈異筆記》中的那多。另外，應該擋得住影視的誘惑，作品被改編成影視作品，當然會提高作家作品的知名度，但是作家決不能爲了「觸電」而有意爲之。影視劇本的寫法會增加小說技法的豐富性，但是小說絕不是劇本，否則會影響小說的整體美感。這樣的問題在蔡駿和那多的小說中都有。究其原因，可以看出中國的懸疑小說作家的個人文化素養和知識儲備都有提高的空間。只有站得高，才有遠視的前景，但是站得高需要文化和知識的支撐。文化和知識需要中國的，更需要世界的。中國懸疑小說作家應該有文類自信，任何一種小說文類都可以創作經典，懸疑小說同樣如此，而況中國的懸疑小說創作正處於方興未艾的階段呢？

　　古往今來，經典之作都是能穿越歷史語境，經得起審美時間的汰洗，是一個質量概念，兼有垂範的效應。懸疑小說也在追尋經典，優秀的懸疑小說一定是讀有所思的「深閱讀」。可是目前懸疑小說作品經典化進程還沒有完成。條條大道通羅馬，懸疑小說走的是自己規劃出來的那條道，優秀的懸疑小說作品中同樣有人性、人生的深刻表現。當然，懸疑小說的確是良莠並存，大量的作品只是停留在感官刺激的層面，但是這些作品在圖書市場卻又有相當的閱讀率，非常流行。在後現代工業社會，一部作品經典化不是單靠一位作家來完成，是需要包括作者、讀者、媒介、選本、批評闡釋、權威推薦等各方合力作用的結果，尤其是當一個公正的批評家能對小說文本進行細讀闡釋，並賦予他們一個符號化的價值概念，那麼這些優秀作品很快就會進入經典譜系，所以，科學評價懸疑小說等通俗小說文類和正確引導輿論應該是當下評論界的當務之急。

5、中國懸疑小說影視化

　　通俗小說影視化不乏成功運作的案例。懸疑小說發展的過程中，湧現出許多令讀者非常喜愛的作家作品，如蔡駿、那多、鬼谷女、莊秦、大袖遮天、麥潔、七根胡、一枚糖果、老家閣樓以及周德東等。他們的作品風格各異，絕大多數先在網站上連載，達到一定的點擊率，就會受到出版社及影視公司的注意，出版社及影視公司就會競相購買版權、策劃出版、拍攝此類小說。

　　懸疑小說的市場廣闊，擁有大量讀者，蔡駿、那多等一批優秀的懸疑小說創作者使懸疑小說這種「野路子文學」也開始從邊沿走向大眾讀者的視野，

他們的作品具有獨特風格，敘事時文筆生動、小說情節奇譎詭異，懸念的設置也是日趨嫺熟合理，其作品也比較注重文學性與通俗性的結合，讓讀者在體驗驚險刺激和懸疑的同時，也體驗到人性的險惡，滿足了大眾時間碎片化的需求，重構了影響一代人成長的文學語境。但是，他們的作品也有模式化的痕跡，缺乏深厚的文化底蘊和堅實的生活積累，用於想像的素材囿於有限的生活經歷，久而久之很容易陷入題材枯竭的怪圈，擺脫不了難以為繼的尷尬，導致一些作品短時期內贏得了排行榜、賺取了點擊量，但是作品內容缺少藝術提升的空間和文學創新的潛能。

　　我國懸疑小說是新媒體時代大眾喜聞樂見的一種網絡文學形式，依託網絡平臺，內容貼近生活，具有東方神秘、含蓄的美學特徵，作品帶有時尚的青春氣息，因此，讀者群以青年人為主。隨著網而優則紙，網優則觸電，懸疑小說逐漸形成了網絡、書刊、影視三足鼎立的「立體閱讀模式」，最大限度地吸引廣大年輕讀者。點擊率高的網絡懸疑小說往往有著超高人氣，本身就是一種市場效應，而出版社和影視公司以盈利為目的，所以，總是策劃出版此類高點擊率的小說或者改編拍攝成影視劇。圖書的讀者層次較高，一般面向比較高雅的市場，而改編後的影視劇則更加時尚、通俗、更易於為大眾所接受。但是，網絡懸疑小說在運行機制、話語方式還是審美特徵等方面都有著自身的特點，如果電影的改編僅僅是進行影像的轉換，票房及收視率就會不盡如人意。

　　蔡駿是網絡人氣超高的作家，截止到 2010 年 6 月，他的作品在中國大陸累積發行銷售達 650 萬冊，並且連續五年保持中國懸疑小說暢銷冠軍記錄，其作品還被譯成多國語言，受到各國讀者的追捧，被評為中國最具有全球暢銷潛力的作家。因此，可以說蔡駿的名字本身就具有一定的市場號召力。影視對網絡懸疑小說的改編也是其文學傳播的一種形式。2004 年 11 月上旬，廣西電視臺文體頻道播出了由蔡駿的作品《詛咒》改編拍攝而成電視連續劇《魂斷樓蘭》，王強執導，王強、葉風編劇，講訴在古城樓蘭發生的詭異故事，拍攝了 22 集，定位是偵破偶像劇，由寧靜、孫大川、丁夢雨擔綱主演；2007 年 11 月，《地獄的第十九層》改編成電影《第 19 層空間》在全國上映，黎妙雪導演，製作方是中國香港美亞電影製作有限公司，由鍾欣桐、蔡卓妍、譚耀文、米雪等主演；2008 年，他的作品《荒村》由張菁執導、改編成電影《荒村客棧》，影片定位是恐怖懸疑但又不乏唯美愛情，影片極具東方文化特色，

通過隱喻、暗示等表現手法，造成顯著的恐怖效果，給觀眾帶來了意想不到的心靈震撼。

　　但是，並不是所有的改編都是成功的。《第 19 層空間》就未搭上小說在網絡上走紅的好運，沒有取得良好的票房收益。蔡駿的這部作品通篇作品有一個大的懸念，地獄的第十九層究竟會暗藏有怎樣的玄機？為了破解這一懸念，蔡駿運用極富個性的靈秀生動的文筆，對小說中的人物進行了深刻的心理描寫，營造出奇譎詭異的故事情節，「你知道地獄的第十九層是什麼麼？」反覆出現在作品中，給讀者造成了一定的心理恐慌，激發出讀者的好奇心，通過「地獄」短信遊戲的一步步通關，地獄層數的不停暗示，讀者被引領著踏上探尋地獄真相之路，最終達到小說預先設定的驚悚恐怖的效果。但是，要把它成功地改編成影視劇，並非易事，閱讀文字時給讀者心理產生的恐懼暗示，很難通過電影語言表現出來，令觀眾感同身受，並且改編時還要考慮觀眾的口味，如何更加貼近生活，電影語言如何更加青春時尚，如何符合大眾的審美情趣和經濟接受能力等等。可以說一部影片的成功，創作方、觀眾、接受環境等多方面因素都會對其產生影響。如果不考慮這些因素，文本改編成影視劇就很難引起觀眾的興趣，難以使其從中得到藝術的享受。

　　那麼，如何才能擁有「海岩劇」所打開的雙贏局面呢？懸疑小說的美學特徵要通過電影語言精彩地再現，並不是簡單的語言轉換，一部具有票房號召力的懸疑影視劇必然會牽涉到劇本改編、導演、演員演技，後期製作、特效、媒介宣傳等等諸方面的通力配合。我國電影產業化之後，電影類型化是一個大的發展趨勢。類型化電影是緩解社會矛盾的撫慰劑，可以滿足大眾休閒娛樂的精神需求，安撫大眾日常焦慮的心理壓力。類型化電影有一定的市場基礎，具有消費能力的群體數量還是很龐大的。而目前，明星制的生產機制又為影視劇的發行訂制了大量潛在的粉絲觀眾。明星就是市場號召力的符號，一批為明星私人訂制的產品，在票房上取得了不俗的成績，成為中國電影市場的神話。最重要的是，我國擁有眾多的優秀網絡作家（其中中國作協確定的重點網絡作家就達 622 人），他們以豐富的中華文化資源為依託，有著進一步拓展提升的空間，積極挖掘創作潛能，為影視劇的改編提供優秀的素材，懸疑影視劇精品的出現指日可待。

第二節 「愛倫·坡」、「福爾摩斯」文化產業對中國文化生產的啓示

阿多諾認爲當前大眾文化中各種原型，即正在延續的各種主要特徵，早在 17 世紀末 18 世紀初期的英國，就已經確立。當時在諸如笛福和理查遜等小說家的作品中，文學作品的生產已經面向市場。到 20 世紀，文化產業的商業化生產已經成爲高效的一體化，它控制了所有的藝術表現媒體，而且成爲一個體系〔註 151〕。

霍爾是七十年代伯明翰的精英，他認爲隨著文學市場的發展、藝術產品成爲一種商品，大眾傳媒在 18 世紀首先以現代形式出現，並已經開始主宰市場。到了 20 世紀，大眾傳媒大規模地佔領了文化意識形態領域，奪取了領導權、支配權和主導性。此時的大眾傳媒負責爲群體和階級提供與它們自己的生活以及其他群體的生活有關的形象、信息和知識。通過以某些更受歡迎的含義和解釋把各種形象分類，大眾傳媒介入了我們令人困惑不解的紛繁複雜的現代生活之中。〔註 152〕

約翰·菲斯克在談及商業與大眾的關係時認爲：晚期資本主義（及其市場經濟），以形形色色的商品爲特徵。晚期資本主義充斥著商品，即使有人想要規避商品的大潮，也定會勞而無功。商品可以是基本的生活必需品，也可以指非物質對象，譬如電影、電視、人物的外表肖像以及姓名等。在消費社會中，商品既有實用價值也有文化價值。所有商品均能爲消費者所用，以構造有關自我、社會身份認同以及社會關係的意義。一個文本要成爲大眾文化，它必須同時包含宰制的力量，以及反駁那些宰制性力量的機會。他還認爲大眾文化是大眾在文化工業的產品與日常生活的交界面上創造出來的。在文化經濟中，流通過程就是意義和快感的傳播，而消費者就是意義和快感的生產者。〔註 153〕

隨著現代科學技術的蓬勃發展、大量資本注入文化生產領域，文化工業

〔註 151〕 T.W. Adorno, *"Television and the Patterns of Mass Culture"*, in Bernard Rosenberg and David Manning White (eds), *Mass Culture. The Popular Arts in America* (Free Press, New York, 1975).

〔註 152〕 〔澳大利亞〕約翰·多克爾著：《後現代與大眾文化》〔M〕，王敬慧、王瑤譯，北京：北京大學出版社，2011：76～77。

〔註 153〕 〔美〕約翰·菲斯克：《理解大眾文化》〔M〕，北京：中央編譯社，2006：13～21。

以工業生產方式批量生產出大量文化產品。文化工業「帶來了當今世界的文化存在狀態、結構和格局的重大變化，導致了文化的商品化和消費化，也使傳統的文化觀念、文化生產方式、接受和消費方式以及作用方式，發生了質的變革」。〔註154〕以大眾傳媒爲代表的文化工業，在偵探小說的影響和傳播方面扮演了不可或缺的角色。1566 年，意大利《威尼斯新聞》標誌著世界上第一份印刷雜誌出版，1811 年出現了以蒸汽爲動力的印刷機出現，1815 年又研發出更加快速的滾筒機和輪轉機，這些技術革新爲新興的傳播方式提供了技術支持，爲大眾提供了更多、更爲廉價的書籍、報紙和期刊，閱讀這些報刊、暢銷書在內的娛樂活動，打破了人們沉悶孤立的生活，彌補了人們精神生活的貧乏。

　　1830 年，美國報紙數量已達一千二百種，僅紐約一地就有四十七種報紙出版，這些期刊雜誌滿足了大眾休閒時間增多，追求消遣娛樂的心理，專門開闢了與大眾生活息息相關的欄目版面。其中，《南方文學信使》、《伯頓紳士雜誌》、《格雷姆雜誌》、《紐約鏡報》、《晚間鏡報》、《戈迪斯淑女雜誌》等先後刊登或連載過愛倫·坡的作品，爲愛倫·坡的作品大眾化提供了便利條件。除了期刊報紙以外，連環畫讀物也是愛倫·坡作品融入大眾生活的重要載體。1858 年，在桑普森·洛（Sampson Low）出版的《埃德加·愛倫·坡詩集》中含納了眾多知名藝術家的連環畫作品；1989 年伯頓·波林收集了三十多個國家七百多位藝術家一千六百多份插畫，整理出版了《坡作品的形象：一份關於插圖的綜述性目錄》，這些栩栩如生、通俗易懂的插畫彌補了文字敘述的不足，讓讀者有了更加形象直觀的體驗，爲愛倫·坡作品在大眾中多層次傳播吸引了更多受眾。

　　文化產業就是要求標準化和大批量規模化生產，對於好萊塢電影來說，只是明星數量、技術運用量、工作量、設備以及最新的心理模式引入方面的差別，影片中的細節是可以變換的，它們按千篇一律的類型與套路不斷循環。爲了機械複製的目標，一切都必須是固定不變的〔註155〕。美國率先把大批量生產和標準化介紹給世界，其明顯的可怕後果是「災難性」的，好萊塢電影爲文明世界提供了主要娛樂形式，因爲它對視覺和圖像的強調，前所未有地

〔註154〕葉志良：《大眾文化》〔M〕，上海：上海文藝出版社，2003：69。
〔註155〕〔澳大利亞〕約翰·多克爾著：《後現代與大眾文化》〔M〕，王敬慧、王瑤譯，
　　　　北京：北京大學出版社，2011：50。

利用實用心理學，對觀眾產生了強有力的影響和心理控制。而電影院就是在大眾的日常生活和好萊塢電影要展示的夢幻世界之間提供了一處緩衝過度的空間，觀眾從日常生活的困苦、危險、束縛中逃離進影院奢華的氛圍中，享受現場觀影帶來的愉悅感，盡情享受好萊塢電影的魅力。

愛倫‧坡的作品蘊含了深厚的文化底蘊、鮮明的個人寫作風格，囊括了冒險、恐怖、偵探、科幻等多種流行元素，以永恒的死亡爲主題，綻放出一朵朵惡之花，在死亡陰影的籠罩下幻化出一片奇異頹廢的圖景，他運用暴力的語言，繁複的筆法，恣意渲染著恐怖凄涼的意境，勾勒出離奇詭異的情節，具有一種極致的美，給讀者留下了難以忘懷的印象，這樣的作品自然會引起製片人的注意，他們通過光影技術的結合，運用高科技手段，把愛倫‧坡的奇詭的想像力發揮到了極致。許多大牌導演對愛倫‧坡的作品進行了精彩演繹，《黑貓》、《烏鴉》、《陷坑與鐘擺》、《跳蛙》、《紅死魔的面具》等作品都經改編紛紛被拍攝成電影搬上了銀幕。從 1909 年拍攝的第一部愛倫‧坡電影至今，美國、英國、法國、德國、意大利、澳大利亞、俄羅斯、南非、西班牙等十幾個國家改編拍攝了上百部愛倫‧坡電影。這些電影在傳播愛倫‧坡作品方面發揮了積極作用，從而鞏固了他在偵探小說領域的鼻祖地位。

在全球化加速發展的影響下，「愛倫‧坡」逐步演化成大眾文化領域中一道獨特的風景。文化工業通過「獵取」愛倫‧坡的形象以及作品名稱，開發研製出眾多與之相關的大眾文化產品，並在這些文化產品中融入了多種流行時尚元素，使其具有了特殊的文化意蘊和價值，從而進一步引導大眾的消費欲求，重構整個大眾文化生態領域的生產與消費，形成了效益可觀的「坡產業」。目前，愛倫‧坡的大眾文化產品主要集中在日常文化用品、娛樂、餐飲等行業，例如，『坡』牌鋼筆、咖啡杯、書簽、鬧鐘、明信片、冰箱貼、Ｔ恤、位於夏洛茨維爾的「烏鴉」美術館、以及位於巴爾的摩的「愛倫‧坡」酒吧和「埃德加」檯球俱樂部。借助新媒體技術的平臺，全球化的愛倫‧坡研究網絡業已形成，讀者可以通過各大網站多渠道，多方位地瞭解愛倫‧坡的生平、作品以及最新研究進展，使其學術成果在互聯網上得到了更加迅捷的傳播。

柯南‧道爾成功塑造了一位世紀末的英雄，他筆下的福爾摩斯不僅是理性主義和科學精神的代表，而且還是維多利亞時代繁榮與穩定的象徵，福爾摩斯可以說是整個維多利亞時代偵探界中的靈魂人物。讀者通過福爾摩斯的

偵破活動，可以感受到維多利亞時代霧氣籠罩的下的英格蘭，感受到那沉甸甸的文明果實、謎一樣的濃霧、四輪馬車、歌劇院透出的陣陣光暈、枝形弔燈流溢的光彩、舞廳、貝克街 221b 繚繞的煙霧〔註156〕……。那麼，文本中福爾摩斯的影像，如何通過大眾傳媒，從虛構的文本中融入大眾現實的生活，並且能讓大眾消費者接受和認可呢？

在《血字的研究》中，柯南‧道爾描述了福爾摩斯的相貌和外表，就足以引人注意〔註157〕。這僅僅是小說作者對小說角色所做的靜態描寫。而讀者更是難以忘記文本中對福爾摩斯行爲、動作、場景的細緻刻畫描寫：

> 他正要準備通宵達旦地坐著。他脫下了上衣和背心，穿上一件寬大的藍色睡衣，隨後就在屋子裏到處亂找，把他床上的枕頭以及沙發和扶手椅上的靠墊收攏到一起。他用這些東西鋪成一個東方式的沙發。他盤腿坐在上面，面前放著一盎斯強味的板煙絲和一盒火柴。在那幽黯的燈光裏，只見他端坐在那裏，嘴裏叼著一隻歐石南根雕成的舊煙斗，兩眼茫然地凝視著天花板一角。藍色的煙霧從他嘴邊盤旋繚繞，冉冉上升。他寂靜無聲，紋絲不動。燈光閃耀，正照著他那山鷹般的堅定面容。我漸入夢鄉，他就這樣坐著。有時我大叫一聲從夢中驚醒，他還是這樣坐著。最後，我睜開雙眼，夏日的煦陽正照進房來。那煙斗依然在他的嘴裏叼著，輕煙仍然繚繞盤旋，冉冉上升。濃重的煙霧瀰漫滿屋，前夜所看到的一堆板煙絲，這時已經蕩然無存了〔註158〕。

這些描寫使福爾摩斯的人物形象漸漸變得豐滿起來，可是，文本只是爲讀者提供了一個想像中的模板，一千個讀者心中就會有一千個福爾摩斯。此時，在大眾傳媒中，插圖和影視劇讓福爾摩斯從一個靜態的、概念上的人，逐步從文本中跳脫出來，賦予了生命，從而使得小說如同影像一般活動了起來。

〔註156〕〔英〕大衛‧斯圖亞特‧戴維斯：《鏡子外的福爾摩斯》〔M〕，王海燕譯，北京：新星出版社，2012：10。

〔註157〕他有六英尺多高，身體異常瘦削，因此顯得格外頎長；目光銳利（他茫然若失的時候除外）；細長的鷹鉤鼻子使他的相貌顯得格外機警、果斷；下顎方正而突出，說明他是個非常有毅力的人。參看：柯南‧道爾著：《福爾摩斯探案全集（上）》〔M〕，丁鍾華等譯，北京：群眾出版社，2000：12。

〔註158〕柯南‧道爾著：《福爾摩斯探案全集（上）》〔M〕，丁鍾華等譯，北京：群眾出版社，2000：373～374。

1891 年，《海濱雜誌》開始聘請西德尼・佩奇特〔註 159〕為福爾摩斯故事繪製插圖，他採用碳筆描影手法，在忠實於原著的基礎上，又有自己獨到的匠心〔註160〕；到 1908 年，他為三十八篇福爾摩斯故事繪製了三百五十六幅插圖。許多經典的場景在他筆下描繪得惟妙惟肖，以致許多插畫家紛紛借鑒他的插畫風格，電影、電視也把這些插畫作為設置場景、挑選演員、服飾搭配的參考。

1897 年，舞臺劇演員威廉・吉列購買並改寫了柯南・道爾的一個五幕劇，取名《歇洛克・福爾摩斯：四幕劇》，演出深受觀眾歡迎。1900 年，美國拍攝了第一部福爾摩斯電影：《福爾摩斯受挫記》。1984 年，英國獨立電視臺播出了格林納達公司製作的福爾摩斯歷險記，首集是《波希米亞醜聞》，編劇亞歷山大・巴倫的改編忠實於原著，主演傑里米・布萊特（Jeremy Brett），具有哈姆雷特式的特質，他對角色的把握恰到好處，具備演繹福爾摩斯的能力，他賦予了這個角色豐滿的性格；他有出色的聲音和理解力，這使他能把臺詞發揮出應有的效果〔註 161〕，成為電視熒幕上福爾摩斯的化身，從而這部系列劇日後成為觀眾心目中的「正典」，擁有了「最好的福爾摩斯電視片」聲譽。至今，福爾摩斯的影視作品超過 3000 集，眾多知名演員參與扮演了福爾摩斯〔註162〕，這些影視作品對福爾摩斯的傳播起到了推波助瀾的作用。

福爾摩斯代表著理性和科學，他的影響力使得流行生產力催生出大量的文化產品，從而把福爾摩斯的形象帶進了文化流通領域，大眾消費者在消費這些文化產品的同時，積極改造它們，用來建構他們的自我意義，從中索取他們自己的愉悅。目前，有關福爾摩斯的文化收藏品可謂是五花八門，品種繁多，涉及到作者原稿、書籍期刊、影視作品、舞臺劇本、仿作戲作、節目單、海報、雕像、錄音、還有福爾摩斯主題的系列紀念品：紀念幣、郵票、手巾、日用品、勳章、遊戲玩具等等。互聯網的介入，又為福爾摩斯的傳播提供了快速發展的機遇。互聯網絡提供福爾摩斯作品的下載網址，銷售有關

〔註 159〕西德尼・佩奇特，（Sidney Edward Paget，1860.10.4～1908.1.28），英國維多利亞時代著名的插畫家。

〔註 160〕他根據原著所提到的福爾摩斯的旅行帽，在插畫中設計了一頂獵鹿帽，後來拍攝的一些舞臺劇、影視劇忠實地反映了這一獨特設計。

〔註 161〕〔英〕大衛・斯圖亞特・戴維斯：《鏡子外的福爾摩斯》〔M〕，王海燕譯，北京：新星出版社，2012：19。

〔註 162〕其中不乏實力派演員：約翰・巴里摩爾、雷蒙德・梅西、巴西爾・拉思伯恩、約翰・吉爾古德、彼得・庫辛、約翰・內維爾、羅伯特・斯蒂芬斯、約翰・伍德、查爾頓・赫斯頓等，都曾經扮演過福爾摩斯。

福爾摩斯的文化產品，大量的「福學」研究論文，網上還有蕭敬騰、周筆暢、李璟、黃湘怡、Laima Vaikule、Raimonds Pauls、Red Crayola 等歌者演唱的「福爾摩斯」歌曲，他們或讚美福爾摩斯，或期望福爾摩斯能解決他們的情感問題，這些歌曲通過互聯網絡傳播著福爾摩斯的訊息；這些網絡文化產品使更多的讀者大眾領略到福爾摩斯的聰明睿智。因此，我們可以說福爾摩斯從文本進入大眾的日常生活，大眾媒介起到了關鍵性的作用。

可以看出，「坡產業」、「福爾摩斯」文化產業經過百年發展，已經形成相當規模，文化產品五花八門，品種繁多，為偵探迷提供了足夠的選擇空間。而目前，我國的文化產業正處於初級階段，由於我國偵探小說創作還不盡如人意，精品乏善可陳，偵探小說的文化衍生品難以形成規模化、產業化。但是，隨著我國經濟的快速發展，多媒體互聯網技術的廣泛應用，實現與世界文化市場的接軌，中國偵探小說作家有意識地不懈努力，一定會構建起具有中國民族特色的偵探小說文化產品體系。

第三節　中國偵探迷現狀分析

約翰‧菲斯克的粉絲文化理論是他的大眾文化理論的重要組成部分。他認為大眾文化是一個意義的生產過程，是大眾在文化工業的產品與日常生活的交界面上創作出來的〔註163〕，大眾只能在消費環節發揮自己的創意，從事另一種意義上的生產。他指出粉都（Fandom）是工業社會中的通俗文化的一個普遍特徵，他把粉絲文化視作特殊類型的大眾文化，是工業化社會中大眾文化的一種強化的形式。所有的大眾受眾都能夠通過從文化工業產品中創造出與自身社會情境相關的意義及快感，而不同程度地從事符號文化生產，但粉絲們卻經常將這些符號生產轉化為可在粉絲社群中傳播，並以此來幫助界定該粉絲社群的某種文本生產形式〔註164〕。

粉絲們創造了一種獨特的、區別於主流媒體的粉絲文化，儼然構建起屬於粉絲群體的生產及銷售渠道，形成了一種事實上的「影子文化經濟」（shadow cultural economy）。粉絲依然是社會中的人，無法獨立於經濟社會而存在，他們與文化工業的商業利益密切相關。他們之間的關係有時候是共謀或合作性

〔註163〕〔美〕約翰‧菲斯克：《理解大眾文化》〔M〕，北京：中央編譯社，2006：25。
〔註164〕陶東風主編：《粉絲文化讀本》〔M〕，北京：北京大學出版社，2009：4～18。

的，粉絲群是文化工業的一個具有強大購買力的潛在消費市場，粉絲是「過度的讀者」，他們對文本的投入是主動的、熱烈的、狂熱的、參與式的，他們經常大量地購買大眾文化產品，口口相傳爲產品做著免費廣告，使他們狂熱愛好的文本在圖書市場極度流行，有時還積極爲生產廠家提供許多寶貴的市場信息和反饋意見；粉絲與文化工業並不總是和平相處的，有時候還是對抗性的，粉絲是民眾中最具辨識力、最挑剔的群體，他們會有選擇地將一些商品打造成大眾文化，但他們拒絕的商品遠比其採納的要多，他們與文化工業之間的對抗綿綿不斷，在對抗當中，文化工業試圖收編粉絲的文化趣味，而粉絲們則認爲文化工業產品批量生產，沒有個性，對其進行排斥、反收編。

　　粉絲具有生產力，他們的著迷行爲激勵他們去生產自己的文本〔註165〕，從而，他們使自己成爲其社會與文化效忠從屬關係的活生生的指示，主動地和富有生產力地活躍於意義的社會流通過程中。但是，經濟因素使得粉絲在文本生產的條件、設備方面受到限制，這就使得他們的文本缺乏工業化文本的技術流暢性。並且，粉絲所創作的作品也不是用來牟利的，只是用來愉悅自己，產生生產的快感，很少試圖在社群之外去傳播他們的作品。粉絲的生產力還參與到原始文本的建構中，他們可以使得原文本故事繼續、對內容加以拓展，甚至於徹底重寫。而一些大眾流行期刊也會迎合這些潛在的狂熱者的要求，他們明白「明星是由其粉絲們建構出來的，並完全因爲粉絲才成爲明星」，文化工業對粉絲的來信很重視，那些粉絲試圖通過這樣的方式參與並影響文本的生產和傳播。

　　柯南‧道爾在寫完《歪唇男人》之後，忙於創作一部歷史小說，無暇顧及繼續創作福爾摩斯故事，而那些福爾摩斯迷們正期待著下一個故事的出現，他的母親也是一位福迷，她寫信要求柯南‧道爾繼續創作；寫完《綠玉皇冠案》後，他告訴母親，他打算在第六篇故事中殺掉福爾摩斯，因爲創作福爾摩斯故事牽扯了他大量的精力，顧不上他認爲更要緊的事情。母親立即回信：「你不會、不能，也絕不應該殺死他！」於是，福爾摩斯總算沒有立即死去。但是，他對自己塑造的人物已經厭倦了，福爾摩斯已經成爲了他脖子上難以擺脫的枷鎖，他決定要結束福爾摩斯的創作。《最後一案》刊登之後，引起了軒然大波。福迷們寫信給柯南‧道爾，他們懇求、禱告，甚至謾罵、威脅，目的只有一個，那就是作爲福爾摩斯的忠實擁躉，他們希望福爾摩斯能永久駐世。

〔註165〕〔美〕約翰‧菲斯克：《理解大眾文化》〔M〕，北京：中央編譯社，2006：154。

　　程小青塑造的偵探霍桑是正義的化身，他擁有縝密過人的智慧，以及富有人情味的破案方式，為他贏得了一大批「霍迷」。在這些「霍迷」的心目中，霍桑是他們所敬佩和崇拜的人，不允許他人對其有任何傷害。張碧梧創作《雙雄鬥智記》時，霍桑和羅平鬥智的情節引起「霍迷」們的不滿，他們認為作者把霍桑寫得蠢如鹿豕，就寫信給《紫羅蘭》的主編周瘦鵑，要求更正。張碧梧只得改變原先的創作思路，最後讓霍桑取得勝利。

　　粉絲們注重文化資本的積累。文化工業為粉絲們提供了大量產品，讓他們能全方位地瞭解粉都客體，這些產品可以說是從實物到八卦新聞，無所不有。粉絲通過收藏、積累豐富了粉都客體的信息，提高了理解隱藏在文本深層次含義的能力。他們有時是狂熱的收藏者，收藏心儀作家的生活用品、各種版本的作品、藝術品、唱片、磁帶、系列紀念品，小人書、節目單、海報等等。粉絲們的收藏具有較大的包容性，他們不在意物品優質高檔與否，他們更關注物品種類、數量的多少。他們對於文化工業批量生產出來的便宜收藏品，也渴望對其藏品進行經濟價值及投資潛力的評價。我國反映肅反反特內容的一些成套的系列小人書，由於年代久遠、稀缺成了收藏者追捧的對象，它們成為本真性、原創性以及稀有性的標誌，賦予了它們高值文化資本，這種高值文化資本能輕易地轉化為高值經濟資本。以《一雙繡花鞋》為例，1981年，湖南美術出版社出版丁楠改編，雷德祖繪畫，64開，首次印刷142萬冊，共158頁，9.8品，當時定價0.22元，2013年5月在7788收藏網拍賣時，成功拍出35元的價格；而1988年出版，32開，平裝，蘇聯作家維‧伊萬尼柯娃的《無形的戰鬥》在淘寶網的標價已達1400元。

　　隨著互聯網絡在我國近十多年的快速發展，網絡用戶數量呈幾何數增加，粉絲成為新媒介技術的最早使用者和最有力的推廣者。網絡為創作者和粉絲，粉絲與粉絲之間提供了一個公共的虛擬的敘事平臺，使得他們能共享信息資源，實時交流，架起了一座快捷溝通的橋梁，為草根文化表達打開了一扇重要的展示性窗口。創作者們開通了博客、微信，而粉絲借助新媒體技術，也把討論的陣地轉移到了互聯網絡，他們組建了QQ興趣部落、粉絲群、討論組、貼吧、微信群等。通過聚集在這些網絡虛擬空間，粉絲們有了近距離接觸偶像的機會，形成一個具有共同寄託感、歸屬感、共同價值的興趣群落。通常這些興趣群落是開放性質的，粉絲來去自由。他們通過網絡交流、生產、散播有關粉都客體的趣聞軼事，從中獲得樂趣。以「邏輯、偵探、推

理小說群」為例，2012 年建群，多數成員懷著訓練邏輯思維的目的加群，目前成員已達 1340 人（截止到 2015 年 1 月 5 日），群頭像選用了福爾摩斯手拿煙斗的經典照片，按照成員日常在群裏的活躍等級積分，設定為六個等級：柯南、大神、邏輯、才子、小白以及新手。在群公告中會經常發佈一些內部資料交流信息，群文件中上傳有偵探迷們追捧的偵探推理小說，群相冊中存有偵探推理書籍的一些資料照片、宣傳廣告等，群裏粉絲在晚間非常活躍，每日都會有熱心群友為群成員提供各種案件的邏輯推理題，建群的目的就是「期望各位在此探討、交流、討論。讓我們共同打造國內高端推理群。」

那多是中國第一批從事網絡小說創作的作家，他身處國際大都市上海，他認為要想真正融入這個社會，不會上網是不行的〔註166〕，網絡自然會對其創作，及與粉絲的互動產生影響。網絡小說的粉絲以年輕人為主，他們對那種標新立異、天馬行空的網絡語言感興趣、接受快，所以那多在作品中為了迎合年輕人的趣味，在他的作品中常會出現網絡用語。例如，《暗影三十八萬》中寫道：「如果手頭有黑筆，我一定在額頭上畫三道粗重線，來映襯我此時的心情」；「切～～」寇雲聳聳肩，把頭歪到一邊。在《清明幻河圖》中，現代網絡語言更是比比皆是。「就在半分鐘前雷老師還覺得他面對的是個女神，現在他已經被雷到了」；「明白這一點說明你還沒有徹底腦殘」；「要是像小女生一樣尖叫出來，就太『遜』了」；「好像聽見有人在喊『口胡！轟殺了你這未夠班的廢柴！』」；「歐啦，我知道輕重的」等等。作者如果把「三道粗重線」、「～～」、「雷到了」、「腦殘」、「遜」、「口胡」、「歐啦」這些網絡語言，如果轉換成現代漢語的正式書面語表達，讀起來那種令人耳目一新的感覺便會蕩然無存。

新媒體時代的來臨，為文學批評提供了獨特的闡釋範式。網民通過網絡平臺，借助電子郵件、各大論壇、各種即時通訊軟件進行在線交流。網絡博客提供的發言空間，讓善於「游擊戰」的大眾有了用武之地，他們採用跟貼評論的方式，或表示支持鼓掌、或表示反對拍磚，沒有長篇大論、沒有花哨的理論闡釋，只是隨性、自由、即興地把自己閱讀後的第一感覺真實地表達出來，可是有時他們的評論又十分中肯，能切中問題的要害，把作品的重點精華闡釋得非常透徹。跟貼數量出現一定規模時，就會營造出一種閱讀聲勢，招致越來越多的閱讀者參與進來跟帖轉發，隨後就會形成「眾聲喧嘩」的網

〔註166〕http://www.douban.com/group/topic/20922419/。

絡熱點。博客為大眾及時公開個人言論提供了一個發表空間，同時也為網民們提供了學習互動的平臺。在快節奏生活的壓抑下，博客掀起一股全民狂歡的浪潮，它「將意識形態從官方世界觀的控制下解放出來，使得有可能按新方式去看世界」。〔註 167〕2005 年，新浪網推出博客業務，引來大批名人加入，影響迅速擴大。那多於 2006 年四月開通新浪博客，他有兩個願望：「一是能有更多的朋友認識我和我的小說。二是我可以更直接地聽到讀者的聲音」。〔註 168〕他的博客等級達到 19 級，其博客訪問量達到 828,023 人次，〔註 169〕發表博文 323 篇，粉絲「納米」有 1413 人，關注人氣 1409。在那多的博客中，我們可以看到那多對懸疑小說的深度解剖、可以欣賞到那多的力作，可以第一時間知曉那多作品的簽售會，還可以看到那多與其粉絲的真情互動。2009 年新浪推出「新浪微博內測版」，成為首家運營微博服務的門戶網站。那多在新浪微博的認證是：懸疑小說家、專職迷宮製造者。那多新浪微博粉絲數已突破百萬，達到 1,537,625 人，目前粉絲人數仍在不斷刷新。如今，我國偵探推理迷主要以年輕人為主，他們熱衷於網絡互動，興趣愛好時尚，涉及面廣，勇於嘗試新鮮事物，富有個性，樂意與他人共享，對於一些網站閱讀付費方式能接受。由於微薄獨特的信息傳播方式，那多與「納米」們的互動更為便捷及時。例如，那多在 2013 年 3 月 13 日 13：06 分發佈一條微博：「本周末鄭州簽售，具體時間地點稍後奉上」。確定了具體時間地點後，當天晚間，那多又發佈一條微博：「本周六下午三點，鄭州購書中心簽售。沒有很小很文靜女士也沒有符。只有一路去死，你來不來。」隨後，粉絲「納米」們在此條微博下留言進行互動評論，熱情支持那多的作品簽售活動，很明顯會對其今後創作產生積極的影響。

　　偵探迷作為一支重要的粉絲群體，他們熱衷於閱讀偵探小說，使他們有著區別於其他粉絲群體的顯著特徵。首先，偵探迷有著較強的法律意識。偵探小說的內容涉及有關法律、偵探、罪犯，在心理上會給讀者以威懾心理影響，向讀者灌輸天網恢恢疏而不漏、正義終將戰勝邪惡的觀念，罪犯終將難逃法網，會從潛意識上起到遏制犯罪的作用。其次，偵探小說縝密的邏輯推理性，潛移默化地影響著偵探迷們，使他們在處理日常事件中會更加注重邏

〔註 167〕巴赫金：《拉伯雷研究》〔M〕，石家莊：河北教育出版社，1998：318～319。
〔註 168〕http://blog.sina.com.cn/s/blog_56812d37010002td.html。
〔註 169〕本文有關那多的數據統計，均截止到 2013-3-13，11：00a.m.。

輯性、更加條理，遇到突發狀態會用理性思維對問題進行深入地思考。再次，偵探小說的核心問題是有關生與死。這是人性中最重要的兩個方面，文本展現生與死的較量，就是真實地反映人類的最基本的欲望，在了悟生死的問題上，血腥的犯罪現場，會令偵探迷更加珍惜生命，懂得遏止犯罪的重要性。最後，當代的公安幹警可以說是最鐵杆的偵探迷，偵探小說為他們提供了大量可資借鑒的生動案例，如何分析罪犯心理，如何尋找有力證據，他們從那些血淋淋的案例中，感受到公安幹警肩上的重擔，促使他們在今後的偵破工作中，更好地保障大眾的生命和財產安全。

　　偵探迷作為當今一個亞文化群體，數量仍然在持續增長。他們為偵探小說儲備了大量的讀者群，為偵探小說的未來發展的提供了強有力的支持。但是，偵探迷數量的增加，在粉絲群當中也出現了一些病態行為。一些粉絲不顧自己的經濟能力，盲目追星，瘋狂搜集偶像的各種私人用品，即使在同一個推理群中，為了一道推理題的解答，粉絲之間也會發生爭執；而忠實於不同作家的粉絲之間，還會因為各自的偶像發生齟齬。那麼，維護健康、和諧的偵探迷粉絲群，就需要採取相應的措施來加以引導。「媒介素養教育」的開展就顯得尤其重要，通過大眾媒介的正面宣傳引導，淨化網絡空氣，營造健康的網絡氛圍，使偵探迷們能充分利用網絡資源，提升自己的邏輯推理能力，參與社會發展。

主要參考資料

1. 阿英《晚清小説史》〔M〕，南京：江蘇文藝出版社，2010 年。

2. 魯迅《中國小說史略》〔M〕，北京：人民文學出版社，1982 年。

3. 范伯群《中國近現代通俗文學史》〔M〕，南京：江蘇教育出版社，2010 年。

4. 范伯群《多元共生的中國文學的現代化歷程》〔M〕，上海：復旦大學出版社，2009 年。

5. 范伯群、朱棟霖《中外文學比較史（1898～1949）》〔M〕，南京：江蘇教育出版社，2007 年。

6. 范伯群、孔慶東《通俗文學十五講》〔M〕，北京：北京大學出版社，2003 年。

7. 范伯群《中國現代通俗文學史〈插圖本〉》〔M〕，北京：北京大學出版社，2007 年。

8. 范伯群編選《鴛鴦蝴蝶派作品選（修訂版）》〔M〕，中國出版集團，人民文學出版社，2011 年。

9. 范伯群主編《中國近現代通俗作家評傳叢書》〔M〕，南京：南京出版社，1994 年。

10. 范伯群、湯哲聲、孔慶東《20 世紀中國通俗文學史》〔M〕，北京：高等教育出版社，2006 年。

11. 湯哲聲《中國當代通俗小說史論》〔M〕，北京：北京大學出版社，2007 年。

12. 湯哲聲《流行百年——中國流行小說經典》〔M〕，北京：文化藝術出版社，2004 年。

13. 湯哲聲《邊緣耀眼——中國現當代通俗小說講論》〔M〕，北京：北京大學出版社，2013 年。

14. 湯哲聲《中國文學現代化的轉型》〔M〕，南京：南京大學出版社，1995 年。

15. 湯哲聲《中國現代通俗小説流變史》〔M〕，重慶：重慶出版社，1999 年。

16. 湯哲聲《中國現代通俗小説思辨錄》〔M〕，北京：北京大學出版社，2008 年。

17. 陳平原《二十世紀中國小説史（第一卷)》〔M〕，北京：北京大學出版社，1997 年。

18. 陳平原、山口守編《大眾傳媒與現代文學》〔M〕，北京：新世界出版社，2003 年。

19. 陳平原《千古文人俠客夢》〔M〕，北京：北京大學出版社，2009 年。

20. 陳平原、夏曉虹《二十世紀中國小説理論資料・第一卷》〔M〕，北京：北京大學出版社，1989 年。

21. 陳平原《中國現代小説的起點——清末民初小説研究》〔M〕，北京：北京大學出版社，2005 年。

22. 陳平原《中國小説敘事模式的轉變》〔M〕，北京：北京大學出版社，2010 年。

23. 陳建華《從革命到共和：清末至民國時期文學、電影與文化的轉型》〔M〕，桂林：廣西師範大學出版社，2009 年。

24. 方漢奇《中國近代報刊史》〔M〕，太原：山西教育出版社，1981 年。

25. 〔美〕明恩溥《中國人的氣質》〔M〕，劉文飛、劉曉暘譯，上海：三聯書店，2007 年。

26. 袁進主編《中國近代文學編年史》〔M〕，北京：北京大學出版社，2013 年。

27. 呂陳君主編《智慧簡史》〔M〕，北京：中國言實出版社，2008 年。

28. 俞建章、葉舒憲著《符號：語言與藝術》〔M〕，上海：上海人民出版社，1986 年。

29. 郭延禮《中國近代翻譯文學概論》〔M〕，武漢：湖北教育出版社，1998 年。

30. 于潤琦主編《清末民初小説書系・偵探卷》〔M〕，北京：中國文聯出版公司，1997 年。

31. 楊義《文化衝突與審美選擇》〔M〕，北京：人民文學出版社，1988 年。

32. 忻平《從上海發現歷史：現代化進程中的上海人及其社會生活》〔M〕，上海：上海人民出版社，1996 年。

33. 孔慧怡《翻譯・文學・文化》〔M〕，北京：北京大學出版社，1999 年。

34. 韓雲波《中國俠文化：積澱與承傳》〔M〕，重慶：重慶出版社，2004 年。

35. 萬晴川《巫文化視野中的中國古代小説》〔M〕，北京：中國社會科學出版社，2003 年。

36. 〔美〕阿・希區柯克《世界懸疑小說精選》〔M〕，沈東子譯，武漢：長江文藝出版社，2005 年。

37. 李歐梵《上海摩登》〔M〕，北京：北京大學出版社，2002 年。

38. 李歐梵《現代性的追求》〔M〕，北京：生活・讀書・新知三聯出版社，2000 年。

39. 陳思和、王德威主編《建構中國現代文學多元共生體系的新思考》〔M〕，上海：復旦大學出版社，2012 年。

40. 欒梅健《前工業文明與中國文學》〔M〕，上海：復旦大學出版社，2008 年。

41. 方忠《雅俗匯流》〔M〕，廣州：花城出版社，2014 年。

42. 李勇《通俗文學理論》〔M〕，北京：知識出版社，2004 年。

43. 劉偉民《偵探小說評析》〔M〕，南京：東南大學出版社，2011 年。

44. 米烈娜《從傳統到現代～19 至 20 世紀轉折時期的中國小說》〔M〕，北京：北京大學出版社，1991 年。

45. 譚載喜《西方翻譯簡史》〔M〕，上海：商務印書館，1991 年。

46. 〔美〕阿蘭・鄧蒂斯《世界民俗學》〔M〕，陳建憲、彭海斌譯，上海：上海文藝出版社，1990 年。

47. 王德威《被壓抑的現代性——晚清小說新論》〔M〕，北京：北京大學出版社，2005 年。

48. 〔意〕里奧奈羅・文杜里《西方藝術批評史》〔M〕，遲軻譯，南京：江蘇教育出版社，2007 年 M

49. 魏紹昌編《鴛鴦蝴蝶派研究資料》〔M〕，上海：上海文藝出版社，1984 年。

50. 〔蘇〕阿・阿達莫夫《偵探文學與我》〔M〕，北京：群眾出版社，1988 年。

51. 溫儒敏《中國現代文學批評史》〔M〕，北京：北京大學出版社，2002 年。

52. 張法《中國文化與悲劇意識》〔M〕，北京：中國人民大學出版社，1989 年。

53. 夏曉虹、王風等《文學語言與文章體式——從晚清到「五四」》〔M〕，合肥：安徽教育出版社，2006 年。

54. 周憲《現代性的張力》〔M〕，北京：首都師範大學出版社，2001 年。

55. 宋劍華《百年文學與主流意識形態》〔M〕，長沙：湖南教育出版社，2002 年。

56. 徐斯年《俠的蹤跡——中國武俠小說史論》〔M〕，北京：人民文學出版社，1995 年。

57. 楊聯芬《晚清至五四：中國文學現代性的發生》〔M〕，北京：北京大學

出版社，2006 年。

58. 袁進《中國文學觀念的近代變革》〔M〕，上海：上海社會科學出版社，
1996 年。

59. 約翰‧菲斯克《理解大眾文化》〔M〕，北京：中央編譯出版社，2006 年。

60. 約翰‧菲斯克《解讀大眾文化》〔M〕，南京：南京大學出版社，2006 年。

61. 約翰‧多克爾《後現代與大眾文化》〔M〕，北京：北京大學出版社，2011
年。

62. 樽本照雄《清末小說研究集稿》〔M〕，濟南：齊魯書社，2006 年。

63. 樽本照雄《新編增補清末民初小說目錄》〔M〕，濟南：齊魯書社，2002
年。

64. 馮川、馮克編譯《榮格文集》〔M〕，北京：改革出版社，1997 年。

65. 〔美〕蘭薩姆‧里格斯《大偵探福爾摩斯筆記》〔M〕，劉臻譯，西安：
陝西師範大學出版社，2013 年。

66. 〔法〕伏爾泰《論各民族的精神與風俗》〔M〕，梁守鏘譯，北京：商務
印書館，2000 年。

67. 張國風《公案小說漫話》〔M〕，南京：江蘇古籍出版社，1992 年。

68. 南懷瑾《禪海蠡測》〔M〕，上海：復旦大學出版社，1997 年。

69. 武樹臣《中國傳統法律文化》〔M〕，北京：北京大學出版社，1994 年。

70. 黃岩柏《中國公案小說史》〔M〕，瀋陽：遼寧人民出版社，1991 年。

71. 班固《漢書‧冊 4‧卷 23‧刑法志》〔M〕，北京：中華書局，1962 年。

72. 〔晉〕干寶《搜神記》〔M〕，北京：中華書局，1985 年。

73. 石昌渝《中國小說源流論》〔M〕，北京：三聯書店，1995 年。

74. 胡士瑩《話本小說概論》〔M〕，北京：中華書局，1980 年。

75. 胡適《中國章回小說考證‧三俠五義序》〔M〕，大連：實業印書館，1942
年。

76. 苗懷明《從公案到偵探》〔J〕，《明清小說研究》，2001（2）：47～66。

77. 程美林、馮保善、李忠明《章回小說史》〔M〕，杭州：浙江古籍出版社，
1998 年。

78. 劉廣民《宗法中國》〔M〕，上海：三聯書店，1993 年。

79. 梁漱溟《中國文化要義》〔M〕，上海：上海人民出版社，2005 年。

80. 陳江風《觀念與中國傳統文化》〔M〕，桂林：廣西師範大學出版社，2006
年。

81. 〔日〕中村元《東方民族的思維方法》〔M〕，林太、馬小鶴譯，杭州：
浙江人民出版社，1989 年。

82. 李鴻章《洋務運動・第一冊・奏議海防摺》〔M〕，上海：上海人民出版社，1961 年。

83. 梁啟超《飲冰室合集・戊戌政變記》〔M〕，北京：中華書局，1989 年。

84. 王爾敏《中國近代思想史論》〔M〕，北京：社會科學文獻出版社，2003 年。

85. 費正清、劉廣京《劍橋中國晚清史》〔M〕，北京：中國社會科學出版社，2007 年。

86. 陳福康《中國譯學理論史稿》〔M〕，上海：上海外語教育出版社，2000 年。

87. 熊月之《西學東漸與晚清社會》〔M〕，北京：中國人民大學出版社，2011 年。

88. 梁啟超《新民說》〔M〕，鄭州：中州古籍出版社，1998 年。

89. 王立新《美國傳教士與晚清中國現代化》〔M〕，天津：天津人民出版社，1997 年。

90. 喬納森・卡勒《文學理論》〔M〕，李平譯，香港：牛津大學出版社，1998 年。

91. André Lefevere. *Translation, Rewriting and the Manipulation of Literary Fame* 〔M〕，上海：上海外語教育出版社，2010 年。

92. Bassnett, Susan & Lefevere, André. *Constructing Cultures: Essays on Literary Translation* 〔M〕，上海：上海外語教育出版社，2001 年。

93. 上海百年文化史編撰委員會編《上海百年文化史・第一卷》〔M〕，上海：上海科學技術文獻出版社，2002 年。

94. 王韜《漫遊隨錄・卷一・黃埔帆檣》〔M〕，長沙：嶽麓書社，1985 年。

95. 包天笑《釧影樓回憶錄》〔M〕，張玉法、張瑞德主編，臺北：龍文出版社，中華民國七十九年。

96. 樽本照雄《清末民初的翻譯小說——經日本傳到中國的翻譯小說》，載於王宏志《翻譯與創作》〔M〕，北京：北京大學出版社，2000 年。

97. 周作人《知堂回想錄》〔M〕，蘭州：敦煌文藝出版社，1998 年。

98. 陳伯海、袁進《上海近代文學史》〔M〕，上海：上海人民出版社，1993 年。

99. André Lefevere. *Translating Literature: Practice and Theory in a Comparative Literature Context* [M]. New York: The Modern Language Association of America. 1992.

100. 王宏志《重釋「信、達、雅」——20 世紀中國翻譯研究》〔M〕，北京：清華大學出版社，2007 年。

101. 吳以義《海客述奇——中國人眼中的維多利亞科學》〔M〕，上海：上海

科學普及出版社，2004年。

102. 錢基博《現代中國文學史》〔M〕，上海：上海古籍出版社，1998年。

103. 姜義華《胡適學術文集‧新文學運動》〔M〕，北京：中華書局，1993年。

104. 周穗明等《現代化：歷史、理論與反思》〔M〕，北京：中國廣播電視出版社，2002年。

105. 〔英〕戴維‧英格里斯《文化與日常生活》〔M〕，張秋月、周雷亞譯，北京：中央編譯出版社，2010年。

106. 戴錦華《隱形書寫》〔M〕，南京：江蘇人民出版社，2004年。

107. 海岩《我筆下的七宗罪》〔M〕，北京：文化藝術出版社，2002年。

108. 楊彬彬《關於「海岩劇」的模擬圓桌四人談》〔N〕，南方都市報，2003-4-21。

109. 亞里士多德《詩學》〔M〕，羅念生譯，北京：人民文學出版社，2000年。

110. 曹文軒《20世紀末中國文學現象研究》〔M〕，北京：北京大學出版社，2002年。

111. 熊月之《都市空間、社群與市民生活》〔M〕，上海：上海社會科學院出版社，2008年。

112. 周谷城主編《民國叢書》〔M〕，上海：上海書店，1989年。

113. 海岩《拿什麼拯救你，我的愛人》〔M〕，北京：群眾出版社，2004年。

114. 海岩《一場風花雪月的事》〔M〕，北京：群眾出版社，2004年。

115. 海岩《玉觀音》〔M〕，北京：群眾出版社，2004年。

116. 〔英〕斯科特‧拉什，西莉亞‧盧瑞《全球文化工業》〔M〕，要新樂譯，北京：社會科學文獻出版社，2010年。

117. 〔法〕波德里亞《消費社會》〔M〕，劉成福、全志鋼譯，南京：南京大學出版社，2000年。

118. 黃祿善《美國通俗小說史》〔M〕，南京：譯林出版社，2003年。

119. Bakhtin, *M. Rabelais and His World* [M]. Cambridge: Massachusetts Institute of Technology Press. 1968.

120. 陶東風主編《粉絲文化讀本》〔M〕，北京：北京大學出版社，2009年。

121. 常耀信《精編美國文學教程》〔M〕，天津：南開大學出版社，2005年。

122. George Perkins. & Barbara Perkins, *The American Tradition in Literature (Vol.1)*, [M]. Boston: McGram: McGraw-Hill Companies, Inc., 1999.

123. G.R. Thompson, ed., The Selected Writings of Edgar Allan Poe, [M]. New York: WW. Norton & Company, Inc., 2004.

124. 朱利安‧西蒙斯《文壇怪傑——愛倫‧坡傳》〔M〕，文剛、吳樾譯，西安：陝西人民出版社，1986年。

125. 馬克思、恩格斯《馬克思恩格斯選集‧第四卷》〔M〕，北京：人民出版

社，1972 年。

126. 朱振武《數字城堡・譯者序》〔M〕，北京：人民文學出版社，2004 年

127. 那多《甲骨碎》〔M〕，瀋陽：萬卷出版公司，2009 年。

128. 普羅普《故事形態學》〔M〕，賈放譯，北京：中華書局，2006 年

129. 申丹、王麗亞著《西方敘事學：經典與後經典》〔M〕，北京：北京大學
出版社，2011 年。

130. 趙毅衡《當說者被說的時候──比較敘述學導論》〔M〕，北京：中國人
民大學出版社，1998 年。

131. 戴衛・赫爾曼《新敘事學》〔M〕，馬海良譯，北京：北京大學出版社，
2002 年。

132. 任翔主編《少女的惡魔──20 世紀中國偵探小說精選（1920～1949）》
〔M〕，北京：中國文聯出版社，2002 年。

133. 〔英〕阿・柯南道爾《福爾摩斯探案全集（上、中、下）》〔M〕，丁鍾華
等譯，北京：群眾出版社，2001 年。

134. 〔俄〕米・巴赫金《時間的形式與長篇小說中的時空關係：結論》，轉引
自《20 世紀小說理論經典・下卷》〔M〕，北京：華夏出版社，1995 年。

135. 〔英〕戴維・洛奇《小說的藝術》〔M〕，王峻岩等譯，北京：作家出版
社，1998 年。

136. 錢谷融《論「文學是人學」》〔M〕，北京：人民文學出版社，1981 年。

137. 赫伯特・馬爾庫塞《愛欲與文明》〔M〕，黃勇、薛民譯，上海：上海譯
文出版社，1987 年。

138. 羅大華《犯罪心理學》〔M〕，北京：中國政法大學出版社，1999 年。

139. 弗洛姆《馬克思關於人的概念》《二十世紀哲學經典文本西方馬克思主義
卷》〔M〕，上海：復旦大學出版社，1999 年。

140. 〔英〕W.C.丹皮爾《科學史及其與哲學和宗教的關係》〔M〕，李珩譯，
桂林：廣西師範大學出版社，2001 年。

141. 蔣承勇《西方文學「人」的母題研究》〔M〕，北京：人民出版社，2005
年。

142. 〔美〕埃德加・愛倫・坡《莫格街謀殺案》〔M〕，李羅鳴、羅忠詮譯，
成都：四川出版集團，2008 年。

143. 龔鵬程《俠的精神文化史論》〔M〕，濟南：山東畫報出版社，2008 年。

144. 朱利安・西蒙斯《血腥的謀殺》〔M〕，崔萍等譯，北京：新星出版社，
2011 年。

145. 禹玲《現代通俗作家譯群五大代表人物研究》〔D〕，蘇州：蘇州大學，2011
年。

146. 郝建《類型電影教程》〔M〕，上海：復旦大學出版社，2011 年。

147. 丁亞平《論二十世紀中國電影與通俗文化傳統》〔J〕，《電影藝術》，2003（6）。

148. 程季華主編《中國電影發展史》〔M〕，北京：中國電影出版社，1980 年。

149. T.W. Adorno, *"Television and the Patterns of Mass Culture", in Bernard Rosenberg and David Manning White (eds), Mass Culture. The Popular Arts in America* (Free Press, New York, 1975).

150. 〔澳大利亞〕約翰·多克爾著《後現代與大眾文化》〔M〕，王敬慧、王瑤譯，北京：北京大學出版社，2011 年。

151. 葉志良《大眾文化》〔M〕，上海：上海文藝出版社，2003 年。

152. 〔英〕大衛·斯圖亞特·戴維斯《鏡子外的福爾摩斯》〔M〕，王海燕譯，北京：新星出版社，2012 年。

153. 潘建國《清末上海地區書局與晚清小說》〔J〕，《文學遺產》，2004（2）：96～110。

154. 范伯群《周瘦鵑論》〔J〕，中山大學學報，2010（4）：36～52。

155. 王學鈞《以理殺人與有罪推定》〔J〕，《明清小說研究》，2007（2）：139～150。

156. 〔德〕恩斯特·卡西爾《人論》〔M〕，上海：上海譯文出版社，2004 年。

157. 〔法〕克洛德·列維——斯特勞斯《野性的思維》〔M〕，北京：中國人民大學出版社，2006 年。

158. 〔美〕約翰·霍蘭《湧現：從混沌到有序》〔M〕，上海：上海世紀出版集團，2006 年。

附錄一

版本來源：《小說林》，上海書店 1980 年 12 月版

　　《小說林》，1907 年 2 月（光緒三十三年正月）創刊，在上海出版。月刊。由小說林總編輯所編輯，小說林、宏文館有限合資公司會社發行。曾樸、徐念慈等晚清知識分子「眞切地認識了小說在文學上的特殊地位，因此想要打破當時一般學者輕視小說的心理，糾集同志，創立一家書店，專以發行小說爲目的，就命名叫小說林」〔註 1〕。主編者爲黃人（摩西）。以發表著譯小說爲主，並有關於小說的論著及批評。此外，還有雜劇、筆記等。秋瑾就義週年時曾發表秋瑾的詩文詞賦。次年 10 月（光緒三十四年九月）停刊，共出十二期。在創刊號上，登載有黃人的《小說林發刊詞》和徐念慈的《小說林緣起》，從審美的角度肯定了小說屬於藝術的範疇。

1907 年——光緒三十三年

正月

〔英國〕佳漢著，女士陳鴻璧譯《電冠》（科學小說），連載於《小說林》第 1～8 期。共二十五章。長篇文言翻譯。

　　陳鴻璧（1884～1966），原名陳碧珍，廣東新會人。是近代畫家陳抱一之姊。曾就讀於上海中西女塾，畢業於上海聖約瑟西童女校。1905 年前後，開始涉足文學翻譯活動。1907 年，她曾在上海女子中學和育賢女校教英文，還擔任過上海神州女學校校長。通英、法、日文。曾得到近代著名文學批評家

〔註 1〕 曾虛白：《曾孟樸先生年譜》，引自魏紹昌編《孽海花資料》〔M〕，上海古籍
　　　　出版社，1982：167。

徐念慈的賞識，他較早注意陳鴻壁的翻譯活動並給予支持，對其作品或潤色、或評點、或推薦發表，使她成為當時最活躍的女譯者。她翻譯的作品大多刊登在《小說林》上。她用淺近的文言作譯入語，語言洗練，較忠實於原文。她的譯文比較重視環境描寫，並擅長心理描寫。她譯過外國小說 8 部，其中有兩部與張默君合譯。

《電冠》第十章後有「覺我贅語」云：「小說家之寫美人，吾見之矣。如何態度，如何敏慧，甚至衣服如何俏麗，裝飾如何玲瓏，雖非刻畫無鹽，正是唐突西子，千篇一律，令人生厭。惟《西廂記》寫一不解事矜貴之雙文，十分圓滿，可稱獨絕。此書之寫梅姿，一意信任高德士，襟懷高朗，口爽心直，能使寫之交際者五體投地，智力俱窮，此龍眼居士白描高手也。與《西廂記》之寫雙文，可謂異曲同工。」第八期連載完畢，篇末「覺我贅語」云：「我國小說起筆多平鋪，結筆多圓滿；西國小說起筆多突兀，結筆多灑脫。是書第一章從蔡禮和脩容起，不過楔起全文，而易衣一端，一煙匣之微已為全書關鍵，與他書藏其事之造端，有意特提中間節目描寫者迥乎不同。所以起筆似極平衍，實為精神奕奕，牽一髮而全身皆動矣。」

▲〔法國〕加寶耳奧著，女士陳鴻壁譯《第一百十三案》（LeDossierNo.113，偵探小說），連載在《小說林》第 1～12 期。共十五章。長篇文言翻譯。

加寶耳奧（Gaboriau，émile）（1835～1873），今譯加博里奧。曾經譯為嘉波留、賈波老、加破虜、愛米‧加濮魯等，法國著名偵探小說家。他塑造的經典警察偵探勒考克，出現在其第一篇偵探故事《血案》中。加博里奧作品的第一個中譯本是 1903 年文碩甫翻譯的《奪嫡奇冤》（商務印書館刊）。俞明震在《觚庵漫筆》中說：「偵探小說，余甚佩《奪嫡奇冤》一書，即一名《枯寡婦奇案》者，不僅案之反覆曲折處見長，即搭司官之裁判時，其審度寬嚴，折衷至當，實足令人五體投地，且有裨於臨機斷事處不淺。」

《第一百十三案》第一章末著有「覺我贅語」，其中談及偵探小說這一引進的西方文體：「偵探小說為我國向所未有，故書一出，小說界呈異彩，歡迎之者，甲於他種。雖然，近二、三年來，屢見不一見矣。奪產、爭風、黨會、私販、密探，其原動力也；殺人、失金、竊物，其現象也。偵探小說數十種，無有抉此範圍者。然其擅長處，在佈局之曲折，探事之離奇；而其缺點，譬之構屋者，若堂、若室、若樓、若閣，非不構思巧絕，布置井然。至於室內之陳設，堂中之藻繪，敷佐之簾幕屏榻金木書畫雜器，則一物無有，遑論雕

鏤之粗細，設色之美惡耶？故觀者每一覽無餘，棄之不顧。質言之，即偵探小說者於章法上占長，非於句法上占長；於形式上見優，非於精神上見優者也。善讀小說者當亦韙余是言。」

前十四章後面都附有覺我贅語，對文中內容進行評點，起到了畫龍點睛的作用。最後一章爲蟄競贅語。第三章後有「覺我贅語」云：「吾喜讀偵探小說，吾又喜讀法律小說。偵探小說一舉一動、一言一語無不令人注意，因有絕細事而關係絕鉅存也；法律小說一舉一動、一言一語亦無不令人注意，因需一一準諸法律，不容妄參私見也。此章無一語緊要，大抵復述上文耳。而令讀者不厭其煩瑣，不厭其複雜。何則？法律爲之也。法律之效用固神矣哉。」

▲〔美國〕威登著，張瑛譯《黑蛇奇談》（偵探小說），連載在《小說林》第1～9、11、12期。共三十一回。白話長篇翻譯。

張瑛，譯者生平資料不詳。

第十二期《小說林》中，因徐念慈遽辭人世，蟄競爲張瑛的《黑蛇奇談》潤詞，以前均爲徐念慈潤詞。張瑛還翻譯了《棄兒奇冤》。

▲吳江任墨緣譯意、東海覺我潤辭《魔海》（寫情小說），連載在《小說林》第1～8期發表。共十回。未完。長篇文言翻譯。

任墨緣，譯者生平資料不詳。還翻譯了愛情小說《情海劫》。

徐念慈（1874～1908），江蘇常熟人。字彥士，別號覺我，亦署東海覺我。作品傾向現實主義。1905年，曾樸在上海創辦小說林社，發行《小說林》雜誌，招他前往擔任編輯，自此開始了其譯著生涯。後因經營不善，小說林社賠累至巨，以致他的薪資都不能按月領取，只好先後在上海競存公學、愛國女學、尚公小學兼課，以維持生活。小說林社倒閉的前一年，即1908年，他因勞致疾而死，年僅34歲。在他翻譯的小說中多半用的是純白話或淺近文言，而且有意保存了西洋小說的體裁，對後來翻譯影響很大。他的聲譽雖趕不上林紓、嚴復，而其啓迪風氣的功績實不在周桂笙之下。主要譯作有：〔英國〕馬斯他孟立特《海外天》，〔英國〕西蒙紐加武《黑行星》、《美人妝》，〔日本〕押川春浪《新舞臺》等。

▲女士陳鴻璧譯、東海覺我潤詞《蘇格蘭獨立記》（歷史小說），連載在《小說林》第1～12期發表。從第11回開始第28回止。長篇文言翻譯。

東海覺我，即徐念慈。朱靜在《清末民初外國文學翻譯中的女譯者研究》

中說：陳鴻璧是文言譯者的個中翹楚，發表的《蘇格蘭獨立記（二）》採用了傳統的章回體小說的結構，每一回都有工整對仗的小標題，但是文體卻相差甚遠。從這篇古樸雄渾的翻譯作品中可以看到譯者堅實的古文功底。

二月

〔日本〕押川春浪著，東海覺我譯述《新舞臺三》（軍事小說），連載於《小說林》第 2～9 期，11，12 期。共 11 回。長篇文言翻譯。

押川春浪（1876～1914），是日本作家、科幻小說作家，冒險小說家。本名是方存。愛媛縣松山市出生。曾就讀於明治學院，東北學院，箚幌農學校（現北海道大學），水產講習所（現東京海洋大學），畢業於東京專門學校（現早稻田大學）法科部。1914 年（大正 3 年）11 月 16 日，因急性肺炎去世。享年 38 歲。押川春浪的主要作品有：《海島冒險奇譚　海底軍艦》、《航海奇譚》、《世界武者修行》、《世界冒險少年譚》、《怪雲奇星　冒險小說》、《絕島軍鑒冒險奇譚》、《幽靈旅館　冒險怪談》、《東洋武俠團　英雄小說》、《萬國幽靈怪話》、《海島奇傑　海軍冒險小說》、《北極飛行船　冒險小說》、《春浪快著集》等。

▲女士陳鴻璧編譯《印雪簃籬屑》（札記），登載在第 2～6，8，10 期。短篇文言翻譯。

《小說林》第二期開始登載，陳鴻璧寫有小識：余喜閱西國報章雜誌及小說家言。又喜甄錄，是以片紙零墨，印雪簃中。滿吾籬者，以十數焉。今歲春仲，小說林社發行社報，屢以筆墨見詢。余性疎放，不喜拘拘於繩墨，即舉籬以畀之，而謝吾責。其排比印行，若維多夫人著之短篇偵探談（定名印雪簃籬叢）亦籬中物之一也。茲又舉瑣事異聞數十則，為第二次之刊行。錄稿見示，且囑定名。嗟乎，豈竹頭木屑果皆有用物乎。世之讀是編，必有笑余無賴者。然余不獲辭，字之曰：「籬屑」。蓋紀實雲。

三月

紫崖譯《戕弟案》（短篇小說），登載在丁未年三月《小說林》第三期。文言翻譯。

《小說林》第六、八期，登載有紫崖的《西笑林》。第七期，登載他的滑稽小說《吃大菜》，及其編譯的《珍聞》、《屑談》。

紫崖，譯者生平資料不詳。

七月

東亞病夫纂《大仲馬傳》（Alxendre Dumas Pire）〔Alexandre Dumas père〕
〔傳記〕，登載在丁未年七月《小說林》第五期《文學家乘》中。

　　《大仲馬傳》中主要介紹了大仲馬的生平及其主要著作書目。《時報》刊
載「《小說林》第五期出版」廣告，其中述及《文學家乘》欄目：「本期於小
說新增家庭小說一種，定名《親鑒》，係南支那老驥氏新著。加以評點，描寫
家庭現狀，令人發深省，嶄然露頭角之作。『文苑』一門添刊新譯《文學家乘》
一種，係取泰西最有名大文豪傳記迻譯。詳述其一生著述，並出版時社會之
批評及價值。一生出處，莫不祥載，篇首並附有照片，按期續出。本期爲法
文豪《大仲馬傳》，附《小仲馬傳》，即著有名之《邯洛屏》、《俠隱記》及《茶
花女》者也。又添『射虎集』二頁，以供酒後茶餘之談助。及秋瑾女士遺詩。
嶄新豐富，讀者當歡迎。寄售佚叢：已出《牧齋集外詩》、《柳如是詩》二種，
精裝一冊，價洋二角。總發行所：棋盤街小說林宏文館。」

▲無錫王蘊章譯《綠林俠譚》（短篇小說），登載在丁未年七月《小說林》第
五期。文言翻譯。

　　王蘊章（1885～1942）江蘇無錫人。字蓴農，號西神，別號窈九生、紅
鵝生、繁多，別署二泉亭長、鵲腦詞人、西神殘客等，室名菊影樓、篁冷軒、
秋雲平室。是「中學爲主、西學爲用」的鴛鴦蝴蝶派主要作家之一。中國近
代著名詩人、文學家、書法家、教育家。1918 年起陸續刊發了一些自己創作
的鴛鴦蝴蝶派通俗作品，及「禮拜六派」情節離奇、逗人笑樂的作品。歷任
上海滬江大學、南方大學、暨南大學國文教授，上海《新聞報》秘書、編輯、
主筆，同時任上海正風文學院院長。治詞章之學及英文，並主持正風文學院
的教務工作。參加柳亞子等所辦的南社，常爲滬、錫各報刊撰寫小品文，發
表小說，並以戲劇鼓吹民主革命。1942 年 8 月因病在上海逝世，終年僅 58 歲。

　　《綠林俠譚》篇末云：「譯者曰：佳人已屬沙吒利，義士今無古押衙。好
事多磨，良緣天妒，千古傷心之事，又孰有過於斯者耶？幸有綠平仗義好俠，
得以挽將逝之流水，圓垂破之明鏡。否則，侯門一入，碧簫無再見之期；司勳
十年，綠葉有成蔭之夢。不且將爲重來崔護、前度阮郎哉！吾爲少年喜，吾
益神往於綠蘋矣。」

▲蘇州吳釗譯《滑稽談》（短篇小說），登載在丁未年七月《小說林》第五期。
文言翻譯。

　　《滑稽談》，描寫對於政府強權的反抗，與人民生活於暴虐下的敢怒不敢
言與萬般無奈。此種訴諸對政治威權的反抗省思，與晚清的社會思想趨向，
可以說是相當貼近。

　　蘇州吳釗，譯者生平資料不詳。

十二月

〔英國〕伊柴君原著，吳江大愛譯《假女王案》（短篇小說），登載在丁未年
十二月《小說林》第八期。文言翻譯。

　　《小說林》第八期刊載《假女王案》，標「短篇」。其篇末云：「伊柴曰：
予述此案畢，勞禿君告予曰：『此案情節雖離奇，然其案之破，出於黨人之自
首，非賴偵探之力也。予生平偵探幾數十案，皆主動的，非被動的也。若此
案者，予居被動之地位，故願勿以偵探小說名。』予然其言。」

　　吳江大愛，譯者生平資料不詳。

1908 年——光緒三十四年

正月

〔日本〕雨洒舍主人原譯，女士黃翠凝、陳信芳重譯《地獄村》（奇情小說），
連載在戊申年第 9～12 期。共八章。未完。長篇文言翻譯。

　　黃翠凝（1875～?），廣東新會人，教會女學優秀畢業生，丈夫早逝，靠
寫作與翻譯爲生，近代小說家兼翻譯家張毅漢之母。張毅漢早年失怙，由母
親黃翠凝撫養成人。包天笑《釧影樓回憶錄》「編輯雜誌之始」中有這樣的話：
「還有幾位女作家，記得一位是張毅漢的母親黃女士，還有一位黃女士閨友，
好像也是姓黃的，她們都是廣東人，都能譯英文小說，或是孀居，或是未嫁。
其時張毅漢（今更名爲亦庵）年不過十二三歲，他母親的譯稿常由他送來。」
除了《地獄村》之外，她還翻譯了英國卻而斯著的《牧羊少年》。她集創作與
翻譯於一身，處女作《猴刺客》發表在 1908 年的《月月小說》上，有模仿西
方小說的傾向。

　　陳信芳，譯者生平資料不詳。曾經留學日本。與黃翠凝自日譯本合譯外
國奇情小說《地獄村》。《時報》、《時事報》、《神州日報》刊載「《小說林》月

報第九期附大增刊八十頁出版」廣告中提及《地獄村》「《地獄村》一種，女士黃翠凝、陳信芳合譯，命意嶄新，遣詞工飭。」

▲甘泉李涵秋譯《奇童案》（短篇偵探小說）。登載在戊申年正月《小說林》第九期，文言翻譯。譯文最後登載有「涵秋附識」。

　　李涵秋（1874～1923）江蘇江都人，清末民初文學家。名應漳，別署沁香閣主人，韻花館主。他文思敏捷，有時能夠同時做五、六種小說。當年的報紙都以登載李涵秋的小說為榮，時人甚至有「無鄭不補白，無李不開張」之諺。前一句謂報紙的補白必須鄭逸梅，後一句謂副刊的開張必須李涵秋。1921年，應上海時報館錢芥塵之聘，編輯《小時報》和《小說時報》。次年主編《快活》雜誌。後辭職回鄉，1923年5月，李涵秋因「腦溢血」而去世，同鄉兼好友張丹斧撰輓聯：「小說三大家，北存林畏廬，南存包天笑；平生兩知己，前有錢芥塵，後有余大雄。」李涵秋一生著作頗豐，善寫言情小說，是鴛鴦蝴蝶派「五虎將」。

　　《奇童案》篇末有譯者識語：「固未有善著書者，而肯作一閒言語者也。讀書諸君，往者已矣，重閱一過，不且啞然失笑耶？不且強顏謂我在先亦疑為若是云云耶？惜乎！吾至是已為諸君揭櫫而示矣。後此讀書，毋寧於一字一句間，虛與之委蛇，慎勿俟結幅而始拍案狂叫也。否則，吾執禿筆將與誰論小說也哉？」

▲黼臣譯意、鐵漢演義《好男兒》（教育小說），登載在戊申年正月《小說林》第九期。短篇白話翻譯。

　　黼臣，譯者生平資料不詳。

　　鐵漢，即李輔侯。在第九、十期上，鐵漢杜撰社會小說《臨鏡妝》。篇末云：「大凡獨木不能成舟，眾志可以成城。試看這四弟兄就學時，何等的刻苦，成事時何等的艱險。若非同德同心，焉能建立若大的功業。所謂『吃得苦中苦，方為人上人』，『將相本無種，男兒當自強』。」

五月

〔法國〕大仲馬著，東亞病夫譯述《大仲馬叢書第一種　馬哥王后佚史卷一》（歷史小說），登載在戊申年五月《小說林》第11、12期。共二節。未完。長篇白話翻譯。

　　大仲馬（Alexandre Dumas père，1802～1870）法國小說家，戲劇家。大

仲馬主要以小說和劇作著稱於世。大仲馬信守共和政見，反對君主專政。由於他的黑白混血人身份，其一生都受種族主義的困擾。大仲馬 20 歲時來到巴黎並開始文學生涯。1829 年創作的劇本《享利三世及其宮廷》使他在文壇上嶄露頭角。這齣浪漫主義戲劇，完全破除了古典主義「三一律」。這期間，他創作的《雨》聞名於世。最著名的是《三個火槍手》舊譯《三劍客》，《基督山伯爵》。他曾自己主編過一份文學性質的報紙，名為《火槍手》，上面刊登了他自己的很多小說和漫談錄。它是當時法國家庭婦女深深喜愛的讀物。

▲羅人驥譯、覺我校《外交秘鑰·偽電案》（外交小說），登載在戊申年五月《小說林》第 11 期。共 4 節。短篇文言翻譯。

　　羅人驥，譯者生平資料不詳。本期刊載一、柏林之行；二、德皇之問答；三、發電；四、獲諜，共四節。

▲賀農著，天遯譯《丁葛小傳》〔短篇小說〕，登載在戊申年五月《小說林》第 11 期。文言翻譯。

　　天遯，王韜（1828～1897）江蘇長洲甫里（今蘇州角直）人。原名利賓。道光二十五年（1845）中秀才，改名為翰，字懶今。奔走香港後更名韜，字仲弢，一字紫詮、子潛，自號天南遯叟、弢園老民。居港二十餘年，在英華書院協助教士理雅各翻譯《詩》、《春秋》、《左傳》等中國古代典籍，餘暇兼治經學。1867 年冬，應理雅各之邀，赴英譯書，並順便遊歷了法、俄，悉心研究西方富國強兵之道。1871 年（同治十年），王韜與張芝軒合譯《普法戰紀》中的《法國國歌》（即《馬賽曲》）和德國的《祖國歌》，這是中國近代翻譯最早又具有深遠影響的詩歌翻譯作品。日本著名的政治小說《佳人奇遇》也全文引用王韜所譯的版本。王韜譯德國的《祖國歌》，句式長短不一，參差錯落，跌宕起伏，讀之抑揚頓挫，朗朗上口，詩體趨向自由化。1902 年，蔡鍔曾評論曰：「吾歌其《祖國歌》，不禁魄為之奪，神為之往也。德意志之國魂，其在斯乎！其在斯乎！今為錄之，願吾國民一讀之。」

　　《丁葛小傳》描寫了一條有「稟特異之才，非尋常之犬堪比」的白狗丁葛。由於丁葛的機智勇敢保護了銀行財產，逮捕了窮兇極惡的罪犯。

▲ J.R.Hammond 著，石如麟譯《劈棺》（短篇小說），登載在戊申年五月《小說林》第 11 期。文言翻譯。

　　《劈棺》描述約翰海潑登遭人殺害之後，經過一名叫瑪啟的警察努力偵察與緝凶，最後將歹徒繩之以法的故事。

石如麟，譯者生平資料不詳。

▲ HSY 著《俄羅斯之報冤奇事》〔短篇小說〕，登載在戊申年五月《小說林》第 11 期。文言翻譯。

　　《俄羅斯之報冤奇事》以老伯爵郎內爾夫的驟死爲開端，敘述了大檢事羅歐爾的破案過程，以及伯爵夫人與阿德陸夫的婚外私情，不倫之戀。原來伯爵夫人與阿德陸夫聯袂將一支大釘釘入郎內爾夫的頭顱之中，導致老伯爵身亡。事後謊稱老伯爵是因心痛病驟發而亡，最後在羅歐爾的縝密偵察之下，兩人才姦情敗露、束手就擒，懸案因此而宣告破解。破案過程是小說鋪陳的重要內容，其中有對命案現場的仔細勘查，以及證物存在的強化。

附錄二

版本來源：《新小說》，上海書店，1980 年 12 月版

　　《新小說》，1902 年 11 月（光緒二十八年十月）創刊，在日本橫濱出版。月刊。由新小說社發行。編輯兼發行者署趙毓林，實爲梁啓超主持。自第二卷起遷往上海，改由廣智書局發行。主要著譯者有梁啓超、吳趼人、羽衣女士（羅普）、春夢生、玉瑟齋主人等。此刊除小說外兼及文藝理論、劇本、詩與歌謠、筆記等。1906 年 1 月（光緒三十一年十二月）停刊，共出二十四號。

1902——光緒二十八年

十月十五日

〔英國〕蕭魯士著，南海盧籍東譯意、東越紅溪生潤文《海底旅行》（*20,000 lieues sous les mers*，科學小說），登載於《新小說》第 1～6，10，12，13，17，18 號，21 回，未完。長篇章回白話翻譯。

　　蕭魯士，今譯儒勒・凡爾納（Jules Gabriel Verne，1828～1905）。曾經 Jules Verne 在中國被譯爲「房朱力士」（薛紹徽譯）、「焦士威爾奴」（梁啓超譯）、「迦爾威尼」（包天笑譯）、「蕭魯士」（盧籍東按英語發音譯）、「焦士威奴」（奚若按英語發音譯）、「焦奴士威爾士」（商務印書館譯）、「蕭爾斯勃內」（謝炘譯）和「裘爾卑奴」（叔子譯）等。因兩本凡爾納小說日文譯本所注小說作者名有誤，魯迅按日譯本中譯時曾將凡爾納誤作「查理士・培倫」和「英國威男」。儒勒・凡爾納法國小說家、博物學家，科普作家，現代科幻小說傑出的開創者之一。

　　1902 年，《新小說》創刊號上刊載了標爲「泰西最新小說」的《海底旅行》。這是依據日譯本最早譯爲中文的小說，也是《新小說》將小說分類後，最先

刊登的科學小說。儒勒·凡爾納的姓名被標注爲「英國蕭魯士原著」，是依據日譯本轉譯而來。盧籍東翻譯時所使用的譯本並非法文原著，根據中村忠行考證是選自日本大平三次的譯本。《海底旅行》中，凡爾納通過主人公尼摩船長傳達著自己對海的認識和理想。在譯文中以「眉批」的形式加以點評，是此譯作的一大特色。第五回起，通過眉批抒發感慨，或加入點評人的理解。眉批中常常表達同一個主題：贊揚西方人的一往無前的冒險精神，對國人的劣根性進行批判，向讀者灌輸西方科學知識，啓迪民智。

南海盧籍東，譯者生平資料不詳。1898 年 3 月（光緒二十四年二月），楊蔭杭、雷奮、楊廷棟等南洋官費生到達東京，成爲中國最早的官費留日學生。同時到達東京者還有富士英（浙江）、盧籍東（廣東）等人。

▲〔法國〕佛林瑪利安著，飲冰譯《世界末日記》（*La Fin du Monde*，哲理小說）載《新小說》第一號上發表，短篇文言翻譯。

佛林瑪利安，今譯卡米伊·弗拉馬利翁（Camille Flammarion，1842～1925）法國著名文學家兼天文學家。《世界末日記》，這是一本科幻小說，講訴的是一顆彗星撞擊地球後數百年間生物逐漸滅絕的事件。敘述了地球毀滅之日最後人類的狀況。

篇末云：「譯者曰：此法國著名文豪兼天文學者佛林瑪利安君所著之《地球末日記》也。以科學上最精確之學理，與哲學上最高尙之思想，組織以成此文，實近世一大奇著也。問者曰：吾子初爲小說報，不務鼓蕩國民之功名心、進取心，而故取此天地間第一悲慘殺風景之文著諸第一號，何也？應之曰：不然。我佛從菩提樹下起爲大菩薩，說《華嚴》一切聲聞，凡夫如聾如啞，謂佛入定何以故，緣未熟故。吾之譯此文以語菩薩，非以語凡夫，語聲聞也。諦聽，諦聽，善男子，善女人，一切皆死，而獨有不死者存；一切皆死，而卿等貪著愛戀、嗔怒、猜忌、爭奪胡爲者？獨有不死者存，而卿等畏懼、恐怖胡爲者？證得此意，請讀小說報，而不然者，拉雜之，摧燒之。」

飲冰，即梁啓超（1873～1929），廣東新會人。光緒二十八年（1902）十月《新小說》創刊號上，梁啓超發表《論小說與群治之關係》一文，極力強調小說與改良社會的關係。他認爲文學有「移人」即改變人們思想感情的作用，「而諸文之中能極其妙而神其技者，莫小說若」。所以他說：「小說爲文學之最上乘也。」他又指出，小說有熏、浸、刺、提四種力量，這是小說成爲改良社會的關鍵的原因。這篇論文，對晚清小說理論的探討、創作的繁榮以

及古典小說的研究評價，起到了積極的作用。

▲南野浣白子譯述《二勇少年》（冒險小說），連載於《新小說》第一至第七號，共十八回。長篇章回白話翻譯。

南野浣白子，譯者生平資料不詳。除《二勇少年》外，他還翻譯了《青年鏡》（1905）。在《二勇少年》第一回開篇，譯述者敘述了故事的大致背景及故事的主要內容。此故事講訴愛爾蘭兩少年的事跡，用以發揚愛國心，鼓勵冒險精神為目的，說明公義私情並行不悖的道理，對於養成公德心非常有幫助。

▲披髮生譯述《離魂病》（偵探小說），連載於《新小說》第一至四、六號。長篇白話翻譯。

偵探小說《離魂病》（日本）淚香小史譯，披髮生重譯。在熊月之主編《晚清新學書目提要》（上海書店出版社出版）一書中對《離魂病》有簡要介紹。「本書所演奇案乃美國事實，年月無考，約二十年前事也，所記乃美之奧利安州厚利銀行失銀一事，中如阿松之貞、雁英之義、院長之酷虐、眞二福太阿桃之陰險、余金藏之病，縷晰言之，一洗翳障。惟譯筆間有冗複，然演義體固宜爾也。」

淚香小史（黑岩淚香，1862～1920）出生於高知縣安芸郡。是日本明治時代的思想家、作家、翻譯家、推理小說家、記者。本名黑岩周六，筆名是香骨居士、淚香小史。號古概、民鐵、黑岩大。法號是黑岩院周六淚香忠天居士。他喜歡法國文學，譯有許多法國小說，有所謂「淚香文體」。1888 年 1月，黑岩淚香在《今日新聞》翻譯了外國作品《法庭美人》。1889 年，在「小說館」發表了「原創」小說《無慘》，後來在《萬朝報》連載了不少翻譯外國偵探或幻想小說如《鐵假面》，《幽靈塔》，《岩窟王》等。

披髮生，即羅普（1876～1949），廣東順德人。康有為弟子。字熙明，又字孝高，號披髮生，亦署嶺南披髮生，別署羽衣女士，又署嶺南羽衣女士。1894 年留學日本早稻田大學，撰文鼓吹維新變法。曾與梁啓超等人致書康有為勸其退隱。參與《清議報》及《新民叢報》工作。在《清議報》上譯述日本柴四郎所著的《佳人奇遇》。後參加興中會。回國後任《時報》主編。1913年曾任廣東實業司司長。著有《東歐女豪傑》。譯作有《日本維新三十年史》。

十一月十五日

曼殊室主人譯《俄皇宮中之人鬼》（語怪小說），登載在《新小說》第二號，短篇文言翻譯。

曼殊室主人即梁啟超。

《俄皇宮中之人鬼》篇首有譯者識語：「此篇乃法國前駐俄公使某君所著也。俄前皇亞歷山大第三，以光緒二十年十月崩於格里迷亞之離宮，旋以莊嚴之儀式，歸葬於聖彼得堡，其誰不知？此文不過著者之寓言耳。雖然，其描寫俄廷隱情，外有無限之威權，內受無量之束縛，殆有歷歷不可掩者。專制君主之苦況，萬方同慨，豈惟俄皇。譯此以為與俄同病者弔云爾。譯者識。」小說描寫俄皇宮中「人鬼」事，著實是在影射封建君主專制政體的黑暗。

1903 年——光緒二十九年

閏五月十五日

無歆羨齋主譯述《毒藥案》（偵探小說），登載在《新小說》第五號。短篇白話翻譯。

無歆羨齋主，譯者生平資料不詳。曾經翻譯過《清魔》、《宜春苑》等。

六月十五日

〔法國〕某著，無歆羨齋主譯述《宜春苑》（法律小說），連載在《新小說》第 6-14 號。長篇白話翻譯。

《宜春苑》在第十四號連載完畢。其篇末云：「因為這間宜春苑就鬧出這段大公案出來，所以這本小說就喚作『宜春苑』。看官看完，當喜得個明白，譯者譯完，亦喜交付清楚，可以從事別業了。」

▲〔法國〕某著，披髮生譯《白絲線記》（外交小說），登載在《新小說》第六號，短篇文言翻譯。

《白絲線記》標外交小說。此譯本根據（日）德富蘆花翻譯的《白絲》譯出。

德富蘆花（本名健次郎，1868～1927）日本近代著名社會派小說家，散文家，他的作品以剖析和鞭笞社會的黑暗在日本近代文學中獨樹一幟。在小說和隨筆創作方面，早先是模仿西歐小說，塑造了許多對人世間失望而回到自然懷抱之中的感傷的女性形象。1905 年以後，他的創作風格發生了變化，

開始擯棄文學的虛構成分，轉向注重寫實。自傳小說《富士》四卷，總結了自己的一生，第四卷是他的妻子愛子續成。德富蘆花於 1927 年 9 月 18 日在千葉逝世，享年六十歲。

八月十五日

〔日本〕菊池幽芳氏元著，東莞方慶周譯述、我佛山人衍義、知新主人評點《電術奇談（一名催眠術）》（寫情小說），連載在第八至十八號。共 24 回。長篇章回白話翻譯。

　　菊池幽芳（1870～1947）日本明治時期家庭小說家、知名翻譯家。擅寫兒女情長，悲歡離合的家庭悲劇，以此反映家庭和變革中的明治社會的必然聯繫。精通法語和英語，以改編英法作品見長。《電術奇談》日譯版書名為《新聞賣子》。菊池幽芳在《前言》中強調，翻案該小說旨在通過曲折而又充滿懸念的催眠術的故事向日本讀者介紹西方醫學技術的發展現狀。並例舉了催眠術在歐美國家的善用與惡用。因此《新聞賣子》在日本近代文學史上被看作為一部科技偵探及戀愛小說。

　　東莞方慶周，譯者生平資料不詳。方慶周早年曾留學日本，精通日文，將《新聞賣子》譯成中文、為文言體，共六回。原書人名，地名，皆係以和文諧西音，經譯者一律改過，凡人名皆改為中國習見之人名字眼，地名皆借用中國地名。

　　我佛山人，即吳趼人（1866～1910），清末小說家。1902 年，梁啟超於日本橫濱出版《新小說》，他常投長篇稿件於此。曾去漢口，作《漢口日報》編輯，後客居山東，遊日本。1905 年，再赴漢口，任美商《楚報》中文版編輯，後辭職返滬。1906 年（光緒三十二年），主編《月月小說》，全力致力於小說創作。他是譴責小說的代表作家。著有長篇小說《二十年目睹之怪現狀》、《痛史》、《發財秘訣》等共三十餘種。此類作品多能反映晚清黑暗的社會現實題材廣泛、描寫生動，在晚清小說界產生了極大的影響。

　　知新主人，即周桂笙（1873～1936），江蘇南匯（今屬上海）人。肄業於上海中法學堂，治法文，兼學英文。最初在《新小說》發表小說譯作，後任《月月小說》譯述編輯，並幫李懷霜編輯《天鐸報》，是我國早期翻譯家，擅長偵探小說的翻譯。第一個提出成立翻譯協會，發起創建譯書公會。曾任天津電報局局長，並經營航運業。1936 年患咽喉癌病逝。主要作品有《海底沉

珠》、《毒蛇圈》、《紅痣案》、《八寶匣》、《失女案》、《地心旅行》、《飛訪木星》等。名樹奎，字佳經，又字辛庵、新庵、惺庵、新廠，號知新子等。江蘇南匯（今屬上海）人，南社社員。肄業於上海中法學堂，治法文，兼學英文。最初在《新小說》雜誌發表小說譯作，後任《月月小說》譯述編輯，並幫李懷霜編輯《天鐸報》，專事西方小說翻譯。周桂笙的翻譯活動始於 1900 年，應吳趼人主編之上海《采風報》所請，開始翻譯阿拉伯文學名著《一千零一夜》。在 1900 年以後十年中，他翻譯了數十種外國文學作品，成為清末影響較大的文學翻譯家。周桂笙為近代中國倡導翻譯西方文學的先行者，主張以西方文學改良中國文學，於西方偵探小說譯介用力最勤。他最早輸入並確立「偵探小說」這一名詞，又首創以白話直譯西方小說，並注重兒童讀物譯介。第一個提出成立翻譯協會，發起創建譯書公會。曾任天津電報局局長，並經營航運業。1936 年患咽喉癌病逝。著譯有《新庵諧譯》、《新庵譯屑》、《海底沉珠》、《毒蛇圈》、《八寶匣》、《紅痣案》、《失女案》、《地心旅行》、《飛訪木星》、《左右敵》、《福爾摩斯再生案》與筆記《新庵筆記》、《新庵五種》、《新庵九種》等。楊世驥在介紹周桂笙的翻譯時曾說：「第一，他是我國最早能虛心接受西洋文學的特長的，他不像林紓一樣，要說迭更司的小說好，必說其有似我國的太史公，他是能爽直地承認歐美文學本身的優點的。第二，他翻譯的小說雖不多，但大抵都是以淺近的文言和白話為工具，中國最早用白話介紹西洋文學的人，恐怕要算他了。第三，他的翻譯工作，在當日實抱有一種輸入新文化的企圖，他的一番志願是值得表彰的。」所謂「雖為遊戲之文，頗多警世之語」云云，亦可見出其「實抱有一種輸入新文化的企圖」

▲〔法國〕鮑福原著，上海知新室主人譯《毒蛇圈》（*Margot la Balafrée*，偵探小說），連載於第 8、9、11～14、16～19、21、23、24 號。共 23 回。未完。從第三回開始有吳趼人評述。

鮑福（Baofù），原名 Fortuné Hippolyte Auguste Castille（1821～1891）法國作家。1868 年，他的第一部成功之作是 Les Deux comédiens，筆名 du Boisgobey（朱保高比）。1869 年出版的 Une Affaire mystérieuse 和 Le Forçat colonel 為他贏得了巨大的聲譽。1884 年出版 *Margot la Balafrée*（英文譯名：*In the Serpent's Coils* /*The Vitriol Thrower*）（中文譯名：毒蛇圈/潑硫酸的人）。這是當時中國最早的用白話直譯的小說。

《毒蛇圈》有譯者「識語」云:「譯者曰:我國小說體裁,往往先將書中主人翁之姓氏、來歷敘述一番,然後祥其事跡於後;或亦有用楔子、引子、詞章、言論之屬,以爲之冠者,蓋非如是,則無下手處矣。陳陳相因,幾與千篇一律,當爲讀者所共知。此篇爲法國小說巨子鮑福所著。其起筆處即就父女問答之詞,憑空落墨,恍如奇峰突兀,從天外飛來,又如燃放花炮,火星亂起。然細察之,皆有條理。自非能手,不敢出此。雖然,此亦歐西小說家之常態耳。爰照譯之,以介紹於吾國小說界中,幸弗以不健全譏之。」《毒蛇圈》開篇就是父女兩人的對話,沒有用引號把兩人的話分開,與我國傳統小說的「說書人」開篇的口吻極不相同。

上海知新室主人,即周桂笙。

1904 年——光緒三十年

七月二十五日

〔日本〕高等師範學校教授鈴木郎原著,上海曾志忞譯補《樂典教科書》〔教科書〕,廣告登載在《新小說》第十號封面,發行所:上海廣智書局。

鈴木郎,全名爲鈴木米次郎(1868~1940)。東京音樂大學創始人。是日本國內私立音樂大學中唯一一所百年老校。光緒三十年曾志忞從鈴木米次郎的日譯本翻譯了英國樂理課本《樂典教科書》。11911 年日本人鈴木米次郎編著、辛漢譯的《風琴教科書》專門供中國人學習使用的風琴教科書出版。沈心工等留日學生在江戶(東京的原名)留學生館創辦了一個類似音樂補習學校的組織「音樂講習會」,聘請鈴木米次郎等專家爲大家授課,專門研究中國樂歌的創作問題。

上海曾志忞(1879~1929)號澤民,祖籍福建,出生於上海。1901 年曾偕夫人曹汝錦赴日留學,先入早稻田大學,後在東京音樂學校學習。曾志忞在梁啓超創辦的《新民叢報》上發表了我國最早的一篇系統闡述近代音樂教育問題的論文—《音樂教育論》。另外,他編著或翻譯的書籍還有《和聲略意》、《國民唱歌集》、《風琴練習法》、《簡易進行曲》等等。梁啓超在《飲冰室詩話》中有這樣的評價:「上海曾志忞,留學東京音樂學校有年,此實我國此學先登第一人也。」

1905 年——光緒三十一年

四月

上海知新室主人譯《失女案》（偵探小說），登載在《新小說》第二年第四號（原第十六號），短篇文言翻譯。

《失女案》篇末云：「按：紐約一埠，在美國最爲繁盛。五方雜處，良莠不齊。其中匪類甚眾，要皆受指揮於一人。巨憝不知何許人，聰明才智，計劃甚周，幾幾乎無日不與警察爲敵。案雖屢破，而總莫能得其主名焉。美國才士康培爾，因著偵探小說以紀其事，凡十餘篇，以上所譯特其一耳。餘篇稍暇當續成之也。譯者識。」由此可知是美國人康培爾著此偵探小說。

上海知新室主人，即周桂笙。

六月

上海新庵譯述《水底渡節》（冒險小說），載《新小說》第二年第六號（原十八號），短篇文言翻譯。

上海新庵，即周桂笙。

《水底渡節》標爲冒險小說。小說在翻譯過程中對於一些新名詞做了注釋，例如：引擎、電瓶、清氣、托駁船等。使讀者在閱讀緊張的故事情節時，能學習一些科學知識。

七月

上海知新室主人譯述《雙公使》（偵探小說），載《新小說》第二年第七號（原第十九號），短篇文言翻譯。

上海知新室主人，即周桂笙。

《雙公使》標「偵探小說」講述了英吉利駐法使臣的參贊官施韜頓由本國外務部領得訓條後，一路將所攜文書置方盒中，未嘗離手。一路奔波，趕往英國駐法使館。妻子的叔父史丹慕假扮英國公使解爾史專爲此消息而來，卻被施韜頓識破的故事。

八月

上海知新室主人譯述《知新室新譯叢》（劄記小說），載《新小說）第二年第 8 號，第 10-12 號（原第二十號，原第二十二號，二十三號，二十四號），短篇文言翻譯。

登載有《購帽》、《聊車》、《食子》、《律師》、《鵲能藝樹》、《禽名》、《竊案》、《以術愚獅》、《重修舊好》、《最古共和》、《代父代母》、《訥耳遜軼事》、《吸煙》、《頑童》、《傘》、《魚溺》、《以鱷為戲》、《賺客》、《演說》和《污水》等。

作者在第二十二號弁言中云：「作生平最喜讀中外小說，壓線之暇，尤好學作小說，逐譯小說。此凡知我者之所共在也。顧余未能有所供獻與吾國人，而僅僅為翻譯界小說家之一馬前小卒。是我負學歟，抑學之負我歟？當亦知我者之所同聲一歎者矣。此篇皆平日讀外國叢報時摘譯其小品之有味者而拉雜成之。其無條理，無宗旨亦猶是曩者所譯諸篇耳。至何者為英文，何者為法文，則並余亦不能自憶之矣。」

在第二十三號篇末，作者云：「按西人之名，大抵有三：其一，從之其父，即吾人譯之為姓者；其二，為教中之聖名；其三，則自幼父母所呼之小字。故最少有二，多則有四五名者，且第一名之音，多則四五，少亦二三。若全譯之，鈎輈格磔，殊不雅觀，例如『歇洛克呵爾唔斯』（續譯偵探案中皆作歇洛克福爾摩斯）。不過一姓一名，已七字矣。愚意以為不如但譯其姓，則歇洛克呵爾唔斯可譯為『哈唔斯』，或刺取其姓名之起首各一字，則當譯之為『哈歇』。庶幾使讀譯書者，稍醒目也。然與其割裂，不若專譯其姓，猶與原文之音不背。尚望海內譯家，有以教之，不然口旁之字，觸目皆是。恐閱者不終篇已倦矣。因拉雜附誌於此，聊當商榷。」

十月

〔英國〕解佳著，周樹奎譯《神女再世奇緣》（奇情小說），載《新小說》第二年第 10-12 號（原第二十二、二十三、二十四號）。未完。長篇文言翻譯。

解佳（Haggard，Sir Henry Rider，1856～1925）英國小說家和農村改革家。他的小說《所羅門王的礦場》（*King Solomn's Mines*，1885 年）、《她》（*She*，1886 年）、《阿伊莎》（*Ayesha*，1905 年）中，反映了當地土人各方面的生活。1899 年，他出版了《農民生活的一年》（*A Farmer's Year*）。隨後，又出版了《英國農村》（*Rural England*），這是對英格蘭二十七郡農業情況所做的一份考察。1905 年，以殖民部特派員身份，在美國加拿大考察失業收容所。還曾擔任皇家勞工、造林和濱海浸蝕情況調查委員會委員。

《月月小說》第三號「評林」欄目照譯《字林西報》內容，對解佳進行了簡要介紹：「小說巨子解佳之像亦在其中，是即《長生術》、《神女再世奇緣》

諸著名小說之著者。」

　　《新小說》第二年第十號上登載了周樹奎撰寫的自序:「《神女再世奇緣》,即《長生術》之後傳也。《長生術》前傳,原書凡二十有八章,爲英國文學巨子解佳所著。蓋自託爲何禮、立我二人之遊記,而解氏自集其成雲。此篇以小說爲體,而掩有眾長,蓋實兼探險、遊記、理想、科學、地理諸門,而組織一氣者也。出版後,大受歡迎,翻譯者至八國之多,一時東西各國,風行殆遍。以是天下之人,幾無不知有此書者,夫亦可以想見其價值矣。吾國譯本,見戊戌《昌言報》中,爲今駐韓公使、湘鄉曾敬詒京卿廣銓之手筆。書中所述種種怪誕不經之說,讀之令人驚心忧目,駭魄動神,故乍睹之,罔不詫爲虛妄。然而作者匠心獨運,別具慧眼,亦有寓言八九,超凡絕俗,與禪理相表裏者,而與近世科學,最有關係焉。(西遊記一書作者之理想亦未嘗不高惜乎後人不競科學不明故不能一一見諸事實耳然西人所制之物多有與之暗合者矣如電話機之爲順風耳望遠鏡之爲千里眼腳踏車之爲風火輪之類不勝枚舉)西儒有言曰:『朝爲理想,夕成實事。』蓋天下事,必先有理想,而後乃有實事焉。故被泰西之科學家,至有取此種理想小說,以爲研究實事之問題資料者,其重視之,亦可想矣。至在吾國,則此篇爲譯者早年之作,故譯筆疏略,猶不逮原文之半;其意亦但以尋常小說目之,故國人亦但覺光怪陸離,奇幻悅目而已,鮮有措意於其命意者焉。雖然,吾國之事,則瞠乎未之有聞。科學不明,格致不講,宜乎儒者於本國經史之外,幾不復知有學矣。後之學者,其於科學,幸加之意焉(科學 science 在西國與文學並重)。至於《長生術》後傳所述,則爲神女復生以後之事,警幻奇特,較前傳有過之而無不及。蓋神女臨終,本有『朕貌雖變,瞬息即復美觀。我必復生,我不誑汝』諸言也,今此卷即本其意,命之曰《神女再世奇緣》。按原書自出現以來,歐美各國,莫不爭相曲讀,翻譯恐後,誠近今最有價值之文字也。下走受讀之餘,雖略能得其精妙處,然自顧譾陋,輒不敢率爾操觚,自附譯人之列。吾友同里呂子有斐,自甕城旅次,遺書促譯,至再至三,以爲各國皆有譯本,吾國不可獨無。而南海吳君趼人,方自濟南返滬,亦殷殷以譯小說相屬。於是辭不獲己,妄爲貂續。顧既草著者之小傳,兼述前傳之大略,乃復爲書數語,弁諸卷首,誠以欲讀此後篇者,不可不先知此事之緣始,及著者之歷史也。壓線之暇,匆匆草成,遺漏疏忽,在所不免。所望有道君子,匡而正之,幸孰甚焉!」署「甲辰除夕,上海周樹奎桂笙甫書於知新室。」

　　《新小說》第二年第十一號上，譯者爲解佳寫有傳略：解佳（HR.Haggard）
（按解佳二字，與西字原音，不甚吻合。惟湘鄉曾氏譯前傳，用此二字，故
亦從之，以免參差。意者，其爲湘音乎。）英國人。今年四十有九歲。以一
八五六年六月二十二日生於英倫之瑙福。早歲即入「億潑史衛」文法學校。
刻苦勵志，勤敏異於常兒。後又從私家塾師遊。攻苦數年，學益精進。至一
八七五年，逐應蒲公爾紈之聘，馳赴南非洲英屬那達爾。入督幕，作書記。
時年僅十有九歲。新硎初試，即掌要職。亦可以覘其膽識矣。嗣又隨專使許
公史東至脫蘭斯窒，當白羅克忝戎。初以英國國徽懸於其地時，解氏亦躬親
其事焉。時脫之土地，暫爲英國所領。實一八七七年五月也。既而英政府以
解有功，命署脫蘭斯窒高等理事府事。而解氏之志，雅不在是。乃乞假求解
職。旋任比託利亞（脫國首府）馬軍守備。越二載，乃遄歸英國，遂成婚焉，
後以清理財產故，不得已再赴那達爾（英國殖民地）。值非洲薄阿人與英屬初
次以干戈相見。紛紛蠻觸，烽火連天。而解氏所居之處，亦終日炮聲不絕於
耳。爾後，二國議和大臣行成定約，亦即在於是也。解佳每不以英政府對待
薄阿之政策爲然。諫阻不聽，乃拂袖起，怏怏去職。旋於一八八二年，仍回
英國。蟄居無聊，閉戶著書。未幾，成一種。是爲「Cetewayo and his white
neighbours」〔Cetywayo and his white neighbours〕書中於南非之事，頗能自伸
意見。然此時無有知其名者。不得已，乃自費美金二百五十元，始能出版。
是爲解氏所著文學界之第一書也。一日，解氏於瑙壺地方教堂中。忽與一美
人邂逅相接，心有所感，歸而著書，名曰「Dawn」，是爲解氏所著理想界之第
一種也。稿既脫，待價而沽。而書賈見之，皆以怪誕不經爲嫌。意皆不愜。
或有以修改之言進者，解從之，刪改一過。然後於一八八四年，刊行於世。
獲酬美金五十元。倫敦太晤時報見之，爲著評論於報，以揄揚而勸勉之。解
氏乃賈其餘勇，迭著 The Witch's head，King Solomon's mines 諸書。於一八八
六年，一年之中，同出於世。翌年，復著《長生術》「She」一書。出版以後，
風行一時。至是，其文名乃大著《長生術》一書。雖怪異萬狀，然著者實有
所本。蓋以非洲固有之史乘，爲之基礎，而後立言發揮云。至篇中所載希臘、
阿剌伯文及貝葉書等，亦皆解氏稽古所得，亦云勤矣。且非洲大陸本極黑暗，
是以諸凡歐美之理想著作之家鮮有涉獵及之者。而解氏著書，則專於此處著
想。每能道人所不能道，知人所不及知。故能生面別開，自成一家。蓋居此
多年，考據精確，一切微妙甚深之處。凡其思想所屆，見地所及，莫不淋漓

盡致，祥哉言之。而文筆縱橫，尤以自達其意，圓轉自如，用能絲絲入扣，令讀其書者有親歷其境之妙。此其所以難能而可貴也。其寫非洲野人，種種倔強之性，眞如吳道子畫鬼趣圖，惟妙惟肖。自《長生術》出版以來，名著迭出，固無論矣。此後傳之作，亦本在意中。且前編所傳神女臨終遺言，本有不久再來一言，故爲有餘不盡之意味，自留續著之地步。即吾祖國之小說家，亦每每有此態也。洎乎陽曆書歲之杪，《神女再世奇緣》乃出版。美洲合眾國之叢報社，至有專人東渡大西洋，往英倫求購其稿者，亦可以想見其價值矣。此稿版權之售於英國某書社者，計英金一千餘磅；售於美國者，亦稱是。文章有價，於斯見之。雖然較之當時初次著書，須自費刊資二百五十元者，相去不幾有天壤之別哉。嗚呼，人以文重乎，亦文以人重也。古今東西之人，莫不同此感慨。質之解君，當亦憮然。

　　周樹奎，即周桂笙。

附錄三

版本來源：《月月小說》，上海書店，1980 年 12 月版。

　　《月月小說》（The All-Story Monthly），1906 年 11 月（光緒三十二年九月）創刊，在上海出版，月刊。由月月小說社發行。編輯兼發行者最初爲慶祺（汪惟父）。第一年第四號起，編輯人改爲吳趼人，印刷兼發行者汪惟父，第一年第九號開始，編輯者爲許伏民，印刷兼發行者改沈濟宣。主要內容爲小說，或著或譯，其餘有論文、戲曲等。1909 年 1 月（光緒三十四年十二月）停刊，共出 24 期。邯鄲道人在《月月小說·跋》（第十二號）中論及當時的狀況：「當二十世紀，爲小說發達時代，傑作弘構，已如汗牛充棟。以小說附報者，比比皆是，以小說名報者，更指不勝計。若以材料豐富，完全無缺者，捨《月月小說》，更無其二」。《月月小說》體現出頗具現代意識的雜誌編輯體制，在第五號《月月小說·告白》中，寫道：「本社所聘總撰述南海吳趼人先生、總譯述上海周桂笙先生，皆現今小說界、翻譯界中上上人物，文名籍甚，卓然巨子，曩者日本橫濱《新小說》報中所刊名著大半皆出二君之手，閱者莫不歡迎。茲橫濱《新小說》業已停刊，凡愛讀佳小說者聞之，當亦爲之悵然不樂也。繼起而重振之，此其責，舍本社同人誰與歸？爰商之二君，自三號以後，當逐漸增多自撰自譯之稿，以饜讀者諸君之雅」。並且，《月月小說》還專門開闢出「短篇小說」欄目，譯介的短篇小說占所譯小說的三分之二，豐富了中國翻譯小說的內容，這在我國小說史上是一個創舉。陳平原認爲：「正是這個《月月小說》雜誌，第一個在歷史小說、哲理小說、虛無黨小說、偵探小說、社會小說、寫情小說、滑稽小說等以題材和風格分類的欄目外，另闢以體裁分的『短篇小說』專欄。也正是《月月小說》社總撰述吳趼人和總譯述周桂笙的積極創作和翻譯短篇小說，帶起了晚清短篇小說創作的小小熱

潮」。《月月小說》的譯者群體十分強大，周桂笙是其中發表譯作最多的一位。
禹玲在《周桂笙：中國近代翻譯史上的先驅者》一文中，認爲他在翻譯觀念
和文學作品接受方面都具有前瞻性，他在譯界管理機制，言文一致的翻譯策
略以及域外文學接受三個方面所做出的努力，對西方文學的引入，作用不可
小覷。

1906 年——光緒三十二年

11 月（九月）

1 日（望日）　知新室主人譯述《八寶匣》（虛無黨小說），連載於《月月小說》
第 1、2 號，文言翻譯。

　　《八寶匣》未見著者名，只標記爲「上海知新室主人譯述」字樣。文末
有「譯者日」一節，稱俄國虛無黨「其黨人之眾多，舉動之秘密，才智之高
卓，財力之雄厚，手段之機警，消息之靈通，蓋久爲歐洲各國之所稱道矣。」
「虛無黨何以不生於他國，而爲俄所專有，則爲專制政府之所竭力製造而成，
可斷言也。吾聞專制之國其君主，尊無二上，臣民罔敢不服從。……觀於此，
專制之君，貪黷之臣，抑亦可以廢然返矣。」

　　上海知新室主人，周桂笙（1873～1936）。

▲清河譯《美國獨立史別裁》（歷史小說），連載於《月月小說》第 1、2、3、
4 號，文言翻譯。

　　清河，譯者生平資料不詳。

▲〔法國〕嚻俄原著，天笑生譯述《鐵窗紅淚記》（哲理小說），連載於《月
月小說》1、4、10、11、12、14、15、16、18 號，共二十八章，文言翻譯。

　　嚻俄，今譯雨果（Victor Hugo，1802～1885）。法國詩人、小說家、文藝
評論家、政論家。是十九世紀前期積極浪漫主義文學運動的領袖。

　　天笑生，包天笑（1876～1973）。

　　報癖在《月月小說》第十三號中的《論看〈月月小說〉的益處》中曾指
出：「《大人國》、《新鏡花緣》、《未來世界》、《烏托邦遊記》、《鐵窗紅淚記》
是預備給有高尚理想的人看的」。

▲〔英國〕葛威廉原著，羅季芳譯《三玻璃眼》（偵探小說），連載於《月月
小說》第 1、2、4、5、6、7、9、11、13、16 號，共十九章，文言翻譯。

　　葛威廉，一譯威廉‧魯鳩（William Tufnell Le Queux，1864～1927）。此人是第一次世界大戰前最受歡迎的間諜小說作家，中文譯名還有威廉‧勒克，其作品清末多有翻譯。

▲品三譯述《弱女救兄記》（俠情小說），連載於《月月小說》第1、2號。

　　譯者在小說結尾處反覆感歎小說主人公惠仙爲「豪傑」，「其志可嘉，設計囚賊，智勇可喜，而作書勸姊，以全姊妹兄弟之感情，……惠仙誠英傑矣哉，故急譯之以告同胞。」吳趼人曾在《弱女救兄記》篇尾的批註中，對惠仙救兄時表現出來的機智勇敢大加讚同，又頗爲奇怪地贊揚她「殊無一絲囂張操切自命爲女英雄女豪傑之習氣」，說這在「新小說」中是很少見的。

　　品三，譯者生平資料不詳。

▲〔美國〕白髭拜著，仙友譯述「巴黎五大奇案」（偵探小說）——《雙尸祭》、《斷袖》、《珠宮會》、《情姬》、《盜馬》，登載於《月月小說》第1、3、4、5、6號，文言翻譯。

　　白髭拜，在目錄中，國籍標示爲英國，正文中又標示爲美國。周作人在《知堂回想錄‧五四之前》中曾提到「白髭拜（Buothby）」，原名應爲「Boothby」，譯名有「布司白、波斯倍、布斯俾」等，按此人全名 Guy Newell Boothby（1867～1905），一譯蓋伊紐‧厄爾布，澳大利亞多產小說家、作家，主要居住在英國，其前期作品中與澳大利亞生活相關者居多，之後轉向類型小說的創作。國家圖書館藏有其偵探小說《寶石城》（商務印書館編譯所譯述）一書，另外周作人在其《自己的園地》中也提到此人。

▲角勝子譯演《刺國敵》（國民小說）（章回白話），連載於《月月小說》第1、2、3、5、6、8、9、10號。

　　角勝子，譯者生平資料不詳。

▲俠心女史譯述、我佛山人點定《情中情》（寫情小說），連載於《月月小說》第1、2、5號，共五章，文言翻譯。

　　俠心女史，譯者生平資料不詳。

　　「點定」一詞爲「修改使成定稿」之意，語出《晉書‧郭象傳》：「乃自注《秋水》、《至樂》二篇，又易《馬蹄》一篇。其餘眾篇，或點定文句而已。」

　　我佛山人，吳趼人（1866～1910）。

▲知新室主人譯述《新盦譯萃》（札記小說），連載於《月月小說》第1、2、3、4、5、6、7、8、9、10、16、19號，文言翻譯。

《新盦譯萃》著者不詳，主要翻譯國外奇聞異事、風土人情、科學發明等，例如：朝鮮、設法與行星通消息、牙醫、簡單利息與複雜利息之分別、天生奇疾、世界最長之發、廢物利用、歐美人之遊費一班、印度楊樹、美俄煤油之比較、世界之大資本家、蚊蟲傳病宜防、製造金牙、美日商務之調查、干涉主義、俄國人瑞、印度火車價、父子同選爲議員、廢物變成戲物等。每則多則四五百字，少則一兩百字。通過標題可以看出譯者意在介紹國外逸聞趣事，增長國人見識，以警醒國人爲目的。

知新室主人，周桂笙（1873～1936）。

▲〔英國〕威林樂幹著，楊心一譯《威林筆記》四則：《十年一夢》、《國事偵探》、《美人局》、《綠林豪傑》（短篇小說），連載於《月月小說》第1、2、4、7號，文言翻譯。

《月月小說》從第一號開始，就設置了一個名爲「短篇小說」的欄目，與其他大部分以題材主題標目的篇幅較長的作品如「歷史小說」、「虛無黨小說」等加以區分。此欄目內最初是將中外短篇作品並置。

楊心一，譯者生平資料不詳。其譯作頗豐，曾翻譯過威爾士的《八十萬年後之世界》（今譯《時間機器》，1915）和《火星與地球之戰爭》（今譯《星際戰爭》，1915）等科學幻想類小說。此外還有《黑暗世界》、《虛無黨飛艇》、《虛無黨之女》、《秘密黨》等等。譯書交通公會廣告中寫有「以上英文小說八種爲本會會友蘇州楊君心一所譯將次出版，海內譯家幸勿復譯」，包括：《虛無黨軼事》、《威林筆記》、《海謨偵探案》、《名醫殺人案》、《一萬九千磅》、《倫敦女妖傳》、《無君黨》以及《十九世紀之妖術》。

▲《譯書交通公會試辦簡章》在《月月小說》第1號上發表。

「譯書交通公會」爲周桂笙發起和創立的，《譯書交通公會試辦簡章》分周桂笙所作，分爲「序」和「簡章」兩部分。在「序」中周桂笙闡述了譯書的重要性，提出了譯者所應該遵循的準則，其中說道：「中國文學，素稱極盛，降及挽近，日即陵替。好古之士，恝焉憂之，乃亟亟焉謀所以保存國粹之道，惟恐失墜。……苟能以新思想、新學術源源輸入，俾躋吾國於強盛之域，則舊學亦必因之昌大，卒收互相發明之效。此非譯書者所當有之事歟！」周桂笙批評了一些文人一味自大，總以爲中國文學最佳，無需向別人學習的保守

心理，倡導向別的國家學習。他認爲如今的世界是一個開明的世界、一個競爭的世界，只有取他人之長，才有希望躍爲強國；可通過譯書輸入新思想、新學術，使我國力不斷增強。

周桂笙在《序》中列舉了譯界的種種弊端，批評了一些譯者不負責任的態度，指出譯書者是新思想的傳播者，責任重大，萬不可草率行事，同時譯界的狀況不盡人意，劣質的譯文充斥市場，不但誤導讀者，也給中國的翻譯事業帶來了不好的名聲。

在此後的《簡章》中，周桂笙就「譯書交通公會」的定名、宗旨、會員、會友、會費等做了詳細的說明，並指定《月月小說》爲「譯書交通公會」的機關報。「譯書交通公會」以「交換智識、廣通聲氣、維持公益」爲宗旨，此外邀請社會名望卓著者數名主持會務。並規定社會上所有翻譯家、教員、學生、書局、編輯局、印刷所等相關人員均可加入成爲會員，一律平等相待。會費爲每年洋銀兩元，並積極鼓勵捐贈。後對「公會」運行細則詳加說明，並對財務預算支出等相關內容進行解釋，並暫借上海泥城橋西牯嶺路毓麟里內月月小說社爲會所，月月小說報爲本會機關報。最後寫有發起人爲周樹奎，贊成員吳沃堯、汪慶祺。

11 月（十月）

30 日（望日）　〔美國〕解朋著，迪齋譯述《盜偵探》（又名金齒記）（偵探小說），連載於《月月小說》第 2、3、10、12、17、18、19、21、22、23、24 號，共二十二回，章迴文言翻譯。

《盜偵探》，在二號目錄中標示迪齋譯述，正文中標示著者爲解朋。

迪齋，吳趼人（1866～1910）。

▲譯書交通公會廣告

廣告最後提示寫有「以上英文小說八種爲本會會友蘇州楊君心一所譯將次出版，海內譯家幸勿復譯」，包括：《虛無黨軼事》、《威林筆記》、《海謨偵探案》、《名醫殺人案》、《一萬九千磅》、《倫敦女妖傳》、《無君黨》以及《十九世紀之妖術》。

12 月（十一月）

30 日（望日）　知新室主人譯述《失舟得舟》（航海小說），連載於《月月小說》第 3、4 號，文言翻譯。

　　報癖在《月月小說》第十三號中的〈論看《月月小說》的益處〉中曾指出：「《美人島》、《失舟得舟》是預備給有冒險性質的人看的。」

▲哈華德著，楊心一譯《劍術家被殺案》（海謨偵探案之一）（譯本短篇小說），登載在《月月小說》第 3 號，文言翻譯。

▲譯書交通公會報告

　　報告中寫明《沉埋愛海》（蘇婉夫人著，Mrs Southworth）「爲新會陳鴻璧女史所譯版權已歸月月小說社」。隨後又列出已譯書籍，說明「以上各書板權均歸新世界小說社。惟查《一萬九千磅》、《偷魂記》二種竟與上次報告楊心一君所譯不約而同，宜若何處置，想原譯諸君自能和衷商酌也」。《偷魂記》與《虛無黨軼事》的英文均爲 Stolen Souls 著者爲 Wm. Le Quenx。

1月（十二月）

28 日（望日）　知新室主人譯述《左右敵》（奇情小說），連載於《月月小說》第 4、5、6、7、8、9 號，共十一章，文言翻譯。

　　周桂笙翻譯文字流暢閒雅，敘述有條不紊的特點在《左右敵》中展現的淋漓盡致，如第四章《遇美》，主人公高德文自述夜探莊園，搜索密室，訪查被壞人幽禁的婦女的一段和第九章《探穴》，敘述高德文爲了拯救歐夫人和愛蘭而遭人誣陷入獄，法庭抗爭，乘亂逃跑，被逼墜崖，獲救後冒險化裝歸來，再與夫人及愛蘭見面，而愛蘭初猶不識的一段文字，「其詞質樸條暢，將久別重逢驚喜萬狀的情景，曲折傳達，委婉並不下於林譯」。

▲〔英國〕海立福醫士筆記，張勉㫬、陳無我同譯《新再生緣》（科學小說），連載於《月月小說》第 4、5 號，文言翻譯。

　　張勉㫬，譯者生平資料不詳。

　　陳無我，陳輔相（？～？）。浙江杭縣（今杭州人）。字無我，別署老上海（編《老上海三十年見聞錄》，1928 年大東書局出版）。南社社友。著有《臨城劫車案紀實》、《滿麗女郎》，與人合譯《新再生緣》、《死椅》等。

1907 年──光緒三十三年

2月（正月）

上海知新室主人周桂笙譯述《飛訪木星》（科學小說），載於《月月小說》第 5 號，文言翻譯。

　　體現譯者對科技發展「失控」和「出軌」的憂慮。一百年後回頭看，不難發現這篇故事的外國原作者和「譯述」者周桂笙都具有先知先覺的敏銳。但是那時，工業文明一片繁榮，還沒有走到「一局輸贏料不真， 香銷茶盡尚逡巡」的光景。所以，不論是西方還是中國的旁觀冷眼人，都還不敢說已經勘破了現代工業文明的迷局。在這篇的故事裏，種種預感都沒有明說出來，而是隱含在故事的情節和敘事中。「知新室主人」雖然對科學似懂非懂，但憑藉中國式的智慧，他在「譯述」裏傳神地演義了西方科學的「太虛幻境」。

▲〔英國〕哥林斯著，李郁譯《醋海波》（家庭小說），連載於《月月小說》第5、6、7、8號，共七章，文言翻譯。

　　李郁，譯者生平資料不詳。

3月（二月）

中國老驥撰《大人國》（寓言小說），連載於《月月小說》第6、7、8號，文言翻譯。

　　中國老驥，馬仰禹（？～？），晚清小說家。筆名還有南支那老驥氏（著《新孽鏡子》署，1906年社會科學社版）、南支那老驥（著《親鑒》署，1907《小說林》本）。

▲周桂笙譯《妒婦謀夫案》（高龍偵探第四案）（實事偵探），登載於《月月小說》第6號，文言翻譯。

　　《妒婦謀夫案》（「高龍偵探」第四案），標「實事偵探」，署「周桂笙譯」，宣統二年上海群學社單行本署「法國紀善著」。

▲哈華德著，楊心一譯《守錢虜再生記》（海謨偵探案之二）（譯本短篇小說），登載於《月月小說》第6號。

4月（三月）

27日（望日）　牙廣譯述《解頤語》（滑稽小說），登載於《月月小說》第7、9、17、18號，文言翻譯。

　　牙廣，即為周桂笙（1873～1936）。第九號譯者標為新廣，在第十七、十八號上，明確標明譯者為「上海知新室主人譯述」。

　　譯者在《敘言》中指出了中西語言文字的不同特點，積極提倡運用淺易文言和白話文來進行翻譯。事實證明，他對翻譯語體的選擇是成功的，其通俗易懂、行文簡潔的譯風，為同行一致稱道，受到讀者的認同和讚揚。《月月

小說》第二號《評林》欄目中《中外日報》一節，評價周桂笙「譯筆簡潔，尤爲有目共賞」；時人馮紫英評周的翻譯「令人百讀不厭，不特爲當時譯者中所罕有。即今日譯述如林，亦鮮有能勝之者」；後來的研究者楊世驥和時萌都認爲，周桂笙是中國最早用白話介紹西洋文學的人。

▲新廣著《說小說》〔雜錄〕，登載於《月月小說》第7號，文言翻譯。

　　新廣，即周桂笙（1873～1936）。他對長洲陳壽彭筆譯，元和夏元鼎潤詞的《奇情小說佛羅紗》、《海底漫遊記》、《迦因小傳兩譯本》進行了評論分析。指出《佛羅紗》「波瀾迭起，奇偶相生，閱之殊有五光十色、目不暇給之慨，譯筆亦甚飾，誠近今不可多得之作也」。同時也指出「惟條理不甚連貫，倏東倏西，狀極凌亂，亦是一病，此自是著者之過，然亦可見譯書之難矣」。在《海底漫遊記》中，指出譯界譯書混亂的現象，「譯界諸君亦有漫不加察，而所譯之書，往往與人雷同者，書賈不予調查，貿然印行者，亦往往而有。甚至學堂生徒不專心肄業，而私譯小說者，亦不一而足」。《《迦因小傳〉兩譯本》蟠溪子譯本和林畏廬譯本的區別和各自的優缺點。

5月（四月）

26日（望日）　哈華德著，楊心一譯《墓中屍案》（海謨偵探案之三）（譯本短篇小說），登載於《月月小說》第7號，文言翻譯。

▲趼著《說小說・雜說》〔雜錄〕，登載於《月月小說》第8號，文言翻譯。

　　趼，即吳趼人。他認爲有人認爲譯本偵探小說「皆誨盜之書。夫偵探小說，明明爲懲盜之書也」。「顧何以謂之誨盜？夫仁者見之，謂之仁。智者見之，謂之智」。建議讀者要善於讀書。

10月（九月）

7日（初一）　〔日本〕鹿島櫻巷著，張倫譯述《美人島》（冒險小說），連載於《月月小說》第9、11、15、16、17、19、20、22、23號，文言翻譯。

　　鹿島櫻巷，日本作家，另著有推理小說《三個女賊》等。《美人島》，標「冒險小說」，實爲近代性的科學幻想小說。

　　張倫，譯者生平資料不詳。

▲〔日本〕尾崎德太郎著，天寶宮人編串《義俠記（一名黑奴報恩）》〔劇本〕，連載於《月月小說》第9、13、14號，共八折，文言翻譯。

　　尾崎德太郎，筆名尾崎紅葉（Ozaki Kōyō，1867～1903）。日本小說家、散文家、俳句詩人。1889 年，以發表短篇小說《兩個比丘尼的色情懺悔》成名。同年，任《讀賣新聞》文藝欄編輯。早期創作受古典作家井原西鶴的影響，其後風格不斷變化。創作有中篇小說《香枕》（1890）、《三個妻子》（1892），長篇小說《多情多恨》（1896）。長篇小說《金色夜叉》（1897～1902）是他最著名的作品，反映了現代化給社會帶來的損害。他的創作採用白話文體和現實主義方法，對日本近代文學的發展有一定的貢獻，但他的作品內容和情調具有自然主義傾向。尾崎紅葉還翻譯、改編了歐洲一些文學作品。他喜愛俳句，爲文壇留下一些情趣雋永的佳句。他對泉鏡花等作家的培養，傳爲日本文壇佳話。

　　天寶宮人，譯者生平資料不詳。

▲《西事拾異》六則〔小說〕，登載於《月月小說》第 9 號，文言翻譯。

　　《西事拾異》在欄目《揮塵譚之四》中，登載有：《腓力以盃水飲病卒》、《開牛特警戒媚臣》、《威連太爾之蘋果》、《無窮故事》、《亞林兒之成親》、《鸛鳥知水中有毒》六則故事。

11 月（十月）

冷　《乞食女兒》（短篇小說），登載在《月月小說》第 10 號。

　　《乞食女兒》篇尾寫道：記者曰高潔與自由，女屆進步之兩翼也。有高潔之性格，而後能享自由之幸福。不然濫而已矣，濫則自苦而已矣，自由云何哉！念懼及此，因譯此乞食女兒，藉諷當世。

　　冷，即陳景韓（1877～1965）。原名陳冷，筆名有冷血、冷、新中國之暖物。是一位早期革命派的啓蒙主義者。一生都和新聞打交道，是中國報學史上的著名的老報人，是《申報》的有聲望的主持人之一。不過，他最早涉足新聞界不是《申報》而是《時報》，作爲其經典欄目《時評》的主筆人。他是一位極具愛國情懷和理性戰鬥精神的人，《上海時人志》對其評價是「先生肅穆寡言，頭腦冷靜，總攬社政，守正不阿，筆苛如劍，尤注意社會黑暗面之揭發。凡大義所在，不爲利誘，不爲勢屈，均能奮勇以赴。《申報》之超然姿態，獨立風格，殆先生數十年來孕育葆養所致。左右以其資望日隆，力勸從政，而先生唯置一笑，仍堅守其新聞崗位不懈。嘻，如先生者，亦大足風世已！」

　　他的主要作品有：翻譯小說《非洲石壁》、《俄帝彼得》、《怪美人》、《銷金窟》等數十種，小說《催醒術》、《新西遊記》（未完，僅見五回）、《刺客談》、《刀餘生傳》。陳景韓作品特點是其小說是政治理想小說，政治的圖解，理想的演繹和小說的敘述在他那裏是分不開的。他的基本思維來自於當時在中國社會思想界盛行的「弱肉強食、物競天擇」的思想理論。嚴格地說，他是一位報紙政論家，而不是優秀的小說家，和其他通俗作家比較起來，他的小說概念演繹的痕跡很強，而且線條很粗，情節單純，但是他的小說自有特點，包天笑常說他是一個「怪人」，主要是他的思想很奇特，而構思出來的作品也就很別致。因此說，他的小說不在人物描寫和情節複雜上取勝，而在氣氛上優先，這就要比梁啟超等人的政治小說可讀性強多了。陳景韓小說的書寫方式在當時通俗作家之中比較獨特，值得一提，他採用了一種短句排列的方式，這種句式語短氣極，乾淨利落，很有烘託奇異的氣氛，頗引入注目。陳景韓倒並非要創造什麼獨特的小說書寫方式，他是用寫《時評》的筆法寫小說的。陳景韓在中國報學史和文學史上的地位很高，胡適先生就把他看作當時的思想引路人。《新新小說》出版於 1904 年 9 月，陳景韓是它的主幹。《新新小說》在第三號的卷首刊登《本報特白》：「且本報……又以 12 期為一主義，如此期內，則以俠客為主義，故期中每冊，皆以俠客為主，而以他類為附，至 12 期後，乃再行他主義，凡此數語，皆當預告，以代信誓。」他的「俠主義」，首先是要「救國救民」；其次是將許多國家的革命史、反殖民史激勵我同胞；第三是「劫富濟貧」。他寫菲律賓人民的反殖民地鬥爭、反西班牙和反美國殖民主義者，有一種「願舉島為焦土」，也絕不與殖民主義者妥協的決心。

▲上海周桂笙譯述《倫敦新世界》（科學小說），登載在《月月小說》第 10 號。

　　報癖《月月小說》第十三號中，在呼籲社會大眾應看《月月小說》的〈論看《月月小說》的益處〉中曾指出：「總要發明新理，振興實業，無奈這些人，初出茅廬，大半心無把握，又沒有什麼陳法子，去觸動他的靈機，怎能妙想天開，出人頭地呢？誰知《月月小說》裏面的《新再生緣》、《飛訪木星》、《倫敦新世界》，都是提倡科學的故事。列位講求實業的，請專心去領略意義，好仿著那舊樣兒，去想新鮮的法子呵！」此雖針對實業製造立說，卻意識到《飛訪木星》、《倫敦新世界》這兩部科幻小說譯本「妙想天開」的「科學新理」。

▲〔英國〕培臺爾著，釋桂譯述《含冤花》（教育小說），連載於《月月小說》第 10、12、14、15、16 號，文言翻譯。

稺桂，即爲周桂笙。

▲上海新庵主人譯《海底沉珠》（偵探小說），連載於《月月小說》第 10、11、12、13、15、17、18 號，白話長篇。

上海新庵主人，即爲周桂笙。

報癖在《月月小說》第十三號中的《論看〈月月小說〉的益處》中曾指出：「《盜偵探》、《紅痣案》、《三玻璃眼》、《海底沉珠》、《妒婦謀夫案》、《上海偵探案》、《巴黎五大奇案》是預備給警察看的」。

12 月（十一月）

冷 《破產》（短篇小說），登載在《月月小說》第 11、12 號，分上、下兩回載完。

冷，即陳景韓。開篇寫道：「譯者曰，近時商人之道德每下愈況矣。破產而不顧他人之生死存亡者有之，破產而因以起家者亦有之。爰譯破產篇以爲針砭。」

▲〔法國〕紀善著，新盦主人周桂笙譯述《紅痣案》（高龍偵探案之一案）（偵探小說），登載在《月月小說》第 11 號，文言翻譯。

《紅痣案》（高龍偵探案之一案），署「法國紀善原著，上海新盦主人周桂笙譯述」。在《原序》中寫道：「近世所傳偵探小說，莫不由心所造，其善作文者，尤能匠心獨運。廣逞臆說，隨意佈局，引人入勝，大率機警靈敏，奇詭突兀，能使讀者驚心怵目，駭魄蕩魂，可驚可喜，可泣可歌，恍若親歷其境，而莫知其僞」。後介紹巴黎警務總長高龍概況，末云見高龍之日記，講述創作緣由和始末。

1 月（十二月）

上海新庵主人譯《貓日記》（滑稽小說），登載於《月月小說》第 12 號，文言翻譯。

《貓日記》描寫貓的心態，維妙維肖；一支譯筆，靈活轉圜，極盡幽默之蘊，篇後附譯述一則，指出原作者爲英國人瀰潑，雖爲遊戲之文，頗多警世之語。並表達自己的希望「願閱者弗誤以爲鄰貓生子之類也。」

上海新庵主人，即爲周桂笙。

1908 年──光緒三十四年

2 月 8 日（戊申人日）

冷 《女偵探（虛無黨叢談之一）》（短篇小說），分上篇、下篇，登載於《月月小說》第 13、14 號。

3 月（二月）

〔日本〕宮崎來城著，支那濱江報癖譯《論中國之傳奇》〔評論〕，登載在《月月小說》第 14 號，文言翻譯。

　　宮崎來城（1871～1933），來城本名繁吉，字子寉，號來城、柳溪，日本九州島久留米人士，故在《臺灣日日新報》上，可見到宮崎之詩作，署名為「久留米 宮崎來城」的字樣，但在報紙上刊行作品時，仍多用「來城小隱」作為署名。來城出生於書香門第，但十三歲時父母相繼去世，於是來城從山下桃蹊、江崎巽庵等人研讀漢學，奠定他日後在中國文學上的基礎。

　　濱江報癖，陶祐曾（1886～1927），字蘭蓀，號薾林，別署陶報癖、報癖、報、濱江報癖、陶安化、崇冷廬主等，湖南安化人。常在《月月小說》、《小說林》、《著作林》、《遊戲世界》等刊物上發表小說和評論。主要著作有：小說《新舞臺鴻雪記》、《小足捐》、《警察的故事》等，另撰有《中國文學之概觀》、《晚清小說大系》、《論小說之勢力及其影響》、《前清小說雜誌》、《恨史》《月月小說題詞》、《揚子江小說報發刊辭》、讀《法國女英雄》彈詞、四讀《瓜種蘭因》劇本、《採蓮新語》、《余之新劇觀》等論文。翻譯（英）柯南・道爾的福爾摩斯系列《紅髮會奇案》（一名《銀行盜案》）等。

　　《論中國之傳奇》並非來城在上海時撰述完成後，交由陶祐曾在《月月小說》上刊登，因為郭延禮論及陶報癖的生平時說：「他曾留學日本，通日語，翻譯過日本宮崎來城的《論中國之傳奇》。」陶報癖自己也在譯者前言說：「是篇曾揭載《太陽雜誌》第十一卷第十四號，於吾國傳奇之優劣，月且甚詳，爰亟譯之，以餉社會。」

▲上海知新室主人譯述《自由結婚》（札記小說），登載於《月月小說》第 14 號，文言翻譯。

　　譯者介紹了有關婚姻自由的四個小故事，體現了譯者輸入新文明的主張。這一點從本作品最後部分也可以看出。文中末尾記有：「跰人氏曰余與譯者論時事，每格格不相入。蓋譯者主輸入新文明，余則主恢復舊道德也。……

今之恖譯西籍而圖輸入文明者，亦多矣。何不亦如周子之譯此條，擇其短者亦表白於我國人，俾得有所審擇耶。」

5月（四月）

冷譯《爆裂彈》（虛無黨小說），連載於《月月小說》第 16、18 號，分上下兩回載完，文言翻譯。

　　冷，即陳景韓。在十六號目錄後登載有一頁新內容，其中《爆裂彈》下面標有冷血譯。

6月（五月）

〔英國〕宓德著，張瑛譯《紅寶石指環》（家庭小說），連載於《月月小說》第 17、18、19、20、22、23 號，共十章，文言翻譯。

　　《紅寶石指環》（一名《八角室》），標「家庭小說」，題「英宓德著，張瑛譯」。

▲冷《殺人公司》（虛無黨小說），登載於《月月小說》第 17 號，文言翻譯。

　　冷，即陳景韓（1877～1965）。

7月（六月）

品三譯述《雙圈媒》（癡情小說），登載於《月月小說》第 18 號。

　　品三，譯者生平資料不詳。

8月（七月）

笑　《世界末日記》（科學小說），登載於《月月小說》第 19 號。

　　笑，即包天笑（1876～1973）。

▲冷譯《俄國皇帝》（虛無黨小說），分上篇、中篇連載於《月月小說》第 19、21 號。

　　冷，即陳景韓。

▲〔英國〕麥倫筆記，華　覺一譯述《兩羅勃以利（復朗克偵探案之一）》、《梅倫奎復讐案（復朗克偵探案之二）》、《少女失父案（復郎克偵探案之三）》（偵探小說），分別登載於《月月小說》第 19、20、24 號，文言翻譯。

9月（八月）

天僇生譯《玉環外史》（言情偵探小說），連載於《月月小說》第 20、21、24 號，共七章，文言翻譯。

天僇生，王鍾麒（1880～1914），近代作家、文學理論家。字毓仁，又作鬱仁，號無生，別署天僇、天僇生、益厓、三函，齋名述庵、一塵不染。光緒三十三年（1907）開始從事報刊工作，前後爲上海《神州日報》、《民呼報》、《天鐸報》主筆，又曾創辦《獨立週報》。曾在《神州日報》發表社論，於詩、文、小說、戲曲皆能，爲南社的主要作家之一。其詩文和短篇小說散見於《南社》等報刊，迄未成集。王氏的貢獻主要在於文學理論和文學研究方面的建樹。他發表過《論小說與改良社會之關係》（1907）、《中國歷代小說史論》（1907）、《中國三大小說家論贊》（1908）、《劇場之教育》等論文，運用西方資產階級的文藝理論，闡述小說、戲曲的社會作用和社會地位，肯定了我國小說的現實主義傳統，批判了輕視小說、戲曲的傳統觀念和民族虛無主義。這在當時既堪稱獨樹一幟，又具有開創性意義。

10月（九月）

笑　《空中戰爭未來記》（科學小說），登載於《月月小說》第 21 號，文言翻譯。

笑，即包天笑（1876～1973）。篇末記有：笑曰二十世紀之世界其空中世界乎。試觀方在初期而各國之獎勵空中飛行船者不遺餘力苦心殫慮之士尤能犧牲一切而爲之。今歲觀於海內外報紙，所載經營此空際事業者尤夥也。……我知進步之迅，當不可以限量。

▲上海知新室主人譯述《水深火熱》（短篇小說），附於《月月小說》第 21 號後的《週年紀典大增刊》中，文言翻譯。

在本期登載的《附送週年紀典大增刊》廣告中曾對《紫羅蘭》做過廣告：「本報賡續以來，已一周朔。……本號除接登前號《玉環外史》、《俄國皇帝》、《劫餘灰》、《後官場現形記》、《新淚珠緣》、《盜偵探》等六種小說之外，新增《空中戰爭未來記》、《學界鏡》、《愛苓小傳》、《紫羅蘭》、《猴刺客》、《水深火熱》、《善良煙鼠》、《介紹良醫》、《倪鏊傳》等九種，……定閱諸君及代派處，並有願代派本報者，請即投函購取可也。上海四馬路東九和裏月月小說社廣告。」

▲雲汀譯《紫羅蘭》（未完）（奇俠小說），連載於《月月小說》第 21、22、23、24 號，共十五章，文言翻譯。

雲汀，譯者生平資料不詳。

11 月（十月）

天笑生譯《古王宮》（未完）（言情小說），連載於《月月小說》第 22、24 號，
共二章，文言翻譯。

　　天笑生，包天笑（1876～1973）。

12 月（十一月）

笑　《赤斗篷》（殺人奇談），登載於《月月小說》第 23 號，文言翻譯。
　　笑，包天笑（1876～1973）。

附錄四

版本來源:《繡像小說》,上海書店,1980 年 12 月版。

　　《繡像小說》光緒二十九年(1903 年)五月在上海創刊,爲半月刊,由商務印書館發行。江蘇武進人李寶嘉(伯元)任主編。刊登的內容大多爲小說,或著或譯,每期配以繡像,還登載有戲曲、歌謠以及雜著。光緒三十二年三月(1906 年 4 月)停刊,共出版七十二期。在發刊詞《本館編印繡像小說緣起》中寫道;「遠摭泰西之良規,近挹海東之餘韻,或手著,或譯本,隨時甄錄,月出兩期,藉思開化夫下愚,遑計貽譏於大雅」。所以,本著這樣的辦刊目的,譯介小說就有二十餘篇,內容多是介紹和宣揚西方的冒險進取精神、灌輸科學知識等。譯者多不直接署名,基本以商務編譯所爲中心。期刊當中所登載的長篇翻譯小說,有一半用白話章回體進行翻譯,回目清晰,再經過藝術加工,把文學作品中的人物通過單線白描的繪畫手法加以描繪出來,圖文並茂,繡像成爲對作品內容的再創造和有益的補充,具有鮮明的時代特點。阿英對《繡像小說》評價甚高:「在這幾種雜誌中,雖各有所長,其最純正的莫如《繡像小說》,在偵探小說風靡一世時,能獨持異議,不刊此類作品,實爲難能。而所刊者,又皆以能開導社會爲原則,除社會小說外,極少身邊瑣事,閨閣閒情之著作」。其實,《繡像小說》中也刊載有偵探小說。但是,它的確起到了「醒齊民之耳目」,繼承和發揚中國傳統文化的作用。

1903 年——光緒二十九年

5 月(五月)

〔荷蘭〕達愛斯克洛提斯著,《夢遊二十一世紀》〔小說〕,連載於《繡像小說》第 1、2、3、4 號,文言翻譯。

《夢遊二十一世紀》（紀西曆紀元後二千零七十一年事），正文中署「荷蘭博學士某君原著」，目錄中標示荷蘭達愛斯克洛提斯著，並無譯者標出。1903年商務印書館出版時署：「原著者：荷蘭達愛斯克洛提斯；編譯者：楊德森；校閱者：楊瑜統」。其篇首云：「夫以今日之文化，與前數世紀絜長較短，即未嘗不念及將來之文化也。……文學日進，而文化日盛，世界萬事，皆力求改良，莫之能阻，又不知文化將何底止也。」

▲〔日本〕阪下龜太郎著，《理科遊戲》〔小說〕，連載於《繡像小說》第1、2號，未完，文言翻譯。

《理科遊戲》，署「日本阪下龜太郎著」，並無譯者標出，主要介紹西方文明和先進科學技術。在第一章理化學應用中，介紹了理學說、自動汽車、船浮水上、巧妙之合圖、可恐之怪物、新式幻燈、異人之踊躍、煙上燈、幻燈製造法、無根之火、簡單之水車、雞卵之喜怒、水獨樂（獨樂即轉盤陀）、雲龍之術以及旋風之試驗。

6月（閏五月）

25日（初一）戈特爾芬美蘭女史著，《小仙源（原名小殖民地）》〔小說〕，連載於《繡像小說》第3、4、7、10、11、14、16號，文言翻譯。

《小仙源》（原名《小殖民地》），前五回署「戈特爾芬美蘭女史著」，從第六回開始署「戈登特爾芬美蘭女史著」，附凡例一頁，目錄一頁，譯者不詳。第十四回篇末有譯者注：「按後有俄羅斯軍艦行經紐基那左近小島，鮮水適絕，登陸取水，見有居民，大駭。察其舉動，與白人無異，始就問之。知為瑞士洛萍生及其子五人，遇風覆舟，居其地已數年。乃攜之返歐洲。或謂有英艦至南洋一小島，遇洛萍生等。洛萍生不願歸國，以長子託舟主攜之歸英。繼洛萍生氏後。後歐人有追蹤洛萍生而移居是島者。是書信否不可知。姑據所聞，以待考證。譯者注。」

據篇末的《凡例》所述：「一、是書為泰西有名小說，原著係德文，作者為瑞士文學家，興至命筆，無意餉世。後其子為付剞劂，一時風動，所之歡迎，歷經重譯，戈特爾芬美蘭女史復參酌損益，以示來者。一、是書於纖悉之事，紀載頗詳，足見西人強毅果敢，勇往不撓，造次顛沛，無稍出入，可為學子德育之訓迪。一、當時列國殖民政策，尚未盛行，作者著此，殆以鼓動國民，使之加意。今日歐洲各國，殖民政策，炳耀寰區，著是書者，殆亦

與有力也。一、穿鑿附會病不信，拘文牽義病不達，譯者於是書雖微有改竄，然要以無慚信達爲歸，博雅君子尚其諒之。一、原書並無節目，譯者自加編次，仿章回體而出以文言，固知不合小說之正格也」。

該作後於 1905 年 11 月由商務印書館出版，署名威司著，商務印書館編譯所編譯。威司，今譯威斯。據長篇小說《瑞士家庭魯濱遜》（*Der schweizeriche Robinson*）編譯。

7 月（閏五月）

9 日（十五日）　《華生包探案》〔小說〕，連載於《繡像小說》第 4、5、6、7、8、9、10 號，文言翻譯。

《華生包探案》，原著者及譯者均未標出，華生即柯南・道爾著福爾摩斯偵探小說中的另一主人公。四至五號連載《哥利亞司考得船案》；第六號登載了《銀光馬案》；第七號登載《孀婦匿女案》；第八號登載《墨斯格力夫禮典案》；第九號登載《書生被騙案》；第十號登載《旅居病夫案》。該六篇小說後結集爲《華生包探案》，商務印書館 1906 年 4 月初版，署名商務印書館編譯所譯述。

7 月（六月）

24 日（初一 ）　〔奧地利〕愛孫孟著，《環瀛志險》〔小說〕，連載於《繡像小說》第 5、11、13、14、18、19、20、21、22、23、24、25 號，文言翻譯。

無譯者標出，署「奧國維也納愛孫孟著」，光緒三十一年（1905）商務印書館出版單行本時署「商務印書館譯」。

▲〔英國〕司威夫脫著，《僬僥國》〔小說〕，連載於《繡像小說》第 5、8、9、10、12、13、15、17、23、24、56、57、58、59、60、61、62、63、64、65、66、67、68、69、70、71 號，白話長篇章回。

司威夫脫，今譯斯威夫特，全稱爲喬納森・斯威夫特（Jonathan Swift，1667～1745），英國——愛爾蘭作家，是英國啓蒙運動中激進民主派的創始人，在世期間寫了很多具有代表性的諷刺文章，他被稱爲英國十八世紀傑出的政論家和諷刺小說家。《一隻澡盆的故事》（1704）使其揚名。其中第一部分模仿和諷刺了宗教和學術界的腐敗現象；第二部分《書戰》爲鄧波爾的《論古代和現代學問》辯護，主張文學家應像蜜蜂一樣博採古今精華，製成蜜和蠟，爲人類帶來「甜蜜和光亮」，而不做自吃自吐的蜘蛛；第三部分嘲笑了宗

教儀式和布道中一些機械做法。《格列佛遊記》寫於 1721～1725 年；1726 年10 月 28 日在倫敦出版，立即獲得成功。它通過描寫假想的大人國、小人國等，嘲諷了時政，目的在於「使世人煩惱而不是供他們消遣」。

《僬僥國》（第八號起改名為《汗漫遊》），據謝天振考證為《格列佛遊記》的上卷，共三十六回，譯者佚名。這裡的「僬僥」一詞典出中國古代傳說中的矮人「僬僥」，由此可見主要指「小人國」部分的內容。《僬僥國》這個譯名顯然無法概括全書，所以從第二次連載起就改譯名為《汗漫國》，既寓「不著邊際的漫遊」、「漫漶難以稽考」之意，又含「水勢浩瀚洶湧」之義（謝天振《臺灣來的格理弗》，《文景》2005 年第 10 期）。《繡像小說》為《汗漫遊》中「小人國」配有圖畫，所畫小人國城堡、城門與中國的幾乎毫無二致，對西方器物如洋槍、洋炮等的描繪也是充滿了想像，趣味橫生。

8 月（六月）

7 號（十五日）　憂患餘生述《商界第一偉人——戈布登軼事》〔小說〕，連載於《繡像小說》第 6、7、8、11、14 號，文言翻譯。

篇末有作者《識語》：「按此稿為美洲遊學生之譯本，其間事跡多與正史歧異，僕從而潤色之，亦未敢遽行刪改也。聞近有譯其正傳者曰哥普電，讀者曷取以參考之。著者附志。」

憂患餘生，即連文澂（？～約 1914 後若干年），名文澄，一作文徵（一作澂），字夢青，一字慕秦，亦作孟青，又稱連夢惺（見載劉鶚日記中），浙江錢塘人（生於湖南），翁同龢之門生。光緒二十八年二月至二十九年六月任天津《大公報》主編，後因受《中俄密約》泄密事牽連，1903 年逃至上海，在劉鶚幫助下開始筆墨生涯，撰寫小說賣稿為生。先後在《世界繁榮報》和《南方報》任記者，極力鼓吹反清排滿，並參加中國同盟會。這期間，以「憂患餘生」為筆名在《繡像小說》上著有近代軼事小說《鄰女語》，這是一部晚清最早反映「庚子事變」、義和團運動的小說，在文學史上有一定地位。還為留美學生修改潤色譯述稿《商界第一偉人——戈布登軼事》。

▲山陰謝鴻賚譯意、嘉定徐少范述文《西譯雜記》〔小說〕，登載於《繡像小說》第 6 號發表，文言翻譯。

《西譯雜記》卷一中登載有《大彼得軼事》、《奧君約瑟軼事》、《拂烈士軼事》、《烏白朵》、《鼠災》、《記雪澤蘭事》等六則。

　　謝鴻賚（？～？），浙江山陰人，曾經編譯《最新中學教科書》（美國費烈伯、史德朗著，周承恩校訂，商務印書館，1908），《最新中學教科書——瀛寰全志》（山陰謝鴻賚編譯，元和奚若校，商務印書館，1903）。夏丏尊在《我的中學生時代》一文中回憶，十七歲入中西書院（即東吳大學的前身），監院（即校長）是美國人潘慎文，教習有史拜言、謝鴻賚等。

1904 年——光緒三十年

10 月（九月）

9 日（初一）　《天方夜譚》〔小說〕，連載於《繡像小說》第 11、12、15、17、18、19、20、21、41、42、43、44、45、46、47、48、49、50、51、52、53、54、55 號，文言翻譯。

　　篇首記有：「是書為亞剌伯著名小說，歐美各國均迻譯之。本館特延名手重譯，以餉同好。最前十則已見他報，茲特擇其未印者先行出版，藉免雷同，兼供快覩閱者鑒之」。

　　譯者未署名，但李長林教授已經在 1999 年第 1 期的《阿拉伯世界》中的《清末中國對〈一千零一夜〉的譯介》一文裏確認了未署名作者為奚若。他曾指出「20 世紀初《一千零一夜》的中譯文本發表較多。從 1903 年 10 月到 1905 年 7 月，在商務印書館出版的《繡像小說》第 11～12 期，第 15～21 期，第 41～55 期上共連載了 20 篇《天方夜譚》中的故事。譯者雖未署名，但筆者查閱了《繡像小說》所載的有關譯文，發現它們與 1906 年商務印書館出版的奚若譯的有關譯文完全相同，只是極個別詞句和篇名稍有出入。由此可以斷定《繡像小說》所載的《天方夜譚》的譯者即奚若，他後來增加了譯文 30 篇，合刊為《天方夜譚》單行本。」但是，翻譯《天方夜譚》並非始於奚若，《中國近代文學大系・翻譯文學卷・第 3 卷》介紹，1903 年 7 月，戢翼翬（元丞）、楊廷棟在上海辦的《大陸報》上，發表了《漁翁故事》（譯者未署名）。首次正式成冊出版的是由奚若翻譯，後由商務印書館收於《說部叢書》第一集。

　　奚若（1880～？），字伯綬，江蘇吳縣人，1903 年任東吳大學格致助教，1907 年畢業於東吳大學。約在 1904 年至 1910 年和蔣維喬一起在商務印書館編譯所擔任編輯和翻譯工作。1910 年留學美國奧柏林神學院，特修碩士學位，1911 年完成學業，被授予文學碩士學位。《商務印書館館史資料・第 46 期》

載有蔣維喬的日記，他提到：「晚與杜亞泉君、杜就田君、奚伯綏君縱談理科」，主要工作是編譯中學教材，1907 年他曾與奚若合譯了美國胡爾德著的《植物學教科書》。另外，奚若還編譯了《最新中學教科書——瀛寰全志》（山陰謝鴻賚編譯，元和奚若校，商務印書館，1903）、《昆蟲學舉偶》（美國祁天錫著，元和奚伯綏述，美華書館，1904）、《最新中學教科書 動物學》（美國白納著，黃英譯述奚若校，商務印書館，1905）、《最新中學計學教科書》（美國羅林氏著，奚若譯徐仁鏡等校，商務印書館，1906）、《世界新興圖》（元和奚若編，商務印書館，1909）、《華英會話文件詞典》（奚若編，商務印書館，1910）。據《涵芬樓新書分類目錄》（商務印書館，民國初年版）記載，他還翻譯了許多外國小說：《大復仇》（英國科南道爾著，元和奚若、黃人譯，小說林社，1904）、《福爾摩斯再生一至五案》（奚若、周桂笙譯，小說林社，1904）、《愛河潮》（英國哈葛德著，元和奚若、許毅譯，小說林社，1905）、《秘密海島》（法國焦士威奴著，元和奚若等譯，小說林社，1906）、《馬丁休脫偵探案》（英國瑪李孫利孫著，元和奚若譯，小說林社，1906）。1906 年商務印書館把他翻譯的《天方夜譚》列入「說部叢書」出版。1924 年，葉聖陶為中譯本撰寫了序言，對譯文頗為贊賞：「這個譯本運用古文，非常純熟而不流入迂腐；氣韻淵雅；造句時有新鑄而不覺生硬，止見爽利；我們認為是一種很好的翻譯小說」，還說「我們如其欲欣賞古文，與其選取某派某宗的顧問選集，還不如讀幾本用古文而且譯的很好的翻譯小說」。

　　《繡像小說》依託商務印書館這個強大的出版機構，許多翻譯小說連載完畢，便刊印了單行本，如《汗漫遊》、《天方夜譚》和《華生包探案》，署名都是「商務印書館編譯所譯」。

3月（二月）

《俄國包探案》〔小說〕，連載於《繡像小說》第 21、22 號。

　　無著者譯者標出。

5月（四月）

〔美國〕威士著，《回頭看》（政治小說），連載於《繡像小說》第 25、26、27、28、29、30、31、32、33、34、35、36 號。

　　《回頭看》署「美國威士原著」，無譯者標出。翌年商務印書館出版單行本時署「商務印書館譯」，此實為《回頭看紀略》的另一譯本。

6 月（五月）

〔日本〕青軒居士著，《珊瑚美人》（政治小說），連載於《繡像小說》第 27、
28、29、30、31、33、34、35、36、37、38、39、40、41 號。

青軒居士，即為三宅彥彌。

《珊瑚美人》，署「日本青軒居士原著」，無譯者標出，翌年商務印書館
出版單行本時署「商務印書館譯」。

8 月（七月）

〔德國〕蘇德蒙原著《賣國奴》〔小說〕，連載於《繡像小說》第 31、32、33、
37、38、39、40、41、42、43、44、45、46、47、48 號。

《賣國奴》，商務印書館翌年出版此作單行本時署「登張竹風原譯，吳檮
重譯」。可以斷定，吳檮是從登張竹風翻譯的日文版轉譯為中文的。

1905 年——光緒三十一年

7 月（六月）

〔美國〕愛克乃斯格平著，《幻想翼》〔小說〕，連載於《繡像小說》第 53、54、
55 號，文言翻譯。

該篇連載結束時附《幻想翼原序》：「余素嗜星學，久經考測，著成一書。
而欲問諸同人，又因理界奧衍，解人難索。爰取原書之顯而易見者，演成淺
說，俾初學之子，引為明鏡，且以資家庭教育云爾。愛克乃斯格平識」。據此
知作者為愛克乃斯格平。光緒三十四年（1908）商務印書館出版單行本時，
譯者署「商務印書館編譯所譯」。

10 月（九月）

《三疑案》〔小說〕，登載於《繡像小說》第 60、61、62 號，文言翻譯。

《三疑案》，未署作者、譯者，光緒三十三年（1907）商務印書館出版單
行本時署「（英）男爵夫人奧姐著，商務印書館編譯所譯」。分別刊載《伊蘭
案》、《雪駒案》、《跛翁案》三案。

1906 年——光緒三十二年

2 月（正月）

〔波蘭〕星科伊梯撰，日本國山花袋譯，錢塘吳檮重演《燈檯卒》〔小說〕，
連載於《繡像小說》第 68、69 號。

　　《燈檯卒》，今譯《燈塔看守人》。

　　星科伊梯，今譯顯克維奇，又譯爲亨利克·顯克維支（Henryk Sienkiewicz，
1846～1916），波蘭作家。1869 年，開始發表評論文章，顯示出他曾受實證主
義影響。1872 年，他以李特沃斯的筆名在《波蘭報》等報刊上發表諷刺小品
和政論。1876 至 1882 年間，顯克維奇發表了《炭筆素描》（1877）、《音樂迷
楊柯》（1879）、《天使》（1880）、《燈塔看守人》（1882）、《勝利者巴爾泰克》
（1882）等一系列膾炙人口的中短篇小說，反映了被壓迫民族和人民的苦難
命運，並寄予深切的同情。這些小說詩歌文學作品具有很高的思想性和藝術
性，堪稱波蘭現實主義小說的傑作。1883 年，顯克維奇開始轉向歷史小說的
創作。他的偉大的歷史三部曲開始在《言論報》上發表。第一部是《火與劍》
（1884），第二部是《洪流》（1886），第三部是《伏沃迪約夫斯基先生》（1887
～1888）。此三部曲以十七世紀爲背景，描寫了波蘭抗爭外族侵略，表現了波
蘭人的英勇精神，風格活潑，具有史詩般的明晰和簡樸。1896 年，發表歷史
小說《你往何處去》描寫了尼祿統治下的羅馬，此作品被譯成多國文字，爲
作者贏得了國際聲譽。1905 年，顯克維奇獲得諾貝爾文學獎。

　　吳檮（1880～1925），浙江杭州人，又名丹初，字宣中。精通日文，其譯
作多本自日文。1903 年曾任上海愛國學社歷史教員，並爲商務印書館編寫小
學歷史教材，後在商務印書館編譯所任編輯。吳檮的文學翻譯活動始於 1904
年，其最早譯作是本自日譯本的德國作家蘇德蒙的《賣國奴》，1904～1905 年
在《繡像小說》連載。吳檮是繼周桂笙之後較早用白話文翻譯外國小說的文
學翻譯家。選本注重名家名著，尤以翻譯萊蒙托夫、契訶夫和高爾基的名著
聞名。範圍涉及俄、日、英、法、德、美、波蘭等國家。題材旁及社會小說、
英雄小說、冒險小說、偵探小說、歷史小說、軍事小說、種族小說、言情小
說等領域。此外，其譯作還有：《降妖記》（偵探小說），（日）登張竹風原譯，
吳檮重譯，商務印書館，1914；《車中毒針》（偵探小說），（英）孛拉錫克原
著，吳檮譯，商務印書館，1913 ；《寒桃記·上下卷》（偵探小說），（日）黑
岩淚香原著，吳檮譯，商務印書館，1913。

3 月（二月）

〔美國〕馬克多槐音著，日本抱一庵主人譯，錢塘吳檮重演《山家奇遇》〔小
說〕，登載在《繡像小說》第 70 號。

馬克多槐音，今譯馬克・吐溫。馬克・吐溫（Mark Twain，1835～1910），
原名塞繆爾・朗赫恩・克列門斯（Samuel Langhorne Clemens）；是美國的幽默
大師、小說家、作家，亦是著名演說家。馬克・吐溫是十九世紀美國批判現
實主義文學的優秀代表，他站在人道主義立場上，尖銳地揭露了美國民主與
自由掩蓋下的虛偽，批判了美國作爲發達資本主義國家固有的社會弊端，表
現了對眞正意義上的民主、自由生活的嚮往。馬克・吐溫又是著名的幽默諷
刺作家，他的幽默諷刺風格別具特色。他以善寫男童歷險及抨擊人類的弱點
與虛假而著稱於世。1864 年他將在舊金山礦區聽到的傳說寫成幽默小品《卡
拉韋拉斯縣馳名的跳蛙》，刊登於紐約《晚報》，於是這個「內華達州荒唐的
幽默家」在美國東部出了名。《湯姆・索亞歷險記》（1876）敘述頑皮的童年
生活，爲他贏得了持久的聲譽。

《山家奇遇》，署「馬克多槐音著，日本抱一庵主人譯，錢塘吳檮重演」。
我國翻譯介紹馬克・吐溫的作品，最早正是 1906 年吳檮轉譯的《山家奇遇》
（即《加利福尼亞的故事》）。

吳檮（1880～1925）。

4 月（三月）

葛維士著，日本文學士中內蝶二譯，錢唐吳檮重演《理想美人》〔小說〕，連
載於《繡像小說》第 71、72 號。

《理想美人》題「葛維士著，日本文學士中內蝶二譯，錢唐（塘）吳檮
重演」。本期刊載一至七（未完），第 72 號續前至十，該篇連載畢。

吳檮（1880～1925）。

4 月（三月）

〔英國〕科楠岱爾著，日本高須梅溪譯意，中國錢唐（塘）吳檮重演《斥候
美談》（軍事小說），登載在《繡像小說》第 72 號。

科楠岱爾，今譯柯南・道爾。阿瑟・柯南・道爾（Sir Arthur Conan Doyle，
1859～1930），英國小說家，因成功地塑造了偵探人物——夏洛克・福爾摩斯
而成爲偵探小說歷史上最重要的小說家之一。除此之外他還曾寫過多部其他

類型的小說，如科幻、懸疑、歷史小說、愛情小說、戲劇、詩歌等。道爾的第一部重要作品是發表在《1887 年比頓聖誕年刊》（*Beeton's Christmas Annual for* 1887）的偵探小說《血字的研究》（*A Study in Scarlet*），該部小說的主角就是之後名聲大噪的夏洛克・福爾摩斯。道爾一生一共寫了 56 篇短篇偵探小說以及 4 部中篇偵探小說，全部以福爾摩斯為主角。阿瑟・柯南・道爾因為其福爾摩斯探案集系列作品聞名後世，但是這只是他的諸多貢獻之一。和同時代很多作家不同，道爾的短篇小說有非常強的畫面感，其衝突設置集中，情節跌宕、引人入勝。

後 記

蘇州是蠻有味道的。

回想四年前來蘇求學時，湯老師鼓勵我說，一直在北方生活、學習、工作那麼久，是該來南方呆一段時間，換換口味了。盡管有心理準備，可是來了之後才切身體會到，夏天濕熱、冬天陰冷、飲食還不習慣、晚清期刊中翻譯小說的浩繁，這頓大餐真的是讓我感到有點吃不消。不過，有幸有你。

感恩湯老師給我來蘇大學習的機會，在這裡可以聆聽到國內外通俗文學和大眾文化著名學者的學術講座，從朱棟霖、汪榕培、李勇、劉祥安、汪衛東、王德威、李歐梵等知名教授的闡釋中，讓我對通俗文學在海內外的發展狀況有了更深刻的認識；在這裡能獲取到鴛鴦蝴蝶派最齊全的研究資料，還能接觸到最新的學術成果。湯老師讓我從繁雜的資料中，摸準了線索，確定了研究方向。為了讓我盡快進入學術領域，老師為我提供了非常好的學習環境，在這裡受教了老師治學嚴謹、幽默風趣的教學風格；領略到了老師紮實的學術根底、學識涵養，往往一些困惑自己良久的問題，老師總能從一個新穎的角度啟發我。自己愚鈍，有時只能理解一二，老師也給予了我最大的寬容，對於我的研究方法、研究進度、論文內容以及結構安排，可以說是費盡心血。老師說好的學者都有自己的研究領域。這些研究領域既是學者的事業所在，也是學者心靈慰藉的場所。有了研究方向，一切步入正軌，一些事情也會淡忘的；忙起來了，生活也就變得充實了。

喜歡師母爽朗的笑聲，幹練的談吐風格。師母每次見到我們湯門弟子，快人快語，總能緩解我們學業上的心理壓力。師母第一次見到我就說，聽湯老師講到我學業壓力蠻大的，告訴我慢慢來，進入研究狀態了，一切都會好起來的。並且，還一再叮囑湯老師不要給我們壓力。師母的一席話就像是老

師愛吃的雪菜肉絲麵，淡淡的，卻很實在。一切都是那麼的自然。

感謝同門四年的陪伴。韓穎琦師姐、石娟師姐、童李君師姐、張琳師姐對我論文的目錄、論文修改提出了非常寶貴的建議。胡明宇師兄每次路過工作室，都會關心我論文的進展狀況，盛情邀請我去教工餐廳改善伙食。張乃禹師兄教韓國語，我對韓語非常感興趣，聽了師兄一個學期課，希望能有機會再次走進張師兄活躍的課堂。陶春軍師兄對我這個師弟也是非常關心，臨畢業時還送給我用直古鎮的遊覽票，希望我能出去轉轉，調節一下學習狀態，師兄現在讀博後，看得出湯門弟子在學術上也是蠻拼的。

禹玲師姐未曾謀面之前，湯老師就常常提起，球場上、跑道上常常會看到師姐的身影，希望我們能向師姐學習，繁重的學業壓力之下，一定要注意鍛鍊好身體；等有機會見到師姐時，師姐正在復旦大學讀博後，從事譯者譯群研究，學業上的困惑也常向師姐請教，讓我也從中受益頗多。偶而與師姐相聚，我們總會開三個螃蟹的玩笑，估計下次再聚，就會有三個鮑魚蒸蛋的趣聞了。鄭保純師兄遠在武漢，公務繁忙，偶而開會來蘇州，我們總是有聊不完的話題，師兄很勤奮，每天五點就要起床動筆，我的床頭還放著師兄送的散文集《草木一村》、小說《綠林記》。尤其喜歡《草木一村》，樸實、靈動的筆鋒描繪出師兄童年難忘的時光，字裏行間讓我體會到了當地的風俗民情，還有師兄對家人、對故鄉滿滿的溫情。這兩本書陪伴我度過了最難熬、最孤寂的論文寫作階段。還要感謝同門師妹留給我的快樂回憶，錦溪一遊，終身難忘。

枯燥的學習生活有時會令人莫名的沮喪。圖書館、食堂、宿舍，標準的三點一線。時間久了，這條線上也讓我邂逅到了珍貴的友情。每次和劉玉梅博士交流，她總能從文藝學的角度給我提供一些參考書目，令我的論文更加充實，而「贊一個」讓我意識到原來哲學理念在生活中處處可見，那麼親切，不再高深；何湘博士典型的湘妹子，每次在資料室總是看到她匆匆地來查完資料，又匆匆地離去，覺得好有壓力，等到熟絡之後，何老師總會把湖南人直爽的一面展現給你，沒有遮掩，坦坦蕩蕩。周欣博士來自燕山大學，給我印象最深刻的，還是在衛嶺老師課堂上的那一幕，瀟灑、活潑，講解淺顯易懂。周欣熱情好客，朋友眾多，每次有朋自遠方來，總會讓我也趁機打打牙祭，設計學的高材生未來的日子一定也會設計得棒棒的。最令我佩服的是王安「大博士」，身體有恙，但是依然刻苦上進，和朋友們常常談起，他是我們身邊活生生的正能量。

　　感恩媽媽，開學離家，總是和媽媽說不用送，我都這麼大了……每次過了馬路，回頭總能看到媽媽站在小區門口向馬路這邊張望。每次和辰、三蛋通電話，總能給我精神上的慰藉，一起聊開心的事情，複雜的事情會變得簡簡單單。感謝太原的小夥伴們在我求學的日子裏辛苦付出。

　　臨畢業了，回想起很多難忘的時光。站在 408 寢室的陽臺上，天氣晴好時，時常會看到一隻孤傲的白鷺飛過，去追逐遠方的白雲；高教區車輛稀少，對面的街景一覽無餘，蘇州是個極富色彩變化的城市，隨著季節的變化，街道兩旁的樹葉綠了、黃了、紅了，各種各樣的花兒開了又敗了，櫻花上個月才開敗，一路的落英，風兒刮過也會給人「亂花漸欲迷人眼」的感覺。再過一個月栀子花就會開了吧……

　　煙雨江南，空氣中會彌漫著清新的香樟樹的味道，池塘上的那座木橋是每天都要經過的，踩在上面吱吱地響，就像在北方踩在雪地上一樣；蓮花開得正豔，細雨濛濛濕芰荷，也是蠻有情趣的。過了小木橋，來到炳麟圖書館草場前那條石板小路上，蒲公英此時笑得正歡，記得和臭臭一起下學，看到蒲公英我們總會停下腳步採幾朵，看它在空中飛舞的模樣。

　　平江路、干將路、莫邪路、靈巖山、天平山、上方山、彈山都曾留下我尋夢的足跡，離別是難免的，但是懷揣夢想，總會是讓人歡欣鼓舞的。UNTO A FULL GROWN MAN。慢慢來，一切都會好的。今天是個很特殊的日子。爲了紀念，也是懷念。

　　蘇州真的是蠻有味道的。

朱全定

2015 年 5 月 14 日　獨墅湖畔 5312 工作室